启真馆 出品

《新文学史》译丛　　陈新 策划

[美] 芮塔 · 菲尔斯基（Rita Felski）主编

史晓洁等 译

新文学史　第 2 辑

CHINESE TRANSLATION VOLUME 2

New Literary History

ZHEJIANG UNIVERSITY PRESS
浙江大学出版社

导　言

我很高兴向大家介绍《新文学史》译丛的第二辑。《新文学史》是理论和阐释方面的顶尖杂志。本辑收录的文章都是 2011 年或 2012 年刊发的，之所以被选入是因为它们的原创性、广泛的感染力和所体现的渊博知识。其中一些文章是《新文学史》专刊上的特约文章，这些专刊旨在论述被忽视或者未被充分研究过的话题。本专辑文章都出自顶级学者之手，它们为文学研究和更广泛的人文学科打开了新的方向。

这些文章并没有一个共同的框架、主题或者主线。但是，我们或许能够察觉到一种反向的共性：它们都背离了过去四十年中研究者们最常采用的一些研究途径。《新文学史》在 20 世纪 70 年代和 80 年代的"语言转向"中扮演了举足轻重的角色，刊登过法国主要批评家和哲学家们的重要文章，还刊登过美国思想家诸如海登·怀特和理查德·罗蒂等人的重要文章。它是发展后结构主义理论、批判再现以及反思语言和思维的局限性的主要场所。最近，在《新文学史》和更广阔的文学研究中，我们已经看到人们在重新拥抱历史主义并深度描写文化环境和时刻。首字母 T 大写的"理论"时代开始让位给一种对文本细节的兴趣，尽管这种兴趣依然是由有关历史的文本维度的种种后结构主义观念所间接促成的。

我们目前看到的是，人们越来越敏锐地感觉到语言和符号学理论的种种局限以及各种新旧历史主义的局限：无论是在它们所具有的公正对待美学经验的情感复杂性的能力方面，还是在它们所具有的充分恰当地解释我们与非人类的他者以及物质和自然世界之间的丰富纠葛的能力方面。

同时，还有一种越来越高涨的声音在哀叹"怀疑的诠释学"作为文学和文化研究中占统治地位的框架无处不在。文学研究的修辞——诸如质疑、批评、文本性、表现、去自然化之类的词——已经逐渐显得越来越陈旧、刻板：它们阻碍而不是帮助了我们构思出引人入胜的陈述来解释为什么面对越来越多的怀疑和越来越少的资助的人文学科依然重要。但是，如果断定我们正在目睹的仅仅是又一次钟摆式运动：从语境向文本摆动，从社会向艺术摆动，从历史主义向形式主义摆动，那就错了。当前时刻最为有趣的一点是，逃避或者避免这些区别的种种视角盛行。人文思想目前处在一种知识上的骚动状态，一系列的取向、视角和框架争相要吸引我们的注意。这种多样性的证据可以在本辑收录的文章中看到，这些文章论及了情感、情绪和人物性格的问题；论及了以客体为指向的认知论和演员—网络理论；论及了气候变化问题；论及了历史主义和语境化的局限；还论及了数字化媒体对我们的历史感的影响。

史蒂文·康纳在本辑开篇的文章中向美学理论发起了挑战：让我们摒弃艺术的概念吧！他在文中的立场不是把美学作为意识形态或者布迪厄意义上的幻觉进行标准政治性批判。诚然，康纳太乐意承认诗歌和陶器、合唱音乐及踢踏舞所具有的真正的、实质性的乐趣。但是，他想知道为什么要把这些不同的乐趣归入到一个概念下，尤其是归入到一个有着这样可疑历史的概念下。同时，阿兰·刘考查了我们的历史感正在如何被数字媒体改变着。我们是否有正当的理由得出结论说：社交网络、博客、推特和其他各种形式正在造成健忘感，用直接的、短暂的事物的诱惑来取代历史意识？或者，当代技术是不是也提供了之前无法想象的"亲近"过去并更充分了解过去的资源？

对于人物性格还剩下什么没说的呢？接下来的两篇论文选自同一辑专刊，该辑专刊试图重新掀起围绕小说人物性格的争论——在语言学转向期间，小说人物性格这一范畴经常被忽略或者完全不受重视。萨拉·阿默德探讨了性格和任性之间的关系，她从《丹尼尔·德龙达》《弗洛斯河上的磨坊》及《萝慕拉》几部小说中采集了例子。她提出，女权主义批判可以从这些小说对任性女主角的表现中学习到很多东西。诚然，任性不仅仅证实了人们传统上对于什么构成了人物的期望，而且也能用来干扰或改变这些期望。同时，凯瑟琳·加拉格尔加入到有关小说人物性格的真实性的辩论之中。通过仔细审视了各种文体中对拿破仑的描述，她试图让历史角色、小说角色和反事实角色之间的区别更明显，为人物性格的哲学及当前文学世界的讨论作出了重要贡献。

接下来的三篇文章都质疑、挑战或者复杂化了文化和历史语境的传统观念。英格·贝雷斯梅耶探索了文化生态学如何能帮助我们解释艺术作品在不同媒体、不同时期及不同文化地理空间中的流动性。他以最近一些中国电影对

《哈姆雷特》的改编为例，指出了文学效果如何在不同媒介中跨越时空的距离传播，其传播方式是传统文学史和目前世界文学的概念都无法充分解释的。我本人的文章则提出，演员—网络理论让我们挣脱陈腐的政治二分法，从而有助于振兴文学研究。在那种陈腐的政治二分法中，文本要么被宣告为权力的奴仆，要么被赞美为反抗英雄。布鲁诺·拉图尔的文章则更充分地解释了跨时间的文本运动以及作为非人类演员的艺术作品所具有的独特影响，在这方面尤其可作为一个珍贵的资源。最后，马丁·杰伊转向"事件"这一关键概念，尤其是现象学家克洛德·罗马诺发展的那种"事件"概念，以质疑这样一种假设：所有历史现象都能够通过将它们置于促进它们产生的语境中来理解。事件并不是被一种已知的语境装在框架内并解释，它具有一种潜力，能再铸甚或从根本上改变被看作语境的一切。

迪佩什·查卡拉巴提和罗伯特·杨对后殖民研究目前的状况作出了评价。查卡拉巴提声称，后殖民研究的主要类别正在受到气候变化的挑战。一方面是平等和人权的语言；另一方面是对文化差异和特性的强调。在这两个背景下，全球变暖让我们面对一种新近增强的、我们所共享的类存在物之感：我们既是全球变暖的始作俑者，又是正在来临的全球变暖灾难的受害者。但是，查卡拉巴提想要知道的是，我们是否找到了一种恰当的语言来清楚阐明这种划时代转变的含义？同时，杨反对种种所谓的后殖民研究衰亡的断言，他重申后殖民研究依旧具有活力和意义。他的文章同时强调了在后殖民思想中一直经常被忽视的议题：第四世界和土著民族的斗争，非法移民和无文档记录的工人们的生活，伊斯兰教日渐增强的政治力量。杨在文章结尾处质疑了后殖民研究中盛行的"他性"言辞的好处。

格雷厄姆·哈曼是面向对象的本体论的奠基者。面向对象的本体论是一种越来越具有影响力的哲学运动，它强调对象而不是关系的优先权和存在。在他的那篇吸引人的文章中，他对已有文学批评领域进行了批判，并作出了最早的尝试之一，来发展一种面向对象的文学批评：既能解释文本的自主，又能解释它的内部要素的自主。乔纳森·弗莱特雷的文章最初刊在题为《在情绪之中》的一期专刊中。和别的情感维度不同的是，情绪所获得的关注少得让人吃惊。但是，弗莱特雷坚决认为，情绪是美学和政治生活的一个首要类别，它模糊了自我和他者、思想和感觉之间的区别。这篇文章在对 1968 年底特律一次联盟运动罢工进行交错分析时参考了海德格尔，它考查了一种革命情绪是如何产生的。香塔尔·穆芙同样也关注政治学：尤其是欧盟各成员国的一体化努力。穆芙反对那些提倡一种超国家的、统一的欧洲结构的人们，她进一步发展了她那具有影响力的争胜政治的观念，并阐明了它对欧洲未来的重要性。

　　虽然这些文章都是最近才发表的，但它们已经引起了极大的关注，并已经引发了大量的评论和争论。我迫切地想要看看它们的中译本将会带来什么样的反响，我热切期盼着读者们的反应。

芮塔·菲尔斯基

《新文学史》编辑

新文学史　第2辑

目　录

没有艺术会怎样？ *

史蒂文·康纳　著

史晓洁　译

雅克·朗西埃（Jacques Rancière）的作品《美学及其困境》**（*Aesthetics and Its Discontents*，2004 年出版，2009 年英文版面世）开篇有两句话，这两句话使像我这样处心积虑想要破坏文艺的人看到了无限希望。"美学没什么好声名。一年都快过去了，连一本新书都没有，既没有人宣称美学的时代已经结束，也没有人声明其负面效应将持续存在。"[1] 20 世纪 80 年代，的确有过那么一段时间，美学的处境十分艰难，但却让我们这些人看到了希望。那十年间，一头是以皮埃尔·布迪厄的著作《区隔》（Pierre Bourdieu，*Distinction*，1979 年出版，1984 年英文版面世）为代表的观点，这本著作影响颇深，书中提出，关于艺术与美学判断独特性最恰当的理解是将其视作文化资本的分配者；另一头以特里·伊格尔顿的著作《审美意识形态》（Terry Eagleton，*The Ideology of the Aesthetic*, 1990）为代表，该书也对此类意识形态工作提出了类似的批评，认为审美意识是能够被生产出来的，只是需要经历更长期的过程。[2] 就某个短暂的、有待阐明的空间而言，美学理论则似乎遭遇了衰落。

　　事实上，朗西埃告诉我们，美学并不需要等待"傲慢的盎格鲁-撒克逊分析哲学的捍卫者"来搞垮它，因为"对于美学的不满早已有之，美学产生之初，对美学的批评就不绝于耳"。[3] 他撰写该书的目的在于展示"作为一种艺术识别方法的美学，是怎样承载了某种政治学或理论政治学的"[4]。朗西埃本

---

* Steven Connor, "Doing Without Art", in *New Literary History*, Vol. 42, No. 1, Winter 2011, pp. 53–69.

** 该书法文原名为 *Malaise dans l'esthétique*，直译为《不安的美学》；文中译名《美学及其困境》系根据其英文标题翻译而来。——译者注

人紧跟一众批评家、哲学家及公共关系官员，从严峻的美学困境中发现了某种希望。这些批评者中甚至包括少数目中无人的盎格鲁－撒克逊人，比如莫里斯·韦茨（Morris Weitz），他们的名字出现在 1956 年一篇一度臭名昭著的论文中，这篇论文的标题倒是无伤大雅，叫作《理论在美学中的角色》。[5] 许多美学导读类文章依然是可以信赖的，它们会告诉你这篇文章是对"人们无法给艺术或美学下任何定义"这种思想最彻底的驳斥。没错，韦茨的确在文章的第一部分提出了类似的直率论断。但他继而又搞得一团糟，他告诉我们他认为无法对艺术及美学进行归类的原因在于艺术本身的难以确定性。他说，艺术是难以确定的，不是因为美学不存在，而是因为艺术的本质是任何定义所无法涵盖的。韦茨因而总结称，美学不是未分类项，而是一个开放的类别。正是看到了韦茨文章的这种反复性，也对其文章中第五次试图拯救艺术于沉沦的举动感到气馁，我终于忍不住决定要来说一说美学了。

每当有人紧张或好奇地提出"谁知道这是不是艺术"等疑问时，许多近来赞同艺术是一种开放类别的人们便开始争辩艺术到底存不存在，继而又会出现有关美学的讨论。对于让－弗朗索瓦·利奥塔（Jean-François Lyotard）而言，从对极致的审美角度来看，这种开放性恰恰能够说明美学的核心不是对那些能够被明白无误地诉诸体验与判断的事物的思考，而是对某个问题，如当下正在发生的事件的思索。显然，在利奥塔看来，对极致的审美已经成为美学本身，其表现为某种见解、性情或关注模式。这种关注模式不仅没有必要的可关注对象，而且关注对象到底存在与否这个问题恰好构成了美学的关注模式（如此一来，则完全违背了艺术机构对事物进行例证与制度化的倾向）。美学的反制度化定义借助于美学定义的纯类别属性来进行评述（利奥塔热衷于让我们认为，从描述到评论的转换，除了暴力与专断，别无他途；但他本人却驾轻就熟地在两者之间进行转换）。每当艺术遭到威胁或面临质疑，人们就会发现艺术与美学的身影。每当你发觉自己在问"这是艺术吗？"这样的问题时，你几乎可以肯定地说，它很可能就是。以此来定义美学与艺术间的差别对于两者而言都是积极的。

如果说 20 世纪 80 年代的特征是对美学意识的整体怀疑，其中一些有影响力的批评家包括瓦尔特·本雅明（Walter Benjamin）、布迪厄、保罗·德曼（Paul de Man）及伊格尔顿等，那么过去十年间声名鹊起的新理论派政治哲学则以斯拉沃热·齐泽克（Slavoj Žižek）、吉奥乔·阿甘本（Giorgio Agamben）、朗西埃及阿兰·巴迪欧（Alain Badiou）的研究为代表，他们的研究在英籍美国人中极受重视，其特征是极其乐意恢复精神权威，这不免令人惊讶；而更让人难以置信的是，其甚至宣称美学具有政治潜能。比如，阿兰·巴迪欧提出，艺术是一种更为高级的哲学，是确立真理，而不只是预测真理。他在著作《反美学手册》（*Handbook of Inaesthetics*）中写到，艺术是内在固有的，因为"艺术产生真理，艺术与真理共存亡，两者严丝合缝"；艺术又是独特的，因为"真理只存在于艺术之中，别无他处"。[6] 因此，"艺术教育我们的目的，只是为了说明艺术自身的存在。唯一的问题是，如何发现艺术的存在，换言之，如何参透某种思想形式 [*penser un epensée*]"[7]。这种摒除艺术的一切特殊含义，同时又赋予其深远意义和力量的做法，再次受到人们的强烈关注。

由此，我不禁怀疑，"美学"（aesthetic）一词在学术界的使用只是一个巧合，并无多大坏处；只是有些人固执己见地非要强迫人们去使用，如此一来便牵连到那些赞同使用这一术语的人们。我一度以为，觉得谈论"美学"无聊、神秘或愚蠢的大有人在；其实只不过是他们从来没有撰写过美学相关的话题。那些撰写美学话题的人们是因为他们觉得有东西可写，而事实上他们也因为自己的轻信而丧失了撰写的资格。你会发现，所有在标题中使用了"美学"一词的书籍或文章，终究都会给美学下一个定义，而这个定义几乎总是不着边际的；这恰恰表明，作者要么从来没有专心致志地体验过美学，哪怕只是接近于那种所谓的美学体验，要么就连其他的任何体验也未曾有过。正是这一点令我痛下决心，以这样的方式站出来支持采取紧急措施，净化美学讨论；尽管我原本是想讲得更委婉、更温和些的。有谁懂美学吗？没有。

一段时间以来，我一直听到的情况是，没有什么特征是艺术作品所独有的，也没有哪一项特征是所有艺术作品共同具备的。在我看来，这种认识导致的一个简单后果是，思想界孜孜以求的所谓美学，其实所关注的并不是一个或一系列确定的对象，至少从人们对于这一术语的普遍认识——即与艺术的特有属性相关联——来看是这样。这并不是说，我们所说的特定艺术类型——电影、绘画、芭蕾、诗歌、民歌——不具备特定的品质。而是说，这些品质并非所有的艺术形式都共同具备。因此，在对各种粗略地被简单归纳为艺术的形形色色、种类繁多的不同对象的品质以及效应的研究方面，仍然大有可为。我并不会提出任何理由来加以反对，我完全赞成人们对节律的停顿（caesura）的属性与效应、伊丽莎白一世时代悲剧中专制政治的表现、油画的演变与优势、被削弱的七度音程的使用等进行持续反思。我想要辩护的一点是，艺术之所以为艺术，真的没有什么好研究的。

有人说，我设置的门槛着实太高，导致他们根本无法给艺术下定义。而艺术就像一个母集一样，将各种元素温和地聚拢在一起，并非一定要用某个单一的连续的实质来反映。如此一来，艺术便好理解多了。这话没错，但是按照这种母集概念来下定义根本无法涵盖那些严肃的、救赎性的、批评性的作品，而这些内容也号称艺术。有些人乐意承认艺术是难以驾驭的色彩斑斓的事物；在面对要给我们所讨论的内容下定义的任务时，他们要求将门槛设置得低一些，以便他们轻松跃过，而当涉及艺术的力量时，又要求将门槛无限抬高。

我第一次尝试着以书面形式来论述这些问题，是在一篇题为《如果没有所谓的美学？》（1999）的文章中，我觉得这篇文章的标题还是挺令人振奋的。在这篇文章中，我的关注点主要在于类别与定义等问题，简言之，除了将各种类型的具象派（及抽象派）作品松散地临时聚拢在一起之外，"艺术"一词能否精确地解释其他的现象，是否因此而特别突出"美学"属性或反应。[8]我不知道自己当时期待这篇报道会在世界范围内引发怎样的效应，只是从那以后便一直哀诉美学并不存在。但跟平常一样，我也很惊讶地发现，我的观点根本没有给那些看过这篇文章的人们带来任何影响。我的社交圈及知识圈里清一色都是理性而温和的保守派（bien-pensant），他们彬彬有礼，关怀体贴，但都属于拉康那种"我很清楚，但还是……"（je sais mais quand-même）的态度。如果有人说我要讲的内容可能跟美学有一定的关联，我丝毫不会感到意外，因为平常的学术生活中，我已经渐渐习惯了人们把土地神不存在的证明当作是对神话研究的重要贡献的做法。但我看到的最普遍反应是说，尽管严格讲来，如果你坚持，不错，"美学"说起来可能涉及了太多的内容，想来可能跟许多方面有关，以美学之名提出了太多不相协调的力量与倾向，但是，我所呼吁的对美学探讨加以限制绝不可能仅仅是出于那个原因。事实上，就连这种限制也是不受欢迎的，因为我自己的论证使得人们以为，有时当人们讨论美学时，他们实际上是在利用美学之名来讨论别的美好事物；而如果不鼓励开展美学探讨，那么他们便无法以此信念进行讨论。这里所说的其他美好事物可能包括，对秩序或榜样的满足、娱乐的本能、叙述的冲动、对其他思想和经历的共鸣和想象，以及对其他领域或本领域其他组织方式的谋划。因此，这个论断就好比支持禁酒。毋庸置疑，如果现在哪种烈酒要首次推向市场，很可能无法获得批准，但是要肃清一样已经被广泛消费的东西则是野蛮之举，非常令人扫兴。这甚至有点类似于抵制 19 世纪人们已习以为常的无神论论调；世上当然是没有上帝的，但如果因此而声称信奉上帝便没有好结果，则着实令人泄气。

这便是近年来一直困扰我的问题，当我们似乎可以轻松地表明，甚至让人们认可，在这个世界上没有什么可以与美学相契合的时候，为何那么多处事公允、学术严谨、思路清晰的人们还要继续拘泥于这些术语。我渐渐认识到，问题不在于美学是什么，也不在于美学做什么。我自认为是个实用主义者，但是如果不允许人们进行无知的、自欺欺人的牵强附会，而是一味以绝对不变的事实之名来衡量的话，那么，我又算什么实用主义者呢？

我现在觉得，我原先的论文已背离初衷，弄得好像要证明根本不可能有所谓美学，反而忽视了文章自身提出的问题，即如果放弃对美学，或者说作为其定义对象的"艺术"的信仰会造成怎样的影响。因此，我将在这里尝试着完成这一未竟任务，我会分析，假如放弃"艺术"一词确定基本属性或特征的信念，会造成哪些后果。人们之所以不愿意放弃这种信念，是源于某些更加含糊而有力的艺术因素，而非其命名或界定等问题。究其原因，是在于人们对于艺术之力量与目的的认识，是人们期望艺术能够给我们带来什么，能够为我们做什么，而非人们以为艺术是什么。

我需要澄清一点。我并不是要说我们可以不要或者不应该要艺术——放弃阅读诗歌、参观画展、欣赏歌剧、跳霹雳舞，或者感受菲利普·拉金（Philip Larkin）所谓"忧郁"的愉悦。不过，我的确认为，如果没有所谓"艺术"或艺术思想——即艺术观念或艺术意识，我们认为或默许的那种多少有些荒谬的认识，即认为只要与艺术搭点儿边就能够成事，或者我们各自想象或一致认定的"艺术"功能——我们会好过得多。

　　我会极尽苛刻、激烈之能事，来探究艺术是否当真具备这些其号称拥有但未经证实的力量，但在此之前，我应当承认，探讨艺术的影响，不能完全置定义于不顾，因此，我会留意艺术的定义，确切来讲，正是因为该定义涉及艺术是什么与人们对艺术的期待之间的联系。

　　关于艺术的属性及其潜能的命题往往颇有将一切艺术都囊括在其定义中的意味。因而便有了"艺术创造了批评空间"，"艺术扩大了人们的想象力"，"艺术能够拯救我们"，"艺术抵制商品化"，"艺术只问问题，不讲答案"，"艺术创造了实践或自由思考的空间"或"艺术勾勒出理想图景"等讲法。但是此类无所不包的论断中存在着鲜明的逻辑问题，我们暂时不妨仅以上述内容为例。首先，这些备选定义的多样性是众所周知的，而且是为人们所普遍接受的。这样一种普遍化的论述是否意味着，某个既定的目标一旦被定义为艺术对象，或者某种行为方式被定义为艺术创造，那么按照任何定义方案，这个对象或行为同样不可避免地具有了所谓的普遍化论述中所确定的属性与效应？这一点似乎令人难以置信，因为某样事物要称得上艺术，似乎有许多种不同的途径。我们不难想象那些会导致批评、讥讽，甚至产生完全颠覆性影响的艺术形式。但是若假定所有的艺术形式——还比如袖珍画、芭蕾、水手之歌——必定具备这样的功能（因为他们也属于艺术），则显得有些偏执。

　　不过，如此陈述给艺术下定义的困难着实太过费劲。因为，就算我们像往常一样假定某个广义的工作共识来囊括多数可称得上是艺术形式的事物，结果也会被证明毫无用处。尽管有些作品或行为毫无疑义地被接纳为艺术——我非常乐意承认短诗、交响乐以及静物画之类，无论从哪个方面看，都是不折不扣的艺术，但是有些人宣称我刚才列举的这类艺术的目的与力量可以应用于任何艺术类型，则是难以想象的。也就是说，总有一些情况毋庸置疑地是符合我们所声称的艺术，但似乎仍然无法证实"艺术能够拯救我们"之类的断言。在这点上，艺术特异功能的拥护者们聪明（事实上也是唯一）的做法是，承认只有我们所讨论的最佳艺术类型才具有特指的力量与效应。但这又引出另一个逻辑难点。因为现在看来，艺术首先是被确切而专门定义为具有人们所断言的那种力量或效应，如此一来，自然会形成一个循环论证。只要人们能够确定，我们所讨论的艺术是一个典范，即具有所谓的良好效应的艺术类型，那么，我们就可以说艺术是能带来良好效应的。

因而，多数有关艺术特性或力量的申明，要么是一味地自以为是，因为这些特性不可能适用于在不同的时间、地点、具有不同性情而被当作艺术的所有案例，要么就是简单地约定好的，因而只是在进行循环推理。

我们在形成关于艺术及其特殊能力的一般性论断时应该考虑到这些因素，比如，我们此前引述过的阿兰·巴迪欧的观点："艺术产生真理，艺术与真理共存亡，两者严丝合缝……真理只存在于艺术之中，别无他处"，因此，"艺术教育我们的目的，只是为了说明艺术自身的存在"。[9] 或许将来有一天，我会发现，这是集结有关这一声明详尽评论的好办法，我必须承认我已经蠢蠢欲动。但暂时，有幸的话，或许是永远，请允许我这样讲，我并不认为任何此类断言能够如此准确或非循环性地应用于艺术本身，也就是说，应用于所有的艺术形式，而不只是部分最突出（*Summa cum laude*）类型。学校杂志上发表的凄婉诗歌当然是一种艺术，尽管可能算不上非常突出的类型，但这类艺术不太可能提出任何在别的地方都发现不了的真理。无疑，有一些艺术类型似乎的确能推动或促使我们参透某些思想，就像巴迪欧所讲的那样，但其无法提供任何可靠的指征，表明"艺术"通常做什么——在巴迪欧看来，这些只是表明，唯一真正的艺术必须满足这一严苛条件，如此一来，便使其关于艺术的论述更为狭窄，在应用上更加实际，最终更是陷入了死循环。

现在，有了这些假设的武装，或者说背负着这些假设，我将提出三个问题，并一一回答。首先，我们如何对待艺术？其次，没有艺术，我们会怎样？最后，也是到目前为止最重要的一点，没有艺术，我们能够做什么？

我们如何对待艺术？

没有艺术观念不行吗？为什么要反对这样的想法？我觉得艺术及其力量之所以拥有如此多种类繁杂的描述，原因就在于，对于我们而言，每一种艺术本身来看，已经渐渐成为我所说的伟大的事情——艺术之好，已经不是通过评述其相对的优缺点所能计算出来的。我们乐意相信可能存在这样的事物，其本身的好，已经是难以用某个特殊的优点或善举来描述了。没有艺术能否将就？这样的问题倒不值得担心，更令人感到难以应对的是，没有"艺术意识"——即可能存在某种普遍的好，能够解释并包含所有从局部来看有利的特殊情形——能否将就。"艺术"对于很多人而言，就是一种造成这一可能性的可能，艺术预测能力的欠缺正是保证其全能性——即能够采取任何一种形式——的手段，就像传说中的干细胞一样。

在这个本该更加世俗化的领域中来反思其对神秘化的提防，以及人们认为艺术及艺术作品所具有的力量与能力，的确相当令人好奇。正如约翰·凯里在作品《艺术有什么用？》（John Carey, *What Good are the Arts?*, 2006）中所提出的，这些论断几乎经不起任何实践检验。[10] 人们普遍认为，艺术体验使我们成为更加完整、富有、灵敏而负责任的人，至少，缺乏艺术体验会令我们更加沉闷、古板、道德沦丧。不过，我们不应该在翻出集中营指挥官欣赏莫扎特甚至在屠杀犹太人时的著名例子时，才认识到跟别的群体一样，艺术发烧友中也有很多残酷的、粗鲁的人。凯里的研究尽管招致一些人的愤怒，但大体来讲是没起到多少作用的，他的这些实践彻底表明，此类关于艺术力量的断言是根本打动不了冷酷的不可知论者的。

让艺术与美学成为伟大事物的承载者，这一愿望最典型的一个做法是，声称艺术令我们有机会面对神秘、面对某种改变或违背传统的认知方式等难题。伊曼努尔·列维纳斯（Emmanuel Levinas）坚持认为，不经过某种激烈的同化过程，就无法简单或直截了当地了解或接近他者；这种激烈的同化过程令他者改变为另一个我，他的研究是此处讨论的核心。然而，麻烦的问题是，列维纳斯极其不信任美学形式，原因在于这些形式将他者归结为各类形象或表现，而没有考虑到他者毁灭性的或不可思议的结果。事实已经证明，对于那些特别注重艺术在开启或保持他者无限性的神秘而妙不可言的孔径方面具有特殊能力的人，这一情况并未给其造成任何阻碍。当然，列维纳斯跟他的追随者们一样也被误导了，这些追随者们之所以不愿同他一样怀疑美学，正是因为他认定美学具有某种独特属性。

没有艺术会怎样？

没有艺术会怎样？我们不妨来想想这个说法中"没有"的含义，这当然是对问题的曲解，并不像人们称呼自己为"无神论者"就好像无神论者有很多，如丹尼尔·丹尼特（Daniel Dennett）和安东尼·格雷林（Anthony Grayling）看来，这仿佛是在向无神论的信奉者们（奇怪的是，他们似乎倒不一定习惯称自己为"有神论者"）承认某种特权一般。如此一来，如果有谁选择不相信上帝，仿佛就是故意曲解或回避广泛而自然存在的共识，令这种共识永远无法真正成为主要立场。我们或许还可以将放弃艺术比作戒烟。让－保罗·萨特 (Jean-Paul Sartre) 对这一过程进行了细致的描述。戒烟是困难的，他说，因为戒烟意味着要求他们放弃整个世界，对于这些人来讲，他们的整个世界不是正在抽烟就是想着要抽烟。萨特在著作《战争日记》（*War Diaries*）中告诉我们："每一种欲望都是占有的欲望……每一种占有都是经由某个特定的对象而对世界的占有。欲望就是这样，在我们看来，这些欲望对象正是使我们的存在成为可能的必要条件。"[11] 在我戒烟的时候，我感觉自己似乎也放弃了原来的写作方式、饮食方式，甚至做爱方式；这一切均已被赋予独特的存在意义，而赋予其意义的正是由于我在做这些事情的前后及过程当中都要抽烟。过去，我常常自己卷烟卷（只有这样，我才能够抽得起那么多）。在我戒烟之后的很长一段时间里，我会请求朋友们让我帮他们卷烟卷，然后我会帮他们储存大量的香烟，因为我内心所怀念的，远不只是真正点着的刺激感，而是那个烟管以及悉心将这些能给人带来快乐的小纸卷堆积起来的过程。实际上，萨特给这种世界所定的基调并不像他所说的"毁灭性占有"那样积极，正因如此，吸烟才如此难以放弃："毁灭性占有烟草的行为象征着毁灭性占有整个世界。"[12] 成功地放弃某样事物，要求人们离开意欲放弃的对象或行为所处的条件，在那里，这些对象以物质、高卢之孔或艺术之痛等形式存在着。如果你觉得自己是在将就，很显然你还是对其恋恋不舍。放弃、将就及克服意味着切断了人们所放弃的世间某样特定事物与整个世界的联系，将这个事物归结为世间的某个对象，而非世界的入口或世界观。

几年之后，萨特这样向自己保证：

　　　　为了坚定自己戒烟的决心，我只好学会一种剥离术；换言之，为了说
　　服自己，我将烟草还原为其本身——只是一种能够燃烧的药草而已。我切
　　断了烟草与世界的象征性纽带；我设法让自己相信，我并未远离剧场、风
　　景以及正在阅读的书籍，只是我考虑他们的时候手里没有烟管；也就是
　　说，我对这些对象的占有不再是以那种殉葬的方式。

　　其实，萨特展现了理性论证在戒烟过程中的作用，我们真的难以想象还有
比这更糟的例子。当《新闻周刊》的记者后来询问他生活中最重要的是什么
时，萨特回答："我不知道。一切。活着。抽烟。"[14] 再后来，当医生警告他如
不放弃抽烟很可能需要截肢时，萨特回答称，他得好好想想。[15]

　　将就着过不喝酒、无信仰或无艺术的生活，意味着生活中不再有"将就"
（Without）。人们放弃的不只是这个对象本身，同时也包括了放弃这个行为。这
听起来甚至更难。但我们没有办法下定决心去这么做，或者说没有完全坚决的
办法。这就好比上床睡觉，我们进行一定的计划是可能的，而顽强的意志练习
结果几乎总是无用的。一旦你头脑中意识到你必须监管从头到尾丧失意识这整
个过程，你就无法完成睡觉这个任务；因为，尽管我们可以意识到必须无意
识，但我们的意识却做不到无意识。当然，你必须要做的，不是考虑没有艺术
怎么办，不然这经久不散的艺术之痛就会像雅克·拉康（Jacques Lacan）的阉
割情结，德里达称之为"从其位置上移开，但这种缺憾从未因此而失去"[16]。
这种把戏，实际上也算不上把戏，其真正的目的是从做别的事情开始，发现其
他的毁灭性占有形式，如此一来，便使别的世界创造，即创造别样的世界，成
为可能。

　　正因如此，除了偶尔像此次一样翻车之外，我自己几乎完全摒弃了批评的
习惯；按照弗洛伊德的理论，没有人会自愿放弃愉悦。批评某种信仰或论断，
你最多只是羞辱了别人，逼得对方要么公开承认，要么当众辩解。如果你希望
人们当真别再按照某种方式来思考，最糟糕的做法就是顶着风险去批评对方，
刺激他们展开更加似是而非的辩护来捍卫自己的愉悦。你应该尝试着去诱导他
们形成别的习惯或做法，最好是通过有趣的模拟方法，让对方觉得这些习惯或
做法比你批评的那些更有意义，从而对这些习惯和做法产生羡慕和赞同。简而

言之，将就没有艺术的生活意味着要对别的事物产生兴趣。

因此，没有艺术会怎样? 从某种意义上讲，我想说的是，没有艺术实质上不需要作出任何改变。我想，这算不上失败。我的希望是这样的，我们一旦学会了没有艺术的生活，或者将自己从没有艺术根本不行这样的信念中解放出来，我们便能够，而且肯定会仍旧对艺术所带给我们的独特之处或典范——只有通过不同的对象，或以不同方式构筑的相同对象——感到惊讶、吸引、好奇、愉悦、迷惑、激动、宽慰，会感到这些事物被放大、富有朝气、受到教育，你明白我的意思；因为我们现在要承认，我们的反应是对某些特定艺术类型以及其他各种事物特定属性的片面或偶然的理解。

插曲：异议

然而，并非所有事物都不会受到影响，有一类人的反应会让你莫名其妙或者觉得自己是在白费功夫。这些人要求我们必须绝对清楚我们应对的对象是艺术。按照我的论证，这种体验典型的，也必然的是一种消极的体验；也就是说，要搁置人们的反应，或者说谨慎地将这些意见束之高阁。既然艺术是什么类型并没有特指，我们也就无法采取特定的正面方式去予以回应。因而我们应对艺术作品的唯一方式就是试图在心中牢记：艺术作品必定是以某种隐晦的方式存在，不然就会表现为一张狗的图片、一个故事或一个曲调。因此，你会有趣地发现，你可以说将就，即放弃、回避或减除，正是很多人应对或者觉得自己可以尝试着应对艺术的方式。比如说我们正愉悦地欣赏一座漂亮的保护完好的花园。无疑，花园的创造中同时蕴含着工业与艺术的元素，我们可能会想到那个笑话：教区牧师恭维这里的园丁说："你的花园真是棒极了，特德! 你跟园主让其大放异彩。"园丁嘟哝道："或许吧，但你真该看看园主自己打理时这里是什么模样。"现在，假设又有一个人告诉我，特德不只是名园丁，而且还是位园艺艺术家。对于这句话，我们可以有两种理解。其一是带着些微敬意，认为这句话表明这里蕴含着某种高超的专业技能——特德是绝对的植物高手。另一种理解则是这句话意在引导人们看到花园的另一面，其不只是一座花园；排除了人们看到一座花园时的各种惯常反应，以及花园能提供给人们的各种常规满足与愉悦。作为"艺术家"的作品，花园从来不仅仅是花园，它一定是服务于艺术的"花园"。以马塞尔·杜尚（Marcel Duchamp）的作品《喷泉》（*Fountain*）为例，艺术成分的增加所带来的是描述对象本体性的减弱。这一增一减之间，是对事物自然或表面状态的剥离，是事物个体性（*haecceitas*）的渐逝。

我一直觉得奇怪，竟然有那么多人愿意标榜自己为艺术家；说来有点令人尴尬，但从某种意义上讲，我觉得这是最厚颜无耻的主张。每当有人声称自己是艺术家，我总感觉仿佛看到了某条标有"温馨提示"的通知。"嗨，"我想说，"你的提示温馨与否，不是由你来决定的；坦白说，你这样一意孤行地干扰我的判断，已经大大降低了你说服我的机会。"我觉得很好奇，艺术家们为何总喜欢在述说自己的观点或描述自己的经历之前加上"作为艺术家"这样的表述。令人惊讶的是，他们不但推测（他们怎能如此肯定？），而且断言我能明白他们那样讲的意思，也就是说，我会同意其潜台词，即艺术家们对于事物有一套特殊的反应方式。

一直以来，我对于俗气的工人阶级名称"艺人"（artiste）怀有一种好感，希望可以用它来代替多数情况下的"艺术家"。"艺人"一词让人欣然想起蝴蝶形领结与贴有亮片的紧身裤。这类被称作"艺人"的人们从事的往往是变戏法、走钢丝、跳踢踏舞、表演口技、驯犬师及歌手之类的工作，这些事情是我做不好，或者根本做不来的，而这些人就算不是出类拔萃，但也能做到相当好。我喜欢这个词的俗气与荒谬假设，从中可以产生突降效应。每当我听到有人把自己的行为或世界观说成是"艺术家"式的时，都忍不住想回应一句："对，不过，你是艺人吗？"

但从另一种意义上来说，有些人称自己为艺术家，与他们所做的事是不是艺术并无关联。他们指的是，他们所做的事不同寻常，因为这些行为是被当作艺术来实施的，或者说是由艺术家来完成的。按照这种曲解，艺术家声称自己是本体工程师，以别样的视角或方法来看待我们平常所理解的事物。

这几乎是对艺术及其相应的魔力词"艺术家"最强同时也最弱的主张。艺术是志在或要求被当作"艺术"的作品，也就是说，不再只是作品本身。艺术家们则是被誉为，或者被允许声称自己具有化作品为艺术之能力的人。现在，每当听到此类声明，我就忍不住会觉得他们是在空洞地自我吹捧。不过，我们还可以用另一种更加实质性的态度来看待这种声明，即艺术之所以为艺术，只是我们被说服去接受其为艺术。这种观点认为，艺术创造了独特性，使其有别于一般意义，或者暂时搁置了一般意义。按照这种观点，当我们跳出事物惯常的理解语境，或者脱离了对该事物的一般理解，那么其就是艺术。人们通常认为，这样做的好处在于放大了某种观点，即增强了认知的机动性。以这样的方式来定义，艺术的功用就仿佛幽默，在这里幽默似乎也是要同时驾驭有与否、对与错。因此，当人们将艺术与各种恶作剧相联系，而艺术家与恶作剧者愈走愈近时，我们并不会感到惊讶。

在我看来，这个论断有点类似于埃伦·迪萨纳亚克（Ellen Dissanayake）所提出的观点，他认为，艺术是人们将某些事物与其本身剥离，创造第二种生活形态以及意义更替、事物变幻、神圣与圣灵的形式等习性与需要的表达。在这个方面，艺术只是特殊事物，就算是对于同一个事物而言，也是指艺术使我们将事物特殊看待，甚至愿意接受这些事物被视为艺术的能力。[17] 我在先前题为《如果没有所谓美学？》的文章中探讨迪萨纳亚克的观点时曾经表示，这个观点的错误性不在于其提出的人类有剥离事物的习惯，而在于其错误地将这种力量或偏好等同于艺术。人类的确有很多方式来突出某些事物的特殊性，无论是个体还是集体行为，有的特殊性体现于情感依托，有的体现为性依恋，还有的表现为胡塞尔提出的悬置（*epoché*）。但我当时也说过，让事物变得特别并没有特殊的方法，根本没有任何途径，也不存在创造例外状态的常规方法。

现在，我倒认为应该给予更多宽容；很多时候，当我们有意要悬置事物的寻常过程时，我们似乎已经习惯了运用"艺术"一词。在我看来，这种导致所谓的空括号的效应，从逻辑上讲，是唯一能够可靠地以艺术之名称作艺术的效应，而这一点正是因为艺术一词完全没有预测性。事实上，如果我的判断正确，所有能够被人信服地唤作艺术作品的事物并没有内在的特征或效应；那么从逻辑上讲，只可能有一个例外，即我先前所说的悬置判断或期待的条件准备都是为了称呼某事物为艺术而产生的（当然，从历史角度来看，这是思考艺术是什么或做什么的偶然方式）。

我们还应该注意到，在实施这种归类功能时，艺术与奇幻思维一样，也采取了自我指涉的方式。所谓奇幻思维，指的是一种认为通过想象即可让事情发生的思维方式；同奇幻思维一样，正是艺术使得人们能够理所当然地以为，只要我们把某物称作艺术，就能够令其跳出自身所处的世界。或许，我们永远无法完全离开奇幻思维，因为思维本身就是神奇的。这一点不言自明。人们通过思考的确可以令某些事情发生，比如，你可以令自己相信魔幻，而我尽管不相信魔幻，但我对于奇幻思维的力量真的有一种盲目的担忧，我担心自己克服不了这种恐惧，我不安地采取了无数种魔术驱邪法来加以抵御。比如，我回避数字 13，不是因为我认为这个数字不吉利，而是因为我担心，如果我在某个月的 13 号或第 13 号位置上遇到什么糟糕的事，我就得相信这种邪恶力量。事实上，只要我认为对艺术力量的信奉是一种奇幻思维，我就不得不承认，如果艺术真的不存在，那么艺术思维显然而且肯定与奇幻思维一样，具有重大的现实效应。这些效应可能正是我们想要明白不依靠它我们能够有何作为的原因。

但是，如果埃伦·迪萨纳亚克的判断正确，那么，艺术必然具有一个单一的必要的特征，使我们能够假设其是一股特殊的必要的力量。就像安慰剂的作用机理一样，"艺术"仿佛魔幻，代表着人们对艺术力量的信奉。我必须承认，如果这真是艺术的力量、取决于空洞的没有连贯性预测的"艺术"的力量，那么没有艺术，我们或许会过得不好，就像无法相信顺势疗法或推拿术的理论及实践会令我更难过一样。因为，如果我可以相信这些，我就有更多机会从中受益。

但我还是想说，如果没有艺术，或者当我们渐渐减少对艺术创造独特性这种特殊能力的信奉，那么我们所指望不上的将是一种信念或担忧，即让事物与自身分离的方式只有一种，失去了这种模式，世界便会陷入枯燥的连环的"自相似"中。关于艺术具有创造独特性的能力这一论断，我的理解是，它可能暗示着我们已经拥有的，或者尚有待发明的，异化自我的方式。事实上，赋予艺术这种创造独特性的特权，最糟糕的问题正在于其似乎鼓励，甚至要求我们将非艺术事物归结为没有特色的渣滓。

我的问题在于，无论在哪种情况下，我都仍然发现，事物本身要比异化后的自己更加迷人，更有扩展性。部分原因在于，随着年龄的增长，我似乎越来越不了解事物的实际情形，也因而愈发感兴趣；而对于那些多年来我能够轻松驾驭的陈旧的认识论把戏倒是兴致不高。跟很多情形一样，那几乎就是个数学游戏。尽管按照我当前正在用的定义来看，一个对象若要被视为艺术对象，无疑得增添点什么内容，不然就不会被视为艺术对象；它添加的只有一样东西，而且恐怕总是相当令人厌倦的同一样东西，即某种万能的这不是烟斗式的否定。事物就是通过这一个被反复使用的艺术途径，被搁置一旁，至少是从作为艺术的自己中抽离出来的；而这种途径，与真实事物呈现的方式相比，是非常薄弱的。艺术家及其随从可能会说，艺术给世界上的既定性增添了内容，因而帮助事物获得了更多内涵，但我丝毫看不出将世界说成"纯粹"是既定的究竟有何意义。事物如何形成当前的模样，其方式是多种多样的；当然，由于认识与解释模式相互交错，方式能够无限扩展，而不只是艺术悬置这种既定性的那几种方法。因此，如同人们现在通常所理解的，我承认艺术具有突破自己的力量，或者说鼓励我们相信（可能像施加魔法一样）这种突破是能够（由艺术）实现的。我只是觉得这种力量并没有人们想象的那般有趣及富有可能性。关注事物本身，远好过去关心那些虚幻之物。

没有艺术，我们能够做什么？

文章的结尾，我要坦率地指出，当艺术概念已丧失其所有神秘与满足希望的功能，退回到卑微但真实的处境，用以描述经由艺术活动或技艺而产生的事物时，我们生活在这样一个世界中有何益处。我觉得，至少有三点。

首先，我们或许能够对不同的艺术形式——叙述、模仿、组织等——所特有的各种构成力量、特征及影响进行辨识。此刻，你或许会乐于听到弗农·李（Vernon Lee）的言论，她希望"了解艺术能给予什么，而不去追问艺术给不了什么"[18]。其次，我们或许可以对没有被当作艺术，或者只是断断续续被当作艺术的各种行为与实践中的各种技巧与技艺更加关注。最后，我们或许能够对疏忽、错觉、花招及这些长久以来构成人们对艺术力量信奉的愿望满足等进行更加清晰地辨识及更有根据的严格分析——沿着后宗教时代人们对于宗教思维的分析路径。

我先前不仅说到没有艺术该怎么办，而且还说到无论没有艺术带来的是甜蜜还是不断增加的痛楚，都不必理会；有鉴于此，如果没有艺术的结果不是永久的警觉或怀疑，那样一来，我们会一直对已被捧得火热的艺术及美学进行一味地否定；相反，如果其结果是被视为第四种好处，我们称其为许可诠释学，即事物可以是，或者可以变得尽可能有趣。比如，许久以来，我时不时会思考一些普通物品，如梳子、包、电池等在我生命中的位置，以及我们是怎样与之产生联系，或者经由它们而与别的事物发生联系的。我已经在构思一套烦躁哲学，这种思路或许能够进一步用来描述我们与这些事物关系的特征；人们有时会说，这种兴趣与发展"日常生活审美"有关，也因而与这种审美承担的解脱、美化或抵抗原则有关，对此，我感到十分厌倦。我觉得自己并不赞同这种令人麻木的伎俩，尤其不赞同那些觉得能够经由艺术接触到别的事物的人所采取的那种对待日常生活的屈尊态度。唉，日常生活是我曾经过着的，也是我将来要过的唯一生活方式。我所感兴趣的只是纽扣、别针、卡片、胶带及橡皮圈，只是感兴趣于让我对其产生兴趣的内容，我只是在想自己是否能够创造一种方法来写写他们，仅此而已；我承诺，没有艺术我们可以有很多很多作为。

伦敦大学伯贝克学院

注　释

[1] Jacques Rancière, *Aesthetics and Its Discontents*, trans. Stephen Corcoran (Cambridge:Polity, 2009), 1.

[2] Pierre Bourdieu, *Distinction: A Social Critique of the Judgement of Taste*, trans. Richard Nice (London: Routledge and Kegan Paul, 1984); Terry Eagleton, *The Ideology of the Aesthetic* (Oxford: Blackwell, 1990).

[3] Rancière, *Aesthetics and Its Discontents*, 11.

[4] Rancière, *Aesthetics and Its Discontents*, 15.

[5] Morris Weitz, " The Role of Theory in Aesthetics," *Journal of Aesthetics and Art Criticism* 15 (1956): 27–35.

[6] Alain Badiou, *Handbook of Inaesthetics*, trans. Alberto Toscano (Stanford, CA: Stanford Univ. Press, 2005), 9.

[7] Badiou, *Handbook of Inaesthetics*, 9.

[8] Steven Connor, "What If There Were No Such Thing As The Aesthetic?" (1999) Online at www.steven

connor.com/aes.

[9] Badiou, *Handbook of Inaesthetics*, 9.

[10] John Carey, *What Good Are the Arts?* (Oxford: Oxford Univ. Press, 2006).

[11] Jean-Paul Sartre, *War Diaries: Notebooks From a Phoney War November 1939–March 1940*, trans. Quintin Hoare (London: Verso, 1999), 259.

[12] Jean-Paul Sartre, *Being and Nothingness: An Essay on Phenomenological Ontology*, trans.Hazel E. Barnes (London: Methuen, 1984), 597.

[13] Sartre, *Being and Nothingness*, 597.

[14] Simone de Beauvoir, *Adieux: Farewell to Sartre*, trans. Patrick O'Brian (London: André Deutsch and Weidenfeld and Nicolson, 1984), 92.

[15] de Beauvoir, *Adieux: Farewell to Sartre*, 101–2.

[16] Jacques Derrida, *The Post Card: From Socrates to Freud and Beyond*, trans. Alan Bass (Chicago: Univ. of Chicago Press, 1987), 441.

[17] Ellen Dissanayake, *What Is Art For?* (Seattle: Univ. of Washington Press, 1988); *Homo Aestheticus: Where Art Comes From and Why* (New York: Free Press, 1992).

[18] Vernon Lee, *Belcaro*: *Being Essays on Sundry Aesthetical Questions* (London: W. Satchell, 1883).

亲近过去：历史观与社会计算*

阿兰·刘 著

史晓洁 译

我们能够亲近过去吗？如果可以，那么过去会亲近我们吗？在当前这个信息时代，对于即时数据的渴求在扩大我们好友圈的同时也令友人间的关系变得十分单薄——当下的程序大到足以令我们每个人都拥有一千名脸书好友或推特粉丝，只要这些好友关系在滑入信息海洋之前能够出现在关注对象的屏幕上；生活在这样一个时代，什么样的历史哲学（本质上是指，我们对过去的认识中所体现出来的"爱"）能够促成这种友好关系？

我现在要说的是，数字化的当下如何产生对历史及历史学的热爱。请允许我先来说一说媒体技术产生之前的时代及那时的历史意识。这段描述可能是片面的、简单化的，甚至可以说是无稽之谈。不过，它还是有助于我们确立当前这个超媒体时代的历史意识的基准。

祖先的时代

我们先来说说所谓的原始口头文化，那时候，无论人们是否懂得书写，语言与肢体动作都是占据主导地位的媒介技术。比如在史前文化中（为简化起见，我们仅考虑一种美国土著范式），历史意识无非就是石头与声音。声音唱道：这是孤赏石，这是劈石，这是石冢；上帝意识由此抵达，部落间的和平由

* Alan Liu, "Priending the Past : The Sense of History and Social Computing", in *New Literary History*, Vol. 42, No.1, Winter 2011, pp. 1–30.

此产生，利恩·贝尔（Lean Bear）求神启示。这个以岩石为核心，讲述了世界史、部族史及个人史的声音，既有着强烈的表现性，同时又具有一丝耐久性的意味。声音讲的就是此刻。然而，声音也一直以来就是——或者更准确地说，现在也是——时代之石，此处的连接词"是"说明了声音与岩石的并存性，讲出了存在的原始符号学（"是"［being］与没有中介词的"意思是"［meaning］是一样的），就好比物理学家所讲的，大爆炸之后，超对称性分裂成独立的强核力、弱核力、引力、电磁力等。后来出现的各种专门化表现手法都是从这里派生出来的：拟人、比喻、讽喻、讽刺等。我们可以遵循瓦尔特·本雅明（Walter Benjamin）的做法，称这种存在的精神媒介为"气息"（aura）。如果说"气息"从语源学上讲是"空气"或"微风"的话，那么我们可以将其理解为围绕着孤石呼啸并赋予岩石叙述者声音的风。"气息"是即时性的原始媒介——或者说零次媒介。其所述说的历史，用本雅明描写泛着光辉的圣物时的语言来讲，是"确实"存在的，表现为其"在时空中的存在性、所处位置的独特性"[1]。

　　但是，这样的历史过于死板。无论岩石或声音，都无法远距离传播，更无法保证两者在传播过程中的符号学联系。由此，便造成了我们今天所谓的历史，因为缺乏即时的或可衡量的灵活性，意味着我们不可能广泛复制，除了个人或部落必死之外，我们无法将别的任何传说转换为历史永恒。这便是岩石的含意，从医者可能会这样讲；传说与仪式会将这样的宣言代代相传，或者转述到他们的朋友圈。但或迟或早，或远或近，没有人会再记得；而岩石——正如哲学家艾伯特·博格曼（Albert Borgmann）讲述史前史时的透彻表述（他的部分依据是其所在的蒙大拿州的美国本土文化）——终将只剩下一个二进制数据："'不错，这儿是有条消息'，而光秃秃的自然环境似乎在说，'不，别处没有消息。'"[2]

　　然而，有一点很重要，我前面所说的"造成了我们今天所谓的历史"并不是指，口头文化没有历史意识——远非如此，因为这些文化从根本上讲就是以沃尔特·翁（Walter Ong）所说的"保守主义或传统主义者"为导向的。沃尔特·翁写道："在原始的口头文化中，概念化的知识若不经过反复练习，很快便会消失；因此，口头表达社会必须花大力气一遍遍重复几个时代以来辛苦习得的内容。"[3] 换言之（现在已普遍化为其他史前史范式），无论雕刻在岩石、宝剑、戒指或其他任何宣誓对象——这些都是口头历史的可靠保证，比如，确保精神、身份或财产的代代相传——上的是什么内容，都要经得起重复。这种重复的力量如此强大，现代人在聆听这些神话、礼拜或圣歌等口头艺术时，仍然能够感受得到。毕竟，重复具有一种原始的、没有克制的复制效应。按照纯粹存在的符号学理论，将岩石与声音关联起来的精神若不即刻停止就不会消减（要么全部都在，要么什么都没有），那么，那种精神的复制只能是存在的重复，这种存在并不会随着季节或时代的时空转换而削弱。重复是坚定不移的存在之间叩击式的停顿或间隔：这里，还是这里。简而言之，这种重复是具有魔力的；即便是在今天，同样的话仍然在人们的生日、婚礼或葬礼上代代相传；若是没有了这些魔咒，我们反倒会觉得冷清不少。

　　然而，现代人已经疏离了他们常常以为的口头重复的本真，他们以为这种重复——与现代媒体，尤其是数字化媒体中的工业光魔复制效应相比——仿佛就是童谣式的不断重复及死记硬背。为了克服这种进步主义偏见，还原口头重复的本真——这是教化所实现的媒体繁殖效应的最高级指征之一——需要辨别技术（technology）与技巧（technique）这两个同义词的含义。我认为技巧是一种方法或实践，而不只是用来作为对技术的应用——就好比我们说应用某个机械零件，更别提应用音乐器材了。技巧既源于技术，又要挣脱技术。正因如此，技巧是从自然当中派生出的文化。因而口头文化中能够使用的媒介技术一直是赤裸裸的人类声音及其与舞蹈、音乐、服装、装饰等其他艺术形式的合鸣——所有这一切的声音或视觉图形的重复效仿的都是人类对于爱、出生、劳作、战争及死亡的呼声。但是这种文化的技巧所应用的也一直是那些将自然界对重复（即复制）的原始需求转化为有节奏的友爱、出生、劳作、战争及死亡之歌中所听到的文化需求等技术。研究过重复这种口头技术的人们指出，此类技巧包括各种复杂的递进、总结、冗余、争论、参与及情境化论证模式，结果形成了吟游诗人式的古板诗歌（如《荷马史诗》），这种诗歌一度被误认为是高级的西方文学。[4]

　　现在，我们对口头史学意识的理解更近了一层。我仔细回顾了自己在《酷之法则》（Laws of Cool）中所用的技巧，其中借助了皮埃尔·克拉斯特（Pierre Clastres）对南美瓜亚基部族进行的富有表现力的人类学分析，我这样写道：

"技术与技巧之间，根本不存在所谓'确实'的从属关系。相反，技巧历来就是表达一个民族与其所处社会之间自古以来就有的时间间隔、滞后、影响或'松散'关系的一种方式。"[5] 现在看来，对技巧之任务的这种表述显得更为真实。深度技巧相当于克利福德·格尔茨（Clifford Geertz）所谓的"深度游戏"，该词一方面满足了当前自然（或政治力量）的需要，同时声称与这些需要相关的"自古以来就有的时间间隔、滞后、影响或'松散'关系"是文化的构成因素。此类古老技巧——类似于用现代工具创造的仿制品或仿古遗迹，用以搭建当下与过去之间的文化舒适地带（就像凯瑟琳·海尔斯 [Katherine Hayles] 和尼古拉斯·格斯勒 [Nicholas Gessler] 近来提出的数字化媒体）——在现代有很多种形式。[6] 比如，图像处理软件 Photoshop 中的"图层"与"蒙版"技术，就是既利用了数字模块化的优势，又重新利用了各种物理媒介手段，尽管自身的份额微不足道，但是通过汇集可以形成巨大的功能群；由此，今天的设计者们坚称，从文化层面来看，他们与企业媒体并不同步。但在这个方面，现代人并不比他们的前辈高明多少。这是因为技术层面的拟古并不比所谓的古文化或史前史文化本身更加重要，后者——要是我会模拟他们的讲法——我们的弓箭与竹篮、我们在战场上的哭嚷与葬礼上的呼天抢地，都是按照祖辈们教给我们的做法。毕竟，拟古并不是要回到从前，每当人们遭受自然或战争的痛击时，第一反应就是要回到过去。相反，拟古是指人们从技术层面利用他们最需要的技术——锋利的矛或哀泣的声音——来设置节拍及节奏；如若不然，人们便不会对自然或战争所施予的打击产生任何知觉。嗨呀、嗨呀、嗨呀；嗒嗵、嗒嗵、嗒嗵，任何有节律的或数字化的节奏都可以。从这些韵律中，最终产生了古代历史意识的灵魂——祖先。那么，从历史的最基本层面看，除了记忆之外，还有哪些重复的测度？祖先的存在萦绕着我们，让我们觉得自己只是在重复着祖先的生活；除此之外，这种重复还能激发哪些精神联想呢？

现在，我们可以说出口头历史意识的本质了，其本质就是用以支撑拟古技巧及被援引的祖先本身的原则。这个本质不是别的，正是重复的文化体现（也可以说是媒介），即社会性。除了社会体验的相关性之外并不存在口头文化媒介，现在没有，将来也不会有。生者与逝者拥有共同的历史，因为口头媒介将他们联结在一个社会中，在这里，人们可以从每一种技巧的每一个节拍与节奏中感受到过去与当下的联系；这个技巧还使得这个伟大的和声中每个个体的每一个声音、肢体动作、舞蹈及音乐都对于我们具有意义，且代代相传。我前面借用了本雅明的"气息"一词来比喻这种原始媒介。现在，我可以给出更明确的说法。这种不但像一阵风似的在岩石与声音之间传递，而且也可以经由声音到声音的原始媒介正是社会性本身。我是从他（或她）那儿听说的；我告诉你；你听我说。这些表述在过去跟现在一样，都是构成传播媒介基础的社群的核心用语。让－弗朗索瓦·利奥塔在对某南美土著的口头文化分析中这样写道："卡西纳瓦琼人（Cashinahua）在解释任何一个神话、故事、传说或传统故事之前，都采用固定的形式：'下面讲的这个故事……我听说的就是这样。现在轮到我来讲给你听了，听着！'"[7]

准确地讲：口头文化是我们今天所说的网络的起源，又得到了建立在这种数字网络原型的"储存和发送"原则基础上的节点与层级在内的数据结构的补充。[8] 我们可以说，储存和发送是原始的历史意识，尽管这样的重复起先只能在有限的时空范围内实现。

更确切地讲，这种口头的储存与发送网络有一个显著的特征，即我们在继续前进之前应该先进行评论。用信息研究的术语来讲，我们可以说，口头文化将一对多、多对一及多对多传播整合为一体。[9] 领导对众人的讲话、众人的回应，以及人们相互间的复述，就是一个简单的社会行为。因而，如果说口头社交媒体本质上具有储存与发送网络的特征，并通过中间环节来传送信息，那么这种网络设计仍然属于原始的局域网（LAN）：一个部族、村庄或家庭。事实上，引导信息流的驿站与其说是处于中间环节，倒不如说是最直接的节点：他们可能是某人的祖父、祖母、父亲或母亲。我们不妨尊称他们为信息转述者。这些转述者代表着整个社交网络，是根本的应答意义上的口头历史意识的最终解释，比如他们会被问到，奶奶，动物是从哪儿来的？这些转述者能够回答这个问题，因为他们曾经与祖先一起生活过，他们可以根据祖先暮年的记忆获得永远鲜活的转述内容；就像现在，祖父母与我们共享有一片时空，当他们这些原先的转述者追随祖先一道离去后，接下来就要由我们来充当转述者了。

在之后的媒体时代，这类转述者将不复存在，尽管其曾对历史意识产生过巨大的影响。

作家的时代

接下来我们将思考以写作为主导的文化。当然，我不可能在此囊括所有的记载与研究，现存记载与近期研究要比我在这里写到的更加复杂多样；修复效应就更无从谈起了，文字记载并不能代替口头讲述，应该说，两者是共同发展的（就像在古典修辞与戏剧中一样）。因而，我将主要探讨跟我的研究关系最密切的写作史方面，即书写与历史意识间的联系。

当然，从现代视角来看，历史从其定义来讲，似乎就是一种写作行为。因而，历史记录的分界点不是介于主要的宗教或文明之间，而是介于书写产生前后，也就是说，历史记录本身的出现。我们也可以暂时从历史记录的兴起跳到其全盛时期，直入主题（ *in medias res* ），研究 18 世纪末到 19 世纪末这个区间。这个时间段内的现代历史意识不仅在西方占据主导地位，而且也产生了哲学上的自我意识。我这里所指的是这个高级印刷文化发展的世纪，这个世纪见证了现代历史编纂学、历史相对论（德语为 *Historismus* ）及成熟小说的诞生，当然我们也可以列举出别的文化形式。历史编纂学对待历史文献极其缜密，比如，从爱德华·吉本（Edward Gibbon）和巴托尔德·格奥尔格·尼布尔（Barthold Georg Niebuhr）到儒勒·米什莱（Jules Michelet）与利奥波德·冯·兰克（Leopold von Ranke）——这种写作已上升为第二层级的写作；这种编纂方法不只是对文献的搜罗或选编，而是要对文献进行选择、分析及元评价。与之相关联，历史相对论——比如，从兰克和雅各布·布克哈特（Jacob Burckhardt）直到威廉·狄尔泰（Wilhelm Dilthey）——所进行的则是第三个层级的历史编纂工作：批判史学的自我意识或哲学实践。而当时包括历史小说与现实主义小说在内的小说作品，在许多方面与历史相对论是一致的，如心理刻画实践、全知有限视角及（与历史相对论及列夫·托尔斯泰一样）根植于民族情感的杂乱而复杂的历史世界的构建。（"历史是一部小说，作者就是其人民。"阿尔弗雷德·德维尼在法国大革命之后这样写道。[10]）当时别的学科也存在类似的历史相对论，如语言学。因而我们可以这样讲，书写作为一门技术，最终就是一个历史工具，在更新的电磁及电子传媒出现之前，其所带来的最高技术层面影响便是历史意识的生产。如果说人们常归功于写作的另一项主效应是知识进步的话（比如，科学知识，这是书籍史领域的铁证之一），那仅仅能说明，19 世纪的历史知识与实践经验都汇集于米歇尔·福柯（Michel Foucault）所说的正在"渗入事物心脏"之中的"深刻的史实性"。[11]

那么，与口头历史意识比起来，历史意识是如何受到写作技术"影响"的呢？从某个方面来看，历史意识丧失了可能性的某些技术条件（按照今天工程学的讲法，即指其潜在的"约束"与"示能性 [affordance]"）。书面历史并没有同样的作用范围。首先，它所具有的行为表现，即我所说的岩石之声——当时当地的密集度——更有限。不妨想想兰克在 1824 年的著作《拉丁与日耳曼民族史：其本来的面目（1494—1514）》（*History of the Latin and Teutonic Nations from 1494 to 1514:" Wie es eigentlich gewesen"*）前言中有关历史的著名格言。[12] 一方面，这一信条似乎又将我们送回到即时历史体验的基石上。这与兰克所说的"为了参与和参与的喜悦"[13] 以及他常常采用的小说式的历史再现手法——就像他在《拉丁与日耳曼民族史》中对各类事件的生动描述以及后来写于 1833 年的论文《伟大的政权》中以全知有限视角所做的开篇陈述："要是我们能设身处地地回到那个时代，按照当时人们的心理，我们能看到多么压抑、痛苦、不开心的方面"；"路易十四就是用这样的方式发现自己遭到对手的压迫，他原本希望通过政治或宗教的影响来缓和对抗，没想到对手比他所预计的更加强大、威风且更加危险"。[14] 但是，另一方面，兰克的这种直接性若是让弗里德里希·冯·席勒（Friedrich von Schiller）来讲，肯定是"感伤的"而非"素朴的"。如果这种做法思考的是"过去的真实情形是怎样"，便会疏离其在客观现实中的存在。如果思考的是"就像过去那样"，则疏离了其在作品表现中的存在（就像前面几段所说的半虚构影响）。无论如何，它都是取代了当时当地性。[15]

其次，书面历史意识缺少了我所说的岩石之声的稳定性。其物理形态永恒性的缺陷是显而易见的，因为没有几个纸卷或抄本的长久性能够超过岩石。除此之外，从抽象意义上来讲，书面历史意识同样也缺乏永久性。就像我前面以完成式所想要说明的，声音"历来也是——或者更准确地说，现在仍然是——时代之石"。因为声音是在空中的动态推进，这种情形总是能够与岩石相互补充，也就是说，声音的转瞬即逝与岩石亘古不变的永恒性对比问题从来不曾发生，就像从花岗岩上折射出来的云母状光线看起来是透明的，而不是岩石的某个侧面。而声音遵循的是另一种时间秩序。那是传说中的时间：起初的世界就是这样的，所以我们现在看到的便是这样。人类的记忆一旦诉诸书写，会产生多少差异（正如柏拉图早先在《斐德罗篇》中对写作的起源进行思考时所写到的）！[16] 书写的储存机制突显了档案在实际抑或理想中的永恒性，以此来衡量，人类记忆似乎呈不断衰弱趋势，而非变得更强。但抽象意义上的折损并未就此打住。既然提到了档案的永恒性问题，那写作本身，与柏拉图提出的"线寓"的永恒形式相比，似乎最终必将式微。[17]

当然，从另一个角度——即从书写本身来看——这种损失也是收获。越来越多的约束与不断减少的示能性只能意味着，技术的作用范围发生了转移——在其他领域开辟了更广阔的可能条件。事实上，这个"其他领域"正是关键所在。正是由于写作不必再背负岩石或声音的重荷，从而能够被传播得更快、更远。就这样，存在与永恒都经历了巨变。存在变得灵活，至印刷出现之后发展到极致，成为伊丽莎白·爱森斯坦（Elizabeth Eisenstein）在写到印刷革命时所说的扩散（即传播）。与此同时，永恒转变为一种可再生的新型永恒，即再现性，这一特点在印刷术出现之后，就成为爱森斯坦所谓的标准化，或者说同样内容在多种副本中的真实再现。总而言之，口头纪念载体（孤赏石、劈石等宗教仪式）转化成了被爱森斯坦称作固定性的混合了扩散与标准化的新型纪念载体，即事实不是经由某些独特的纪念载体的气息而得到保证，而是通过多份副本在不同时空的传递而实现的。[18] 就这样，储存与发送网络由村庄不断向外扩展，进而成为我们今天所谓"广域网"（WAN）的雏形。

因而——这也是广域网的基本属性之一——网络中的中介节点变得更加独立与专门化。我前面所说的转述者仅凭日常生活经验——比如，碾玉米、哀号死去的孩子等——已无法实现这些功能。在广阔时空中构建网络是一项极具挑战性的任务，需要在某个物理空间或职业岗位设置传输节点，这类节点既要真正介于日常生活之间，又要超乎日常生活之外。这个节点毫无疑问就如一名僧侣，具备成为抄写员所需要的专门化的技术技巧；到了印刷时代，这个节点应该处在文化贸易之中，角色也越来越专门化，可能是作家、书商、承运商、零件印刷机等（更别提批评家与学者了）。因而，一度由转述者占据的网络传输节点，在功能上变得更复杂，而在社交关系上则变得更加单薄了。最终，物化——或者说，现代的崇拜效应——发生了。信息转达的责任似乎从人类转移到了传播手段或产品本身。对书籍的崇拜就是这样产生的，书籍成为社会个体的替代物。书籍成为新的转述者。人们提出一个问题，书籍会给予解答。

简而言之，储存与发送成了现代意义上的媒介。当祖父母及父母亲跟我们生活在一起的时候，他们就是中介。媒体社会则意味着，我们将祖父母与父母亲驱逐出了我们当前的生活——将他们划作老一辈抑或"同伴"的行列，至于他们的媒介作用，当代人在描述的时候无非是说此刻"刚去世"或者"还活着"（就像 20 世纪的记者们所宣称的那样），这无论如何都是不近人情也不可饶恕的。因而，此时此刻不再是公共历史，因为它必须经由那时那里传递而来。那时那里，按照非同步性及远程呈现原则来界定现代媒体，还有什么更好的方法吗？

令人诧异的是，原始口头历史意识竟然不可思议地幸存了下来。气息的口头存在与永恒——重复信息的储存与发送（这里，还是这里）——先是移植到手稿上，继而又应用于印刷时代，形成了重复的机械化繁殖。这便是《圣经》抄本的魔力所在，从某种意义上来讲，这是一种意在传播、标准化并固定于合乎教规的文本的重复手段，不然，重复就会呈现出不稳定性，比如出现四方福音、多个类型的基督等。19 世纪历史相对论的大部头书籍也是这样显示出其魔力的，这些书尽管将基督世俗化为时代精神或历史精神，但仍然是信奉基督的。他们相信，他们能够重现兰克所说的根本不可思议的历史"真实"。[19] 米什莱 1846 年曾这样讲："假若未来有我的份……赋予历史一个前人未给过的名称。奥古斯丁·梯叶里 (Augustin Thierry) 称其为叙述，基佐 (M. Guizot) 称其为分析，而我则称之为重现。"[20]

我之前说过，如果说写作的最高技术效应是生产了历史学家的历史意识的话，那么我们现在可以给其中涉及的特定生产技术加以命名了。米什莱将奥古斯丁·梯叶里所说的叙述纳入其历史重现学说并非偶然。历史的最高级技巧是叙述——跟论文、专著等形式中的发展阐释学一样——在更广阔的重复模式中来阐释这种重复（如同古斯塔夫·弗赖塔格 [Gustav Freytag] 1863 年对叙述的崛起—巅峰—衰落模式所做的分析）。[21] 历史相对论强调与叙述的融合，我们可以将这种历史相对论概述如下。首先，存在一种必要的人类灵魂（精神、思想、意义）从一开始的主观意念世界（狄尔泰：心灵）中创造客观世界。这种原始的思维方式，无论是属于某个群体、民族还是世界的精神，都具有一种内在的秩序，其与生俱来的权利就是人类完整的前后一致的身份（历史相对论称其为"统一"）[22]。但是——这是历史学家的基本认识——人类秩序只有通过外在的发生混乱才能够产生。灵魂的出现不是对人民教化（Bildung）、民族国家的秩序形成以及文明进步等历史变革的否定，而是经由这些因素而产生的。因而历史就是兰克所说的"统一的形成以及事件的进展"，他在自己的著作《历史》的前言部分也是这样写的。[23] 我们也可以用历史相对论的另一个主要术语来讲，历史是一种跨越时间的"连通性"设计（兰克："内在联系"、"关联"；狄尔泰："连接系统"、"联系网络"、"互连性"）。[24] 当然，将历史展开为相互关联的过程的最完美媒介是叙述。总而言之，口头历史意识的最初媒介是气息，而对那种气息的感知——通过声音技巧来实现——是即时性；与之相对应，书面历史意识的初始媒介是变化，而对这种变化的直觉感知是叙述——这种感知看上去好像也是即时的，只是需要被告知去领悟。

这样一来便只剩下应用技术问题了：写作技术如何真正发展成为能够"影响"历史学家历史意识的叙述技巧？这个问题不只是技术问题，实质上还暴露了媒体决定性这一深层次问题。关于这一问题，到目前为止，我的文章中还没有讨论过。根据问题的相关程度，我们依次称之为技术问题、唯物主义问题及历史决定论问题。我寻思着，如果这个决定论问题存在普遍的解决之道，其必定在于对物质与实践层面的区分——在此处是指技术与技巧——将之划分为两种不同的决定顺序。从可能性的物质条件来看，技术是有因果联系的：飞机能够飞得很高，但带翼飞行又制约着其无法离开大气层。与之形成对比的是，技巧由技术的科学实验报告、设计及实践而组成，这些内容与社会文化与心理文化的必然性间有着因果联系，因而便出现了在不列颠之战中返回家乡的飞行器的低海拔、全姿态的滚桶飞行特技。决定论问题的确可以归结为任何时代的可能性技术条件与技术之外的其他文化力量所驱动的技术技巧之间的循环往复。正是这两种决定顺序（我先前所说的技术游戏中已有展示）间的频繁转换——这种转换既是自由的，同时也是相互约束的——造成了文化荒芜与文化创造决定论之间的差异。因此，我们现在看到的多数决定性解释都是"变化不定的"——比如，路易·阿尔都塞（Louis Althusser）的"相对自治"命题，吉尔·德勒兹（Gilles Deleuze）和菲利克斯·加塔利（Félix Guattari）的混合率、流动及空间概念（应用于曼努埃尔·德兰达的《千年的非线性历史》[Manuel De Landa, *A Thousand Years of Nonlinear History*] 中的历史编纂学），布鲁诺·拉图尔（Bruno Latour）的行动者网络理论以及突发论等。[25]

但是，决定论问题的确没有普遍的解决方式，所有的解决方案都是针对特定个案，结果导致的"实践冲撞"（借用安德鲁·皮克林 [Andrew Pickering] 的科学技术研究术语）在理论与实际层面都是难以识别的。[26] 在这里，我必须展开我之前从写作的起源直接跳到其在工业化时代的鼎盛时期时所省略掉的部分。[27] 写作，在口头文化时期只是一个小小的技术手段；这样一个小手段如何确实创造了如此重要的文学叙述技巧，导致利奥塔所说的历史相对论"元叙述"或"宏大叙事"；这一问题的答案一定要从写作由出现至巅峰这段未经叙述的几个世纪里寻找答案。[28] 由于细致地勾勒这个区间，比如，克兰奇的《从记忆到文字记载：1066—1307 年的英格兰》（M. T. Clanchy, *From Memory to Written Record: England 1066 —1307*）并不属于我的研究范围，因而我将选取写作（特指历史写作）初期及后期各一个段落进行简单的对比，来简要地说明一下这个区间。[29]

第一段摘自 18 世纪盎格鲁 - 撒克逊的《圣加伦年鉴》（*Annals of Saint Gall*），是我从海登·怀特的《现实表现中的叙述性价值》中选取的历史记载范例。

709 年，严冬。哥特佛瑞德公爵去世。

710 年，难过的年头，收成不足。

711 年。

712 年，洪水泛滥。

713 年。

714 年，宫相丕平去世。

715 年，716 年，717 年。

718 年，查理大帝摧毁了撒克逊人，给后者造成巨大破坏。

719 年。

720 年，查理大帝与撒克逊人交战。

721 年，人们将撒克逊人赶出阿基坦。

722 年，收成不错。

723 年。

724 年。

725 年，撒拉逊人（Saracens）首次出现。

726 年。

727 年。

728 年。

729 年。

730 年。

731 年，比德长老去世。

732 年，查理大帝周六在普瓦捷大战撒拉逊人。

733 年。

734 年。[30]

　　我在别的场合曾经讲过（接着怀特的话）：此处的编年记法看起来的确是坚持了线性顺序，甚至将一些显然没有事件发生的年份也罗列在内。但是按照这样的顺序来记录能体现怎样的思想脉络呢？我们是在阅读历朝历代的帝王与文明吗（"查理大帝与撒克逊人交战"、"撒拉逊人首次出现"）？或者说我们在看地方政权发生了什么事（"哥特佛瑞德公爵去世"、"宫相丕平去世"）？又或者，从周遭的农业世界观来消化所有的政治事件角度，我们只是在记录收成的周期性变化吗（严冬……难过的年头，收成不足……收成不错）？我只能说，上面几种情况都有道理，但都不在点上。其思想脉络是从多个方向、多个层面展开的。[31]

　　第二段摘自兰克 1824 年的著作《拉丁与日耳曼民族史（1494—1514）》的引言部分[32]。这段引言遵循其在序中"如实直书"（*wie es eigentlich gewesen*）

的格言，主题为"拉丁与日耳曼民族统一及其共同发展的文章概要"。文章开篇写道：

> 成功伊始，即民族迁徙开始之后不久，西哥特王阿萨尔夫（Athaulf）想到一个让罗马世界哥特化、使自己成为全体人的恺撒的办法；他会继续推行罗马法。如果我们的理解无误，他首先打算将西方的罗马人（罗马人尽管是来自多个不同的部落，但经过好几个世纪的统一之后，已最终成为一个王国、一个民族）与日耳曼民族合并为一个新的统一体。后来，他对这个计划的实施感到绝望，但是共同的日耳曼民族最终还是形成了，而且比他设想的情况更加全面。不久之后，高卢的确成了日耳曼尼亚，而非哥特兰岛。最终，恺撒的紫色长袍传到了日耳曼民族查理大帝的手上。同样，他们最终也采用了罗马法。在这一融合过程中，有六个大民族得以形成——其中三个以拉丁元素为主导，即法兰西、西班牙与意大利；另三个以日耳曼元素最为显著，分别是德国、英国和斯堪的纳维亚。
>
> 这六个民族中，每一个民族又再次分裂为多个不同的部分；他们未再形成单一的民族，相互之间一直处于对抗状态。那么，他们的统一性展现在哪里呢？（《历史》第 1–2 章）

这是 19 世纪历史学家叙述的巅峰之作。我突出显示的每一个术语都是用以将各类事件以发展的时间、因果或意识脉络联结起来的技巧——用在此处旨在解决设想中欧洲"人民"文化统一中的多民族问题，这一问题十分棘手。[33] 就在上述段落之后，兰克回答了相互作战的六个民族之间如何实现统一的问题，他声称，这些民族能取得这样的成就，"就是源于他们都具有统一的精髓，从始至今都意在促成拉丁与日耳曼生活的不断发展"（《历史》第 2 章）。

那么，从技术决定论的角度看，我们是怎样从 709 年过渡到 1824 年的？虽然在《圣加伦年鉴》中占主导地位的早期写作技巧可以说是由新的写作技术决定的，但是谁都无法预测这种技巧继续发展下去会不会成为线性叙述；认识到这一点后，前面那段必须跨越的时间间隔逐渐变得明朗起来。我认为那是一种目录技巧，杰克·古迪（Jack Goody）在其关于写作的人类学分析中证明，这种目录技巧的层级及统计形式与写作的起源密切相关。[34] 有人可能会因而编造一些貌似可信的故事，把目录纳入到"写作技术决定写作技巧"的全过程之中。我们首先要承认，写作的签名技术——碑文、字母表、单页纸、抄本及印刷本——应用了分析（将内容分成不同的部分）与转码（再将事件重新集合到一起，但不一定按照固定的顺序）的机械原则。今天，我们或许可以这样讲（按照列夫·马诺维奇 [Lev Manovich] 的方式），写作技术是具体的、模块化的、易变的、可以任意使用及重新组合的（就连卷轴也可能被断断续续地投入使用）。[35] 因而，目录代表着分析与转码写作技巧的整体范畴，这种技巧从基本的手稿代笔到各种各样的正字法、俏皮话、动态语法、排列数组（比如，表格）、可变换的惯用句法、纲要性情节结构等，应有尽有。

　　从某种意义上讲，累积效应是以下面这种目录式叙述开始的："以拿（Irad）生米户雅利（Mehujael），米户雅利生玛土撒利（Methusael）；玛土撒利生拉麦（Lamech）"（《创世纪》4：18）。但从另一个意义上讲，目录逻辑本身只能让我们将写作当作口头叙述的支撑，而后者是完全不同于线性叙述的。毕竟，《圣加伦年鉴》中所遗失的多数内容肯定已经得到了口头叙述的补充，这些叙述是经由或围绕编年史作者稀疏的笔记而得到的。而口头叙述的线性属性，正如我们从米尔曼·帕里（Milman Parry）关于《荷马史诗》的研究中所了解到的，根本是非现代也非线性的，其核心原则是对程式与故事的重新混合。[36] 事件可以用多种方式来讲述，这个"多"既是指事物的讲述方式，也是指我们所用的语言与手段，如此等等。最重要的一点是，早期的目录写作模仿的是口头技巧，把口头技巧当作音乐曲谱，或者往同样的方向演化，如此一来，这两种不同的技术——声音与写作——便发展出类似的历史讲述技巧。上述任何一种情形都没有迹象表明，将来会出现能够代表 19 世纪历史与小说特征之关系（*Zuzammenhang*，线性或多线性联系）的交响叙事。相反，正如保罗·曾托尔（Paul Zumthor）提出的早期手稿变动性（*mouvance*）概念或者阿德里安·约翰斯（Adrian Johns）所指出的早期现代印刷品不稳定、可能会被非法翻印的观点（这是对爱森斯坦所说的稳固性的公然反驳），写作本质上有可能就是一种混合唱片，利用其基础技术的分析与转码能力来创作一些无法判断其有无关联的作品。[37]

那么，从技术决定论的视角来看，709 年至 1824 年的过渡是怎样发生的呢？这一问题扣人心弦，对于这一问题，我们的解决方案是，与其将其当作悬崖，倒不如当作一个由无数级技术台阶组成的斜坡，每一级台阶都通过不断累加的文学转折通向更深一层技术。然而，我们不清楚这个由上千个答案组成的解决方式能否令人满意，因为其可能会将解释分散于描述之中；要么就是认为累积决定性的本质就只是对原来的问题进行了重组，后者同样是不得要领的。因而，我会再给出一个答案，这个答案吸收了前人的教训，尽管也无法完全令人满意，但是这个答案的特点是，能够始终着眼于大局。

按照当前的术语，我所提议的这个解决之道是将技术决定论理解为递推（ recursion）。递推是一个函数，将问题的处理交由同一个函数的自我指涉、迭代的且不断缩减的形式，这个函数受到初始值与终极基础条件的约束，这些条件本质上都是提醒人们作用于该系统的外部决定因素。因而，因子函数的标准递推公式如下：若 $n > 0$，则 $n! = n\,(n{-}1)\,!$（若 $n = 0$，则 $n! = 1$，这个是基础条件）。我借用了维基百科中一个不错的非数学案例，略微改动了一下，形成了下面这个关于祖先的递推公式：

> 一个人祖先的父母是这个人的祖先（递推阶梯）。
> 一个人的父母是其祖先（基础条件）。[38]

将其应用于当前所讨论的问题——我对决定论问题所做的解答——便产生了下面的递推过程。写作技术如何"决定"了最终导致 19 世纪历史相对论的叙述技巧？答案只能是这样：根据递推公式，"决定"被定义为叙述。换言之，只有当足够多的因果、时间、意识类写作工具被拧到一起，将技术作用范畴简化为线性因果关系（事实上，这只是在讽刺安德鲁·皮克林所谓"实践冲撞"的全部异想天开的可能性）之后，才出现了现代人所说的历史决定论含义，这种观点一开始是被当作魔幻、奇迹或命运决定论的反面的。就像阿尔都塞对帕斯卡尔（Blaise Pascal）宗教观的解释："双膝跪地，动嘴祷告，你会相信。"[39] 用现代的话来讲，就是拜倒在技术面前，张开你的嘴巴进行叙述，你会相信普遍的决定之神，它小到如电子工程中的小叙述（比如，半导体收音机的流程图），大到任何现代性的宏大叙事（比如，兰克的"共同的日耳曼民族最终还是形成了"）。毕竟，人类不同于物质，其中的决定性除了被描述为发展外，还意味着什么？从人的视角看来有意义的决定性——至少从对人的现代理解来看（福柯曾说，人是诞生于 19 世纪的自由主义与决定论这对自相矛盾的观念的历史产物）——只有叙述。[40] 经由某些在最后的分析尚未确定的突发或偶然的行动方法，与社会文化力量相呼应的写作科技"决定"了叙述技巧的形成，按照递推理论，这些叙述技巧又形成了现在的决定论本身。

正如我前面所警告过的，要解决写作技术如何决定叙述技巧的兴起这一问题，仅仅声明叙述本身通过递推确定了决定论的意义是无法完全令人信服的，因为我们依赖的变迁路径是不稳定的，决定论信息经过抵消之后只剩下了媒介与形式。然而，这种解决方法与因果关系解释论当前所普遍面临的不稳固性是相一致的，根据后者来看，事件的真实性与其说依赖于证明，倒不如说（我之前所说）是丰富性。无论如何，对媒介决定论问题采取递推方式都可能被分解成下面的这些关于写作的教训。在早些时候，我曾说过，口头历史意识的本质是社会性，现在如此，将来也如此。那么写作的社会性是怎样呢？正如写作产生了写作技巧的决定性一样，我推测——在同样的现代化进程推动下——写作也产生了这些技巧的社会性。我之前已经讲过，写作网络中的中间节点，从功能上讲是增强了，而社会关系层面则变得稀薄。因而，按照递推理论，媒体决定论背后的社会性越来越被压缩到写作技巧本身。有人曾经提出，"如此说来，好的写作便是'脱离上下文'或'自发的'"，这种观点遭到了人们的质疑。[41] 祖父母、父母亲不再是信息转述者——至少在证明、合同、法庭记录、遗嘱及税款（更别提报告、研究当中了）等场合不再被当作正式的信息源，而后者才是现代制度的媒介。就算在某些场合，祖辈、父辈仍然扮演着重要角色，但已经被递推成为新媒体中的某些角色或"人"。从叙述学的角度来看，他们成为被虚拟化的角色，如"发送者"、"接收者"、"帮助者"、"反对者"等，格雷马（A. J. Greimas）在其叙述传播理论中对此进行了图式化说明。[42] 在约翰·吉约里（John Guillory）的《备忘录与现代性》启发下，我们也可以轻而易举地发现此类角色是如何以备忘录的形式而固定下来的。[43] 就好比下面这样（这多少有点小说化了）：

> 致：儿子
> 自：父亲
> 关于：529 学院储蓄计划
> 抄送：孙女
>
> 　　我签了一张支票用于利安的学院计划。富达确认收到存款时，请告诉
> 我一声。顺便问一下，利安的衣服尺寸是多少（奶奶想知道一下，好给她
> 准备圣诞礼物）？
>
> 　　　　　　　　　　　　　　　　　　　　　　　　——爱你的，父亲

原本的信息转述者不见了，今天的政府与企业，在所有文职人员的协助下，成
为自身产业的处置者。

　　因而，尽管与口头表达相比，写作已尽其所能地履行了社会性，但写作并
非特别适合这种用途。写作非但不是连接过去与现在的圈子，相反，它是现在
与过去间的契约。以典型的现代话语来讲，它不是一个圈子，而是一套传播
系统。经由写作，我们从祖先的时代进入到现代的作家时代，或者说，现代
写作媒介系统中的其他专门化角色——编辑、出版商、译者、读者、口译者等
的时代。每种角色都是这个新的社会体系中的专门化传输节点。结果造成了一
对多、多对一、多对多传播体系的崩溃。我替现代作家与出版商们感到惋惜：
他们只会思索自己是否在进行一对多、多对一或多对多的传播。而这些传播行
为却不再是在此时此刻结合在一起的。非同步性拉开了传播的时间，而遥视技
术又隔开了沟通的空间。只剩下"看不见的手"这股市场力量——我们也可以
说，双眼双耳都丧失了功能——在对传播行为进行协调。

　　在未来的媒体时代，充当信息转述者的角色会是谁，或者会是什么呢？

朋友的时代

　　现在，我们需要通过更彻底的研究，考察继而产生的媒体时代，这个时

代的特点是对文字进行了转录，即 19 世纪到 20 世纪中叶的电信、电话、摄影、电影、速记、录音、广播、电视等。这是马歇尔·麦克卢汉（Marshall McLuhan）提出的媒体理论的（首要）电子机械与模拟的核心，也是之后的媒体考古学方面的作品，如弗里德里希·基特勒的《留声机、电影、打字机》（Friedrich Kittler, *Gramophone, Film, Typewriter*）的核心。[44] 此类即时广播并进行电磁记录的媒体似乎通过激发人们的感官知觉、瞬时机动性与大规模复制而强化了事件"原本的样子"。因而，促成更完整历史意识的条件已呼之欲出，既有观察与聆听的热情，又能实现麦克卢汉所说的"地球村"规模上的复现灵活性。而且，叙述具备了更多的连续性与关联性，因为新技术似乎全都与流动相关。他们将诸多事件以信息流的方式陈列，当中无须间断。

但是我们发现，新的技术催生了某些技巧，而切断了历史记忆。在更加强劲的非同步性与远程遥控（事件被记录下来向全球广播）的结合之下，再加上通过流式记录或广播而积聚的大量丰富信息，反而导致更加复杂的制作与接收技巧的出现，这些技巧将历史分割为镜头组接、新闻短片与原声摘要播出等。结果导致脱离所有背景信息的概要性历史的跨时空流动。这是没有历史的历史。爱德华·默罗（Edward R. Murrow）有过一个著名的段子，可以说是将兰克所谓的"历史本真"推到了登峰造极的境界：二战期间的伦敦大轰炸发生时，他在广播一开头说道："这里是伦敦。"同样的，他后来在哥伦比亚广播公司创立了一档节目就叫"你在那里"（节目中有对演员扮演的历史人物的采访"直播"）。但默罗嘴巴里的"这里"和"那里"并不是听众起居室里间或出现的"那里"及"这里"意义上的当时当地——跟继而播出的商业节目一样，同样不具备多少历史情境。就连记录那个时代的巨作——比如，记录二战期间美国与日本海战的美国全国广播公司系列电视纪录片《海上的胜利》（1952—1953）（这部作品可以说是理查德·罗杰斯 [Richard Rodgers] 创造的真正意义的鸿篇巨制）——也产生了自相矛盾的去情境化效应：总共 26 集，每集都有广告插入，将叙述分割成好几个片段；其中每个片段都得撰写足够多的独立（及重复的）脚本，以此来应对不时被打断的整体节奏。[45] 联想起 1963 年首次登场的柯达相机，我们或许可以说，此类历史发展到极致，就是一种傻瓜化历史。

　　不过，我要暂时抛开类似的电子机械时代，来进一步讲讲我们当前的电子网络媒体时代；按照高级傻瓜历史的做法，我们现在普遍将其简称为"新媒体"。电子新媒体提出一个极其重要的问题，我前面关于口头表述及写作的思考正是为了回答这个问题：何以这么多媒体，以如此重要的方式影响着如此多的人的生活，而历史意识却如此淡薄？这个问题关系到电子技术演化的各个主要阶段：科技与军事电脑、商业主机、个人电脑与网络，以及近期的 Web 2.0。为了让这个问题引起当前人们的高度重视，我将着重探讨 Web 2.0。

　　关于 Web 2.0，可以有很多种表述，但最普遍的定义或许是：网络信息结构与传播形式的变化，导致人们将社会体验迅速接入网络。早期的网络，我们现在可以称之为 Web 1.0，起先的信息结构是这样的：作者将一个网页作为组件（超文本标记语言 [HTML]、图片及其他多媒体文件）上传至服务器。接着，当用户点击链接时，服务器程序就会从数据库里找到这些组件，将其通过因特网传输过来。最后，最终用户的浏览器会以原始内容与结构副本（修改到适合本地硬件与用户偏好）的形式将内容重新组装为"现在的样子"。在这种模式当中，最终用户对"超文本"导航有了更多的控制，但他们仍然主要是信息的消费者。

　　但是从 20 世纪 90 年代中期开始，企业与机构开始进驻网络，随之带来了更多数据库。这种形势隐隐约约地改变了网络，使之进入到 Web 1.5 时代（这 0.5 的进步表明，新结构的充分潜能尚未被充分挖掘）。在这种模式下，作者们运用"Web 窗体"将内容输入在服务器上运行的基础数据库（而不是以文件的形式直接写在服务器上）。当用户发出请求时，会有一套错综复杂的中间文件与脚本代码有选择地从数据库中调出内容——包括作者提供的内容与其他内容的组合——并将所有内容集中为"临时文件"或"主题"结构（仿佛一张空白的预制的网页模板）。因而，最后通过因特网传输过去的内容有点类似于混合唱片。这就使得用户对信息消费有了更精准的控制，因为他们可以运用高级搜索功能来对数据进行搜索。但有一点同样很重要，Web 1.5 的数据库到网页体系是双向的，用户也通过自己输入的 Web 窗体，将内容写进他们浏览的数据库。毕竟，公司是希望用户录入他们的姓名、住址和信用卡号的。

　　当互联网开发者们突然意识到可以利用这种双向性来有所作为的时候，

Web 2.0 便到来了。他们思考着，为什么要局限于数据库到网页这样的非对称结构，令作者们填写数据库的大部分内容，而用户却只能录入姓名、住址、信用卡号，最多发表一些评论？为什么不取消系统限制，使用户能够将全部内容写进数据库呢，就好比他们自己就是作者呢？按照这样的思路，开发者们设计了博客，这样当作者们将内容上传至基础数据库时，读者就能在同一个数据库中撰写"评论"进行回应，而这些评论会同作者的内容一并展示出来。这便是Web 2.0：以用户参与内容的创造、分享及关联为核心的新的传播方式的急剧膨胀。从类型上讲，这些传播方式包括博客、微博（推特）、百科、社交网站（使"朋友"能够在相互的"墙"上发帖）、交互式书签网站等。从主题与修辞方面来看，最主要的形式包括引用、博客链接、标签云、转发等。这一切从根本上讲都是传统的，只是人们聚集在一起讨论普通的——更确切地讲，共有网络中的——小事的社群（Community）。

既然提到了社群，我们便更接近了 Web 2.0 的真实含义。"结构"、"形式"、"类型"、"主题"及"修辞"等词汇可能都太过于呆板，难以描绘 Web 2.0 的真正意义。这些常规术语表现出，但不完全等同于，Web 2.0 这一伟大现象：社会计算，这一术语最普遍的定义是"各个群体为了一个或多个目标而在网络化传播体系中对技术的运用"，这里所说的目标可能是一些基础性工作，如经营个人身份（比如，修饰个人主页）、与"朋友"交谈、塑造某个网上社群的集体意识或目标。[46] 简而言之，Web 2.0 的重要特征是社会体验介入了网络——无论是出于认同、游戏还是工作的目的。按照现在的标准口号，Web 2.0 是"众包"、"多数派的规则"、"群体的智慧"、"蜂群思维"等，是多对多合作新霸权之下的一对多及多对一传播方式的重组，这种多对多的新形势集中体现在人们日常生活中越来越多地将精力用于更新博客、脸书页面等方面。毕竟，当人们能够在人行道上掏出智能手机发表言论的时候，为什么还要在银行或剧院傻傻地排队呢，比如排队看《盗梦空间》——就这样，20 世纪的失范行为转变成了21 世纪的社会性？

那么在 Web 2.0 时代，历史意识发生了什么变化呢？

首先，我们来看看最常见的答案。最显而易见的答案是：Web 2.0 令历史消失，因为它将傻瓜历史发展到极致，形成了众声喧哗的局面。早期网站"保罗的特别冷柜"（我在《酷之法则》中的一个例证）告诉我们，在每个即将逝去的瞬间，保罗的储存与发送器械（用来比喻服务器）中货架上有什么东西；其实这只是预告着一个时代即将到来，到了那时，每日的博文及每时每刻都会有的众声喧哗就是当天的秩序。[47]"电冰箱里的灯亮着吗"已经改变为"你现在在想什么"。当然，在推特出现以前，博客的更新大约是以天为单位；维基百科大概每小时就会有编辑、恢复与删除动作（尤其是在一些引发争议的页面），甚至频率更高；脸书网关注的则是当下的即时问题"你在想什么"（以前是"你这会儿在干什么"）。显然，Web 2.0 就是关于当下的平常之事——或者人们彼此间叽叽喳喳的谈话。现在就是当下的风尚。现在就是当下真实的历史，在 Web 2.0 的典型屏幕上，除了顶部按实时信息排序的几个条目外，我们看不到其他任何历史信息。除此之外，便是巨大的存档信息或你曾经感兴趣的页面等待着研究人员去挖掘。当然，如此强大的现在都在由网络连接的关系中相互关联，只是缺少了过去的历史学家概念中相应的历史意识。最终，博客与推特会让我们回归到类似于早期文学，甚至口头表述的状态。因而，回过头来再看我前面从《圣加伦年鉴》中节选的内容。那就是公元 709 年时的博客或推特。

　　但是在这个粗浅的答案——即 Web 2.0 无关历史——之下，却隐藏着更深层次的事实。回到我先前引自兰克为其著作《历史》所作的序言中开篇的段落（见上文）。正如我所讲，这是最典型的历史相对论。然而，从 Web 2.0 视角来看这个段落，则会产生令人不可思议的认识。历史相对论与 Web 2.0 之间有着深深的族源相似性。

　　兰克的开篇是这样讲的："成功伊始，即民族迁徙开始之后不久，西哥特王阿萨尔夫想到一个让罗马世界哥特化、使自己成为全体人的恺撒的办法；他会继续推行罗马法。"兰克继续写道，但是"最终还是形成了，而且比他设想的情况更加全面"的是"共同的日耳曼民族"。这个开篇让人们了解到《历史》随后对 1494 年至 1514 年这个时间段的关注背后的长远打算，包含着历史相对论的核心内涵。从赫尔德（Herder）至今，历史相对论无论范围大小，都是关于罗马帝国之后的欧洲如何最终重新统一为由文化统一起来的同属但有竞争的"种族"及"民族"，而不是单一的政权。跟传说中一样，欧洲各民族逐渐有机地创造了一个后帝国时代的帝国，该帝国的统治者不是某一位恺撒，而是分布式的欧洲文化，这种文化的表现形式多种多样，既有制度与语言，又有法国革命后的精神（影射产生历史相对论的最直接历史情境）。[48]简而言之，历史相对论讲述的是现代化故事，支持从一对多贵族式统治到多对多社会文化占主导地位——亦称自由，或欧洲2.0——的社会性变迁。历史学家目光所及之处，似乎都有共同文化所形成的关系，这种关系的巅峰出现在19世纪的"群体智慧"、"多数人统治"及"众包"之中：人民。

由此便产生了惊人的族源相似性。历史相对论正如Web 2.0。我们设想一下，假若当时那位查尔斯·巴贝奇（Charles Babbage）发明的不是分析机，而是蒸汽朋克式的博客、推特或维基百科，那么所有人都能够将日常的生活面貌发生了什么新鲜事发布出来，或者像维基百科似的将内容写进当时的法国及英国原创百科全书中。

"就像Web 2.0"，当然，但不完全等同。尽管有着不可思议的相似性，但有一点，历史相对论明显有别于Web 2.0。是什么导致当时的人们没有综合利用人力与技术媒介来扩展并立即加入原始的博客世界（当时称作"闲话"、"谣言"及"消息"）呢？答案当然是下面这种。尽管相互关联的"群体智慧"是可能存在的，但还需要具备相应的权利，使充当媒介的人与技术占领跨越地域、国家及国际空间的站点——确切来讲，是指当地人民固执地称作"家"的空间。因而，要穿过这些道路、获得通行权、占有必要的财产等，最终得靠一支军队；而军队继而又成为实现现代征服、和平与治理所必需的管理、政治、宗教、经济、文化等机构的基础。也就是说，通过最后的分析，在世界开启即时社会通信之前，必须重新发明现代形式的罗马帝国，这个帝国起初是为了君主的时代，现在再次改造是为了新的民族、时代精神及历史的庄严时代。

当然，这些现代化进程都是需要时间的，权衡了空间基础上的时间计算是解决当时的历史相对论与现在的Web 2.0之关系困惑的关键所在。我们可以说，历史相对论的基本解释——或者我们今天所谓的算法——意在解释阻止人类全方位社会性延迟的所有空间（或政治）樊篱。文明是在历史时间中慢慢展开的、经过延迟的社会性行为。拿应用术语来讲，这意味着历史相对论系统地占有所有控制空间的微观及宏观地理法则，将分界线（比如，以"上方"、"紧靠"、"旁边"等介词开始的）写进协调时间的语法中，这种协调预示着问题的解决（就像兰克段落中的一些术语，如"成功伊始"、"不久之后"、"他首先打算"、"后来成为"、"最终形成"、"不久之前"、"最终"、"终于"等）。[49] 当然，这种算法的最高级产物就是我们已经注意到的推导机制：叙述。简单来讲，历史相对论从未遭遇过社会性的空间、地域、政治或文化樊篱，从而导致这种社会性无法通过编造的故事而转化为时间上的延迟、停滞、预测或预言。就像这样：曾经，英雄盖斯特只能通过给世界各地的人们发送一条鼓舞他们坚持的精神来拯救人们。但邪恶的国王在路上设置了强大的壁垒阻挡了信息的传播。结果、终于、最后、历经艰辛、最终、总算，盖斯特成功地将人性的信息传递了出去。他能够完成这一使命，是因为他学会了建立好的法律、政府、经济、宗教、文化，还有媒体制度，这样一来，人类精神的传播便再也不会受到任何阻挠。

当然，Web 2.0 的不同之处在于，将空间间隔转化为曾经构成历史意识的时间叙述这一整体算法已经得到了重构。在电子网络时代，社会性的空间樊篱似乎越来越少，而且不再像以往那样难以逾越。原因就在于技术进步。但在很大程度上也是由于一个事实，即战争、镇压、压迫及现代帝国建立等恶劣行径已经被用于创造一个足以保证资本与信息安全传输的世界。换言之，Web 2.0 是站在食人巨妖肩膀之上的自由侏儒。因此，一度需要利用强大的文明力量、历经几个世纪，甚至几千年才能跨越的空间及政治阻隔，如今在几毫秒之内就被一根轻点"发送"的手指头逾越了。因而，共享文化的即时性不再被当作故事娓娓道来，而是被当作一种"实时"的媒介。特别来讲，过去储存与发送的即时性现象转变成了新的理想化的瞬间或即时性——这种突飞猛进的社会波面现在以一种单一的共享的方式将人与人相互连接起来。

这便是 Web 2.0 仿佛不再需要语法、叙述及因而产生的历史相对论历史意识的由来。正因如此，黑格尔觉得，历史的顶峰将产生于精神汇聚于绝对知识这一世界时刻。后来的弗朗西斯·福山（Francis Fukuyama）引用黑格尔的话，运用新自由主义（及 / 或新保守主义）的术语重新将同样的世界时刻描述为"历史的终结"。[50] 如今，Web 2.0 令所有绝对知识与历史终结的当下浓缩为 140 字，甚至更少。今天的精神听起来仿佛贾斯丁·比伯（Justin Bieber）在向几百万人发送推特信息："波士顿今晚十分热闹。人们都前来支持。我们很开心。"[51] 历史的终结仿佛某场即时同步发生的全球盛典。

当然，Web 2.0 解开了旧的历史时期被压抑的全部社会性，因而不再需要那时延迟的历史意识，这一观点是有待商榷的。电子时代"帝国"（按照迈克尔·哈特 [Michael Hardt] 和安东尼奥·奈格里 [Antonio Negri] 的传统）的文化政治理论家们、新媒体的学术批评家以及黑客激进分子与战术媒体理论家们（按照批判艺术组合的传统）以各种方式指出，Web 2.0 仍然没跳出狭窄的历史结构。[52] 比如，Web 2.0 显然越来越令"民众"受制于企业聚合器，仿佛企业形式就是民众自然进化的终极结果（西瓦·瓦伊德亚纳桑 [Siva Vaidhyanathan] 将这种现象称作"万事万物的谷歌化"）。[53] 更普遍的情况是，Web 2.0 参与了建筑在去中心化的技术市场控制原则基础之上的新自由主义帝国。

这种种批评可以被转换为我这里所说的分析术语，我们讲 Web 2.0 代表着历史相对论（延迟时间制度）这个全球性故事向互联网（"实时"制度）这个全球性媒体的不完全转型。比如，我们不妨思考一下 Web 2.0 的即时同步性逻辑中的两块旧时的绊脚石。第一块是现在人们仍然担心的"数字鸿沟"。有许多重要的发展疏忽将人们进行了分隔，一部分人拥有能够支撑他们的博客或社交网络永远在线的基础设施、经济及制度；而另一些人，比如撒哈拉沙漠以南的非洲乡村地区，或者处于政治动荡当中，如埃及（2011 年 1 月革命）等地区，则不具备这样的条件。因此，即时的"实时"性实际上在全球范围内（或者任何自上而下的统治结构社会中）并不是同步的。这就是马克思主义批评家们在其对历史相对论认识下长期称作"不均衡发展"的数字化体现。

第二块绊脚石是，互联网的"实时"性也不是即时的。数字网络化时代，人们对于即时性的理解有许多种不同的看法。几年之前，我曾经撰文讲过 Web 1.0 不稳定的即时性。[54] Web 2.0 的时间复杂性更甚。比如，我上面提到的 Web 2.0 的数据结构要求，数据库的检索、页面的拼接（比如，博客"模板"中，页面的标头、索引、工具条及其他超文本预处理器组成文件）、样式表的应用等，要在很短的时间内在服务器的软硬件结构中协调好。更难以理解的是，服务器与整个互联网——这个整体揭示了"即时性"并非科技假设，而是社会竞争的场所这一事实——的时间事件间的偶然互动。比如，在美国近来关于"网络中立"的管制战争中，竞争的焦点在于谁掌握着带宽及其他资源来使自己在网络上的即时体验比别人的更好。简而言之，任何即时发生的信息事件，无论是串流事件（如视频），还是具体的陈述（如谁最先在网络论坛中发表声明），对时机的掌握都是非常重要的。这类时间选择的内部结构在 Web 2.0 的"实时"性中几乎都被隐藏起来了。这种思想空缺，直到近来才被发现，且尚未吸引人们进行讨论，但是它提出了一些新的批评，此类批评集中于所谓的科技微观史学的正规性及其社会含义上。比如，有一些文化批评类的文章会认为，即时同步这个观念是一种意识结构，旨在使能够利用推特、脸书网、谷歌等（现在每个系统都有专门创造世界的算法）即时性的人们好似他们拥有这种同步的社会性。

按照 Web 2.0 的讲法，即时同步性只是两种概念——即时性与同步性——的"混搭"或特别耦合，并没有关联（或内在）的一致性，没有结合为一种单一的关于当下的后历史学家时代精神；原因何在，在这方面，恐怕还有待更多思考。但我们可以以最中肯的判断来总结一下 Web 2.0：历史仍在其中。

我的结论是，我们仍然需要将旧的历史意识（与其时态及叙述学）作为 Web 2.0 的重要补充。历史相对论作为叙述所经历的历史意识最终是关于人类社会性的。因而，它与今天社交媒体的实时性相近。但旧的历史意识也有足够的差异性，足以作为 Web 2.0 的补充，上文中我已提到过后者逻辑上的绊脚石，这些问题提示了当前人们对全球社会性的渴求中存在的道德、政治、经济等方面的疏忽。历史相对论曾经被用来矫正高级印刷时代的古代信息转述者，它或许能够再次被调整用于现在的社会计算时代。历史相对论不光可以成为我们的朋友，而且——就像我们的祖父母、父母亲一样——成为我们最亲近、最严厉的批评者，哪怕是我们现在反过来批评历史相对论局限性的时候。历史相对论在当下的功能在于：既要尊重过去，也应在此基础上加以改善，这样才能实现人们原本对其抱有的期待。

为了对这一假设加以考察，我指导的加利福尼亚大学多媒体在线阅读项目组创造了一个社交网络体系原型，该体系称作 RoSE（以研究为导向的社会环境）。[55] 我不打算在此详细介绍这一体系，这里只需说明：RoSE 是一种社会计算，只是这种计算带有某些差异。这个差异性就体现在其包含了历史意识。尽管 RoSE 能够使当代的用户相互结为朋友，但其主要目标是将社会网络模型架构在作家与作品结成的历史网络之上。在 RoSE 体系中，各个历史时期的文档、作家、编辑、出版商、读者及注释者等相互联结，组成一个综合的"社会文件图表"，他们的关系无论在过去还是现在都会发生变化，因为每个时代都会影响到人们对另一个时代的认识。这一环境揭示，历史是当下与历史上的人与文件、人与人以及文件与文件之间持续共同演化的一簇簇关系。

换言之，RoSE 体系的重要性在于将过去的历史意识反过来作用于我们当前对社会性的理解，反之亦然。等 RoSE 体系完成后（如果资金允许），该体系最终将能够使研究人员及时徜徉于知识的密林中，观察特定的研究领域是如何发展的——换言之，带着历史意识去进行探究。事实上，"时间游标"功能使得人们有可能透过年代顺序，传播其关于人与文档之网络的观点，见证知识的演进。

在种子资金支持下的 RoSE 体系还只是个雏形。但它已经使生者成为很多故人的"朋友"。事实上，故人正是 RoSE 体系的魅力所在。该体系中拥有介绍页面的故人"用户"——他们"实时"（动态地）与在世使用者的资料及作品产生联系——这样的"用户"越多越好。比方说，在这个体系中，我与威廉·华兹华斯（William Wordsworth）（他是我第一本书的研究对象）结为朋友，我们两人的介绍页面——在其与其他人及文档复杂的、相互关联的、盘根错节的联系中——证明了知识的存在、呼吸及鲜活的社会性。RoSE 研究的是信息转述者——调整为历史印刷品的作者与文件——能够再次被调整，以应用于社会计算时代。

简言之，RoSE 尝试着将历史意识与数字化时代统一起来。数字时代的历史意识可能不是还原历史的本真，而是要呈现"历史应该怎样"这样的信息，即以历史为核心的居间传播体验，这是社会性含义的一个条件。我们可以说，服务器是今天的社会知识之岩石——每一块都如同早先时代、具有独特标识的孤赏石、劈石或石冢一样是巨大的，拥有独特的名称（通过 IP 地址）。那么，跟现在一样，这些用硅和矿物质形成的平台，其身份本身并没有太大意义，只不过有些东西对于在此处的某人来讲相对更重要些。只有以历史意识表现的社会性完整体验才能解开人类的意义。

我的论点是，最广泛的社会性体验要包含已成为历史的社会；社交媒体若能记住这些，会变得更加人性化。

加利福尼亚大学圣巴巴拉分校

注　释

[1] Walter Benjamin, "The Work of Art in the Age of Mechanical Reproduction," in *Illuminations*, ed. Hannah Arendt, trans. Harry Zohn (New York: Schocken, 1969), 220.

[2] Albert Borgmann, *Holding On to Reality: The Nature of Information at the Turn of the Millennium* (Chicago: Univ. of Chicago Press, 1999), 37.

[3] Walter J. Ong, *Orality and Literacy: The Technologizing of the Word* (London: Methuen, 1982), 1.

[4] See, for example, Ong, *Orality and Literacy*, 36–68.

[5] Alan Liu, *The Laws of Cool: Knowledge Work and the Culture of Information* (Chicago: Univ. of Chicago Press, 2004), 294.

[6] Clifford Geertz, "Deep Play: Notes on the Balinese Cockfight," in *The Interpretation of Cultures: Selected Essays* (New York: Basic, 1973), 412–53; N. Katherine Hayles, *How We Became Posthuman: Virtual Bodies in Cybernetics, Literature, and Informatics* (Chicago: Univ. of Chicago Press, 1999), 17; Nicholas Gessler, "Skeuomorphs and Cultural Algorithms," *Lecture Notes in Computer Science* 1447 (1998): 229–38, http://www.springerlink.com/content/06254753ul401480/.

[7] Jean-François Lyotard, *The Differend: Phrases in Dispute*, trans. Georges Van Den Abbeele (Minneapolis: Univ. of Minnesota Press, 1988), 152. Ellipses are in the original.

[8] 有关"储存和发送"的定义，参见：*A Dictionary of Computing* s.v. by John Daintith, accessed 28 December 2010, http://www.encyclopedia.com/doc/1O11-storeandforward.html.

[9] 有关信息研究与计算机科学领域中一对多、多对一及多对多等分析词汇的典型使用法，可参见：Gustavo Cardoso, "From Mass to Networked Communication: Communicational Models and the Informational Society," *International Journal of Communication* 2 (2008): 587–630, http://ijoc.org/ojs/index.php/ijoc/article/view/19/178; Alexey Lastovetsky and Maureen O'Flynn, "A Performance Model of Many-to-One Collective Communications for Parallel Computing," *Proceedings 21st IEEE International Parallel and Distributed Processing Symposium, IPDPS 2007, 26–30 March 2007, Long Beach, CA* (Piscataway, NJ: IEEE, 2007), 1–8, http://ieeexplore.ieee.org/xpls/abs_all.jsp?arnumber = 4228302&tag =1; and Mu Xia et al., "Implicit Many-to-One Communication in Online Communities," in *Communities and Technologies 2007: Proceedings of the Third Communities and Technologies Conference, Michigan State University, 2007*, ed. Charles William Steinfield, et al. (London: Springer, 2007), 265–274, http://www.iisi.de/fileadmin/IISI/upload/C_T/2007/Xia.pdf.

[10] Alfred de Vigny, "Réflexions sur la vérité dans l'art" (appendix to his *Cinq-Mars, ou, Une conjuration*

sous Louis XIII, 1826), quoted in Donald R. Kelley, *Historians and the Law in Postrevolutionary France* (Princeton, NJ: Princeton Univ. Press, 1984), 23.

[11] Michel Foucault, *The Order of Things: An Archaeology of the Human Sciences* (New York: Vintage, 1973), xxiii. 或者如奥古斯特·孔德（Auguste Comte）在 19 世纪时所说，"当下这个世纪的特征首先是其不可挽回的历史优势，无论是在哲学、政治，甚至是在诗歌方面"（引自 Kelley, *Historians*, 13）。

[12] Leopold von Ranke, *Geschichten der romanischen und germanischen Völker von 1494 bis 1514*, in *Sämmtliche Werke*, ed. Alfred Wilhelm Dove and Theodor Wiedmann (Leipzig: Dunker und Humblot, 1874), 33:vii. 不出所料，兰克的序言在英译本中被省略了，包括我在本文中所参考的这一本：*History of the Latin and Teutonic Nations (1494 to 1514)*, trans. G. R. Dennis (London: George Bell & Sons, 1909) (hereafter *History* for the English translation I cite and *Geschichten* for the German). 有关这篇序言的翻译，可见：Ranke, *The Secret of World History: Selected Writings on the Art and Science of History*, ed. and trans. Roger Wines (New York: Fordham Univ. Press, 1981), 55–9. Wines translates *wie es eigentlich gewesen*: "what actually happened" (58).

[13] 这段引言取自 19 世纪 30 年代的一个片断，该段内容被翻印并翻译为"历史与哲学"，见：Ranke, *The Secret of World History*, 103.

[14] Ranke, "The Great Powers," in *The Secret of World History*, 128, 131.

[15] 兰克的名言"如实直书"所引发的讨论反映了平衡客观真实与本质真实之间的冲突，后一术语可能是考虑到对过往历史可能存在有些不符合实际的重新构建。有关后一解释，一个比较有影响的例证可见：Georg G. Iggers, "Historicism," in *Dictionary of the History of Ideas: Studies of Selected Pivotal Ideas*, ed. Philip P. Wiener (New York: Charles Scribner's Sons, 1973–74), 2:459.

[16] Plato, *Phaedrus*, trans. Benjamin Jowett, 节选自：*Critical Theory since Plato*, ed. Hazard Adams and Leroy Searle, 3rd ed. (Boston: Thomson Wadsworth, 2005), 37.

[17] 如德里达所说，写作成为一种追溯体系，而这种渐渐枯萎的羊皮纸本身需要某些更加坚实的底面作支撑，如上帝之道、自然之书等。

[18] Elizabeth L. Eisenstein, *The Printing Revolution in Early Modern Europe* (Cambridge: Cambridge Univ. Press, 1983), 51–64, 78–89.

[19] 这种非同寻常的或者说马后炮式的历史重构概念，已被赫尔德所预见到 *Mitfühlen* (empathy; see Iggers, "Historicism," 459)，随后又被 R. G. Collingwood 所效仿，后者提出，历史是虚构的"重现"(*The Idea of History* [1946; rpt., Oxford: Oxford Univ. Press, 1977], 282–302)。

[20] Jules Michelet, *Le Peuple*, quoted and translated in Kelley, 13.

[21] The so-called Freytag's Pyramid formulated in Gustav Freytag, *Die Technik des Dramas* (Leipzig: S. Hirzel, 1863).

[22] For Dilthey on *geistige Welt*, see H. P. Rickman's introduction to Wilhelm Dilthey, *Pattern and Meaning in History: Thoughts on History and Society*, trans. and ed., H. P. Rickman (1961; rpt., New York: Harper and Row, 1962), 22. For "unity," see for example Dilthey, 74: "This is the unity which, through memory, joins together what has been experienced... Its meaning does not lie in something outside the experiences which gives them unity."

[23] Ranke, *The Secret of World History*, 58.

[24] 有关兰克的"内部联系"、"相关性"观点，见：Iggers, "Historicism," 460, 459. 关于狄尔泰的"连接系统"、"联系网络"观点，可分别参见：Dilthey, 74, 79. 有关狄尔泰的"关系"观点，参见：Rickman's introduction to Dilthey, 24.

[25] Louis Althusser, "Ideology and Ideological State Apparatuses (Notes Towards an Investigation),"

in *Lenin and Philosophy and Other Essays*, trans. Ben Brewster (London: New Left Books, 1971), 121–73; Gilles Deleuze and Félix Guattari, *A Thousand Plateaus: Capitalism and Schizophrenia*, trans. Brian Massumi (Minneapolis: Univ. of Minnesota Press, 1987); Manuel De Landa, *A Thousand Years of Nonlinear History* (New York: Zone, 1997); Bruno Latour, *Reassembling the Social: An Introduction to Actor-Network-Theory* (Oxford: Oxford Univ. Press, 2005). On emergence theory, see Timothy O'Connor and Hong Yu Wong, "Emergent Properties," *Stanford Encyclopedia of Philosophy*, published 23 October 2006, http://plato.stanford.edu/entries/properties-emergent/; see also my discussion in Liu, "Thinking Destruction: Creativity, Rational Choice, and Destruction Theory," *Occasion*1.1, 15 October 2009, http://arcade.stanford.edu/journals/occasion/articles/thinkingdestruction-creativity-rational-choice-emergence-and-destruction-theory-by-alan-li.

[26] Andrew Pickering, *The Mangle of Practice: Time, Agency, and Science* (Chicago: Univ. of Chicago Press, 1995).

[27] 沃尔特·翁指出，"直入主题"这个概念起初应用于口头史诗，是读书人对口头文化的误解（贺拉斯说的"当中"是文学概念）。沃尔特·翁感到奇怪，既然没有令事物处于当中的关联方式这样的空间或线性概念，那么口头叙述中怎么可能出现"当中"呢？

[28] Lyotard, *The Postmodern Condition: A Report on Knowledge*, trans. Geoff Bennington and Brian Massumi (Minneapolis: Univ. of Minnesota Press, 1984), 31–41.

[29] M. T. Clanchy, *From Memory to Written Record, England 1066–1307*, 2nd ed. (Oxford: Blackwell, 1993).

[30] Quoted in Hayden White, *The Content of the Form: Narrative Discourse and Historical Representation* (Baltimore: Johns Hopkins Univ. Press, 1987), 6–7.

[31] 上述六个句子是根据我的书改编而来，参见："When Was Linearity? What Graphics Mean in the Digital Age," version 1.0, Digital History, Department of History, Univ. of Nebraska-Lincoln, 2008, http://digitalhistory.unl.edu//essays/aliuessay.php.

[32] See n. 12 for the English translation and German original that I use. (hereafter, *History*for the English translation I cite and *Geschichten* for the German).

[33] 为方便起见，我本文中的文本分析是基于兰克著作《历史》的英译本。我所参考的相应的时间、因果关系等运算则见于原著，比如 *im Anfang, nichtlangenachdemAnfang, nichtlange, längerdauertees, endlichhaben,* 等 (*Geschichten* xv)。当然，兰克的引言为其之后关于欧洲，尤其是意大利，在 1494 年至 1514 年间的叙述提供了近千年的故事背景，这个引言的适普性更高。但类似的时间、因果及意图连接词使兰克对特定事件的小说化演绎形成一体，比如他在对 Maximilian of Austria 的精彩叙述中使用了"从那时起"、"从未"、"在这种情况下"、"适才"等 (*History*, 96)。在这些密切的描绘中，兰克偶尔会重新讲起他引言中的长期性，使用了同样的时间—因果—意图类连接词（有时用量太多，以至于表现出目的性与神学意味），比如"但是上帝希望不要发生这种事。因而刚刚开始的拉丁与日耳曼民族的发展，已经遭到干扰和阻挠"(*History*, 228)。

[34] Jack Goody, *The Domestication of the Savage Mind* (Cambridge: Cambridge Univ. Press, 1977), esp. 74–111.

[35] Lev Manovich, *The Language of New Media* (Cambridge, MA: MIT Press, 2001). 我部分参考了马诺维奇在其"新媒体原则"部分所使用的概念词汇 "Principles of New Media," 27–48。关于纸卷的非线性使用问题，我则受惠于华盛顿大学近代东方语言与文明系的 Scott B. Noegel。2009 年我在华盛顿大学辛普森人文学院作了一场"线性何时出现"的讲座后，他与我就这些及其他问题进行了讨论。随后我们于 2009 年 9 月 23 日通了电子邮件，在邮件中，Noegel 写道："我们不能仅仅因为文档写在纸卷上，就假定其是线性阅读。我之所以这么讲，原因之一在于，就算是很长的文章，也会作为参考文献被人们记住或翻阅，或者用于检验某篇记忆中的文献

是否准确。人们可能会说，抄本的回归正是为了这一需求，因为其使得非线性参考更加简便（仍然是可以携带的）。另一个原因在于某些纸卷，比如在埃及，是很多不同文本的集成之作，其实并不属于同一类型。这意味着，如果有人想阅读当中的文本，他是无法以线性阅读的方式来完成的。"

[36] 关于帕里研究的重要性，参见：Ong, *Orality and Literacy*, 20-7。

[37] Paul Zumthor, "The Text and the Voice," *New Literary History* 16, no. 1 (1984): 67–92; Adrian Johns, *The Nature of the Book: Print and Knowledge in the Making* (Chicago: Univ. of Chicago Press, 1998). For Johns on book piracy, see 3–4; for John's dispute with Eisenstein's notion of fixity, see 10–20.

[38] Wikipedia, s.v. "Recursion," accessed 30 December 2010, http://en.wikipedia.org/wiki/Recursion. Permanent URL for the time-stamped version of this article that I cite: http://en.wikipedia.org/w/index.php?title=Recursion&oldid=404903667.

[39] Althusser, "Ideology and Ideological State Apparatuses," 158.

[40] 福柯关于 19 世纪历史中人道主义的讥讽："……人只是近代的发明，还不到两个世纪，在我们的知识系统中还属于新玩意；并且只要发现了新的科学形式，他还会再次消失……一想到这些，我就颇感欣慰……"(*The Order of Things*, xxiii)

[41] E. D. Hirsch, *The Philosophy of Composition* (Chicago: Univ. of Chicago Press, 1977), 21–3, 26; cited in Ong, *Orality and Literacy*, 78. For a critique of this argument, see Patricia Bizzell and Bruce Herzberg, "'Inherent' Ideology, 'Universal' History, 'Empirical' Evidence, and 'Context-Free' Writing: Some Problems in E. D. Hirsch's *The Philosophy of Composition*", *MLN* 95, No. 5 (1980): 1181–1202.

[42] A. J. Greimas, *Structural Semantics: An Attempt at a Method*, trans. Daniele McDowell et al. (Lincoln: Univ. of Nebraska Press, 1983), 178, 197–221. For my application of Greimas's scheme to the narratives of literary history, see "Sidney's Technology: A Critique by Technology of Literary History," *Local Transcendence: Essays on Postmodern Historicism and the Database* (Chicago: Univ. of Chicago Press, 2008): 186–206.

[43] John Guillory, "The Memo and Modernity," *Critical Inquiry* 31, No. 1 (2004): 108–32.

[44] Friedrich A. Kittler, *Gramophone, Film, Typewriter*, trans. Geoffrey Winthrop-Young and Michael Wutz (Stanford, CA: Stanford Univ. Press, 1999).

[45] On Murrows see Bob Edwards, *Edward R. Murrow and the Birth of Broadcast Journalism* (Hoboken, NJ: John Wiley and Sons, 2004). On Victory at Seasee"Victory at Sea," Internet Movie Database, accessed 2 January 2011, http://www.imdb.com/title/tt0046658/.

[46] 我所引用的社会计算的定义源于我参与的加利福尼亚大学圣芭芭拉分校社会计算小组。参见：UCSB Social Computing Group, "What is Social Computing?" University of California-Santa Barbara, 8 November 2008, http://socialcomputing.ucsb.edu/?page_id=11. 该定义是一个简化版本，原本的说明是由 Rama Hoetzlein 首先提出的，他当时是加利福尼亚大学圣芭芭拉分校媒体艺术与技术专业的博士生，也是社会计算小组的研究助理，他提出："社会计算可以被定义为，为了使各个群体的人们在特定的知识圈为了一个或多个共同的目的进行互动而调用的网络信息系统。"

[47] Paul Hass, "Paul's (Extra) Refrigerator," 1997–2008, now defunct but available through the internet Archive,http://classic-web.archive.org/web/*/http://www.hamjudo.com/cgi-bin/refrigerator. On this site, see my *Laws of Cool*, 189.

[48] 法国革命对兰克的著作《历史》的影响是十分明显的，今天人们对于久远的过去给出如下的

评论："此类革命进程通常以相同的方式进行，从中产阶级的优势地位转向另一个极端，继而演变为无产阶级占支配地位，最后，又从技术工人中诞生出君主政体。"(266)

[49] 为方便起见，我引用了英译本中的时间术语，但跟第 33 条注释一样，德文中也有相应的表述。

[50] Francis Fukuyama, "The End of History?" *The National Interest*, No. 16 (Summer 1989): 3–18.

[51] Justin Bieber's Twitter feed, 16 November 2010, http://twitter.com/justinbieber. The concert he refers to occurred in Boston's TD Garden (Fleet Center) on 16 November 2010.

[52] Michael Hardt and Antonio Negri, *Empire* (Cambridge, MA: Harvard Univ. Press, 2000). An example of new media critique following (in part) in the tradition of Hardt and Negri is Alexander R. Galloway, *Protocol: How Control Exists after Decentralization* (Cambridge, MA: MIT Press, 2004). Relevant publications from the Critical Art Ensemble include *The Electronic Disturbance* (1994), *Electronic Civil Disobedience and Other Unpopular Ideas* (1996), and *Digital Resistance* (2001), published by Autonomedia (Brooklyn, NY) and available online at http://www.critical-art.net/books.html.

[53] Siva Vaidhyanathan, *The Googlization of Everything: How One Company is Transforming Culture, Commerce and Community-and Why We Should Worry*(London: Profile, 2010).

[54] 参见我关于自己早期创造的一个实验性学术艺术网站的讨论：*Lyotard Auto-Differend Page: An Experiment in the Freedom and Tyranny of Hypertext*, 运用了当时流行的"客户拉拽"技术（现在已过时）定时自动地引用让－弗朗索瓦·利奥塔哲学中的片断。我写道："客户拉拽使我们有可能反思一个事实，即我们每进行一次传播，网络上就有其他传播同时做出要求——经由构成历史性的时间敏感集体。换言之，在对你或我的传播进行单独统计之外，我们的传播互动中还创造了惊喜。"("Philosophy of this Page," *Lyotard Auto-Differend Page*, 3 August 1995, http://www.english.ucsb.edu/faculty/ayliu/research/auto/whypage.htm)

[55] RoSE (Research-oriented Social Environment), home page, Transliteracies Project, University of California, 10 December 2009, http://transliteracies.english.ucsb.edu/category/research-project/rose. My synopsis of RoSE adapts the description that I wrote for the project's web site.

任性的部分：问题性格还是性格的问题*

萨拉·阿默德　著

赵培玲　译

　　有这样一个朋友，她为了孩子的快乐会不惜一切代价。似乎她自己的快乐完全取决于孩子的快乐。甚至在孩子未出生前，她早就打定主意要一个快乐的孩子；有了孩子后，她就坚信他一定是她想要的那种快乐的孩子。每次我看到她和她的孩子的时候，孩子总在哭。而她总会说：他现在有些反常。她又会说，他平时是多么快乐的孩子。只要孩子一哭，那就是违背了本来的性格，有点不正常。可是，我从来就没有看到这个孩子和他的性格相合过。现在，在他的家人的记忆里，大家都认为他是个快乐的孩子；在儿童时期，总有人告诉他，他曾是一个多么快乐的孩子。他快乐的性格本性于是乎便成了存在于这个世界的一个实实在在的东西，一个由别人讲述给他的关于他的故事。他自己可以按照或不按照这个故事来生活。

　　在性格上花些心思研究可以让我们明白研究的本质：我们对性格的认识在何种程度上成了我们性格的附属物，成了我们要牢牢抓住的东西；这种认识可以把所有与此不符的部分都从记忆里抹掉。我们对性格的认识实质上是一致性的认识。这并不是说，我们对性格的认识把那些与性格不符的标记简单地抹掉。对性格的认识同时也是一种对一致性的期盼，这种期盼，会产生它自己的对象，即使这个对象有时无法被意识当作对象。因此，当我们和这种性格期盼相悖时，我们就被认为是反常了。而反常又常常是和这种对性格的期盼分不开

---

* Sara Ahmed, "Willful Parts: Problem Characters or the Porblem of Character", in *New Literary History*, Vol. 42. No. 2, Spring 2011, pp. 231−253.

的，就算这种期盼无法实现。如果某个性格分配给了我们，我们的经历将会被描述成这种性格属性的后果。换言之，这种性格的归属也是归属的经历。我们总是按照这种性格归属来塑造我们。这就是为什么随着时间的推移我们总是或多或少像我们自己。这也是为什么任何偏差都会被贴上反常的标签。在实际经历中，性格期盼会逐步缩小其他性格的可能性，以至于任何叛逆都是对那个赐予我们的性格的叛逆。

那么，虚构文学作品里的性格又是什么样的情景呢？虚构作品里的性格有助于揭示性格的虚构性。事实上，我们可以看到，要把性格的意义和虚构作品的意义区分开来何其难。可别忘了，虚构作品（fiction）这个词起源于拉丁语中的 *fingere* 一词，其意是"塑造、形成、制作、假装"，而 *fingere* 这个词本来的意思是，"用泥团揉捏、用泥团做"。（这里我们不妨恢复 fiction 这个词的动词性能）虚构作品就是要赋予某事某物一个形式；虚构就是赋予性格，不管这个性格是否被赋予了一个个体的形式。如果"虚构作品"这个词的历史和性格作为个体的形式的问题直接相关联的话，那么"性格"这个词的历史和虚构作为一种写作形式是直接关联的。正如迈克尔·菲兹杰拉德（Michael FizGerald）所说："性格（*Charassien*）这个词最初的意思就是'铭刻、留印记'，就是在一个本来没有差异的表面上刻下一个可以辨认的东西，譬如，硬币上的戳印使得货币流通，蜡版上刻写文字使得蜡版变成了文本。进一步说，通常被我们称为'特有的'实际上囊括了任何能够让一个事物和别的事物区别开来的、被认为是其真相的特征。"[1] 正是性格创造了辨认事物的标记或在某事物表面留下了印记。性格是一个在事物之间创造差异的机制。

一个虚构性格，一旦被赋予某种具体形式，则会因为它与既定形式的相近性而被我们识别。但这并不是说我们就可以把虚构性格批作虚构作品在意识形态上的失误。纵然虚构性格不应该被认为是对性格的真相的表述，但它还是揭示了关于性格的某些真相，是一个创造真理的机制。茨维坦·托多罗夫（Tzvetan Todorov）在他的一篇经典论文里指出，小说"并不是模仿现实，它们创造现实"[2]。或许，通过创造现实，小说的虚构世界可以让我们更靠近在创造发生以前就存在的那个现实；或许，小说创造现实就是在模仿创造的过程中模仿现实。更具体地说，虚构性格可能是在模仿性格创造的过程中出现的。托多罗夫在这篇文章中引入决定论后，立刻对心理决定论的角色和作用进行了描述，随后他提出，"虚构性格被赋予了某种性格：他之所以这样或那样做，是因为他害羞、软弱、勇敢，等等。没有决定论的性格是不存在的"（*RC* 77）。正是性格的这种"因为逻辑"给人制造了一种幕后被操纵的假象（性格总是出现在某个行为背后，或者是行为背后的那个东西）。当然，如果某个性格本来就潜伏在幕后（不是想象中的某个人物，而是那个特征决定其行为的性格），那么这个性格或许就是我们偷偷瞥见的东西或一个模糊的感觉（这不是说我们瞥见了性格，而是说性格就是那偷偷一瞥，让我们产生了某种东西被偷偷瞥见的感觉）。

性格被创造出来了，但性格并没有被完全理解，只是以侧面的形式存在着。

我们习惯于把性格侧影当作是性格的侧影。我们可以从不同的角度来思考性格侧影：侧影是性格的全部构成。赋予某个性格就是赋予某个侧影。埃德蒙·胡塞尔在《观念》（Edmund Husserl, *Ideas*）的第一卷中曾指出，我们不是"一下子"就感知到事物的全部的：事物的侧影就是我们从某个具体的视觉角度看到的东西。[3] 我们看不到事物背后的东西，因此我们就把侧影当成了事物的整体或全部。性格的侧影也会需要有意向性才能完成。这并不是说我们要把性格约化为它的侧影：认识性格的三个维度是可能的，因为被展示给我们的东西总是被超越。我们"试图"通过赋予性格幕后的原因来使性格完整，期望这个或那个侧影能够给我们展示些什么。一个有说服力的性格侧影就是那种实现了这种意向性的侧影，那种实现了我们对某个侧影（或者某个被当作侧影给我们的东西）会展示什么或应该展示什么的期望的侧影。在《性格的性格》（"The Character of Character"）这篇文章里，海伦·西苏（Hélène Cixous）把这种（帮助识别的常规）实现描述为读者和文本之间的"交往"。[4] 或许，这种交往可以扩展开来，去描述虚构世界之内的性格和虚构世界之外的性格之间的关系。

性格有说服力时，我们当然不会过多地去在意这个性格。当性格带来问题时，我们可能会通过这个性格了解更多东西，或对这个性格了解更多。简单来说，当某个人成为一个问题时，我们会有对他的性格提出质疑的倾向。当一个行为的背后不是我们期望的那样，我们会更多地考虑行为背后的东西。在此，我想要通过对某些性格的任意的归属的反思来探讨"问题性格"，以此来解释性格背后的问题。通过分析教育类的文章，讨论乔治·艾略特（George Eliot）——一个可以被称为意志小说家 [5]——的小说，我提出了一个观点：对"问题性格"的叙述可以教我们懂得性格的问题。具体地说，我要用"意志的分配"这些术语来探讨爱莱克斯·沃罗克（Alex Woloch）所说的"被分配的性格"。[6] 这种分配体制在性格之间创造出差异，分配原则不仅仅包括这些性格被赋予的意志力（性格描述能够按照叙述意志力来进行的这个观点本身也是颇值得探究的）的类型，而且也包括个人意志力（个人的性格）和集体意志力（一个社团的性格）之间的关系。任性的性格给社团带来了问题，于是它的任性便成了社团要大力根除的对象。我提出这种阅读方法不是去对问题性格进行角色分析，而是对作为一种分配机制的性格描述的分析。

性格和意志力

那么，为什么在探讨性格问题时必须要探讨意志力和任性的问题呢？我们先从一个相对简单的道理开始吧：有关意志力的思想一直是现代人对性格理解的关键。德国 18 世纪浪漫主义哲学家诺瓦利斯（Novalis）有一句广为引用的话："性格是个彻头彻尾被塑造的意志力。"[7] 性格的完成实际上就是意志力被塑造的过程，也就是意志力的磨炼和运用。诺瓦利斯认为："性格对机遇和环境依赖的越多，我有一个确定的、被培养和应用的意志力的可能性就会越少。性格有这样的品质越多，在这些方面的独立性就会越强。"[8] 意志力在这里可以被理解为"内在的意志力"：一种让性格受外界环境可能性减少的影响力。性格的独立性——更少地受环境和偶发事件的影响——是需要运用意志力的。意志力是在和偶然性抗争，或许甚至可以为性格抵御偶然性筑起一道防线。

我们来思考一下性格思想和意志力思想是如何共同演绎的。对共同演绎进行全面详尽的描述已超出本文的范围，但我们更多地要思考把性格描述成"被塑造的意志力"是如何揭示性格思想。在《意志力的自由》这篇文章中，约翰·斯图尔特·穆勒（John Stuart Mill）把性格描述成"受意志力控制的"，也就是说，我们可以"通过使用正确的手段来提升我们的性格"。[9] 他实际上是在说，我们"有道德义务去提升我们的道德性格"（*CW* 466）。提升性格成了意志力的命令。性格得到提升是意志力运用的方法正确的结果，同时也取决于意志力是否愿意去投入精力来提升。如果我们不把性格想成是意志力的产物，一种由意志力而创造的东西，那么性格就将是原材料或提供了原材料，是意志力提供的既成的形式，给性格提供一个目的、形状或用途。

我们还可以用塑料的弹性来描述性格：塑料是一种易受影响的材料。性格思想是由"物质的方向"来实现的，这是心理学家威廉·詹姆斯（William James）著作——尤其是在那些对思考习惯的较有影响力的著作——的中心观点。他持这种观点的依据是他认为塑料的弹性在于它的结构弱到足以能够受外界影响又强到足以让它不至于完全受外界的影响（*PP* 105）。威廉·詹姆斯把性格的逐渐形成的过程描述成塑料弹性的逐渐丧失：随着时间的推移，人会慢慢地不再受外界的影响或者变得不容易妥协。正如格尔·维斯（Gail Weiss）所描述的那样，对于詹姆斯来说，"这种最初的塑料弹性已经失去，人们愈发墨守成规"[10]。詹姆斯引用了列昂·德芒特（M. Léon Dumant）关于习惯的论断：

> 大家都知道一件衣服穿了一段时间后，比新的时候更贴身……一把锁在用了一段时间后会更好使。这就是说事物刚开始时，都需要一种力量去克服机制里的某些粗糙的棱角。克服这些棱角的阻力就是适应的过程。一张纸被折叠过后，再折叠它时就会省很多力气。之所以省力，是因为习惯的本质特征，它能让事物不太需要外在的力量。（*PP* 105）

尽管威廉·詹姆斯认为习惯是社会保守性的（他有一句名言：习惯是"社会这个摩天飞轮上最宝贵的最保守的力量" *PP* 105-6），但他同时也说，习惯能够保存能量。如果更多的行为变成了习惯，那么人就会有更多的时间去关注别的事情，包括那些在道德意义上更重要的事情。对于詹姆斯来说，习惯纵然有些保守，但它却让我们有可能有一个充满精力的精神生活。

习惯能够"省力"这个功能尤其对我们思考性格有启发性。性格的形成可以被看作是省力的一种方式：拥有一个性格就是首选路线（在日常工作里有些固定的路线），它能够让人们在世界里行动，而不用费力去想该走哪条路线。如果获得一个性格的过程就是一个慢慢安定的过程，那么性格就可以重新被描述成"慢慢安定下来"。既然习惯总是会持久的，那么道德教育的目的就是要在惯性形成以前把人们向"正确的方向"引导。在詹姆斯看来，习惯的保守性能告诉我们要凸现教育的重要性在于，它是指引那些尚未成年、尚未形成他们或她们的习惯的孩子们的途径。

那么我们不妨把"塑料孩子"当作道德教育的主题。正因此，道德教育逐渐把重点放在对那些可以引导性格的意志力培养上。约翰·斯图尔特·穆勒接受诺瓦利斯对性格是"彻头彻尾被塑造的意志力"的表述，他的结论是道德教育必须是"意志力的教育"（*CW* 453）。自约翰·洛克的《关于教育的一些思考》（John Locke, *Some Thoughts Concerning Education*，1693）问世以来，教育哲学的历史可以说就是意志力教育的发展史。我所说的"塑料孩子"和洛克的"一张白纸"有异曲同工之妙。白纸等待着被印刻，因而是很容易受影响的；纸的质地很重要，它决定了什么东西可以被印在纸上。在洛克的教育学论著里，孩子和容易折弯的事物一样易受外界的影响："在我的想象里，孩子的思想就像水一样，可以很容易被转向这个或那个方向。"[11]

品德培养应从容易受影响的孩子开始。教育的目的就是要教给学生一些可以在他们以后的生活中固定下来的行为习惯："每个人在人生的某个时间总是被交给他自己去掌控的，为自己的行为负责的；一个优秀的、有德行的、能干的人必须是从内心培养出来的。因此，他从教育那里得到的，能够影响他终身的东西——习惯——必须尽早地放在他的思想里，融于他的本性中去。"（*ST* 34）洛克认为要成为一个有德行的人，不仅需要学习服从，更要学会驾驭自己的爱好和欲望。美德在他看来"来源于人们对自己欲望的遏制能力"，这样我们才能够"甩掉这些欲望而去做其他的事"（*ST* 31）。意志力是道德性格培养的关键，因为只有它才可以驾驭欲望。

洛克为孩子的家长提供了一整套的教育方法。他认为"敬畏"对引导孩子至关重要。对权威人士的敬畏是权威产生的根源："在孩子对他们的意志力还没有记忆力的时候，父母就要用他们沉稳的双手引导他们，去培养他们意志力的柔软度和灵活度，这样孩子们以后就会认为他们的意志力似乎是与生俱来的，这样就可以避免不必要的抗争或抱怨。"（*ST* 34）培养他们意志力的韧性就是为了让孩子免去很多麻烦，不去与权威做抗争；对这种通过敬畏而培养出来的韧性，孩子们毫无记忆，不知其来自何方。如果使用意志力可以省掉麻烦，那么意志力的作用就相当于习惯的作用。事实上，洛克也提出，品德教育的目的就是要把正确的习惯安装在孩子的身体里。然而这并不是简单地要孩子变得顺从，而是要孩子从善如流，这样一来，愿意做正确的事情的意志力才会成为习惯性的。"意志力的习惯"这个观点似乎有些不合逻辑，因为我们大概总是把"意志力"和我们经历中的自己的意愿的成分联系在一起。这个观点在此不仅是说意志力会成为一个使用意志力（就好像锻炼自愿的肌肉似的）的习惯，而且也有另一层意思：通过习惯，意志力会被导向正确的方向，然后无须太多的强制和努力，意志力就会按照自己的意愿行事。美德也常常被定义为"意志力的习惯"。[12]

　　如果孩子的意志力能够被重新定向，那么孩子的意志力将成为品德发展的关键。教育的目的就是要培养意志力的韧性。换言之，意志力既是教育的对象，也是教育的方法：教育既要施力与意志力，也要借力于意志力。18 世纪时，让－雅克·卢梭的《爱弥儿》（Jean-Jaeques Rousseau，*Émile*）一书对重新定义意志力对实现教育的目的的重要性起着重要作用。孩子的意志力一直是教育者意志力的对象。然而，和同时期其他的论著不同，卢梭强调了不去降伏孩子意志力的重要性：他认为孩子们"采取行动不应该是出于顺从而是出于必要"，这样就是说，"服从、命令、职责、义务"这类词语应该从教育者的词典里拿掉。[13] 如果对于洛克来说，孩子的意志力必须具有韧性，那么卢梭则坚持认为，必须鼓励孩子更自由地发展他们的意志力（当然，我们不难看出，意志力的自由同时会涉及另一种形式的柔韧）。正如西蒙·德尼斯（Simon Dentith）所说，卢梭的教育哲学中，"鼓励学生张扬自我意志的观点比抑制自我意志的发展的观点更有名气"[14]。他的论点的核心在于他认为孩子不会在别人的意志力的驱使下去学习的。在本书的注解里，他指出这样的观点："孩子认为任何和他的意志相左的意志或任何他不理解的意志都是毫无道理的怪想。"（*É* 56）然而，与此同时，孩子的意志又被表述成一种有待解决的问题。这就是说，孩子的意志如果没有正当的引导将会用错方向。

　　卢梭对如何不用强迫就可以引导孩子的意志作了详尽的阐述。举一个有名的例子，《爱弥儿》的叙述者描述了他负责的一个孩子："这个孩子不仅习惯于按自己的方式做事，而且还能让别人对他言听计从。"（É 101）他称这个孩子为"随心所欲"（É 101）。叙述者描述说，不管他什么时候想去哪里，他的家庭老师就会带他去。孩子的意志决定了什么事可以发生；孩子的意志成了全家的统治者。如果孩子执意要出去，叙述者既不和他一起出去，也不阻止他出去。如果孩子（在他的意志力的驱使下）要出去，叙述者会找些人去压制他，戏谑他（当然他也会找个陌生人跟在后面以确保他安然无恙——这就是说他并不想这个孩子受到伤害，但他想让孩子得到严重的教训）。叙述者希望通过他的安排来让这个孩子亲身体会到一意孤行的不愉快的后果。叙述者很得意地说，他后来"能够指挥这个孩子，却同时又没有去命令他或禁止他做什么。"（É 105）于是这个孩子就会使自己的意志听从叙述者的意志，而又不使自己的意志服从于某个命令。卢梭说，孩子必须自由地按照自己的意志去驾驭他的意志："最完整的服从就是那种保留着自由的形式的服从，于是乎真正被俘虏的是意志本身。"（É 100）孩子应该顺从或服从父母的意志，但其服从方式必须让孩子不觉得他是在顺从别人的意志，必须让他感觉到某种程度的自由，某种程度的自愿。

　　那么，对意志的驾驭可以在自由的表象下发生。上述例子清楚地说明正是意志的自由这个思想把创造意志的来源隐蔽起来了。孩子被塑造后会按照权威人士的意志去使用自己的意志，却并没有意识到他被塑造的环境。19 世纪，詹姆斯·穆勒（James Mill）的教育哲学提出了一个更为严厉地解决引导孩子意志的一套方法。对于穆勒来说，孩子都有专横霸道的潜力，这就是说，如果没有教育者的干扰，孩子就会变得专横霸道。引导孩子并不是必然要去挫败孩子的意志，而是让孩子把他们的意志尽量向父母的意志看齐。穆勒对专横霸道的孩子作了如下描述："在 50 个孩子里没有一个孩子不拿哭闹喊叫来示威，这都是用来专横的工具。当他过分地使用这些工具时，一般人就会说这个孩子被惯坏了。孩子不仅被允许可以通过痛苦来操纵别人的意志，而且孩子发现他自己的意志经常会被这些痛苦和对痛苦的恐惧无缘无故地、过多地召唤。"[15] 被允许驾驭别人的意志的孩子反过来会时刻受这些痛苦和对痛苦的恐惧的驱使。穆勒的品德培养方式是对性情的培养：孩子慢慢会从别人的幸福那里体会到幸福，对别人的不幸作出痛苦的反应（*PW* 180）。一个好的性格应该是在情感上向别人的情感看齐的。这种情感上的看齐也可以是意志上的看齐：像别人期望你的那样，按别人的意志来指使自己的意志。教育的目的就是要让孩子的意志不仅仅向父母的意志看齐，更要向道德法则看齐，毕竟父母的意志应该是建立在道德法则基础上的。

任性的孩子

在教育哲学领域里，孩子的可塑性就是一道必须通过引导孩子的意志来塑造孩子性格的道德法令。或许我们会注意到，尤其是在詹姆斯·穆勒的著作中，这个道德法令的依据是一个关于危险的叙述。用穆勒的话来说，在这个故事里，这个道德法令就是让孩子意识到他天生就有成为独裁者的潜能。在本章，我的目标是探讨任性孩子的性格中存在的道德危险。如果可以用任性来描述一个没有被完全调教好的意志力的后果的话，那么这种任性的性格也可以用来提醒我们自我道德完善的必要性。

有关任性的道德危险和社会危险的叙述在现代流行故事和寓言中俯拾皆是。以下面的格林童话为例：

> 很久很久以前，有一个任性的孩子，她从不愿意按照她母亲的意志行事。因此，上帝对她很不高兴，就让她病倒了，而且没有任何医生能治好她的病。不久，她躺在床上奄奄一息。当她被下井放入墓穴，泥土撒向她身上的时候，她的一只胳膊突然伸出来，向上举起。他们把她的手放回去，又开始撒土，结果白费力气，因为她的那只手又举起来了。后来，她的母亲只好亲自走进墓穴，用棍子猛击她的那只胳膊。之后，她的胳膊收回去了，这个孩子最终可以在地下安息了。[16]

这则格林童话也着实是个凄凉的故事。任性的孩子指的是这个不顺从、不按照母亲意志行事的孩子。如果权威有权利把意志变成命令，那么任性就可以被诊断为对有权威的人的不顺从。这个诊断的代价是昂贵的：孩子的命运通过一个命令链条（母亲、上帝、医生）被锁定了。任性招来恶意，以至于孩子病情恶化到"无可救药的地步"。因此，任性是有危害的；它牺牲了孩子生存——更不用说生命旺盛——的能力。对任性的惩罚就是孩子消极地等死，对死亡的迁就。值得注意的是，任性也可以延续到死后：它变形成了一只胳膊，从孩子的身体里转移到了这只胳膊上。任性传承到了这孩子的胳膊上，它不会被压倒，不停地把胳膊举起来；即使在身体死后，作为身体的一部分，它获得了顽强的属于自己的生命力。任性包含着在被压制的情况下表现出的不屈不挠。不管是"勇往直前"还是"卷土重来"都是顽强不屈的表现。而不屈不挠本身就是不顺从的表现。

这个故事有助于我们理解任性和意志之间的关系。在此，意志和人性均被外化了，它们都是通过脱离我们的主体后才获得生命的。一旦它们成为物质，被异化或物化为身体的一个部位或一样东西，它们就将不属于我们的主体。意志力的种种行为最终约化为一只胳膊和一根棍子之间的搏斗。如果胳膊继承了孩子的任性，那么我们对棍子该作何解释？棍子是母亲意志的外化，也是上帝的命令；上帝的命令把意志转化成了一个命令，一个"就按照上帝的命令来做"的命令。于是这个孩子的命运就这样注定了。棍子可以看作意志的象征，意志的主权就是下命令的权利。虽如此，棍子并没有任性的任何迹象，而是变成了消除意志的工具。有些形式的意志让其他意志变得任性，另外一些形式的意志便会行使权力去消除这些意志。

多么精彩的故事！这个任性的孩子让我们看到了这么精彩的故事。然而令人痛心的是这个任性小孩的形象并不陌生，在我们的文学作品或学术著作中随处可见。这些形象不仅是带着任性的特征出现的，也会以意志坚强、刚愎自用或者娇生惯养的形象出现（这让人回想起詹姆斯·穆勒之前做的一个描述："用俗话来说，这孩子被惯坏了。"）。读这些作品时，有一点很重要：我们不能把任性仅仅理解为对一个人的性情的描述，尽管作为（对性情的）描述，任性这个词（对性情）会有一定的效果。被归属于任性这个范畴就意味着一个人将必须按照这个范畴来生活（或死亡）。我们可以这样给任性定义："坚持或倾向于坚持用自己的意志对抗他人的说服、改造或命令；受意志控制，而无视理性；坚决按照自己的方式行事；固执、我行我素或刚愎自用。"[17]任性的性格坚持按照自己的意愿做事，不考虑理想或命令。任性可以说是一种性格变态，就是违背常态。按自己的方式就是错误地使用意志力。

在19世纪的现实主义经典小说中，任性的或被宠坏的孩子的形象比比皆是。以乔治·艾略特的《丹尼尔·德龙达》（Daniel Deronda）为例。小说的第一章就取名为"被宠坏的孩子。"该章的主旨是把奎恩德林定型为被宠坏的孩子。于是这本书就致力于描述她是如何被归为被宠坏的孩子的类型中去的。这种性格归类是既定的，仿佛社会和道德风景线上很普通的一个特征。性格的归类是很绝对的。性格特征似乎变成了一个物体的特质，一个可以被他人看得见、摸得着，被他人感知，被赋予因而也可以被分享的物体。如果这本书赋予这种性格归类一个具体的形式，那么书中的其他性格也起着相同的作用。在描写奎恩德林的性格时总是会反复提及她的意志——她的母亲对她说："对于我来说，你的意志总是过于强，不然的话，一切都会不一样。"[18]意志的盈余很容易成了性格的多余的代名词。奎恩德林的性格被描述为"被宠坏的"时，这就是意志的道德经济：尽管她的意志在描述中一直是处于"盈余"状态，和那些顺从的性格相比，她的这种意志被表述为一种道德缺陷："奎恩德林……对能使她生活愉快的任何人都表现出本能的友善"（DD 45）。这种友善的天性是性格上的缺陷。

任性作为性格分类指的是不仅仅我行我素，而且其意志只专注于让他们顺从、符合他们欲念的那些事的人们。娇宠是造成这种一意孤行的原因：任性的性格是那种被允许有自己的方式，按自己方式行事的人。奎恩德林的意志因此便成了她的性格的表现形式："奎恩德林的意志似乎在她年轻的、少女的方式掌控之下一直未曾改变过；当然有这种意志的人往往充满了各种幻想出来的恐惧；一个影子都足以使她的意志力动摇。同时她的意志又像一只螃蟹或一条蟒蛇的意志那样不停地拧掐挤压，面对别人的恐吓没有显出丝毫惊慌。"（DD 423）运用这些有关意志的类别是描述相关性格一个关键的技巧；如果一个人的意志像x（而且正如我们从刚才的例子看到的那样，"像x那样"，可以有戏剧般的表达效果），那么我们就可以解释或断定这个人是什么性格。以奎恩德林为例。她的意志被描述为那种摇摆不定、易受影响的那种意志，意志受激情

控制，容易屈服，容易被左右。故事的叙述也顺着奎恩德林的意志改变的方向
而跌宕起伏的。隐藏在故事情节——尤其是她和格兰德考特的婚姻悲剧这一情
节——的"背后"的原因并不是她成了意志的牺牲品，而是她没有成为自己意
志的主体。尽管她知道他已有情人并且和情人生了几个孩子，尽管那个被他隐
藏起来的情人偷偷地看到过她，她还是嫁给了他。

　　故事的情节是按照她那摇摆不定的意志所带来的后果展开的：她缺乏那种
能使她做正确的事情的坚强意志力。事实上，她是按照自己的意志做了错事。
她因此被人指责咒骂："你是睁着双眼清醒地嫁给他的。你按照自己的意志对
我做的错事将成为对你的诅咒。"（DD 359）这使人想起了《爱弥儿》的颇有
教育意义的叙事风格：叙事者总是安排各种各样的情景让学生来指出按自己意
志行事带来的显而易见的自然后果。这本小说的技巧就在于安排各种情景来导
致奎恩德林作为人物被迫去面对她个人意志带来的不幸恶果。换言之，她意志
上的弱点正是导致她走向不归路，造成了她和有社会意志来做后盾的丈夫之间
的矛盾冲突："除此之外，格兰德考特对于她来说就是一片空白、一片迷茫；
他总是按照他的意志行事，而她却既无操纵他的意志的工具，又无可以理智地
逃脱他的意志的办法。"（DD 426）她的处境就是那种她无法按照自己的意志逃
出的处境。正是因为她的意志没有成熟，她的随心所欲让她的意志变得脆弱无
力，最终成为另一个意志的对象："他从不后悔他的婚姻；婚姻给他的生活带
来了目的，带来了能够让他的意志施力的对象。而且他也从不后悔他的选择。"
(DD 584–85)

　　虽说奎恩德林自己的意志造成了她的不幸，但这也同时揭示了她的意志的
不幸是他人造成的。毕竟，把她的意志描述成"女孩气"的做法本身就是把她
归属于女性的性格。因此，小说为我们提供了一个社会分析，把意志分配诊断
为性别分配。在小说结尾处，奎恩德林的意志提升到一个道德高度；在危机时
刻，她似乎被赐予一个可以按照她自己的意志逃出来的可能性（杀掉格兰德考
特）。尽管她并没有把自己的意志付诸行动，她体验到了犯罪感。在这个危机
时刻，她的犹豫不决使她的意志得以外化。在她对丹尼尔·德龙达忏悔时，她
坦白地说："我当时只意识到我的意愿从我的身体里跑出去了。"（DD 699）丹
尼尔用充满同情的声音（我们可以将这个声音称为作者的声音）来宽恕她，让

她摆脱犯罪感："我认为那个瞬间的杀人意愿并不能改变事情的进程。"（*DD* 699）在她极力去做一个好女人的过程中，她的意志获得了力量，尽管这种努力的动机只是为了不被格兰德考特抛弃（*DD* 701）。奎恩德林在故事结尾处宣布了她的愿望，一个要做个好人的愿望："至少，我想做个好人——再也不像我以前那样，"她这样对丹尼尔·德龙达说。于是放弃自己的意志按照别人的意志去做个好人就是一个道德课，在烦躁不安的情绪慢慢消退的过程中她体验到这个道理："她正在体验着那种自我放弃时产生的平静的忧伤。"（*DD* 795）在下一部分我将重新考虑在任性的道德课上谁的利益处于危险中。

任性的部分

有关任性的或宠坏的孩子的故事似乎建立在意志和任性之间的基本道德上的区别，仿佛任性就是对意志的叛逆。虽如此，我仍坚持认为意志和任性之间的区别并不是稳固的：意志的演绎告诉我们，意志总是被界定为带有任性的潜能，甚或已经就是任性的。换言之，任性的问题直接涉及意志的问题。

意志的任性潜能不仅是自 17 世纪以来出现的 "意志教育" 的关键问题，也是基督教神学历史的一个核心议题。15 世纪末期，托马斯·阿·肯佩斯在他颇有影响的著作《效法基督》（Thomas à Kempis, *The Imitation of Christ*）中提出，意志的范畴在用于自我的时候就已经是任性的了。意志被描述为一种自我引用：只要人类行使意志，他们总是倾向于按照和自己的欲念相吻合的意志来行事："事实上任何人都心甘情愿按照自己的喜好来行事，更喜欢那些和他们相合的人。"[19] 用意志就是遵循自己的喜好（当然，我们也会怀疑我们的喜欢是否有些不对劲）。[20] 对于肯佩斯来说，任性和骄傲具有同一种特征："当理智或场合要求你去倾听别人时，你会拒绝这么做，这就是骄傲和任性的特征。"（*IC* 11）基督教的任务就是放弃自己的意志，服从上帝的意志。换言之，不管上帝的意志是什么，你都要放弃自己的意志去行使上帝的意志。

具体意志和集体意志之间的关系在此可以用来构建个人和上帝之间的关系。我想更多地考虑一下个人和社团之间的关系。以 17 世纪法国思想家和数学家布莱兹·帕斯卡尔（Blaise Pascal）为例。[21] 在《思想录》中，帕斯卡尔也

把具体意志和自我意志联系起来。意志是一种倾向于自我的趋势。如他所说，
"任何事物都倾向于自己"。这和所有的顺序都是相悖的。趋势是倾向于集体
的。[22] 对于帕斯卡尔来说，具体意志往往都已经是任性的，呈现出背离集体意
志的趋势。具体意志是对具体部分的意志的命名。帕斯卡尔是以这样的方式将
危险归属于有意志的部分：让我们来想象一下一个有很多思维能力的成员的身
体。如果脚和手都有它们的意志，那么它们的意志应该服从于那个掌控整个身
体的最重要的意志。若非如此，它们必将陷入混乱无序，惹出许多麻烦。只有
把身体的目标作为它们的意志行事，它们才能达到各自的目标（P 132）。如果
身体某个部位要有意志，那它必须以整个身体的意志为意志。不服从于身体的
意志的那个部位会导致紊乱，惹出麻烦。

　　我们可以从帕斯卡尔所说的惹是生非的脚那里学到很多道理。任性的部位
指的是给整个身体的秩序的延续带来危险的部分。他接着说道："如果脚一直
以来对它从属于整个身体这一事实浑然不觉，还不知道它依赖于这个身体，如
果它就只知道自我的存在和爱自己，那么它将会为以前的生活感到何等的遗憾，
何等的耻辱，因为它对于激发它生命的身体竟无半分用处！……不知道为了保
全它有过多少祈祷！因为为了身体的每个部位为了身体的健全而消亡都是值得
的；只有身体才是整体。"（P 132）成为身体里的一个有理性的部位的条件是
你必须记住你是身体的一部分。任性的部位指的是那个在行使自己意志的过程
中忘了自己是身体的一部分。这种遗忘带来的后果是耻辱：不知道自己是身体
一部分的那个部位会以牺牲身体的生存繁衍为代价。

　　帕斯卡尔说的那个不听话的脚和格林童话中的"胳膊"如出一辙。叛逆指
的是部分对整体的叛逆。叛逆者指的是那些以牺牲自己曾是其一部分的整体为
代价的那些身体部位。当我们想起整体时，我们想到的是"有机身体"，同时
也联想到社会性可以被想象为像身体一样，是所有部分的总和。比如，家庭可
以被想象成一个身体，只有顺从家庭的主要意志才能保全整个家庭。前面我曾
谈到那只不停地伸出来举起来的胳膊继承了那个孩子的任性。或许更准确的说
法是，那个孩子像那只胳膊一样按照自己的意志行事。如果任性的孩子不把自
己的意志导向正确的方向，不导向家庭，那么她只能从死神那里获取生命的力
量，似乎她的生命害了那个她曾是其中一员的家庭。

很有意义的是，任性总是蕴藏在孩子的形象中。如前所述，任性的孩子的形象在文学作品和学术专著里比比皆是，也总是以被宠坏的孩子的特征出现（想一想那个有点残酷的格言："省了棍子，毁了孩子"）。任性的威胁和家庭约定的内在逻辑息息相关。孩子就是传宗接代的那个人，这就要求意志外化为遗产。家庭的繁衍——例如，家庭财产的传承是通过拼凑起来的家庭这个形式进行的——也就需要孩子在生死攸关的大事上重复地按照家庭的意志进行。孩子任性会威胁到家庭作为一个命令线的延续性：这种威胁意味着一定要把孩子导向正确的意志上去；归根结底，如果这根线断了，剩下的就只有棍子了。

在此，家庭并不是唯一一个受影响的社会组织。孩子也是一个尚未形成的主体或将要形成的主体，一个后来的客人或陌生人。陌生人就是那个尚未成为团体成员，但愿意按照既成的意志行使自己的意志的人。意志的条件于是变成了热情好客的条件。意志被分布到各个部分，于是就创造了这些部分。如果集体意志是一个被分配的意志，那么有些人的意志会被分配，有些人的意志就不会被分配。或者我们可以这么说，集体意志是某个具体意志的概括：下命令的权力就是指挥别人的权力，我们也可以将之描述为决定谁或者什么是部分的权力。

我们可以把权力想象成迫使别人违背自己意志去做事的权力；同时，我们也必须把权力想象成一种让人们以某种方式产生意志，并让自己的意志与既成的意志认同的权力。正如前文所提到的卢梭说的话，当意志成为被监控的对象时，仅有服从是远远不够的，你还必须有自由的意志。因此，武力塑造的是"和意志相符合的"东西，而不是"和意志相悖的"东西。这就是为什么有些形式的武力并没有感觉像是武力，因为它们给人一种让人心甘情愿的感觉。武力甚至可以呈现下列形式：它能够让你难以承受你不按照别人意志去使用你的意志而产生的后果。那么，要想使后果承受得起，条件是你必须"自由"地按别人期望的那样去行使你的意志。

任性归属于那些拒绝别人的命令或拒绝被命令的人们。请注意，命令不一定总是由一个人清清楚楚地下达给另一个人。命令可以以共同拥有一个方向的方式给出。我们可以把社会经验想象成一个体验潮流的经验。我们都知道在人群中"走错方向"是什么感觉。每个人似乎都在朝着与你相反的方向走去。没有人推搡着你，而你却感觉到整个人群在推着你挤着你的集体力量。为了向前进，你必须比任何一个走对方向的人付出更多的努力。那个"走错方向"的身体给人的感觉是它似乎挡住了重要意志的去路。对于有些身体来说，坚持不懈，"顽强继续下去"需要很大的努力。可这种努力在别人看来会显得有些固执己见、顽冥不化、不随大流。

"既成的意志"可以被认为是事情的惯例，集体的方式逐渐累积而成的势力。当这种势力失败时——即，当一个人不屈服于这个势力，和这个势力相悖而不顺从这个势力时——我们才会注意到这个势力，注意到顺从这个势力时这个势力显得更有威力。任性的性格总是在社会的势力场上——那个熟悉的场景——显得"很突出"。现象学告诉我们一个道理，熟悉的东西往往是那些被我们忽略的东西，当然"熟悉的"也可以被想成是一种趋势：熟悉可以被理解为容易被忽略的趋势。如果我们在熟悉的东西上，那么一切或多或少都是在背景里。于是我们为了驻守熟悉的东西，我们学着让一些事情保持它们原来所处的背景里。我们可以用意志的范畴来重新思考熟悉的。因为每个人的经历背景不同，既成的意志往往不是以意志出现的。"既成的意志"也有可能是那些慢慢后退的东西。当事情按照正确的方式、意志所指的方向进行时，我们往往不去注意它们。当意志的行为与慢慢后退的东西不相符时，任性往往会"出现"。

女人作为具体的个人的任性可以说明不安于背景这种状况所付出的代价。在乔治·艾略特的《弗洛斯河上的磨坊》（*The Mill on the Floss*）中，麦琪·塔利弗（Maggie Tulliver）可以被称为一个任性的女主角。她在阅读本文前面提及的托马斯·肯佩斯的《效法基督》一书后产生了共鸣。解决她的问题的答案是放弃她的意志，放弃她的欲望和爱好："一个想法就像一个问题的答案突然被顿悟出来了一样在她的脑海里闪过：她年轻时所有的苦难都来自于她把自己的心全部放在了她自己的欲望上了，就好像她的欲望是整个世界最重要的必需品。"（*MF* 306）从她父母的角度来看，他们的女儿变好了，因为她开始顺从他们的意志了："她的母亲感觉到她的变化，有些困惑，有些惊奇。为什么她的女儿'怎么长大了、变得这么好了'；这个曾经处处与他人作对的孩子变得如此温顺，如此不愿强调自己的意志，确实让人惊讶不已。"（*MF* 309）这样母亲就可以爱自己的女儿了，因为她愿意待在背景里来支持这个家庭："母亲越来越喜欢她高高的、褐色皮肤的女儿了，一个让她挂念和骄傲的家具。"（*MF* 309）如果你把一个人当作是一件家具，你会把它放在背景里。隐退到背景里需要你放弃意志或向既成的意志靠齐。

　　乔治·艾略特对托马斯·肯佩斯作品的崇拜被很多人记述过。事实确实如此：小说并没有把麦琪放弃自己的意志看作是不合理的屈服。正如塞利·沙特沃斯（Sally Shuttleworth）所说，如果有区别的话，放弃自己的意志被描述成一种道德理想，麦琪认为任性没有达到这种理想。[23] 我们可以在对麦琪阅读肯佩斯的描述中听到对任性的这类评价："这种对自己意志的放弃仍然是件伤心事，尽管这种伤心是自愿的。麦琪渴求幸福，处于欣喜若狂的状态，因为她终于找到了幸福的钥匙。"（*MF* 306）[24] 尽管麦琪在放弃中发现了幸福的钥匙，她的发现被描述为是由自己的意志诞生的。其形式与发现的内容是相矛盾的。通过这些描写，这个故事同时也向我们展示了麦琪任性的性格的侧影。据此我们可以推测到性格背后的东西："从你对她的了解，你将不会为她即使在自我放弃的时候也表现出的夸张、任性、骄傲和冲动感到什么惊讶。她的生活仍然是一场生动的话剧，她希望她在剧中的角色被演得很有强度。"（*MF* 308）作为读者，我们可以下个结论：麦琪任性得无法放弃自我。否则，我们将会听到她在她的人生剧中扮演不同的角色。

　　艾略特在她的小说中对当时的文学作品中的"自我中心主义"进行了严厉抨击。[25] 很显然，她赋予某些角色任性的性格本身就是她的道德价值取向。任性是对一个性格的负面评价。然而，性格并不受那些给性格表象确立秩序的价值体系的拘束。麦琪任性的性格的描述自身也不乏模棱两可性：对麦琪性格的关注也被解读成对麦琪性格的喜爱。归根结底，正是麦琪不公平的感觉造成了小说的不公平感。我们可以探讨一下任性——那个明确显示对性格的负面评价——是如何成为认识不公平的关键。

　　《弗洛斯河上的磨坊》最出色的地方之一在于它给我们提供了我们可称之为的儿童现象学：它让我们看到了性格是如何可以从外部被体验，并被体验成他人赋予的某种东西，即性格是一种归因的体验。一直以来，在对麦琪的描述中，她慢慢意识到归因的不公平。汤姆和麦琪的经历上的差异在一部分上有下面观点实现的：尽管他们的行为都可以在通常意义上被定义为任性，但汤姆却逃脱了被用任性这些字眼来评价的后果："汤姆从来没有做过像麦琪做过的那样的傻事，他天生就能区别哪些事将对他有利或不利，因此，尽管汤姆比麦琪更任性，更我行我素，但他几乎从来都不被他母亲称为'调皮的孩子'。"(*MF* 73) 麦琪在没有惹麻烦以前就已经被定型为麻烦了，她的行为被作为评价她是她成为麻烦的证据。于是，麦琪是个麻烦这个评价就一直贴在了麦琪的身上，而不是贴在汤姆（她哥哥）身上："如果塔利弗夫人要批评汤姆的话，她总是把汤姆的过失都归咎于麦琪。"(*MF* 114) 任性归因于性格导致了性格的性别化。麦琪的一生离不开这种性格归因的后果：期待总有期待的对象，就像它就在那里等着你，一不小心就会"被绊一脚"或"被逮住"。等待中难免有残酷的事情发生。

被残酷的现实抓住意味着对残酷现实的认识。对残酷现实的逐步认识的过程——不公平之感便是其后果——被描述为任性。当麦琪指出她的亲戚们对她父亲失去磨坊之事缺乏同情时，别人说她胆大妄为、忘恩负义 (*MF* 229)。如果叛逆被解读为任性的后果（任性是藏在行为背后的动机），那么任性就是叛逆的必要条件（任性对完成一个行为是必需的）。在一个相当不同寻常的场景中，麦琪剪掉了头发以示对母亲的抗议。她的头发，而不是麦琪本人，被描述为任性的，就好像她的头发也有自己的意志。[26] 借用汤姆的话来说，麦琪剪掉头发后看上去就像"一个古怪的东西"，并为自己的行为很懊悔："麦琪体会到一种始料未及的痛苦。头发成了她通过行为来战胜母亲和姨妈们的工具：她不想让她的头发好看——这是毋庸置疑的——她只是想让大家认为她是一个聪明伶俐的小女孩，不再挑她的刺儿。但是现在当汤姆开始嘲笑她、骂她是个傻瓜时，这件事就有了新的含义了。"(*MF* 22) [27] 她的行为被呈现为冲动、幼稚，汤姆对她的取笑也是如此。正是麦琪家之外的那些亲戚们给麦琪的行为赋予了意义和价值。她的姨妈们评价她说，她看上去比任何时候"都更像个吉普赛人"(*MF* 76)。[28] 对任性的诊断评价成了一种把她陌生化的模式。那个任性的部分被当作是远离了家庭的：任性的部分变成了分离的部分。

于是，麦琪放弃了她自己的意志这一行为自然而然让我们又回归到头发风波上来了："麦琪清心寡欲，不愿佩戴饰品，她现在必须放弃自己的意志，来顺从母亲给她制订的计划，顺从地让别人按照古老时代留下来的那些可怜的发式，把大把大把的黑卷发在头顶上编制成一个头冠。"（*MF* 309）如果麦琪剪掉头发是出于对一个命令的叛逆，那么她放弃自己的意志去服从就是对女性角色和服饰残忍性的服从。

　　每当女孩子不甘心屈服于社会性别秩序分配给自己的地位时，她们就被判决为任性。艾略特并没有描述女性是如何从这种社会性别秩序中解放出来，从很多方面来说，她的小说把这些社会性别秩序等同于需要保护的道德秩序。我们在乔治·艾略特的另一部小说《罗莫拉》（*Romola*）里对和小说同名角色的描述中可以发现这个观点。天啊，可怜的罗莫拉。她试图逃离建立在欺骗基础上的婚姻。在这场婚姻里，她不仅失去了信心，也失去了遗产。有一个修士拦住她，对她说："如果你想隐去你的真实姓名、真实处境，你可以为自己选一个新名字、新处境。在新处境里，没有任何条条框框，只有你的意志。我有一个命令，可以把你召回。我的女儿，你必须回到你原来的位置。"[29] 离开她的位置，离开她隶属的位置，对于这个修士来说就是抛掉一切条条框框，只留下她个人意志。修士把罗莫拉描述成一个"任性的流浪者，追随着自己盲目的意志"，一个"追随着她自己的意志"或者"追随她终究要遵循的法律之外的某些好东西"的人（*R* 314）。把从她的责任挣脱出来叙述为任性，一种偏离正确道路后走的弯路。文本不允许罗莫拉偏离正轨，而事实上也如修士所言，她最终回到了佛罗伦萨，回到了她负责任的生活中去了。

　　纵然，任性——在叙事语言中——只能带来更新的服从行为，但是，我们作为女权主义读者可以在乔治·艾略特等作家创造的小说世界里面和外面进行任性归因。我们可以在任性里读到偏离熟悉道路，去迷路、去犯错误、去流浪的潜在可能。要表达对隐退于背景中的不公平，我们必须要谈到任性，要在"错误的道路上"走下去，我们必须任性。对任性的认知成为文本之间、性格之间共存的女权主义遗产，也是女权主义小说家和读小说的女权主义者之间的纽带。

　　小说中的性格于是可以从小说中走出来，和那只从坟墓中伸出来举起来的手差不多。手不停地从坟墓中举起来，这不仅象征着坚持不懈和抗议，或者说坚持不懈就是一种抗议，同时也象征着和他人联系的纽带。玛莎·纽斯鲍姆（Martha Nussbaum）在思考文学和哲学的关系时说到，她提出的道德问题在描述任务性格时就变成了真实的问题："这些问题的形式，"她说，"就变成了'对某个具体性格的思考和感受'的形式。"[30] 麦琪·塔利弗这个性格不管怎么说，一直都是女权主义者认同的对象。据说，西蒙娜·德·波伏娃（Simone de Beauvoir）曾对麦琪的死亡痛苦了几个小时。她写道："像艾略特那样，我已经在心里与麦琪·塔利弗认同，我最近已经变成了想象中的人物，被赋予了一切生活必需品、美貌和光彩照人的可爱品质。"[31] 在林黛·布雷姆斯通（Lyndie Brimstone）对文学和女性研究进行的个人反思的文章中，她把个人的经历和麦琪的经历联系起来："长着任性的头发"的麦琪"为自己的激情进行了一次冲刺，然后又返回来，在被删减过的生活中追悔不已"。[32] 小说中的任性的性格可以在小说之外获得生命的力量。在变成女权主义者的过程中，我们会参照我们熟知的文学作品世界里的人物，为我们自己创造一些虚构的性格。

　　如果我们共同拥有某些性格，我们将共同拥有某些特征。作为女权主义者我们不仅共享任性的特征，也共同拥有一种要重新拥有这个特征并赋予之新的意义的决心（我们甚至可以说，我们要任性地重新拥有任性这个特征）。任性的归因在历史上也是以这样的方式被女权主义重新拥有的。酷儿女权主义历史充满了自封的任性主体。20 世纪初在格林威治村盛行的异性恋正统俱乐部中，一个专属非传统女性的俱乐部就是这样一个例子。正如朱迪思·施瓦兹在她描述这个俱乐部的历史时所说的，她们把自己描述成"这样任性的妇女"[33]。异性恋正统派与大家普遍接受的信念格格不入，或者说她们持有非正统的观点。做任性的人就是愿意公然宣布你的不同意见，并且置身于这种性格背后。做一个任性的人也可以指愿意被他人评价为格格不入。

　　如果女权主义者的奋斗史就是那些愿意成为任性性格的人的历史，那么我们不妨转过身来：我们聆听我们背后的东西和背后的任务。在聆听我们身后的时候，我们会不停地听到声音，任性的声音在大声疾呼。爱丽丝·沃克是这样描述一个"女权主义者"的："一个黑人女权主义者或有色人种女权主义者通常指的是让人愤怒、胆大妄为、勇敢的或任性的行为；总是想对所谓的那些'对自己有好处的事物'知道得更多，了解地更深……很有责任心；掌控着一些事。"[34] 茱莉亚·佩内洛普（Julia Penelope）把女同性恋主义描述为任性："女同性恋者与男人想象力创造的世界势不两立。当我们拥有我们的生活时，我们要有多强大的任性！"[35] 玛丽莲·弗莱（Marilyn Frye）的极端女权主义论把任性当作形容词来用："任性在世界上创造了新的意义，意义的新位点，新的生存方式，这对我来说是我们所生活的一切均会稍纵即逝的时代里的最好的希冀。"[36] 任性就是无畏，任性就是对立，任性就是创造。那些不愿意为了繁衍整体的任性部分，那些一意孤行地或错误地行使自己意志的任性部分在女权主义者反抗的历史中起着至关重要的作用。

　　如果我们被指责为任性，那么我们可以接受并把它付诸行动。接受指责并不是一味地赞同这个指责。接受也可以指"愿意接受"。我们会心甘情愿地接受任性这个指责，但是在接受过程中，我们改变了它。当任性变成一种自我描述的行为，它将不再是性格诊断。性格无法提供容器。任性或许甚至会成为在性格诊断中存活下来的必需品。如果我们和某个评论意见相左时被指责为任性，那么我们可能为了支持我们的不同意见就必须变得任性。大胆站起来，维护自己的观点，与此对立，创造出一些与既定的意见不同的意见都需要任性。有时候要为自己辩护就必须坚持己见。有时候要坚持下去，就必须顽固不化。当你坚守阵地，逆流而行需要你任性的时候，你就会变成他们一直坚持认为你是的那样。因此变得任性这一行为本身表现出了你不同意所谓的任性指责，这种不同意对那些评价你的人来说却是隐形的。变得任性是对期望的挑战，也因此满足了读者对于性格的期望。任性因此抵制了性格塑造体系，尽管它看上去似乎是在实现这个体系的梦想。

伦敦大学歌德史密斯学院

注　释

[1] Michael FitzGerald, "Character Evidence and the Literature of the Theophrastan Character" in *An Aesthetics of Law and Culture: Text, Images, Screens*, ed. Andrew T. Kenyon and Peter Rush (Amsterdam: Elsevier, 2004), 144.

[2] Tzvetan Todorov, "Reading as Construction," trans. Marilyn A. August, in *The Reader in the Text: Essays on Audience and Interpretation*, ed. Susan R. Suleiman and Inge Crosman (Princeton, NJ:

Princeton Univ. Press, 1980), 68 (hereafter cited as RC).

[3] Edmund Husserl, *Ideas: General Introduction to Pure Phenomenology*, trans. W. R. Boyce Gibson (London: George Allen and Unwin, 1969), 130.

[4] Helene Cixous, "The Character of Character," *New Literary History* 5, No. 2 (1974): 387.

[5] 有关把同时期科学和心理学对意志的论著联系起来分析乔治·艾略特是如何对待"意志"的较好的分析，参见：Michael Davis, *George Eliot and Nineteenth Century Psychology: Exploring the Unmapped Country* (Aldershot, UK: Ashgate, 2006), especially chap. 4.

[6] Alex Woloch, *The One Versus the Many: Minor Characters and the Space of the Protagonist in the Novel* (Princeton, NJ: Princeton Univ. Press, 2003).

[7] 转引自：John Stuart Mill, *The Logic of the Moral Sciences* (London: Gerald Duckworth, 1999), 29. 诺瓦利斯的这段引语不仅被广泛引用，其出处也一直被标错了。例如威廉·詹姆斯把约翰·斯图尔特·穆勒的这段引语标注的出处为：*The Principles of Psychology*, vol. 1 (New York: Dover, 1918), 125 (hereafter cited as *PP*). 诺瓦利斯对性格的描述广泛流传于我们的学术和文学卷宗。《弗洛斯河上的磨坊》借鉴了诺瓦利斯另一个性格名言："我们生活的悲剧并不完全是从生活内部产生的。'性格'，诺瓦利斯在他一个可疑的名言里说，'性格是命运'，但它不是命运的全部。麦琪的命运目前尚被隐蔽，我们必须等待它像一条隐蔽的河流一样慢慢地展现出来；我们只知道这条河是满满的、迅速的，并且知道所有的河流最终都有一个家园。"George Eliot, *The Mill on the Floss* (New York: Signet Classics, 1965), 420 (hereafter cited as *MF*). 对诺瓦利斯的作品可能有新的研究兴趣，我认为部分原因在于德国早期浪漫主义和后结构主义之间的联系愈来愈被认可。参见：Clare Kennedy, *Paradox, Aphorism and Desire in Novalis and Derrida* (London: Maney, 2008).

[8] Novalis, *Philosophical Writings*, ed. and trans. Margaret Mahony Stoljar (Albany: SUNY Press, 1997), 78.

[9] John Stuart Mill, *Collected Works*, Vol. 20 (Toronto: Univ. of Toronto Press, 1979), 466 (hereafter cited as *CW*).

[10] Gail Weiss, *Refiguring the Ordinary* (Bloomington: Indiana Univ. Press, 2008), 81.

[11] John Locke, *Some Thoughts Concerning Education* (New York: Dover, 2007), 25 (hereafter cited as *ST*).

[12] 例如，参见：Mary Whiton Calkins, *A Good Man and the Good: An Introduction to Ethics* (New York: Macmillan, 1918), 82. 美德对品德的意义当然是亚里士多德伦理学的核心。对于亚里士多德来说："一个人的美德也将是一个人的性格，这个性格会使一个人做个好人，让他把自己的工作做好。"Aristotle, *The Nicomachean Ethics* (Oxford: Oxford Univ. Press, 1998), 37. 有关从亚里士多德的视角对性格较好的介绍，参见：Nancy Sherman, *The Fabric of Character: Aristotle's Theory of Virtue* (Oxford: Oxford Univ. Press, 1989). 我这里注明一下，虽然亚里士多德认为习惯对美德很重要，但它将不会和意志的范畴联系起来。人们普遍认为，意志是"一个独立的权力"这一概念是伴随着奥古斯丁和基督教的内心伦理学而诞生的。参见：Alfredo Ferrarin, *Hegel and Aristotle* (Cambridge: Cambridge Univ. Press, 2001), 339. 有关意志作为能力这一概念的起源，参见：Hannah Arendt, *The Life of the Mind* (Orlando: Harcourt, Brace, 1978).

[13] Jean-Jacques Rousseau, *Émile*, trans. Barbara Foxley (London: Everyman, 1993), 62 (hereafter cited as *É*).

[14] Simon Dentith, "George Eliot, Rousseau and the Discipline of Natural Consequences," *The Victorians and the Eighteenth Century: Reassessing the Tradition*, ed. Francis O'Gorman and Katherine Turner (Aldershot: Ashgate, 2004), 55.

[15] James Mill, *Political Writings*, ed. Terence Ball. (Cambridge: Cambridge Univ. Press, 1992), 181

(hereafter cites as *PW*).

[16] Jacob and Wilhelm Grimm, "The Wilful Child," in *The Complete Grimm's Fairytales*, trans. Margaret Hunt (Digireads.Com Publishing, 2009), 258. *http://books.google.co.uk/books?id=KA_Pt9jflAwC&printsec=frontcover&dq=Grimm+Margaret+Hunt+The+Complete+Fairy+tales&hl=en&ei=WVgETr22DYqnhAfkif2zDQ&sa=X&oi=book_result&ct=result&resnum=1&ved=0CDEQ6AEwAA#v=onepage&q&f=false*. 格林的这则童话是被爱丽丝·米勒称为"有毒教育"的一部分，出自：*For Your Own Good: The Roots of Violence in Child-Rearing* (London: Virago, 1987). 正如约瑟夫·拉·佐纳多所描述的那样，这种教育是建立在任性基础上的："因为孩子是任性的，加上原罪，具有破坏性，大人必须制定果断的和惩罚性的措施，这样孩子长大后不会浑身'满是野草'"，出自：*Inventing the Child: Culture, Ideology and the Story of Childhood* (New York: Garland, 2001), 79.

[17] *The Compact Edition of the Oxford English Dictionary* (Oxford: Oxford Univ. Press, 1971), 3778.

[18] George Eliot, *Daniel Deronda*, ed. Terence Cave (London: Penguin Books, 1995), 96 (hereafter cited as *DD*).

[19] Thomas à Kempis, *Imitation of Christ* (Radford, VA: Wilder Publications, 2008), 11 (hereafter cited as *IC*).

[20] 意志的历史确实可以说是一个相当奇怪的历史。例如，它常常和突然转向（卢克莱修），原罪（奥古斯丁）和错误（笛卡儿）联系在一起。古英语里，意志的意思（现在只存在于设德兰方言里）是："误入歧途；失去一个人的方式；流浪。"（*OED* 3781）

[21] 帕斯卡尔使用的是神学意义上的集体意志，是先于卢梭的一个关键词。有关对集体意志的世俗化的思考，参看：Patrick Riley, *The General Will Before Rousseau: The Transformation of the Divine into the Civic* (Princeton, NJ: Princeton Univ. Press, 1988).

[22] Blaise Pascal, *Pensées*, trans. W. F. Trotter (New York: Dover, 2003), 132–33 (hereafter cited as *P*).

[23] Sally Shuttleworth, *George Eliot and Nineteenth-Century Science: The Make-Believe of a Beginning* (Cambridge: Cambridge Univ. Press, 1984), 104.

[24] 和本段中放弃的念头有关的论述有这样一个很好的讨论，请参见：David Carroll, *George Eliot and the Conflict of Interpretations: A Reading of the Novels* (Cambridge: Cambridge Univ. Press, 1992), 123–39.

[25] 参见：John Halperin, *Egoism and Self-Discovery in the Victorian Novel* (New York: Burt Franklin, 1974). 如霍尔珀林指出，对于艾略特来说，"道德教育"可以被描述为"从利己主义到一个更客观的道德观的故事"（125）。我认为女权主义者在历史上被指控为犯有利己主义，把自我放在别人面前。这种指控可以帮助我们解释在艾略特的小说中道德词汇和女权主义词汇之间的紧张关系。

[26] 关于头发和任性还有更长的故事。有关在维多利亚时代小说中对头发的有用的探讨，参见：Galia Ofek, *Representations of Hair in Victorian Literature and Culture* (Farnham, UK: Ashgate, 2009).

[27] 注意，这里被认为是聪明的欲望可能会被视为任性（希望别人对自己有个好的想法会反射回自己），但这种任性很明显是带着女权主义者的方式（聪明女孩的特征可能是一个很合女权主义思想的想法，但是却惹别人讨厌）。小说中有很多地方对麦琪的聪明表示同情和认同。

[28] 对于吉卜赛叙事的意义有个很好的讨论，参见：Susan Meyer, *Imperialism at Home: Race and Victorian Women's Fiction* (Ithaca, NY: Cornell Univ. Press, 1996).

[29] George Eliot, *Romola* (Oxford: Oxford Univ. Press, 1994), 338 (hereafter cited as *R*). 我不知道修士的声音是否是托马斯·肯佩斯的声音。

[30] Martha Nussbaum, *Love's Knowledge: Essays on Philosophy and Literature* (Oxford: Oxford Univ.

Press, 1990), 11.

[31] Cited in Toril Moi, *Simone de Beauvoir: The Making of an Intellectual Woman* (Oxford: Oxford Univ. Press, 2008), 247.

[32]　Lyndie Brimstone, "Refusing to Close the Curtains Before Putting on the Light: Literature and Women's Studies," in *Transforming the Disciplines: A Women's Studies Primer*, ed. Elisabeth L. MacNabb, Mary Jane Cherry, Susan L. Popham, René Perri Prys (Binghamton, NY: Hawarth, 2001), 73.

[33] Judith Schwarz, *Radical Feminists of Heterodoxy* (Norwich, VT: New Victoria, 1986), 103.

[34] Alice Walker, *In Search of Our Mothers' Gardens* (London: Phoenix, 2005), xi, emphasis in original.

[35] Julia Penelope, *Call Me Lesbian: Lesbian Lives, Lesbian Theory* (Freedom, CA: Crossing, 1992), 42, emphasis in original.

[36]　Marilyn Frye, *Willful Virgin: Essays in Feminism, 1976–1972* (Freedom, CA: Crossing, 1992), 9.

拿破仑会怎么做?:
历史、小说及反事实构想中的角色*

凯瑟琳·加拉格尔　著

史晓洁　译

皇帝——世界之魂,我看到他骑着骏马穿越城池去检阅部队;看着这个此刻骑着骏马伫立在此处的人物,想到他曾将自己的足迹踏遍全球并统治了这个世界,感觉真是太奇妙了。

——黑格尔致弗里德里希·尼特哈默尔

1806 年 10 月 13 日

拿破仑命中注定要成为人民的刽子手,他确信自己所做的一切就是为了给人民谋福利,认为他能够控制这几百万人的命运……

——列夫·托尔斯泰

《战争与和平》

就这样,皇帝不愿浪费时间,希望可以利用仍然有利的季节优势,命令部队在（1812 年）9 月 20 日出发。队伍集合完毕,他下令向圣彼得堡北面大胆行进。

——刘易斯·若弗鲁瓦－沙托

《拿破仑征服世界》[1]

---

* Catherine Gallagher, "What Would Napoleon Do?: Historical, Fictional, and Counterfactual Characters", in *New Literary History*, Vol. 42, No. 2, Spring 2011, pp. 315–336.

首先我要声明，上面三条引文讲的都是拿破仑·波拿巴（Napoleon Bonaparte），这个说法听起来似乎没有什么问题。当我这样告诉一般听众或历史学家时，几乎没有人会提出反对意见；但当我这样告诉文学批评家们时，他们则认为这是挑衅。他们反对称，"这几个段落说的都是同一个人"这样的说法看似有理，实则不然。首先，黑格尔与托尔斯泰的引文塑造的是完全不同的，甚至截然相反的拿破仑概念；其次，这两个段落是在完全不同的语境中产生的，第一篇节选自一封非虚构的私人信件，第二篇则引自一部虚构的艺术作品。另外，他们还会进一步提出反对意见，称第三条引文中的拿破仑概念不仅与另外两段引文背道而驰，而且也不同于所有关于拿破仑 1812 年 9 月火烧莫斯科之后行为的历史记载。既然我们知道叫这个名字的历史人物从来没有做过或执行过这样的决定，我们如何能说其所指的就是拿破仑·波拿巴呢？首先，我要感谢这些反对意见；为了尝试着回应他们的质疑，我希望澄清历史、小说及反事实故事中的人物角色存在的某些基本区别。厘清这一区别是确定第三类情形，即反事实人物角色之独特性的基础步骤。过去几十年来，这种角色越来越频繁地出现在各类叙述体裁中，我们对于其是什么了解得越清楚，最终将有助于我们理解为何这个类型变得如此普遍，其如何区别于一般的小说人物。自 1960 年以来，仅以英文出版的作品中就有 500 多部叙事作品是围绕此类人物而展开的，不过本文并不打算分析近来此类作品激增的趋势。但是，为了揭示这种现象的起源与其最简单的表现形式，我会选取 19 世纪的几部作品，将其与我们在 19 世纪历史小说中看到的人物塑造进行比较，以举例说明这类反事实角色的本质。

现在，我要来说说前面那则引起争论的声明"上面三条引文讲的都是拿破仑·波拿巴"有何道理。有人提出的反对意见是，这些引文中拿破仑的意义差别太大，作为指示物（referent）来讲不够稳定，我要澄清一点，我认为意义与指示物之间是存在差别的；我并不是指这些引文所传递的关于拿破仑的信息都是相似的，我只是说他们所讲述的内容都是有关拿破仑的。你会发现这个区别正是"指示物"区别于"所指"（signified）的标准的（但多少有些过时的）符号学差异。拿破仑的各种所指观念之间的差异——并非指共同的指示物有问题——正是证明其统一性的内容之所在。由于我们知道这些引文都有一个共同的指示物，因而我们便可以衡量拿破仑在黑格尔的信件与托尔斯泰小说中的意义差别。如果这两段引文中没有共同的指示物，那么我们就无法发现这两个所指观念，即两位作者想要表达的意义，是完全相反的。黑格尔将拿破仑比作世界精神，用以说明拿破仑不只是这个历史时刻的代表，而且也是造就这一历史时刻的直接原因，"皇帝"指的是某一个人，经由他，浩瀚而飘摇的历史得以自我实现；因而，他代表着历史本身。这段引文的意思在这篇文章更有名，也更有意思的改述中表现得更为有力，比如乔赛亚·罗伊斯（Josiah Royce）1892年的说明："黑格尔说他曾见过'骑在马上的世界精神'（*Weltgeist zu Pferde*）"，或者现在流行的佚名说法："黑格尔说他见过马背上的'历史'"。[2] 正如这些改述的寓意所表明的，黑格尔笔下的拿破仑不仅代表着一个历史人物，也是指一段历史。

　　与之相反，托尔斯泰用拿破仑来表明这种观点的愚蠢性；他笔下的拿破仑患有妄想症（这种症状在统治者与被统治者中非常普遍），以为历史宏伟蓝图的实现取决于杰出的善于掌控局势的个人（而他就是"马背上的历史"），而事实上他只是一个没有人情味的刽子手；要是骑在马背上，那看起来更像是《圣经启示录》中的四个骑士之一，而不是成功历史征程的领袖。托尔斯泰觉得，拿破仑对于上帝而言或许是必要的，这些旨意来自上天；但他只不过是以愚蠢的武力执行着最低级也最纯粹的破坏。当然，黑格尔与托尔斯泰之间的分歧所涉及的并不只是拿破仑，在这两段引文中，拿破仑也只是进一步指向不同"历史"观念的符号学链条（模棱两可的标志）的一部分；但两位作者将同一指示物作为比喻工具，正是这一点使得我们能够记住他们的差别。简言之，意义上的分歧依赖于指示物的相同。

　　指示物——拿破仑——也是稳定的，尽管这些引文出自不同的文学体裁。在思考其体裁框架时，我们格外需要区分指示物与所指，因为在这种情况下，最主要的问题在于小说框架是否会扰乱能指（signifier）"皇帝"与历史人物间的联系。我们通常想当然地以为，小说人物并没有指向世间特定的某个真实人物；跟历史人物不同，他们是虚构的。我们知道，无论我们怎样去解释其来源，都不是在我们所生活的世界或历史记载中寻找原型。即便作者心目中有一个现实世界中的原型，但小说体裁这种语言游戏通常不会去指认这个指示物，除非作品本身要将这位真实人物作为语义体系中的一部分。正因如此，我们常说，小说中的人物名字与纪实文学中的人物名字所代表的含义是不同的；小说中的姓名非但不是指现实世界中的某个特定人物，相反，它往往意味着小说之外并无此人，就如同自约翰·斯图尔特·穆勒（John Stuart Mill）以来专有名称所具有的含义。我们很多人认为，小说人物之所以吸引读者，就在于其没有对应的真实人物这个特殊性，在于其不会被指认为作品之外的某个历史人物。[3]不过，这个结论并不一定是源于下面的观点，即以为小说中的每个专有名称都指的是"虚构人物"，因为不同作品中的指示模式往往千差万别，就像我们对待小说中的名字与报纸或历史书中的名字时会有不同的态度，我们有时——尤其是在历史小说中——对于同一部作品也会运用辩证的方法来理解。厉害的读者在看到小说中著名的历史人物名字，如"拿破仑"时并不像我们首次见到小说角色的名字，如"皮埃尔·别祖霍夫"（Pierre Bezukhov）时有同样的好奇和语义期待。"拿破仑"及指称他的头衔与代词系统只得带着这个广阔的语义场进入已经被我们看作是《战争与和平》意义一部分的作品中。

有些人坚持认为小说中虚构与非虚构角色是有区别的，为此，他们不得不苦苦应付那些试图证明小说角色都是虚构的批评家与理论家提出的反对意见。比如，卢博米尔·多莱泽尔（Lubomír Doležel）尽管承认历史名人构成了"独特的语义类别"，然而也声称"托尔斯泰笔下的拿破仑跟皮埃尔·别祖霍夫一样是虚构的"。[4]他作如此声明，以避免他所谓的角色体系是个"大杂烩"的观点，他恰当地提出，要承认小说主人公有对应的真实历史人物原型，需要我们在面对不同类型的体裁时进行语义切换。[5]然而，这种切换在我看来似乎是某类小说特有的语言游戏，如果我们对历史小说家（如托尔斯泰）描述虚构及非虚构人物的方法进行比较，很显然，他们完全清楚指示工具的转换。下面是对皮埃尔的第一条描述，用的是小说体的规范："下一批抵达的人群中有一位粗壮结实的小伙子，他留着短发，戴着眼镜，穿着当时流行的浅色马裤，一件褐色的花边燕尾服。这个壮实的小伙子是别祖霍夫伯爵（Count Bezukhov）的私生子，后者是叶卡捷琳娜二世时期有名的贵族，现在在莫斯科，已是垂垂老矣。"（9）

这段描述中的人物很明显是虚构的：皮埃尔出现时，需要运用不计其数的代词来表明其身份、发型及服饰，这些都是我们用来塑造假想人物的手段。现在我们将其与一位历史人物库图佐夫将军的描述作个对比："是库图佐夫……皮埃尔一眼就认出来了，库图佐夫的体型很特别，在人群之中十分显眼。库图佐夫壮硕的身体披着一件长外套，白发苍苍的脑袋上没有戴帽子，肥胖的面孔更衬托出他失去的白眼球，他摇摇晃晃地挤到人群中，停在神父的身后。"（818）这不是我们在《战争与和平》中第一次看到库图佐夫，但是在关注这位指示物体型的特殊性以及假设读者事先已了解他的体貌特征方面，这段描述是有代表性的。他那绝对不会令人搞错的独特形体、他的脑袋、眼睛、脸型、步态，都令人想起书本之外的某个人，人们从数之不尽的照片与描绘中已对他非常熟悉。即便人们从未听到过"库图佐夫"这个名字，通过这段文字，他也能够了解，这里所指的是某位历史人物，而不是一个虚构的无名之辈。

为了再一次举例说明这篇小说当中的指示域切换，我们来看看这段有名的去神化描述，描写的是博罗季诺战役前的拿破仑：

> 皇帝拿破仑尚未离开床铺，他还在梳洗。他微微地打着鼾，嘴里咕哝着，他的男仆正在用毛刷给他擦拭身体，一会儿是他的背，一会儿是他那肥胖的长满毛发的胸脯。另一名男仆手指压着瓶口，正在给皇帝骄奢的身体喷洒古龙香水，他的表情仿佛在说，只有他知道应该将香水喷在哪个地方、怎样喷。拿破仑的短发湿答答乱糟糟地贴在前额，而他的脸，尽管浮肿发黄，但显然很享受。"继续，再重点，继续，"他咕哝着对正在给他擦拭的男仆说，微微地抽搐一下，嘴里发出一声呼噜声。（833）

在这里，《战争与和平》逐字逐句地表明了描绘拿破仑的主要含义：皇帝没有穿衣服。陡然间撞见这具没有穿衣服的肉体，而非穿着古装的历史人物——甚至幻想着那具正在被擦拭的躯体仿佛很多作品中所描述的拿破仑胯下的一匹马——显然破坏了人们已经接纳的关于这位"伟人"的历史描述，只是这种方法对指示物的描述格外具体，几乎将他还原到基本的肉身。即便是在早些穿戴完好的场景中——外交使节巴拉舍夫和拿破仑的会面——皇帝肥大的腹部也凸显在其骑服之外，其左腿肚不由自主地抽搐着。这个肉身的拿破仑仍然是一维

的，因此，切换到以他的名字命名的历史指示物当然不会令我们期待看到一个
更全面更特别的特征描述；而正恰恰相反。

那么，历史人物指涉是如何影响到论述中的虚构性呢？人们无疑会承认，
历史小说有很多种论述方式，有些是虚构的，有些则不是。但这并不能令我
们走出多莱泽尔等理论家尝试回避的困境，这个困境便是：如果我们承认小
说中有历史人物指涉，我们仍然能够说文本内容都不是真实的吗，就像小说一
样都是虚构的？如果描述的是真实的拿破仑，那么这些描述者有没有可能被称
作"虚假"而不是"虚构"呢？多莱泽尔说托尔斯泰笔下的拿破仑跟皮埃尔一
样是"虚构"的，他难道不是想说，我们不要将关于他思想与行动的叙述当作
历史信息，而只是作为小说整体语义系统的一部分吗？如果这就是"虚构"的
真正含义——即我们有一个历史指向，但我们不会将关于他的叙述细节当作真
实或虚假——那么，更确切的说法或许是，我们认为这里关于拿破仑的故事多
是虚构的。而且，由于我的论证是为了理解反事实人物，我还想强调托尔斯泰
笔下拿破仑小说性的另一个重要局限，即它不能与历史记载相矛盾。尽管小说
中有些篇幅是虚构的，但小说也小心地证明，关于博罗季诺战役前后及战役过
程中的公开事件的描述是准确的。事实上，叙述者破除拿破仑重要性的偶像破
坏写法正是通过表面上的准确性来实现的，他准确地描写了皇帝的行踪、他的
地位与斗争、姿态与举止、他向部队的训话、他给司令官们的意见以及他的命
令。这并不是说，托尔斯泰以某种公正的、不偏不倚的方式在坚持历史记载的
原则；事实上，很多学者已经证明了他在资料使用方面的倾向性。[6] 但叙述者
继而又不遗余力地让人们产生这样的印象，即小说情节与历史记载似乎是一致
的。"历史"决定着叙述的可能性范围，我们需要凭借这一基础，来判断哪些
小说情节是可能的，而哪些是不可能的。

我想，我们也必须承认，尽管关于拿破仑的论述包含某种特定的虚构性角
色塑造，像本书一样充满互文及历史编纂属性，叙述者在其中声称，经过仔
细评估发现，历史记载证明了他的判断，即拿破仑不仅是历史的捧场者，而
且也是个自负又爱慕虚荣的人，是一个无足轻重的人，他的觉悟仍然迟钝，
主要是因为他根本没有什么思想。关于拿破仑的章节中明显虚构的段落——
就像此刻直接描述皇帝的意识，需要运用全知叙述这样的小说体技术——都

用于判断这位伟人的个人"性格"："这一天，战场的可怕情形压垮了他的意志，他原以为那是他的优点与伟大之处。他迅速骑马离开战场，返回谢伐底诺（Shevardino），他坐在军营的凳子上，蜡黄的脸有些浮肿，显得很沉重，他两眼无神，鼻子通红，嗓音嘶哑，低垂着双目无奈地听着战火的声音……在这一瞬间，私人的情感压过了他长久以来所追求的人生幻想。他内心感受到了自己在战场上所目睹的痛苦与死亡。"(769) 几句话过后，历史叙述再次呈现，拿破仑又成了没头没脑的刽子手："他们想死得更惨！……随便他们！"当有人告诉他俄罗斯军队正在被"成批摧毁，但仍在负隅顽抗"时，他这样回答。(873)

在这里，从小说到历史描述的转换仿佛天空中划过的一道弧线，尽管这些句子从语法上来讲仍然是陈述语气。因为在我们看来，这些句子所反映的思想是杜撰出来的判断——而不是客观真实的——叙述者似乎在对皇帝的行为进行某种演绎。他猜想，战场的可怕景象有可能已经突破了冷酷的拿破仑的心理防线。那么，当拿破仑命令加强炮击（这是该场战争的知名特征）时，我们可以当它是下面这个假设的历史证明，即假如当时发生任何温馨的情节，那也会是非常短暂的。这些语气的变化，从皇帝可能在想什么，到他实际做了什么，也往往与作品所坚持认为的这位伟人异想天开的心理状态这一主旨要义形成共鸣，因而强化了小说对这位历史指示物的性格刻画，以及托尔斯泰的历史理论（对此，我的了解还不够深入）。总而言之，在阅读历史小说时，我们会对虚构内容与历史描述进行辨别；前者是小说的独特性，传递的是作者的判断与意见，对于我们而言似乎是虚拟的假设；后者则代表着正在阐释的既定事实。因而，托尔斯泰笔下的拿破仑可以说是具有虚构特征的，尽管他在《战争与和平》中的角色整体来看并非虚构的，因为作品必须遵循一条原则，即不得与皇帝的真实经历相冲突。

***

这正是我们所说的"架空历史"类作品所打破的规则，因为这类作品使用了历史人物，却剧烈地戏剧性地改变了他们的故事。该类作品在刻画历史人物形象的时候，非但没有遵循不得与历史冲突的原则，相反，其整个出发点就是要改变或颠倒这些历史人物在著名的历史转折点上所采取的行动，因而将叙述的每个部分都转变成为某种特殊的条件模式：假设的反事实描述。当然，为了理解书中的故事，读者仍然需要了解真实的历史记载，童话故事（*fabula*）的意义是介于叙境之间的（interdiegetic），存在于叙境（diegesis）中所发生的故事与读者所了解的无可争辩的事实之间的对比。如果某本书看似支持人们接受各种不同的事实，那并不算是架空历史；架空历史也不是历史的小说化，历史小说化是作家凭借想象对历史人物未予表达的意识进行探究；架空历史也不是秘史，通过秘史类作品，读者可以偷偷地了解到是怎样的隐秘动机或荒谬事件造成了众所周知的公众影响。架空历史甚至也不同于架空历史类小说，后者是 20 世纪产生的一个流派，将虚构人物的小说故事纳入到架空历史的世界中（他们与菲利普·罗思〔Philip Roth〕的《反美阴谋》〔*Plot Against America*〕不属于同一类型，尽管两者都属于此类小说的始祖）。相反，他们描写的是真实人物的明确反事实故事，解释这些人物原本可以采取怎样不同的作为，或者受到怎样不同的对待，而世界又会因而发生怎样的改变。本文开篇引用的第三段文字，摘自若弗鲁瓦－沙托 1836 年的作品《拿破仑征服世界》，该书正是对此类反事实流派的例证：作品选取了拿破仑生涯中最著名的一个事件——1812 年火烧莫斯科之后他莫名其妙的拖延——然后完全抹去了这个事件，代之以前往圣彼得堡的征程。每一位称职的读者都知道皇帝当时是怎么做的（待在莫斯科），但是若弗鲁瓦－沙托用这句话宣告，他将会在书中探究拿破仑原本还可以怎么做，改变世界的后果又会是怎样。

　　我当然不能否认，从这句话开始，整篇叙述都是虚构的，但是其如何影响到拿破仑这个人物角色呢？我为何认为，就连这本书也是写这位历史人物，就算在这里，这个人物角色也未完全挣脱叙境外（extradiegetic）的指示物范畴？[7] 为了充分回答这个问题，我需要告诉你更多有关架空历史形式的历史与本质的信息。架空历史首先出现于 19 世纪中期的法国，事实上，《拿破仑征服世界》（1836）是这个流派第一次以书的形式出现，但架空历史可以追溯到两个更古老的历史反事实叙述传统。历史反事实是过去时态的假设条件状语从句（"如果当时的情形是 a，那么接下来会〔可能会〕是 b"），这种情况是在人们知道前述条件（"如果"从句）是与事实相反的情况下进行的追问。在这种情况下，"如果拿破仑当时没有在莫斯科逗留，而是迅速出征前往圣彼得堡，那么他可能已经征服了全世界"。因而，历史反事实描述并不是寻常的小说，其中并不包含为了故事情节而杜撰的人物故事，并没有将貌似真实但隐秘（因而是外人不知道）的思想与事迹归于有历史记载的人物。相反，此类作品写作伊始就是作为评判历史人物的工具，通过改变他们的行为，获得不同的结局。

　　18 世纪，在独立的架空历史出现之前，反事实流派表现为两种论述形式，一是就天意与历史而展开的神学讨论，二是批判军事史。第一位倡导运用反事实推理的哲学家是戈特弗里德·威廉·莱布尼茨（Gottfried Wilhelm Leibniz），其 1710 年的专著《神义论》（*Theodicy*）曾试图调和上帝的全能、全知及至善与人类历史进程中的罪恶与不义等无可争辩的事实之间的矛盾。[8] 莱布尼茨声称，上帝的意愿是在各种可能世界中对至善的选择；我们认为历史是一系列独特的事件，而莱布尼茨笔下的上帝看到的则是事件的别的可能，并从各种可能性中选择最好的。有些事件，由于我们的目光短浅，且囿于尘世，看起来是不幸的，从神的角度来看则是各种罪恶中最微不足道的。因此，为了理解历史、领会上帝的善意，莱布尼茨认为，我们应该学会想象事情原本可能更加糟糕，将过去置于各种可对比的（但一定是更低级的）可能性世界中去看待。纵观整个 18 世纪，多数历史反事实作品都是围绕这种可能性世界的神定论或与之相反的情境而构筑的，因此我们可以说，莱布尼茨是第一位持续地、有计划地推动我们透过反事实视角来观察历史的人。

　　直到 18 世纪末，反事实历史写作领域才出现了强烈的世俗论证，主要体现于"批判"军事史专家们的工作。这类历史作家除了汇报军事行动外，还对军事行动进行分析与评估，从而在军事思想与反事实主义之间建立了经久的联系。此类作品首次出现在七年战争之后，1815 年之后迅速扩张；其宗旨是为了理解战争的实质，从中提取普遍教训，学会如何实施。仅有战场上的胜利并不能保证指挥官得到这些历史批评家们的称赞，因为胜利可能源于幸运，而非战斗技巧与苦心谋划。他们提出这样的问题："原本还可能怎样？""还有哪些偶然因素没有预计到？""那个战略应付得了普遍情况，也能对付我们能够想到的任何其他情况吗？"他们的追问导致 19 世纪初出现了大量有关拿破仑的反事实作品。

　　我们以卡尔·冯·克劳塞维茨（Carl von Clausewitz）为例，他是这些作家中最有名的，此外，他也是托尔斯泰在《战争与和平》中的描写对象。克劳塞维茨明确地提出了反事实写作的原则，即要知道事件的分量和重要性，用他的原话来讲，历史学家必须考虑"已经发生的，或者有可能已经发生的事情的来龙去脉"：这个要求十分苛刻。[9]下面，我会对克劳塞维茨的一段文字进行概述，克劳塞维茨在这段文字中分析了拿破仑 1797 年在塔利亚门托河（Tagliamento）击败查理大公之后可以有哪些选择。克劳塞维茨首先写到，拿破仑出其不意地越过阿尔卑斯山发起远征体现了他的杰出才干与成功的领导力；为了证明情况可能并非如此，他运用了一系列的反事实情形来对拿破仑的征程进行考验。他指出，拿破仑实际上过早地抵达阿尔卑斯山的另一侧，导致无法与莱茵河的法国军队汇合，因而被迫进行战略休战。但是他实施休战妥当吗？如果没有下令休战，又会是怎样一番情形呢？[10]开始时的分析是这样展开的：拿破仑追击大公的部队进入奥地利领土后，在自己所处的阵地上协议停火，回到意大利；然而，他原本可以待在原地等待莱茵河的法国军队，或者他也可以更加积极地威胁维也纳。建立了这两种别样的可能后，克劳塞维茨带领我们进入到反事实描述的六阶假设，尤其是最后一阶，使反事实故事战胜实际事件，而后者则成了众多可能性当中的一小部分：如果拿破仑没有签署休战协定，而是直逼维也纳，奥地利可能已经作出更多让步，或者可能已经放弃了首都，撤回到自己的领土了。如果那样，莱茵河畔可能会发生一场战役，法国人很可能会在战争中获胜，那样一来，拿破仑可能已经利用自身优势，尝试着摧毁奥地利帝国，他很可能已经成功了；倒过来讲，他可能已经大大扩张了自己的势力范围，除非奥地利继续抵抗。

　　在假设的每一个重要关头，都会有关于拿破仑的新故事出现；拿破仑只要威胁维也纳就能赢取重大让步，与之形成鲜明对比的是，拿破仑攻下首都，随后将其军队分散在奥地利帝国的广阔领土内；与两者截然不同的是又一个假设，即拿破仑耐心地等待自己的盟军，在莱茵河畔赢得胜利，最后与奥地利帝国达成更为长久的和平协定。这几个相互排斥的叙述迅速出现在克劳塞维茨的论述中，又同样迅速地被下一组可能性扑灭。尽管这种讨论假定拿破仑是一位重要的决策者，而不是历史的奴隶，但似乎也令他显得很不真实，将他撕裂繁殖为大量不同的版本。在这里，我们看到的整个反事实叙述体系与所有后现代小说一样是模糊的、多样的且非线性的；不过，这种运用的意义在于指出单个人的选择有哪些，他还了解什么，是何时了解到的，又会如何根据自己的认识而采取行动。我们知道，拿破仑退出这场战役的时候可能有更多实质性的收获，要远超出其所登记在册的，但要掌握这一点是十分辛苦的，需要对拿破仑的实际地位、信息来源、资源及政治束缚进行艰苦的调查。跟托尔斯泰一样，克劳塞维茨以杜撰的情节来评判拿破仑，这些杜撰的内容就是他提出的假设，而历史记载则为其假设提供了某些约束。不过，跟托尔斯泰不同，克劳塞维茨对推测拿破仑的性格没有丝毫兴趣。这位军事历史学家笔下的各种反事实行为都是在分析了拿破仑军事力量优劣势记载的基础上提出的，都没有超出拿破仑可能采取的行动范围，从这一点来看，貌似都是真实的；但所有这些行为显然跟他的实现行动是背道而驰的。

与这些军事反事实历史作品不同，我现在要说的"架空历史"类作品往往先构建一个与某位历史人物非常符合的角色，然后对历史进行改编并运用到这个角色身上。若弗鲁瓦-沙托的《拿破仑征服世界》不仅是第一部，而且也是这种形式最纯粹的代表作之一；它展示了皇帝原本可以坚定不移地继续战斗，实现世界统一与和平；不幸的是，现实历史偏离了这一轨道。与克劳塞维茨不同，若弗鲁瓦-沙托与现实的偏离点只有一个，正是在这个时刻，拿破仑原本可以开启另一条不同的因果链。这部作品确立了该流派单点"联结"的主旋律，别样的历史正是经由该点而浮现（按照架空历史的行话，叫作"平行时间轴"[ATL]，与之相对应的则是"现实时间轴"[OTL]）。对于若弗鲁瓦-沙托而言，这个决定性的时刻是在火烧莫斯科之后，他的书即以此事件为开端。经过了20页，联结点出现了；拿破仑非但没有在莫斯科的灰烬中逗留，采取返回西欧的致命行动，而是向北行进前往圣彼得堡，进行第二场战役，占领了那座城市，在那儿度过了冬天。改良后的战略令这位英雄得以继续前进，经过几百页篇幅的巧妙谈判与幻想征程，拿破仑终于征服了全世界人民，建立了统一帝国，帝国的名称仍然是法兰西。

《拿破仑征服世界》与很多前代作品一样，引用了反事实军事批评来确定与历史的"分离点"，即存在不确定性的节点，并构建另一种可能性。尽管故事的指导原则是，故事主人公的另一种活法比现实情况更能代表着这个人的本质。按照拿破仑的本性，他会去圣彼得堡；言外之意，当他逗留于此，令军队停止前进，迫使他们在俄罗斯的冬季出征，那并不是真正的他。若弗鲁瓦－沙托的目的很明确，他解释说，他要给予拿破仑其本该拥有的历史，一段配得上这个崇高而有远见的角色的历史。他笔下的历史是有充分理由的历史，是坚持不懈的拿破仑应有的历史。作者首先运用善有善报这样的目的论在拿破仑的潜力与其对世界史事件的实现之间建立了恰当的联系。我们心中牢记亚里士多德对历史与诗歌所作的区分——历史只关乎事件，而诗歌则属于真正的哲学范畴，因为其必定带有对事件是否恰当的思考——可以说，现实事件从哲学角度来看是没有意义的，因为其侵犯了拿破仑的尊贵形象，若弗鲁瓦－沙托朝着诗歌的方向对历史进行了改编，他所刻画的主人公坚守英雄理想主义原则，详尽无遗地体现在富有表现力的行动中。架空历史遵循亚里士多德的箴言，即诗歌首先关系的是"某类人会说或者做哪些事……根据可能性或必然性原则"（重点强调）。[11] 这部架空历史作品将其中的各个部分和谐地组合在一起，其根据的是各种流派中所坚持的可能性规范，这些流派继而又由于讲述的故事主人公的类型不同而有所区分。架空历史谋求的是人物角色的均衡与典型性、角色与行为间的和谐，以及恰当的解决方式。

　　因而，架空历史显然不同于 19 世纪的小说，若弗鲁瓦－沙托笔下的拿破仑更接近于古代浪漫主义作品中的英雄，而不同于任何当代小说中的典型。正如克里斯托弗·普伦德加斯特（Christopher Prendergast）在其介绍拿破仑视觉描绘的书中所写到的，新古典主义概念美好理想（*beau idéal*）仍然存在于 19 世纪的法兰西，[12] 若弗鲁瓦－沙托似乎在《拿破仑征服世界》一书的引言中毫不隐讳地参考了这一点，尤其是当他强调（还是以亚里士多德的方式）我们的世俗身份使得任何现象都不可能是完美无缺的，理想的弧线是从可能性到已实现的现实；"一切都是不完整、未完成的：人、作品、光辉、命运及生命。"完美，总会遭遇特殊的事故而夭折，不可能克服现实历史中的潜伏因素，不过，自然的初衷能够在对美好理想的描写中被充实："面对这些不完整的故事，有多少人曾经寻找过能够令其完美的结局，不是在未来，也不是现在，而只在他们的思想中？"[13]

　　既然架空历史如此彻底地背离了现实历史，那么在该流派中，个人指涉又体现在何处呢？首先，架空历史认为，现实历史与反事实历史原本是完全一致的，直至到达某个点之后，叙述偏离了我们的时间轴。越过那个节点，叙述越来越偏离我们的历史，呈现出明显的 Y 型模式；作为反事实故事与真实历史共同根基的统一的背景故事（拿破仑在 1812 年前的历史），到了这个关键点之后结束，从此形成了两条岔路。其次，尽管叙境主要遵循的是另一条时间轴（叙述者自己就位于这条轴），但未被陈述的历史事实仍然通过一套能够被人们辨识的指示体系而常常浮现在读者的脑海中，这套指示体系保证了非正统的引证、时间、行动及事件的对比意义。通过将拿破仑入侵与摧毁英格兰安排在 1814 年春——实际上这几个月里发生了四国联军攻入巴黎、拿破仑被流放到厄尔巴岛、波旁君主政体复辟等灾难性事件——我们明白了架空历史中为何描述拿破仑前往哈特韦尔堡（Hartwell Castle，这里是波旁王朝流亡期间执政之地）那么久训斥顽固不化的法国贵族，而后将他们囚禁在狭小的马恩岛。再次，若弗鲁瓦－沙托开创了一个先例，而后被很多后来的架空历史学家所效仿，他以批判的名义将拿破仑 1812 年 9 月至 1821 年去世之间的实际生活脉络穿插到对某部未具姓名的架空历史作品的评论当中，还指责作品中的描述是多么荒诞的无稽之谈。

　　最后，也是最重要的一点，若弗鲁瓦－沙托的书中给出姓名的约 300 个人物，全都是近代史上知名的人物，对于目标读者来讲，这些名字本身就带有预先存在的语义及指示价值，这种做法也被后来的架空历史作家们所采纳。事实上，架空历史区别于后来的反事实流派——架空历史小说——的主要特征在于，前者的描述对象只是历史人物。塑造这些人物的方式在《拿破仑征服世界》整本书中始终是一致的。历史人物的某些行为被提炼为其核心"特征"，继而放诸改变后的条件下予以展开。由于斯塔埃尔夫人（Madame de Staël）的主要特征是富有天赋以及渴望获得认可，拿破仑接受了她，将她吸收进法国科学院，作为第一位女性成员。若阿基姆·缪拉（Joachim Murat）因为背叛了拿破仑而闻名，在架空历史中同样如此，只是在这里，他得到了拿破仑的宽大谅解。因而，与这些角色的每一次碰撞都重温并改写了主人公的形象；我们在书中所看到的每一个人物都有其现实的原型。

　　这种反事实的相似性并不是将历史人物塑造为纯粹虚构人物的标识，而应当被理解为作品历史现实性的指征。这种相似性要求我们回忆自己从别的资料中所了解到的主人公故事，同时也表明，作品之所以具有这种反事实猜想的能力，正是由于作品中的名字有所指涉。就真实人物而言，个人的历史——他想过、做过以及遭受过的一切这个整体——与个人本身之间是有区别的。"拿破仑"代表着一个实实在在的、原先被具体化了的人，就算他当真于 1797 年威胁维也纳或者于 1812 年出征圣彼得堡，他仍然是拿破仑。我在此处引用的是绍尔·克里普克（Saul Kripke）所说的专有名词的"严格指示词"（rigid designator）理论，按照这一理论，专有名词是指在"任何可能的世界"中都指向"同样的目标"。[14] 按照这一理论，专有名词并不是指随时间而变化的一组个人特征，而是针对单个的具体的实体。克里普克的论述暗含着一种关于个人身份的观点，我们可以称之为最低要素主义——身份是稳定的，只能由宗谱来决定——为不同情态下的大幅度扩展留出了余地。应该承认，他的观点是存在争议的，但它比其他任何理论更能够解释架空历史流派的假设与实践。

　　我们没有必要为了寻找类似的思考而从若弗鲁瓦 – 沙托跳跃到 20 世纪，因为可能世界理论一般而言都会产生类似的"跨界"人物身份概念。克里普克参考莱布尼茨 18 世纪提出的理论而得出自己的看法，到了 19 世纪，法国革命理论家、第二帝国活动家奥古斯特·布朗基在作品《籍星永恒》（Auguste Blanqui, *L'éternité par les astres*）中进一步阐述了这一理论，以适应唯物主义者的时代；《籍星永恒》是他论述世界多重性的专著，是 1871 年巴黎公社成立时他在狱中完成的。他无疑受到了贝尔纳·勒博维耶·德丰特内勒的《多元的世界》（Bernard le Bovier de Fontenelle, *Plurality of Worlds*）及西拉诺·德贝热拉克的《另一个世界》（Cyrano de Bergerac, *The Other World*）等法国巴洛克式幻想作品的影响，但他声称自己杜绝幻想写法，声明自己思考的基础只是天文学与数学。他争辩道，鉴于宇宙学与统计学已取得诸多进步，现在有可能证明宇宙当中包含许多在所有细节方面都与我们的地球相同的星球，包括居住在这些星球上的人类；不过，他们可能遵循的是跟我们完全不同的命运。他告诉我们，创造是无限的，但是可供自然任意支配来进行编造的元素数目是有限的。

因而，真正独特的存在（按他的话来讲，即 "独特类型 [ypes originaux]" [15]）不可能是无穷无尽的；随着由各种星球组合方式排列而成的物质宇宙在空间上的扩展，每一种独立的组合将被无数次复制，这只是统计学上的必然。因而，地球被不断地复制，生活在地球上的人同样如此，人们能够从散落在宇宙中、不停地繁殖到无尽空间中的数之不尽的地球的 "反复、考验"（répétitions, épreuves）（360）中实现自我。由于可能性（按照布朗基的理解）只是发生在同一组变量的无限组合过程中，我们每个人在其中的某些星球上也必定是遵循着不同的路径，历史的进程同样如此。

为了举例说明这一情况，布朗基将目光投向架空历史中那位熟悉的人物，拿破仑："地球上发生了重要事件，（在我们的孪生星球上）对应的也会有事件发生，只是情况会有些不同，尤其是偶发事件。在其他星球上，英国人或许已经多次遭遇了滑铁卢战役的惨败，他们的对手并没有出现格鲁希所犯的失误。另一方面，拿破仑·波拿巴也不是总能赢得马伦戈战役的胜利，在这里也是未必有把握的奇迹。"（365）我们注意到，格鲁希和拿破仑仍然是他们自己，无论命运发生了怎样的急剧转折，也无论他们所处的方位是否相隔遥远。"滑铁卢"与"马伦戈"的位置尽管发生了变动，但仍然代表着同样的地方。尽管这似乎根本不符合逻辑，但它使布朗基能够解释他的论点，即我们如今所说的跨界身份：

> 在任何一个星球上，人都逃避不了宿命。但在无限的时空里，宿命却找不到一个基点；这个无限的时空能够容纳一切，不存在所谓的别的（专有的）选择。一个人在这个世界中所遵循的道路，却为出现在另一个世界中的自己所不齿。他的存在被复制，每一个存在对应着一个世界，继而又被第二次、第三次、第几百万次衍生开来。因而，他掌握着完整的副本以及数之不尽的经过变异的副本，这些身份不断繁殖，但代表的总是他本人，只不过各自所采纳的只是他宿命中的某一部分。人在这个地方没有实现的可能性，却有可能出现在另一个地方。（365）

布朗基证实了这种违反直觉的主张，他指出，我们所有人都知道自己的生

活中有许多十字路口，如果我们当时选择了不同的道路，就有可能产生别样的
生活故事，但我们并不会因此变成另一个人。他从时空角度对这种理念所做的
表述似乎有些离奇，尤其是由于其放弃了独一无二的化身这样的标准，而我们
多数人认为这对于我们的身份而言是至关重要的。但如果我们暂时忽略这种奇
怪的特征，我们就能够发现他的观点非常接近于我们对于自己过去各种可能性
的惯常理解。我们多数人都不会认为，自己所做过的、遭受过的一切，哪怕是
再微不足道的事情，都是我们之所以成为我们所必需的。比如，我们通常并不
认为，如果我们昨天晚饭吃了别的东西，到了今天早上我们就会变成别的人。
即便我们假设这顿晚餐引起了可怕的后果，即便我们想象那顿晚餐让我们得了
可怕的疾病，我们也不会认为，假想中的患者不是实际上安然无恙的那个人。
我们觉得他们就是同一个人，只是所处状况不同而已。转换成这些更加普通的
术语后，布朗基的论点，即我们这个存在的很多异体实际上是同一个"人"，
看起来似乎更真实了（372）；他只是运用了一种不寻常的、有点奇特的先见之
明（鉴于之后的 20 世纪先锋派叙述实践及量子力学的发展）的比喻手法来说
明自身的存在性，这种存在性甚至体现在机会与选择的多样性方面。莱布尼
茨、布朗基及克里普克的观点意味着，真实的确切定义是，我们有可能体验不
同的生活方式，而不改变自身的身份。

＊＊＊

　　克里普克、莱布尼茨、克劳塞维茨及布朗基所提出的人与故事间的区别正
是架空历史流派的主题，该流派从一开始就专注于为现实人物创造反事实命
运，我们目睹了若弗鲁瓦－沙托的做法，他将剧中人物限定为历史人物，而
在别的方面则展开广泛的想象。然而，角色与故事间的这种区别在全然虚构的
角色身上并不存在，整个虚构角色只存在文本中关于他们的各种论述中。正因
如此，我们在讨论小说角色时，必须常常返回到这些人物出现的文字中。当我
们作为读者在构思人物时，有可能形成或抛开对人物的假设，但我们并不会将
自己获得的信息作为一套持续而系统的反事实假设，就像我们在看克劳塞维茨
或若弗鲁瓦－沙托的作品时那样。可以肯定的是，现实主义小说倾向于将一些

没有实现的可能性加诸人物故事中，因为探索假设条件创造了人物的悬念与假象，而那些被指定的"可能性"都是书中给出的指定特征，无法提前发生，也无法超越其界限。而且，尽管读者为了理解人物角色或证明其无条理性而进一步思考"反小说"可能性，尽管近来的作家甚至创作出颠倒原作品中决策与事件的反故事小说，我们仍然认为，人物角色的既定性是一项传统，文本中的专有名词只是代表作者（加上知情读者的积极参与）同步在创作的内容。一般的小说人物并没有特定的对比对象，也没有书本之外的真实原型；比如在读到皮埃尔的时候，我们并不会想到要将他与某个不存在的人进行比较，现实世界中没有与他相对应的人物存在。

简而言之，尽管小说类虚构作品往往模拟反事实写法，但其主人公缺少相应的真实原型这个问题持续存在，历史小说家们似乎非常清楚这一点。我们不妨看一下威廉·梅克比斯·萨克雷的作品《名利场》（William Makepeace Thackeray, *Vanity Fair*）中尝试着对拿破仑进行的这段简短的反事实描述，这部小说最后说到反事实人物与小说角色的区别：

> 那些喜欢抛开历史书，思考若是没有实际发生的那些致命事件、世界上原本会是怎样（这实在是一种最费脑筋、最有趣、最新颖，也最有益的思考）的人，无疑常常在心里思忖，拿破仑从厄尔巴岛返回、放任自己的帝国之鹰从圣胡安湾（Gulf San Juan）飞回到巴黎圣母院所选择的时机是多么糟糕啊。站在我们这边的历史学家告诉我们，联军当时受到上天保佑，都在战备状态，随时准备着一声令下即冲向这位从厄尔巴岛返回的皇帝。欧洲各国威严的君王们齐集维也纳，按照他们的智慧重新瓜分欧洲，他们之间也有纷争，要不是他们共同憎恨与害怕的对象返回，这些纷争可能已导致曾经征服了拿破仑的军队相互之间展开斗争……每支部队都在抗议对方的贪婪，要是这个科西嘉人能够在狱中等待各国互相争夺打得不可开交的时候再出山，他本可以坐收渔翁之利，毫无麻烦地回来统治法国的。[16]

跟 20 年后的托尔斯泰不同，萨克雷笔下的叙述者并不相信作为其小说基础的大历史（grande histoire）的必要性。尽管是关于架空历史的思考，但他讽刺的主要是"站在我们这边的历史学家"，这些人认为拿破仑对手贪婪的军国主义是源于"天意"而非贪婪。作者这么写的意义在于使拿破仑看起来只不过是跟其他任何贪婪的君主一样，从而使拿破仑违反事实、重新掌握权力的故事看起来很平常。叙述者的奇妙之处在于，尽管拿破仑可能因而幸存并进而成为法兰西的统治者，但事件如此转折将会彻底破坏小说的角色："但我们的故事与所有的朋友怎么办？如果没有了这些情节，那么又哪来的故事？"

剔除了小说主人公身上所有的故事元素，主人公将不复存在。

考虑到反事实人物与小说角色之间的这些区别，我们也能够看到将可能世界语义应用到普通小说中是不适合的。可能世界理论巧妙地解释了构成历史反事实体系基础的这种思维，但将其扩展到各种小说体，则产生了重要的扭曲。19 世纪 60 年代，当分析哲学家与某些历史反事实实践人士开始运用可能世界语义理论来讨论反事实假设的模式时，他们开创的先例很快被接受这种理论本身的叙述学家们所效仿。作为一种普遍的小说体理论，该理论在 19 世纪 70 年代又得到了发展，被用来解释小说之类虚构故事人物的作品如何通过参照我们生活的世界而获得认知价值。该理论假设，我们为自己读过的每部小说都默默地建立了一个可能世界，对于《战争与和平》这部经典的现实主义小说，我们幻想中的世界曾经存在于 19 世纪的俄国，只是没有其中的小说人物。因而，《战争与和平》中关于这个"世界"的某些描述无论在现实世界还是小说中都是有效的，因为这两个世界的统一属性使得两者能够"互通"，用该理论的一位支持者的话来讲，这些论述无论在"真实的现实世界"还是"书本中的现实世界"中都是有效的。[17] 该理论认为，由于指代小说人物及其故事的这些论述被认为属于另一个模式，我们便创造了一种默认的假设语句，来描写他们居住的这个世界，比如，"假设一个有皮埃尔·别祖霍夫存在的世界"。

该理论坚持认为小说角色会自动引发人们对可能世界的幻想，但无论辨别各类指示物的哲学价值何在，这种认识与我们在阅读多数小说时的体验是相反的。的确，我们认为小说角色是虚构的，他们的身份甚至可以说是"想象的"，但是说我们会在心中构筑一个世界来容纳他们，而不只是假设他们是生活在我们的世界中，这个概念似乎是莫名其妙的。将之与反事实角色一对比，我们便一目了然了。当我们看到拿破仑 1812 年 9 月 20 日开始出征前往圣彼得堡，我们便立即意识到，这一定是另一个版本的 1812 年，其不同于我们所了解到的情况，因为我们知道拿破仑当时仍逗留在莫斯科。由于一个人不可能同时在同一个世界中执行两种相互矛盾的行为，我们的意识当中便确立了另一个地方来承载这些不同的事件。相反，如果我们读到的是小说中的纯虚构角色，它并不会与我们这个世界中的已知事实产生冲突，因而人物的虚构性并不足以引发世界构建与比较等行为。当我们发现某些普通的小说人物与事件是可能的（而不是现实的），我们会将他们揉进我们生活的世界，而不造成冲突。相反，如果我们发现某个反事实假想是可能的，我们必须再构建一个世界，因为这个假设与确实的现实世界是相矛盾的。1812 年 9 月，拿破仑逗留在莫斯科，而非前往圣彼得堡；这种指出两种确实的可能性的"而非"结构，在多数虚构小说中是没有的。皮埃尔的存在，并没有其他确实的可能性；与他相反的，除了他的不存在，什么都没有，因而我们没有构建另一个世界的动机。读到他走进沙龙时，并不会令我们想到除此之外的别的事。

　　事实上，架空历史最突出的一个特征就是其花在构建另一个世界上的时间。我们常常随意地谈论这部或那部小说的"世界"，但就连描述最细致的现实主义小说也无法接近《拿破仑征服世界》之类架空历史作品雄心勃勃的创造世界行为。法兰西帝国的世界版图必定会被一再刷新，最终将与我们现实生活中的情形完全不同。比如，书中的巴黎就被重新建造以区别于我们现实的巴黎；伦敦被推倒，罗马、圣彼得堡及欧洲所有的大城市都被重新塑造。在巴黎，大树林立的宽阔林荫道穿过整座城市，大量纪念碑被建造起来，巨大的公园得以修筑，结实的雕塑被竖立起来。在世界的另一些地方，有的民族整体消失，又有一些民族开始出现。[18] 应该承认，在这方面，若弗鲁瓦－沙托的作品是该流派的极端案例，但很多后辈纷纷效仿，因为他们往往想强调，如果这些幻想的改变真的发生，这个世界会是多么不同。事实上，因为有着共同的人类居民，创造受我们的世界所约束的其他世界才是架空历史的主要活动，而不是创造人物角色；因此他们所鼓励的双重视野已超出我们对历史人物跨越的两条时间轴的认识。多数小说与架空历史间的差异在于，小说中的世界是我们这个世界的延伸，而在架空历史中，世界显然是为了叙述需要而重新创造的。

　　因而，我们在考虑架空历史流派——该流派坚持引入假设思维，并鼓励我们参与创造别样的世界，在那里，历史人物的对应角色据称是进行了世界历史的改变——时，可以在对比中发现，我们在阅读普通小说时一般不会做这些事情。关于这一点，还可以换一种说法，我们并不会将多数小说当作反事实假设来理解，按照直觉，就能够判断哪些是反事实作品中涉及的假设行为，而哪些则纯粹是虚构情节。支持可能世界理论的学者们倾向于将所有虚构故事都划分为反事实作品，扩大了后者的内涵，使之不只是用于明确的反事实流派的研究。我所坚持的更为普通的做法是，将"虚构"当作一个范围更广的术语，将"反事实"应用到确实由特定的且得到认可的与事实相反的假设条件下所开展的故事。可能世界语义有助于我们理解架空历史的结构，而架空历史对该理论的适应性恰是其区别于普通小说的特征之一。[19]

　　因而，小说与架空历史之间的区别除了人物类型外，还包括许多其他方面，例如，对我们熟悉的世界进行反事实创作的需要有可能将架空历史转向乌托邦与反面乌托邦。但是，人物仍然是确定各种流派特征的基础。反事实逻辑不允许简单的空缺，它要求我们用一个事件或人物来代替另一个。如果某个事件或人物被删除，必然需要有其他相应的内容作为替代。这正是莱布尼茨的基本观点：我们不能只是谴责邪恶，祈愿其不曾发生；而不明白如果这个事情没有发生，那么必然会发生别的事情——或许是更糟糕的事情。如果我们想要幻想一个没有拿破仑的世界，我们必须从他同时代的人里面指定另一个人来代替拿破仑。如果拿破仑没有从 18 世纪 90 年代的战争中崛起而成为法兰西的领袖，那么会是谁呢？如果没有军事领袖出现，那么历史会是怎样的情形？我们可以设想一下法国大革命失败，波旁王朝复辟，法国仍旧采取共和政府的形式，但无论是哪种情形，这个架空时间轴的世界都需要通过共同的人物与我们的世界维持跨界统一。而且，尽管两个世界中发生的事件可能是相反的，但是为了架空历史创作的需要，其中的活动者仍然是原来的历史人物。反过来，小说就不会激发此类反事实思维，因为小说默认的世界正是我们所处的世界，无论有没有小说主人公，我们都可以轻松地想象它跟我们的世界是一样的。小说可以进行情节与人物的增加或删减，而不必进行替代。这一事实给现实主义小说中的人物行为增加了重要的限制：他们所做的任何事情都不得改变这个世界，令其与我们自己的世界产生矛盾。[20] 因此，现实主义小说中的纯虚构人物无法做皮埃尔在《战争与和平》中所做的事；皮埃尔不能谋杀拿破仑，不是因为这个行为不可能，而是因为其违反了历史小说这一流派的规则。

　　如果皮埃尔真的谋杀了拿破仑，《战争与和平》兴许已成为另一个完全不同的流派——架空历史小说——的开山之作。为避免跳进反事实历史的架空历史中，这里只需说明一点，即架空历史小说直到 20 世纪才出现在我们的时间轴中。这一流派会让我们了解更多有关 20 世纪末、21 世纪初的历史、小说及反事实人物角色的运用，但它仍保持着 19 世纪作品中发展起来的基本人物类型。

新南威尔士大学

注　释

[1] G. W. F. Hegel to Friedrich Niethammer, 13 October 1806, quoted in Walter Kaufmann, *Hegel: A Reinterpretation* (Garden City, NY: Doubleday, 1965), 319; Leo Tolstoy, *War and Peace*, trans. Louise and Aylmer Maude (New York: Oxford Univ. Press, 2008), 875 (hereafter cited in text); Louis Geoffroy- Château, *Napoléon apocryphe, 1812－1832: histoire de la conquête du monde & de la monarchieuniverselle* (1836; Monein: Éd. PyréMonde, 2007), 22, author's translation.

[2] Josiah Royce, *The Spirit of Modern Philosophy: An Essay in the Form of Lectures* (Boston: Houghton Mifflin, 1892), 73.

[3] 很多批评家强调过虚构实体的独特性，如：Dorritt Cohn, *The Distinction of Fiction* (Baltimore: Johns Hopkins Univ. Press, 1999); Ann Banfield, *Unspeakable Sentences: Narration and Representation in the Language of Fiction* (Boston: Routledge, 1982); Ruth Ronen, "Completingthe Incompleteness of Fictional Entities," *Poetics Today* 9, No. 3 (1988): 497－514; Thomas G. Pavel, *Fictional Worlds* (Cambridge, MA: Harvard Univ. Press, 1986), 11－42; and Catherine Gallagher, "The Rise of Fictionality," in *The Novel*, ed. Franco Moretti (Princeton, NJ: Princeton Univ. Press, 2006), 1:336－63.

[4] Lubomír Doležel, *Heterocosmica: Fiction and PossibleWorlds* (Baltimore: Johns Hopkins Univ.Press, 1998), 18. 多莱泽尔似乎想让小说中的历史人物既有所指，同时又是虚构的。他将之称作"有现实世界'原型'的人"，他指出，"历史上的拿破仑与各种小说中的拿破仑之间存在着某种根深蒂固的联系"(17)。但是，我们看到，他也声称托尔斯泰笔下的拿破仑与皮埃尔同样都是虚构的。

[5] Doležel, *Heterocosmica*, 232.

[6] R. F. Christian 以英文对这些问题进行了最好的总结，参见：*War and Peace: A Study* (Oxford: Clarendon, 1962).

[7] 其他处理过反事实人物的理论家们包括多莱泽尔，他试图将反事实作品中的拿破仑看作与历史上的拿破仑相对应的人物，而不是"各种版本"（Nicholas Rescher 钟爱的术语），他还坚持认为，"跟未现实化的可能性一样，所有虚构的实体都有同样的本体论属性"（Heterocosmica, 18）。相反，Thomas Pavel 则呼吁从理论上区分"纯粹虚构与未实现的可能性"之间的差异 (Fictional Worlds, 43)。

[8] I have used *Theodicy: Essays on the Goodness of God, the Freedom of Man and the Origin of Evil*, trans. E. M. Huggard (Charleston, SC: Bibliobazaar, 2007) from *Die Philosophischen Schriften von Gottfried Wilhelm Leibniz*, ed. C. J. Gerhardt (Berlin: Wiedmann, 1875–90).

[9] Carl von Clausewitz, *On War*, ed. and abridged Beatrice Heuser, trans. Michael Howard and Peter Paret (New York: Oxford Univ. Press, 2007), 110.

[10] Clausewitz, *On War*, 112.

[11] Aristotle, *Poetics*, trans. Gerald F. Else (Ann Arbor: Univ. of Michigan Press, 1967), 9, 84, 301–2.

[12] Christopher Prendergast, *Napoleon and History Painting: Antoine-Jean Gros's "La Batailled'Eylau"* (Oxford: Clarendon Press, 1997), 59.

[13] Geoffroy-Château, *Napoléon*, viii.

[14] Saul Kripke, *Naming and Necessity* (Cambridge: Harvard Univ. Press, 1980), 48–9.

[15] Auguste Blanqui, *L'éternité par les astres, in Maintenant, ilf aut des armes*, ed. Dominique Le Nuz (Paris: La Fabrique editions, 2006), 360. 从这部作品中摘录的所有引文都来自该版本，并给出相应的页码。

[16] William Makepeace Thackeray, *Vanity Fair, A Novel Without a Hero*, ed. Geoffrey and Kathleen Tillotson (Boston: Houghton Mifflin, 1963), 264–65.

[17] Marie-Laure Ryan, *Possible Worlds, Artificial Intelligence, and Narrative Theory* (Bloomington: Indiana Univ. Press, 1992).

[18] 反事实叙述中创造世界的必要性也说明了其现象学上的不足，因为我们不可能规定一个根本不存在的世界中的每一个特征；尝试越多，其中的缺口便越明显。尽管我们用已知世界填补了这些缺口，但由别样现实期待所催生的对差异的渴望总是无法满足的。参见：Nicholas Rescher, *Conditionals* (Cambridge, MA: MIT Press, 2007), 195–215.

[19] 可能世界语义有助于理解架空历史，这一点并不令人惊讶，因为两者都源于莱布尼茨的观点。将可能世界理论应用于小说，可以有很多种不同的方法。不仅可以参见 Doležel and Ryan, 还可以参见：David Lewis, "Truth in Fiction," *American Philosophical Quarterly* 15, No. 1 (1978): 37–46; Pavel, *Fictional Worlds*; and Ruth Ronen, *Possible Worlds in Literary Theory* (Cambridge: Cambridge Univ. Press, 1994).

[20] 就连明显不符合这条规则的案例也证明了这一点。他们多数是含讽刺意味的秘史，在这些故事中，小人物实施了我们以往认为是伟大领袖完成的事迹。因而，这些并非真正的反事实历史，因为他们幻想的是我们已知的世界是怎样以不同的方式发生的，而不是像若弗鲁瓦－沙托那样，幻想一个不同的世界是怎样产生的。

文化生态学和中国的《哈姆雷特》们 *

英格·贝雷斯梅耶　著

黄红霞　译

一、文化生态学和文化流动性研究

　　受生态学启发的文学和文化研究方法持续受到人们的关注，不仅是在英文世界的各种生态批评中如此，而且在最近法国版和德国版的如今经常所称的"文化生态学"中也是如此。[1] 在这些语境中，"生态学"、"文化"和"媒介"这些核心概念经常被当作"流动的概念"使用，后者以其推理的潜力、开放的结构和隐喻性为特点。[2] 换句话说，它们被用于各种不同的研究和分析方法中。文化和媒介生态学目前的种种变体，把来自诸如人种学、社会学、生命科学、历史和文学研究这些各不相同的学科中的种种理论、模式和方法结合了起来，从而创造了一个跨学科研究领域，这一领域的可能性和局限性还完全没有被充分探索过。[3] 这一领域的学者们不再依赖于某种规范的传统，后者过去常常包括文化这一概念，在欧洲语境下尤其是如此；相反，生态学这一概念在文化研究中的运用，强调了"精神世界中相互补充的、相互交织的各个体系所具有的高度复杂的多样性"[4]。这一崭新领域中的一些方法也强调各个客体、参与者与他们的环境之间具体的、实质性的相互连接。休伯特·扎甫（Hubert Zapf）已经强调过，文化生态学与生命科学中知识产生的方式很相似，这表明它与科学性的尤其是生物性的思想形式很接近。在扎甫看来，"文学是文化生态学的

---

* Ingo Berensmeyer, "Cultural Ecology and Chinese *Hamlets*", in *New Literary History*, Vol. 42, No. 3, Summer 2011, pp. 419-438.

一种享有特权的媒介",因为它是"一种文化文本性的形式,它与现代性和文明进程共同进化发展,而且与现代性和文明进程处在一种紧张关系中"。[5] 但是,扎甫没有回答这种进程应该在什么时候开始,以及为何在这一进程中获得特权位置的应该是文学而不是任何别的事物。

为什么是文学? 为什么是文学研究中的生态学? 生态学思考如果要让文学和文化研究受益,它就不仅仅需要带来一种新的语言游戏,来让人文学科在与自然科学竞争中更容易获得研究资助。在我看来,这样一个标新立异、真正跨学科的词汇必须要提供双重的东西:首先,它为文化研究提出新问题,打开新前景;其次,它有可能为文学研究和文学史中种种陈腐的旧问题提供新视角。这些旧问题中包括了美学的自治、小说的功能、文学认知效果和情感效果的耐久性。鉴于这些可能性,本文将调查文学效果在不同媒介、不同时期和不同文化地理空间上的流动性和可移植性;其目的是向读者展示,一种基于对大陆情况了解的文化生态学观能够如何促进人们把文学史作为媒介效果的文化史来理解。[6]

一个像"文化和媒介生态学"这样的术语,肯定需要比我们这里所能提供的更为详细得多的讨论。[7] 但本文从这样一个假设出发,即,被人们理解为文化和机构设置的媒介和媒介构成,是由人类及其自然和文化环境所塑造。然而,媒介远非只是装载文化意义和简单研究对象的容器,它也影响了人们定义诸如"自然"、"文化"、"人类"或者——实际上——"意义"等概念的可能性。因此,本文并不是要展现一种详细的理论论据,而是要通过探索"莎士比亚"的全球文化流动性,来展示一个文化和文学史的典型例子,以此说明这个研究视角。为了文化生态学的双重承诺,本文希望能既包括文学客体的历史独特性(主要但不完全是文本),又包括它们在其他媒介构造而非最初或者最初打算的那些构造中的各种延续。

在这种视角中,流动性和可移植性是关键词,但是情景性(situatedness)和耐久性也是关键词:文学文本易招致情境性重读和转变(流动的和可移植的),但是它们也能够在完全不同的媒介语境、不同的时空和媒介环境中保持高度稳定性。当然,文本"迁移"的言论既不新鲜,也非原创:文本在作者、读者和批评家之间来回循环;它们在始终崭新的互动情景中一次又一次被实现。在文化网络中，文本被以不同媒介形式（比如，口头的、书面的、印刷的或者贴在网络上的形式）传递。它们能够实现重要的功能，虽然这些功能并非总是完全可定义的或者可历史化的，比如空间和客体的社会和文化语义化的功能。除非它们是被刻在石头或者砖头上，否则人们制作它们不再仅仅是为了克服时间上的距离，而且是为了空间上的运动和传播。世界历史确实经历了泥板文书、纸莎草纸、古抄本、卷轴和书籍的更迭。印刷术和越来越快、越来越便宜的书籍生产出现后，紧随其后的是 17 世纪和 18 世纪图书市场的创建，这一切只不过加速并增强了早已暗含在文本性形式中的空间流动性的基本"偏见"（哈罗德·英尼斯 [Harold Innis] 的说法）。[8]

因此，在一个普通意义上说，许多文本（如果不是大多数文本的话）都是可移植的：它们能够借助非常不同的承载媒介来传播。如果我们不是聚焦在物理载体上，而是考虑某些文本种类（比如在一个特定的历史时期的文本或者按照某种标准选择的文本，如"小说"），就像佛朗哥·莫雷蒂（Franco Moretti）在他的有关某一文学形式的全球史中所做的那样，那么，我们就可以获得一个稍微不那么普通的视角。[9] 显然，有许多形式，比如散文中的长叙事文本，都已经变得举世皆知，而且一直相互平行地发展，虽然这种发展是不同步的。作为物体的图书和作为一种体裁的小说都早已遍布于世界各地。抒情诗、戏剧和短篇小说也同样如此，这个事实并非显而易见。此外，我们能够观察到有趣的但更具体和更情景性的属间可移植性现象：日本平安时代的小说比如紫式部的《源氏物语》中对中国古代诗歌的引用（这些诗歌在书中被用来将情感状况格式化和代码化，否则这些情感状况就不具代表性了），或者早期现代欧洲的田园浪漫小说比如菲利普·西德尼爵士的《阿卡迪亚》（Sir Philip Sidney, *Arcadia*）中对牧歌的引用。在这种语境中，我们还可以提到西德尼翻译的《诗篇》，他不仅把《圣经》文本翻译成英语，而且还将抒情诗形式的名录带入未来，这一点在他的翻译被从手稿转换成印刷图书这种媒介时尤其如此。

这样，流动性和可移植性就不限于诸如卷轴和书籍这样的客体，而是成了文学体裁和形式的一种主要特征，它在相当长的时期内保证类属的稳定性。十四行诗从 12 世纪至今就一直有人在写。这种把视角从物体转移到文本、体裁和文学作品的变化，也预示着我们的客体域的学术性定义存在一个问题：既

"什么是文学？"这是个经典且不可能回答的问题。从文化和媒介生态学的角度看，文学文本并不是能够被当作"言语偶像"来赞赏或者当作语义信息和文化意义的载体来分析的稳定客体。[10]恰恰相反，因为它们的内部条件以及它们对完全不同的储存和交流的材料媒介的尤其依赖，文学文本受到历史可变性、时空可移植性以及——最后但同样重要的是——语义易变性（除非我们也和 E. D. 赫施［E. D. Hrisch］一样，相信最初的文本意义无法改变）的影响。读者只能暂时抑制文本的这种动力，同时促进这种动力的延续。但是，当我们考虑文本意义潜在的可变性和历史差异时[11]，也应该考虑文本恒定不变的那些方面：哪些是更为稳定的、衬托出文本流动性的模式？换句话说，这个视角需要一种不是仅仅或者甚至不是主要受翻译和意义的问题（即便在它最现代的形式比如叙事学中）驱使的文学研究，而是一种试图在不同层面的媒介特质、交流和物质性及存在模式之间发展了一种更为系统关系的文学研究[12]；它与其说是关注文本在材料上的可移植性，不如说是关注美学效果的跨媒介可持续性。

稳定性和流动性的问题必然通向一种媒介研究视角。广义上理解的媒介，将离散事件（形式）在一段较长或者较短持续时间内的稳定性与可能出现的删除的动力以及对更早痕迹的重写结合起来。对媒介这个词的各种更为具体明确的定义从基础层面延伸到高度具体的层面：从印有足迹的沙子延伸到用来储藏电子数据的硅片。因此，所谓的大众媒介，只是马歇尔·麦克卢汉（Marshall McLuhan）在 19 世纪 60 年代的著作中提议称之为"人的延伸"的连续统一体中的一种分化式片段。[13]与麦克卢汉完全不同的是，一些后结构主义者，比如弗里德里希·基特勒（Friedrich Kittler），坚称人类应该被看作媒介的延伸。甚至像希利斯·米勒（J. Hillis Miller）这样与德国媒介研究不会有任何联系的文学理论家，最近也已经改写麦克卢汉的一句名言"媒介即信息"，来宣称"媒介即制造者"。[14]

显然，麦克卢汉的延伸定理依然强烈地受制于一种把媒介仅仅看作工具的观点，而不是受制于那种把媒介看作形成性的而且可能是整个我们所生活的环境的观点。媒介包围环绕着我们，以至于如今网络这一比喻看起来需要转变，转变到把人类看成使用工具或者制造工具的动物的那种占主导地位的人类学描述。媒介网络不仅仅只是工具；显然，它们通常是人类制造的，但是它们对我们的观念、我们的行为、我们的知识模式和自觉模式又有决定性影响。

近代的人们把媒介作为环境来关注，而不是把（大众）媒介作为客体来关注，这背离了一种经典的、由存在论决定的媒介概念。媒介构造是动态的、灵活的，人类能够在一种"行动者网络"（actor-network）中与它们相联系。[15] 一种对媒介的生态学视角既没有赋予人类特权，也没有赋予技术媒介特权，而是通过重视网络来强调作为环境的媒介所具有的知觉和经验层面。乌苏拉·海塞（Ursula Heise）在技术决定论和传统人文主义这两个极端之间寻找第三种方法，她提出了"功能性生态学"的概念，后者允许我们"找到把虚拟空间的全球连通性重新与个人和团体同时经历的物理空间经验联系起来的种种方法"，并因而允许我们在自然和文化（或者媒介）环境中的地方性代理形式和全球性代理形式之间斡旋。[16] 同样，布鲁诺·拉图尔（Bruno Latour）不赞成把诸如"社会"这个术语那样的概念结构用得好像它们清楚地指示着现实中存在的一种物体一样。这些学者提出的不是一种依赖于具体化结构的、宏伟统一的社会或者媒介理论，他们是在为探索未知领域提出理论和方法上的工具。正因为这一点，一种无所不包的媒介定义是不可能存在的甚或是不可取的，尤其是在一种把媒介更多看作是过程而不是客体的历史视角中。

这种对过程的重视，使得人们有可能避开把媒介研究局限于大众媒介、把大众媒介当作具体有形的、标准化的客体（报纸、电视、电影、网络，等等）或者"当作一种可持续的经济模式和可命名的文化存在"的种种陷阱。[17] 相反，它促进了人们对媒介构造的重视，后者可把人类作为网络环境中的表演者、生产者或者接受者包括在内。这样，媒介就不是"既定不变的自然客体"，而是以"嵌入复杂文化交流代码中的诸多习惯、信念和程序的建构复合物"[18] 的形象进入视野。由于这种对媒介构造的重视，学者们开始感兴趣于这样一个问题，即"一种所谓媒介的哪些中间方面——不仅仅是那些能够从形式或者内容角度描述的方面——在动态文化媒介构造（configurations）的情境中具有明确影响"[19]。

媒介生态学所研究的效果、影响或者情感潜能，显然与更古老的人文主义前提有关系，后者构成了传统美学以及许多最新的文化和艺术理论的基础，这些理论其中就包括汉斯·罗伯特·姚斯（Hans Robert Jauss）和沃尔夫冈·伊

泽尔 (Wolfgang Iser) 在 20 世纪 70 年代发展的"接受美学"（在德国被称为 *Wirkungsästhetik*，也就是效应美学）。但是，媒介生态学没有依赖传统美学的人文主义伤感，它不仅为伊泽尔的"隐含的读者"留出了空间，也为媒介生产和接受中的一整套不同形式的参与和代理留出了空间。文化媒介生态学试图在强调种种影响并共同决定了人类经验的媒介网络的同时，保留这一基本取向。它描述了生态上的相互关联，自然的和文化的或者社会的、科技的以及材料上的相互关联，人类就是伴随着这些互相关联、在这些关联之中而且在它们之间生活的。

在下文中，我将考查这种视角对于文化流动性研究的论证潜力，同时检验"莎士比亚"的跨历史价和跨文化价——我不是把"莎士比亚"作为一个封闭的文本群体，而是把它作为一个正在持续的、如今全球性的接受、适应和占有的过程。我所指的莎士比亚并不是历史上的一位作家，而是一个或多或少有弹性的标签，代表的是一个由作品、文学传统和效果潜势所组成的团体，该团体在许多不同历史时期和文化中已经变得"可移植"、可改变了。这种可移植性并不是完全存在于文本、文本的形式或者结构之中，而是在很大程度上可归因于社会、政治和历史力量。我将以近来中国电影对《哈姆雷特》的改编为例，来说明文学效果如何在不同媒介语境中跨越时空距离、超越传统的"文学史"范围传播的。在我们可以称为"文化流动性研究"的更大的框架下，这些建议也尝试超越当前世界文学研究强加给自身的类属限制，并为它们的方法论问题找到一种替代方案。[20]

二、变化中的莎士比亚

伊丽莎白时期和詹姆斯一世时期的剧院和戏剧是文化和媒介生态学的理想研究对象，因为它们要求人们反思以不同方式媒介化的社会机构、人和科技——包括书写和演出"文学"的诸多方式——之间的联系和交流。在 16 世纪晚期和 17 世纪早期的英国戏剧文化的语境中，这些联系变得极度引人入胜而且令人困惑。新历史主义已经让我们学会去看舞台上的戏剧中所发生的一切与在舞台周围的现实中"循环"的"社会能量"之间相互交流或者"协商"的主要过程。[21] 这种相互反馈很重要，即便新历史主义者们已经将他们的注意力过度局限在话语的传播上。学者们最近才把客体和其他有形存在物的物质流通纳入到他们的著作中。[22] 人们如何才能够把莎士比亚剧场的不同媒介层面按照它们的历史起源以及它们在历史、媒介和各个文化中的影响来记录并条理清楚地描绘呢？

莎士比亚最充分地体现了某些媒介效果的持久连续性，以及具体媒介构造在空间和时间中各式各样的变化。他的戏剧属于现代早期——确实，对于一些人来说，现代早期研究这一领域几乎就等同于莎士比亚研究——但是，它们也属于现在，因为现在不断地重访并以不同形式和媒介重新上演莎士比亚的戏剧，这验证了让·科特（Jan Kott）曾表达过的观点：莎士比亚是"我们的同代人"。[23] 不管是将莎士比亚孤立于他所处的历史时刻中的做法，还是将莎士比亚转换成一位现代或者后现代文化人物的做法，都是有潜在危险的。用安德鲁·哈德菲尔德（Andrew Hadfield）的话说："莎士比亚已经成为我们知识装备的一部分，以至于他的存在能起到妨碍思想而不是鼓励思想的作用。"[24] 莎士比亚的戏剧在平衡了表演的剧场性和文学的复杂性的同时，探索并充分利用现代早期戏剧文化的潜力和局限。他的戏剧完全适合它们所属时代的剧场条件，同时，它们的可移植性也让它们为完全不同的现代媒介做好了准备。在这方面，它们确实"不属于一个时代，而是属于所有时代"[25]，这正如本·琼森（Ben Jonson）在收录于 1623 年版《莎士比亚戏剧集》（*First Folio*）中的一首诗中所写的那样，尽管琼森当然不可能预测到这一老生常谈的赞颂也是名至实归的。

在过去的二十年中，许多莎士比亚学者已经将注意力集中在具体的情境和材料背景上：最明显的是集中在早期近代印刷文化和手稿出版上 [26]，以及最初上演戏剧的实践上。人们对于莎士比亚时期的舞台及历史上表演实践的了解已经增加，这不仅是通过戏剧历史学家和考古学家们的努力，而且也是通过演员和导演的努力。玫瑰剧场和环球剧场的很多部分从 1989 年起被陆续挖掘出来，从 1996 年起，伦敦游客已经能够在"莎士比亚环球剧场"中观看戏剧。这个剧场是由莎士比亚在南岸最有名的工作地重新改建而成。[27] 问题是，这些重建的做法在试图或者假装进一步缩短我们与莎士比亚时期历史现实之间距离的过程中，是否通过可行的试验提供了一种真正崭新的信息来源，或者说它们是否仅仅是又增加了一层历史困惑。通过在一个据推测接近真实版物理空间的地方上演戏剧，我们能够学到很多，但是这样学到的一切还需要有一种对仍未解决问题的意识来补充——这种未解决的问题还有许多，从环球剧院的实际尺寸、舞台的形状、通往舞台的入门到阳台的形状和功能，等等。

此外，在人们力图尽可能精确地重建某个特定剧院的这些努力中，有某种类似悖论的东西，正如专家们所说，这个特定剧院"永远配不上那独特的身份"，因为，至少从 1608 年开始，布莱克法尔那个较小的室内剧院看起来已经是公司首选的、更赚钱的剧院。[28] 现代早期的剧作家们，包括莎士比亚，都不得不制作可移植的、能巡回演出的戏剧，这些戏剧要能够适应各种不同的地方，包括室内和室外的地方，从客栈大院到更大或者更小的礼堂。莎士比亚和他的演员伙伴们在环球剧场和布莱克法尔演出过，也在中殿律师学院或者法院演出过。他们还在伦敦之外的地区巡回演出过。毫无疑问，就是这种适应性，以及他的戏剧不依赖特定空间或者时间这一点，促进莎士比亚成为一种持久的全球现象。这些戏剧具有不受时间而且也不受空间限制的特征：它们能够被植入完全不同的空间和仪式背景中。

与中世纪神秘剧、道德剧或者都铎王朝时代的幕间表演一样，现代早期的戏剧必须适应各种空间，它们必须考虑到巡演。文本虽然（也）被看作具体表演情形的脚本，但是它们必须符合可移植性的标准——这与其说是一个文本或者特定美学特征，不如说是一种媒介要求。和那个时代别的戏剧一样，莎士比亚的戏剧在被创作的时候也不带浪漫类型的"文学"野心，而是被当作一家表演公司共同风格中合著文化的一部分。[29] 早期的四开印刷以它们自己的方式满足了这一可移植性标准；具有纪念意义的 1623 年版《莎士比亚戏剧集》是莎士比亚戏剧第一次被印刷，其目的不是让它在空间上便于携带，而是要让它能在时间上长期保存。本·琼森的标语也可以被读作对这一尝试的宣传。但比便携性的那些物质条件或许更为有趣的是它们的美学影响。莎士比亚的戏剧确实能够在几乎任何地方上演。它们已经适应了从电影到漫画再到新数码环境（比如 YouTube 或者 Second Life）的其他媒介。[30] 但是，19 世纪到 21 世纪的多媒介莎士比亚并非偏离常规，而是著作本身蕴含的媒介潜力所带来的一种实际结果；其效果可以超越空间、时间和媒介界限的移植，这种可移植性是文艺复兴时期戏剧文化所必不可少的。

　　我们在文本的什么地方能找到这种可移植性？我认为，主要说来，内在的可移植性蕴含于莎士比亚的语言与变化的演出情景之间的空间中。正如卡洛琳·斯珀津（Caroline Spurgeon）、沃尔夫冈·克莱曼（Wolfgang Clemen）和其他人所分析的那样，莎士比亚笔下（经常极为栩栩如生）的人物形象群，可以被当作证明意义和存在、书面语风格和戏剧风格之间动态关系的证据。他们强烈要求听众想象那些在现代早期的舞台上无法被呈现的东西，比如《亨利四世》（下）中的内战（"争夺"），它被比作"一匹马 / 喂饱了丰富食物"，"已经疯狂挣脱了缰，/ 压倒它前面的所有一切"。[31] 这种比较不仅仅是论证性的或者富于诗性的，而且，它也一方面非常恰当地将处理政治和历史挑战的问题变得形象化和具体化（这也是历史剧所独有的特征），另一方面，又用自指的（夸张）方式说明了在舞台上表现无名历史进程的问题。

　　语言和表演之间的空间：因为舞台布景效果的局限，戏剧中的幻觉取决于演员和观众之间的不断互动。（文本和表演、演员和观众之间的）这种互动甚至能够发生在舞台上的独白中，后者或许与其说起到表现心性的作用，不如说是起到人物和观众之间对话情境的作用。莎士比亚把语言与身体和道具的物理运动结合起来，从而将表现和表演联系起来。因此，文本是"可移植的"，因为它们并非完全依赖于模仿或再现的美学，而是依赖于罗伯特·威尔曼（Robert Weimann）和道格拉斯·布拉斯特（Douglas Bruster）所谓的"表演的力量"。[32]

　　因此，《皆大欢喜》中的那句名言"世界是一个舞台"[33] 所关注的与其说是作为舞台的世界，不如反过来说是作为世界的舞台。莎士比亚的种种可移植形式在再现的形式和表演之间保持平衡，它们构成了现代戏剧的开端。但是，它们出现的历史条件无法充分解释它们在后来媒介环境中的持续存在。因为它们既非只是戏剧作品，也非纯粹文学作品；因为它们能够在以身体为基础的表演和以意义为基础的再现之间维持一种平衡，所以它们是一种文化的媒介生态学的一个至关重要的范式，这种生态学建立在移动性和可移植性的观念上，而且恰好对文本、传播媒介和表演实践之间的空间感兴趣。

　　但是，为什么是莎士比亚而不是克里斯托弗·马洛（Christopher Marlowe）、托马斯·米德尔顿（Thomas Middleton）、约翰·韦伯斯特（John Webster）、约翰·弗莱切（John Fletcher）或者琼森？莎士比亚的戏剧从一个戏剧资源丰富的文化中流传下来，他的起步条件（"懂的拉丁语很少，懂的希腊语更少"）也不是非常有利。但是，虽然 1642 年至 1660 年之间剧院关闭，整个 17 世纪和 18 世纪莎士比亚戏剧仍然以《莎士比亚戏剧集》为基础继续流传并在市场上推广，尤其是通过经常翻新的各种版本，后者确保了汤森出版社拥有持久版权。[34] 重复是一种强化形式：《莎士比亚戏剧集》及其重印本可能以某种方式永远摧毁了莎士比亚的对手们想要在 17 世纪和 18 世纪的媒介文化中得到关注的要求，从而帮助确保了莎士比亚永恒的声誉。到 19 世纪早期，莎士比亚的名字已经与浪漫主义天才的说法联系起来，他在英国文学经典以及欧洲其他国家（尤其是在德国，1864 年德国成立了自己的莎士比亚协会）文学经典中的地位已经很稳固了。

同样，人们可能会问：为什么是莎士比亚而不是洛佩·德维加（Lope de Vega）或者佩德罗·卡尔德隆·德·拉·巴尔卡（Pedro Calderón de la Barca）？这个问题不那么容易回答，但是我们可以猜测，19 世纪英帝国在全球的扩张确实不会有助于与西班牙的竞争。移动性有一个政治层面，后者与文本的内在质量或者它们那种据称是普遍适用的主题感染力无关，而是与塑造（世界）历史的力量息息相关。任何文化移动性理论都需要承认那些产生于动态交流和各条冲突线的不对称、混乱和不一致性，而不是假定一种始终遵循一条发展道路的全球化进程。正如下面的个案研究将清楚表明的那样，"莎士比亚"在跨国媒介网络中的全球性传播，是以本土化的种种策略为其标志，至少也同样是以一种（有点乌托邦式的）普遍文化吸引力的构想为其标志。

三、中国的《哈姆雷特》

正如我已经指出的那样，莎士比亚的戏剧在不同的历史和文化背景中都运转得非常好，因为它们看起来并非牢牢根植于地方性时空背景中——比如，它们和家庭悲剧或者城市喜剧不同，后两者的地点固定在约克郡、肯特郡或者伦敦，而且其情节有时要求观众知道关于这些地方的种种非常具体的细节。相比之下，莎士比亚的地理经常是模糊的、想象的、易变的；众所周知，他把波希米亚安在大海边。这种避免具体空间和文化借鉴（除了历史剧，历史剧在这方面是个特例）的做法，使得莎士比亚的作品更容易被后代改编，更容易纳入完全不同的文化背景比如当代中国的文化环境中。

　　莎士比亚的文化流动性在 17 世纪早期就已经很明显了。在最早记载莎士比亚戏剧在英格兰之外上演情况的文献中，有一份是红龙号的船长威廉·基林（William Keeling）1607 年在塞拉利昂海面上的航海日记："我邀请霍金斯船长吃晚餐，并让人表演了《哈姆雷特》，这样我的人就不会无所事事到去玩些非法的游戏或者睡觉。"[35] 从那时起，莎士比亚已经成为一种全球文化经济的一部分——它不会必然让人们联想到英国风格或者英帝国。在德国，浪漫主义者们通过施莱格尔 - 迪克（Schlegel-Tieck）的译本将莎士比亚变成了一部德国经典；在中国，莎士比亚的第一个译本直到 20 世纪 20 年代才出现，而且中国与英国或者不列颠文化的接触一直相对有限，因此，它在中国的情形有些不同。但是，即便在这里，莎士比亚如今也正在被重新改造成全球文化作品的一部分。[36] 莎士比亚戏剧经常被用模仿、引用和典故的方式，改编成不同的体裁、形式和媒介，以至于有时候只有专家才会认识到它们源自一位名叫莎士比亚的作者之手。中国那些看过《喜马拉雅王子》或者《夜宴》（两部电影都是2006 年出品）的电影爱好者们，很可能很少或者没有接触过莎士比亚的《哈姆雷特》，而这两部电影都是以《哈姆雷特》为基础。因此，这部戏剧起源的环境（一种媒介背景，作者身份在其中是无关紧要的）在今天的中国电影业中被复制。

　　黄承元在《中国的莎士比亚》（Alexander Huang, *Chinese Shakespeares*, 2009）一书中详尽评述过莎士比亚在中国的历史。那是一个复杂的跨文化适应和再加工过程。但是，和诸如印度以及（部分）非洲这样的地方不一样的是，那些地方享受到（如果这个词合适的话）英国文化的浓烈熏陶，而中国对莎士比亚的改编是由文化和传统之间更难能可贵的相遇带来的结果。比如，莎士比亚在日本的故事就非常不一样，东京的明星图书馆（Meisei Library）拥有如此多珍贵的《莎士比亚戏剧集》的副本也绝非偶然。因为有了黑泽明这个极具影响力的人物，日本在 20 世纪 50 年代为世界提供了一位跨文化莎士比亚电影改编的先驱者。相比在 20 世纪 50 年代和 60 年代就开始生产莎士比亚电影的日本甚至（苏联）俄国，中国的莎士比亚电影十分稀少，而且它们（只有极少的明显例外）是最近才出现的现象。下面，我将简要讨论最近两部电影中的中国《哈姆雷特》，探讨这两部电影对该剧固有的可移植性潜力所做的地方性和跨文化性实现。

胡雪桦的《喜马拉雅王子》(2006) 把《哈姆雷特》带到了古代西藏。这部电影中的演员都是藏族演员，影片拍完后加的汉语配音，而且唯一的 DVD 版本没有单独的音频轨道，因此最初的藏语就丢失了。实际上，这是一种双重翻译：从英语翻译成藏语，从藏语翻译成汉语。可以说，这部电影把《哈姆雷特》作为载体，展示了一种对游客很具吸引力地看待奇特古西藏的视角。在国际上，这部电影曾在 2007 年洛杉矶的国际电影节上简短放映过，但是没有获得公映。它超越了对《哈姆雷特》的简单"中国化"；它以激进的方式重新解释了莎士比亚那部关于复仇受阻的悲剧。因为鬼魂在这部电影中明确无误地代表着邪恶，而且死者也不是哈姆雷特的父亲，所以哈姆雷特的复仇需求就几乎毫无结果了，虽然它确实对世界至高无上的秩序与和谐造成了威胁。他的对手是一位萨满女祭司，她对这一点非常清楚："你复仇的渴望将带来灾难并触怒神灵世界。"[37] 后来，她提醒王子"上一辈的罪孽不会致使你如今寻求报复"（字幕，01：19：38）。因此，这部电影重新解释了哈姆雷特的消极被动，将它视为政治代理机构的一个积极模式。既然复仇命令是以错误前提为基础的，它本来会让他杀死他真正的父亲。众所周知，莎士比亚的戏剧中富含矛盾心理和杂乱无章（导致像约翰·多佛尔·威尔逊 [John Dover Wilson] 这样的学者询问《哈姆雷特中发生了什么？》），在这个电影版本中，这些矛盾心理和杂乱无章大多数被省略、合并、简化并消除，以便使它更容易接受，也更适合中国那种家庭、国家及宇宙和谐的文化和政治理想。[38]

我要举的第二个例子恰好也是同年制作的一部电影，但是它讲述了一个完全不同的故事。冯小刚执导的《夜宴》把《哈姆雷特》变成了一部武术史诗。电影背景转换到 10 世纪（唐朝时期）的中国。男主角皇太子无鸾在他父亲娶了小婉作第二任妻子的时候，离开了皇宫。但是，皇帝遭蝎子蜇咬后驾崩；和《哈姆雷特》中一样，事实证明，皇帝是被他的弟弟杀死的，这位弟弟又立小婉为皇后。在这部电影中，小婉/乔特鲁德并不是无鸾/哈姆雷特的母亲；相反，他们两人差不多同岁，因此，他们之间的爱欲紧张可以以不同的方式被激发。我们首先看到无鸾身穿白色孝衣（在中国表示哀悼的颜色），跳着一种复杂的戏剧舞蹈。他的表演被一伙身穿黑衣的杀手以同样场面恢宏的暗杀所打断，这些杀手像砍竹子一样把那些和无鸾看起来很像的卫兵们都杀死了。

　　和在《哈姆雷特》中一样，王子回到皇宫，他在册封婉后的庆典上表演了一幕哑剧，揭露皇帝的罪行。皇帝随后把王子送到邻国，在那里无鸾又在第二次暗杀中幸存下来。悲剧性结局（dénouement）在一次夜宴上发生。婉后想要利用这个场合用毒酒毒死皇帝，但是毒酒被奥菲莉娅式的人物青女喝了。皇帝意识到皇后是幕后指使，而且他也认出了混在众多戴着面具为宴会伴歌伴舞的演员中的王子。于是皇帝自杀，因为他自己的爱人已经背叛了他。皇后要求无鸾杀了她，但是青女的哥哥这个雷欧提斯似的人物，试图用一把毒剑刺死皇后，为自己的妹妹报仇。无鸾挡开毒剑，但却受伤身亡；皇后刺死了青女的哥哥。在电影的最后一幕中，皇后被一位身份不明的人掷出的飞刀所杀。

　　莎士比亚的《哈姆雷特》中的许多细节在《夜宴》里依然清晰可辨，这和在《喜马拉雅王子》中是一样的；同样一致的是，制片者也大肆改动了这部戏剧。许多核心人物依然存在，而另一些人物被删除（没有了霍拉旭，没有了罗森格兰兹或者吉尔登斯呑）。这部电影中也没有鬼魂：已逝皇帝仅仅是用他那空荡荡的盔甲和保护性面具来代表；但是，有某些超自然的成分在里面，比如在电影开头部分，鲜血从面具的眼洞中渗出。电影中没有波洛涅斯被误杀的情节，也没有装疯卖傻的情节；没有独白或者话外音。相反，配合功夫片的体裁，影片中有许多非常血腥的打斗动作，并运用了诸多象征性颜色来表达象征意义：红色代表激情，与婉后联系在一起；白色代表死亡和哀悼，与无鸾联系在一起。

　　但是，《哈姆雷特》的关键特点之一，即它的自指性元戏剧的剧场性（theatricality），在翻译过程中幸存了下来。面具在这部影片中无所不在，而且王子是一位有造诣的演员和舞蹈家。皇后用她自己的脸作为面具，对皇帝隐瞒她真实的感情，她甚至在与无鸾的谈话中赞扬这种掩饰技艺，把它看作一种生存技巧："最高境界是运用你自己的脸，将它变成一张面具。"[39] 皇后——以及整部电影——几乎没怎么提到哈姆雷特的"谨慎顾虑"和他的犹豫不决："不要想太多，"她有一次这样告诉他（00∶27∶47）。但是最终，即便这位哈姆雷特也没有像人们可能会期望武侠英雄所做的那样报了杀父之仇，而是眼睁睁地看着凶手自杀。

对于西方观众来说，当他们看到在这部将《哈姆雷特》改头换面成中国武侠体裁电影（这部电影模仿了最近几部很成功的电影，比如李安 2000 年的《卧虎藏龙》、张艺谋 2004 年的《十面埋伏》等）的影片中冲突是如此之少，他们可能会很吃惊。武侠（或者"武术传奇"）的文学传统很古老，包括了像 14 世纪的《三国演义》和《水浒传》这样的史诗性叙事。通常，武侠英雄是一位寻求正义的高尚逃犯，这就使得这种体裁尤其适合英国文艺复兴时期的复仇悲剧。在最近的武侠电影中，西方文化成分经常被"复制并粘贴"在亚洲传统中，这种重新利用不仅仅是为了中国观众，而且也是针对全球主流市场（《夜宴》的 DVD 在美国有售，片名是有点老套的《黑蝎子的传说》[*Legend of the Black Scorpion*]）。

最近的跨文化莎士比亚电影常常展现出诸多成分的融合，至于这些成分起源于哪个国家，我们已不再能确定地识别出来。印度的宝莱坞也制作过少量莎士比亚改编剧（诸如 2003 年的《麦克白》、2006 年的《奥赛罗》）。和宝莱坞一样，普通话和粤语电影制作如今已经成为一个非常杂交化的跨国家和跨文化产业，在这个产业中，国家期望和社会习俗正在与许多"外来"成分结合起来。在《夜宴》这个例子中，莎士比亚的名字甚至不再是该电影市场营销战略的一部分：片尾的致谢名单中没有提到莎士比亚（虽然莎士比亚的名字——当然——出现在美国 DVD 版的封面背面）。对于中国电影业来说，制作莎士比亚电影显然并非是为了作为文化遗产的莎士比亚。"莎士比亚"（"Shakespeare"的汉语普通话音译）是精彩故事的源泉，戏剧性效果的保留剧目；正如莎士比亚和其他的文艺复兴时期的剧作家在构建他们的戏剧时从各种文学和历史原始资料中借用故事一样，莎士比亚的著作如今在亚洲和其他地方也为了一个相似的改编、利用和修订过程而被重新打开。

"文化大革命"后中国第一股改编莎士比亚的浪潮已经过去二十年了，"莎士比亚"如今已经为大众媒介上的普及作好了准备。如今，下述这样的猜测也不是完全不可能发生的：即黄承元在《中国的莎士比亚》[40] 中出色地概述过的中国和西方的文化交流，将不再是单向的（也就是说，为中国观众和感兴趣的西方学者提供莎士比亚的中国式改编，主要是以传统戏剧和歌剧的形式，或者给西方观众提供了一个中国的带有异国情调的版本），我们将看到亚洲和西方风格和体裁之间的相互促进。继互联网的发展之后，电影（而不是剧院）极有可能在这方面将成为主导媒介。

从文化和媒介生态学的角度看，莎士比亚的跨文化改造（它们不仅仅是改编）证明了"文学"的类属界线、正式界线和媒介界线继续融合而且继续复杂化的种种方式。中国的电影也和许多过去常迎合区域性有限市场的电影产业一样，已经开始在跨国层面上竞争——世界各地不断增长的中国侨民无疑也对此起到了推动作用。利用原本是西方的材料，给予它我们所谓的"黑泽明式表现"（也就是说，在展现莎士比亚式情节时，就仿佛它是我们自己文化遗产的一部分，而不是来自其他文化的舶来品，日本导演黑泽明20世纪50年代最早在电影《蜘蛛巢城》中运用这种方法，这部著名电影是他对《麦克白》的一个改编）很可能是一种策略，其目的是获得文化上更富多样性的目标观众。《喜马拉雅王子》在这方面没有做到，因为它所关注的，不管是正式关注还是在叙述内容方面的关注，都更具地方性而不是具有跨文化性；在某种传统意义上说，它的莎士比亚比起《夜宴》中的莎士比亚可以说更为中国化。而冯小刚在这部电影中甚至比黑泽明更进一步，他将武术的"亚洲"视觉风格，包括精巧的打斗编排和极其缓慢的慢动作（运用特效，自从这些特效从香港输出到《黑客帝国》后，它们已经成为好莱坞动作片的一个特色）与可能更为"西方"化的、对作为电影叙述体裁的古装剧抱有的期望结合起来。这种"西方"和"亚洲"形式之间越来越混杂在一起的印象，从《夜宴》的得分看是得到了观众的肯定，尤其是在它的剧中剧场景中，《夜宴》把中国戏剧的打击乐器风格和经典的西方管弦乐曲的巧妙结合了起来。而且，中国的电影明星，比如扮演小婉的章子怡，已经成为西方的电影爱好者和亚洲观众们耳熟能详的名字。中国的《哈姆雷特》们不仅仅证明了莎士比亚在全球的传播，而且也证明了地方文化生产及其分配网络越来越具有超越国家的动力。

四、结论

因为数码时代的技术革命，文学和文化研究越来越关注文学和文化的媒介层面。但是，在培养我们对于以媒介为基础的种种问题的敏感性的过程中，我们不应陷入一种太简单的现在主义——显然也不应该陷入历史主义的简单版本——而是应该尝试用一种跨时间视角来看待文学、文化和媒介之间的联系。挣脱了文学名著的僵硬怀抱后，莎士比亚戏剧就能被用来展示视觉世界如何能在某种物质媒介条件下变得栩栩如生，同时又独立于它们在特定媒介中的起源。这是一个"文学史"层面，新历史主义很大程度上忽视了这个层面，而文化生态学在关注文本形式、表演的文化场景和媒介的物质性之间各种各样的交界面和网络化联系的时候可能希望讨论这个层面。当我们研究莎士比亚的文化流动性时，我们能够展示文本性和表演之间文学效果的韧性，这种韧性——因为它们的可移植性——甚至在激进变化的时刻也会持续下去：从剧院到印刷文本，从各种改编和翻译的印刷文本到一种新的媒介出现，甚至跨越文化疆界。但是，我们也能够意识到人们在根据表演和分配新形势的要求采取相应的借口时所应用的那些地方化策略。

尤其是今天，当我们目睹从印刷文化到数码多媒介时代的转变时，文学学者们应该不仅关注文学文本过去在其历史特异性方面的功能，而且还应该关注移动性的长期模式，后者描绘了文化和媒介史的形成。文学和文化史的媒介生态学视角的目标之一可能就是要表明：在不断变化的媒介背景中，文学"可持续性"不仅仅只是"废退之物的坚持"[41]，文学不仅仅是一种供文化人类学家们来研究的、逐渐消失的并且失去了功能的遗产。理想的而且也很有希望实现的情形是，超越体裁、分期和媒介的界限来思考文化客体及效果的流动性和可移植性，这将会是迈向更持续性的反思"文学"文化可持续性的第一步。

吉森尤斯图斯 – 李比希大学与根特大学

注　释

本文的理论部分是建立在作者 2010 年 4 月 21 日在吉森尤斯图斯－李比希大学（德国）作的就职演讲之上。对英语之外其他语言的翻译除了另有说明的之外，都是出自作者之手。我要感谢芮塔·菲尔斯基和读过本文较早版本的一位匿名读者，感谢他们无比宝贵的建议和评论。

[1] 这种风格的法国思想家其中就包括了埃德加·莫兰（Edgar Morin）、米歇尔·塞尔（Michel Serres）和菲利克斯·加塔利（Félix Guattari）；参见譬如 Guattari, *The Three Ecologies* (London: Athlone Press, 2000)。他们以不同的方式，仿效了芝加哥学派 20 世纪 20 年代提出的、格雷戈里·贝特森（Gregory Bateson）后来又翻新的人文科学中生态学术语的革新性用法；参见贝特森的《走向心智生态学》(*Steps to an Ecology of Mind*, 1972；Chicago: Univ. of Chicago Press, 2000)。在德语世界中，我们可以提到：Peter Finke, "Kulturökologie," in *Einführung in die Kulturwissenschaften*, ed. Ansgar and Vera Nüning (Stuttgart: J.B. Metzler, 2008), 248-79; Hubert Zapf, *Literatur als kulturelle Ökologie. Zur kulturellen Fun ktion imaginativer Texte an Beispielen des amerikanischen Romans* (Tübingen: Niemeyer, 2002); Zapf, ed. *Kulturökologie und Literatur. Beiträge zu einem transdisziplinären Paradigma der Literaturwissenschaft* (Heidelberg: Winter, 2008). 乌苏拉·海瑟（Ursula Heise）是为数不多的以令人信服的方式将原本不同的美国、英国和欧洲大陆的生态批判模式／文化生态学结合起来的国际学者之一；见她的《地方感和地球感》(*Sense of Place and Sense of Planet*, Oxford: Oxford Univ. Press, 2008)。

[2] 参见：Mieke Bal, *Travelling Concepts in the Humanities: A Rough Guide* (Toronto: Univ. of Toronto Press, 2002); Birgit Neumann and Ansgar Nünning, eds., *Travelling Concepts forthe Study of Culture* (Berlin: Walter de Gruyter, forthcoming in 2011).

[3] 20 世纪 30 年代和 40 年代，像恩斯特·坎托洛维奇（Ernst Kantorowicz）、肯尼斯·伯克（Kenneth Burke）和 T. S. 艾略特（T. S. Eliot）这样彼此迥异的学者们开始在人文学科中试验"生态性"思考，当时他们还无法预见到第二次世界大战后跨学科研究在这一领域中的影响。他们对一种历史、文学和文化的生态学构想如今大多都被人们遗忘了，但是这些构想很值得仔细探索。伯克使用的"生态学"，参见：Marika A. Seigel, "'One Little Fellow Named Ecology': Ecological Rhetoric in Kenneth Burke's *Attitudes Toward History*," *Rhetoric Review* 23, No.4 (2004): 388-404; 我要感谢盖偌·古蔡特（Gero Guttzeit）让我注意到这篇文章。艾略特创造的"文化的生态学"一词，参见他的著作《试论文化的定义》(*Notes Towards the Definition of Culture*, London: Faber and Faber, 1948), 58; 坎托洛维奇的"历史的生态学"，参见：Ulrich Raulff, *Kreisohne Meister. Stefan Georges Nachleben* (Munich: C. H. Beck, 2009), 340-41. 如今，"媒介生态学"这一术语的语义范围从社会学对各个组织数据管理的研究，延伸到对现代科技和交际后果的理论思考。参见：Matthew Fuller, *Media Ecologies: Materialist Energies in Art and Technoculture* (Cambridge, MA: MIT Press, 2005); Ingo Berensmeyer,"From Media Anthropology to Media Ecology,"forthcoming in Neumann and Nünning,*Travelling Concepts*.

[4] Finke, "Kulturökologie ," 261.

[5] Zapf, *Kulturökologie* , 32.

[6] 这一研究思路很大程度要归功于汉斯·罗伯特·姚斯和沃尔夫冈·伊泽尔发展起来的德国"接受美学"，尤见：Iser, *The Fictive and the Imaginary: Charting Literary Anthropology* (Baltimore: Johns Hopkins Univ. Press, 1993)，但也见：K.Ludwig Pfeiffer, *The Protoliterary: Steps toward an*

Anthropology of Culture (Stanford, CA: Stanford Univ. Press, 2002).

[7] 在某种意义上，它接近于生态学的环境保护论意义，文化人类学有时使用"媒介生态学"这个术语来研究处在变化的技术媒介背景中的人类文化，这些技术媒介从演讲和写作（口头的／读写的）到视听技术、计算机和网络。遵循这一传统写作的批评家和学者们包括哈洛德·英尼斯、马歇尔·麦克卢汉、刘易斯·芒福德（Lewis Mumford）、沃尔特·翁和尼尔·波兹曼（Neil Postman）。因此，基本的人类学"动力"在非常长的时期内保持或多或少的稳定，而它们的文化实现随着技术媒介的短期革新来去。如今，全球化媒介文化包括许多不同层次的"媒介性"，以至于那种（演员／媒介）网络的比喻或者把媒介当作环境的比喻如今正在取代较早的把"人"视为"制造工具的动物"的观点。男人和女人或许尤其是制作媒介和使用媒介的动物，他们部分上是由媒介所造，并为媒介所用。这就是为什么近些年媒介人类学已经成为文化研究中紧随科技文化、神经学和大脑研究之后出现的一个蓬勃发展的领域。富勒的"媒介中的生活"（*Media Ecologies* 5）这个术语，可能会有助于规避技术决定观的极端做法，并允许有多种可变模式来把人类和技术中介及相互作用包含在媒介群体中。媒介生态学也效仿媒介人类学，它能够在克里弗德·西斯金（Clifford Siskin）和威廉·B. 沃纳（William B. Warner）所谓的"媒介作用史"中把媒介形成当作人类与他们的媒介环境之间的相互关系来研究；参见：Siskin and Warner, eds., *This is Enlightenment* (Chicago: Univ. of Chicago Press, 2010). 在这个视角下，诸如"媒介"、"媒介作用"或者"媒介化"这样的术语构成了一个非常有弹性的语义群，它们允许有一系列已确立的和正在出现的、彼此竞争的和相互交流的方法论。媒介生态学的关注代替了再现和意义建构的传统观点，它们将揭示隐藏的或者之前被忽视的物质性的种种形式及它们在文学史、书籍史和文化研究中的关键作用。

[8] 参见：Harold Innis, *Empire and Communications* (1950; Toronto: Univ. of Toronto Press,2007).

[9] Franco Moretti, ed., *The Novel*, 2 vols. (Princeton,NJ: Princeton Univ. Press, 2007).

[10] W. K. Wimsatt, Jr., *The Verbal Icon: Studies in the Meaning of Poetry* (Lexington: Univ. of Kentucky Press, 1954)，此书是新批判主义的一部经典。

[11] 参见：Hans Robert Jauss, *Aesthetic Experience and Literary Hermeneutics*, trans. MichaelShaw (Minneapolis: Univ. of Minnesota Press, 1982). 有关保守解释的对立面，参见：E. D. Hirsch, Jr., *Validity in Interpretation* (New Haven, CT: Yale Univ. Press, 1967).

[12] 有关当代文学和文化理论中对存在的一种可能理解，参见：Hans Ulrich Gumbrecht, *Production of Presence: What Meaning Cannot Convey* (Stanford, CA: Stanford Univ. Press. 2004).

[13] Marshall McLuhan, *Understanding Media: The Extensions of Man* (1964; Cambridge, MA: MIT Press, 1994), 3.

[14] J. Hillis Miller, *The Medium is the Maker: Browning, Freud, Derrida and the New Telepathic Ecotech-nologies* (Eastbourne, UK: Sussex Academic Press, 2009). Cf. Friedrich Kittler, "ThereIs No Software," *Literature, Media, Information Systems: Essays*, ed. John Johnston (New York:Routledge, 1997), 147-55; Jan Ll. Harris and Paul A. Taylor, "Friedrich Kittler: Network 2000?" *Digital Matters: The Theory and Culture of the Matrix* (New York: Routledge, 2005),66-86.

[15] "交际是一种环境的观点"是尼尔·波兹曼 20 世纪 70 年代所发展的"媒介生态学"后面的基本假设；参见如波兹曼1973 年 7 月 12 日在演讲交际协会的年度夏季会议上所做的主旨发言《媒介生态学：作为语境的交流》，该演讲可在教育资源信息中心网上（http://eric.ed.gov/PDFS/ED091785.pdf, 3）找到。有关行动者网络理论，参见：Bruno Latour, *Reassembling the Social: An Introduction to Actor-Network-Theory* (Oxford: Oxford Univ.Press, 2005).

[16] Ursula Heise,"Unnatural Ecologies: The Metaphor of the Environment in MediaTheory," in *Configurations* 10, issue 1 (2002): 149-68, 166, 168.

[17] Fuller, *Media Ecologies*, 106.

[18] Carolyn Marvin, *When Old Technologies Were New: Thinking about Electric Communicationin the Late Nineteenth Century* (Oxford: Oxford Univ. Press, 1988), 8.

[19] K. Ludwig Pfeiffer, "Schwellen der Medialisierungzwischen Erfindung und Tatsächlichkeit: Vergleichende Skizzenzu Deutschland und Japan um 1900 und 2000," in *Schwellender Medialisierung. Medienanthropologische Perspektiven - Deutschland und Japan,* ed. K. Ludwig Pfeiffer and Ralf Schnell (Bielefeld, Ger.: Transcript, 2008), 15–39, 15.

[20] 参见：Franco Moretti, "Conjectures on World Literature," *New Left Review* 1 (2000): 54–68, and Pascale Casanova, *The World Republic of Letters* (Cambridge, MA: Harvard Univ.Press, 2004).

[21] Stephen Greenblatt, *Shakespearean Negotiations: The Circulation of Social Energy in Renaissance England* (Berkeley and Los Angeles: Univ. of California Press, 1988).

[22] 参见：Andrew Sofer, *The Stage Life of Props* (Ann Arbor: Univ. of Michigan Press, 2003); Arthur F. Kinney, *Shakespeare's Webs: Networks of Meaning in Renaissance Drama* (New York: Routledge, 2004); Alan Stewart, *Shakespeare's Letters* (Oxford: Oxford Univ.Press, 2008).

[23] 参见：Jan Kott, *Shakespeare Our Contemporary* (1964; New York: Norton, 1974).

[24] Andrew Hadfield, *Shakespeare and Republicanism* (Cambridge: Cambridge Univ. Press, 2005), 2.

[25] Ben Jonson, cit. in *The Norton Shakespeare*, ed. Stephen Greenblatt et. al (New York: Norton, 1997), 3352. 后面引用的莎士比亚戏剧都是出自这个版本。

[26] 参见：Lukas Erne, *Shakespeare as Literary Dramatist* (Cambridge: Cambridge Univ. Press, 2003); Patrick Cheney, *Shakespeare's Literary Authorship* (Cambridge: Cambridge Univ.Press, 2008). 有关对近代早期印刷和手稿出版的全面重新评估，参见：Harold Love, *Scribal Publication in Seventeenth-Century England* (Oxford: Clarendon, 1993), and David McKitterick, *Print, Manuscript and the Search for Order* (Cambridge: Cambridge Univ. Press, 2003).

[27] 有关对"莎士比亚环球剧场"第一个十年的评估，参见：Christie Carsonand Farah Karim-Cooper, eds., *Shakespeare's Globe: A Theatrical Experiment* (Cambridge:Cambridge Univ. Press, 2008).

[28] 有关这一观点以及未解决的种种问题的详细清单，参见：Andrew Gurr, "Whythe Globe is Famous," in *The Oxford Handbook of Early Modern Theatre*, ed. Richard Dutton (Oxford: Oxford Univ. Press, 2009), 187–208. 引文在第 187 页。

[29] 参见：Brian Vickers, *Shakespeare, Co-Author: A Historical Study of Five Collaborative Plays* (Oxford: Oxford Univ. Press, 2002); Cheney, Shakespeare's Literary Authorship.

[30] 参见：Katherine Rowe, "Shakespeare and Media History," in *The New Cambridge Companionto Shakespeare*, ed. Margreta De Grazia and Stanley Wells (Cambridge: Cambridge Univ. Press, 2010), 303–24.

[31] *2 Henry IV* 1.1.9–11。Cf. Caroline F. E. Spurgeon, *Shakespeare's Imagery and What It Tells Us* (Cambridge: The Univ. Press, 1935); Wolfgang Clemen, *The Development of Shakespeare'sImagery*, 2nd ed. (London: Methuen, 1977).

[32] 参见：Robert Weimann and Douglas Bruster, *Shakespeare and the Power of Performance* (Cambridge: Cambridge Univ. Press, 2008). 我在《舞台上的生活：莎士比亚和媒介生态学》("Stage(d) Life: Shakespeare and the Ecology of Media") 一文中，更详细地描述了莎士比亚式再现和表演之间的对立，该文即将刊登在：*New Theories, Models and Methodsin Literary and Cultural Studies*, ed. Ansgar Nünning and Greta Olson (Trier, Ger.: WVT, 2011).

[33] *As You Like It* 2.7.138.

[34] 参见：James J. Marino, *Owning William Shakespeare: The King's Men and their Intellectual Property* (Philadelphia: Univ. of Pennsylvania Press, 2011). 有关欧洲对莎士比亚的接受的简明概述，参

见：Jonathan Bate, *The Genius of Shakespeare* (1997; London:Picador, 2008).

[35] 引自：Ann Thompson and Neil Taylor, eds., Hamlet (London: Arden Shakespeare, 2006), 54；参见：Gary Taylor, "The Red Dragon in Sierra Leone" and "Hamlet in Africa1607" in *Travel Knowledge: European 'Discoveries'in the Early Modern Period*, ed. Ivo Kampsand Jyotsna G. Singh (Houndmills, UK: Palgrave, 2001), 211–22, 223 – 48.

[36] 有关全球文化经济的概念，参见：Arjun Appadurai, "Disjunctureand Difference in the Global Cultural Economy," *Public Culture* 2, No. 2 (1990): 1–23；有关跨国主义，参见：Fredric Jameson and Masao Miyoshi, eds., *The Cultures of Globalization* (Durham, NC: Duke Univ. Press, 1998); Walter D. Mignolo, *Local Histories / GlobalDesigns: Coloniality, Subaltern Knowledges, and Border Thinking* (Princeton, NJ: Princeton Univ. Press, 2000); Peter Hitchcock, *Imaginary States: Studies in Cultural Transnationalism* (Urbana: Univ. of Illinois Press, 2003). 从20世纪80年代开始，莎士比亚的戏剧经常被改编成传统中国戏剧，查和田观察到两者之间的"许多相似点"："两者都建立在'猜想的'而不是'貌似真实的（verisimilitude）'的概念上。它们并没有试图创造现实的一种幻象，而是承认自己想要用虚构的角色和事件来影响观众。这种戏剧概念让人们在处理舞台空间和时间时有巨大自由……这两种剧场在表演技巧上也有相似性，两者在表演上都是具有象征意义的，两者都试图通过旁白和独白与观众建立直接联系。从结构上讲，两者……在大多数情况下都采用'开放'的结构而不是'封闭'的结构；也就是说，两者运用多场景和多幕剧，两者都暗示戏剧中所讲述的故事可能会继续下去，如此等等。"参见：Zha Peide and Tian Jia, "Shakespeare in Traditional Chinese Operas," *Shakespeare Quarterly* 39, No.2 (1988): 211; Cf. J. Philip Brockbank, "Shakespeare Renaissance in China," *ShakespeareQuarterly* 39, No. 2 (1988): 195–204.

[37]《喜马拉雅王子》，胡雪桦导演（上海：上海电影集团公司，2006），DVD，00+38，英文字幕。

[38] 比 较：Wu Xiaohui (Anne), "The Rise of China's Harmony-Oriented Diplomacy," *Politika Annual Journal* 2007, 22–6.

[39] *Legend of the Black Scorpion*, directed by Feng Xiaogang (New York: Weinstein Co., 2008), DVD, 00=57: 05, English subtitles.《夜宴》中的面具被作为该剧与莎士比亚戏剧在视觉上的主要联系，它要成为一种"全球方言"（233），有关这一点参见：Alexander C. Y. Huang, *Chinese Shakespeares: Two Centuries of Cultural Exchange* (New York:Columbia Univ. Press, 2009), 231–34.

[40] 参见：Huang, *Chinese Shakespeares*, Li Ruru, *Shashibiya: Staging Shakespeare in China* (Hong Kong: Hong Kong Univ. Press, 2003). 黄承元的文章尤其生动地记述了在文化互动（5）的"多方向的过程"中，"莎士比亚"的跨文化定义和表演与作为"关注场所"的"中国"之间是如何相互挑战的。

[41] Pfeiffer, *The Protoliterary*, 297–310，参见带有这一标题的章节。

"语境臭了!"

芮塔·菲尔斯基　著

赵培玲　译

　　我的标题尽管是一种很不含蓄的挑衅,但我得指出它并不是的。在文学和文化研究中,哪个词儿能更广泛地存在呢?更热诚地被调用,更不倦地被维护,更虔诚地被膜拜呢?原来司空见惯的"作品本身",现在却成了笑谈,并且在新批评派的不断细查、肢解下消亡,湮没无声。语境不是任意的。诚然,在各种各样的流派、分支中,关于什么是合法语境的争论永无休止地进行着:马克思主义批评家不满新历史主义的逸事式的描述社会的方式;酷儿理论家否定女性主义将世界按性别分为两极的假设。可以说,语境是一个不断争议的概念,经常被人曲解,并成为派系间阵发的枪战的靶子。但是,除了几个醉醺醺、喃喃自语的,顽固的唯美主义者外,有哪个神志清醒的人,能否认语境问题呢?

　　"语境臭了",实际上是双重引用:转引自布鲁诺·拉图尔(Bruno Latour)对建筑师瑞姆·库哈斯(Rem Koolhaas)的引用。[1]但为什么这么说呢?拉图尔最显然不过是一个支持科学研究的人。而科学研究由于一直以来对自己所处的社会环境与所沾染的世俗因素极尽穷尽记录之能事,以致破坏了原本对真理孜孜以求的科学概念本身。同时我自己的作品也离不开女性历史主义以及文化研究的方法论。这些方法都将语境化奉为圭臬。拉里·格罗斯伯格(Larry Grossberg)声称,"对文化研究而言,语境是一切,一切皆语境",简洁地总结了文化研究领域最热忱的信念。[2]那么,对语境——这个当代文学和文化研究

---

* 　Rita Felski, "'Context Stinks!'", in *New Literary History*, Vol. 42, No. 4, Autumn 2011, pp. 573–591.

界津津乐道的词汇，乍现的苛责——"语境臭了"——背后究竟隐含着什么呢？

众所周知，文学理论史上不满语境化的抱怨连篇累牍：从俄国形式主义对文学形式的自主发展的论述，到伽达默尔（Gadamer）的信念——艺术作品不仅仅是历史艺术品，而且在与阐释学相遇后被赋予新意和生命力。更近以来，解构主义思想家大力抨击任何认为历史或语境稳定不变的观点，并警告过度语境化带来的危险：对文学客体的独特性施加暴力。基于两点考虑，我推测这些议论并不能撼动当前的历史主义的主流。首先，它们依靠文本的二分法，即把文本划分为超越历史局限的"特殊文本"与受历史制约的"传统"或"常规"文本，恢复了许多学者不再认同的高雅 / 低俗文化二分法。其次，它们认为弃绝语境能使人专事诗歌语言、形式和文本研究，远离教人怎样读、如何读等凌乱、世俗、实证性的细节问题。而我倒认为对于语境的不同质疑，能让人更关注这些细节，这是我这篇杂文违反直觉的论断之一。"语境，"接着拉图尔的话题说下去，"不过是一种你累了或懒得再写时，停笔的一种方法"。[3]

再三考虑，我认为语境问题与近来文学研究史中，有关批评性阅读的作用的大量探究有关。"怀疑阐释学"这个名词通常指违反常规，细察文本隐含意义的方法，它寻找、揭示文中省略和相互矛盾的地方，强调文本不知道，代表不了的内容。怀疑是以多种形式呈现的，在当前的学术氛围下，往往围绕历史语境在阐释力上的忠实性展开。在这种思路指导下，文学文本忽视了形成和维持它的，或经过批评家甄别进入视野的更大的环境。评论家忙于探寻作者以及普通读者所不能企及的文本意义，暴露文本和它表面上拒斥的社会条件之间达成的共谋。而语境作为更丰富、更广阔的参照点，总是超越单个的文本，比文本本身更能了解文本。

与这种批判历史主义截然相反，我想表达和维护两种观点：其一，历史不是个箱子，历史化和语境化的传统阐释模式无力解释特定文本跨越时间的移动和所引发的情感共鸣；其二，为了更公正地对待文本这一跨越时间的影响，我们或可将它当作一个"非人类演员"。这就要求我们修正关于施动者的盛行看法——英雄式的、自主的，或者恰恰相反的特性，并重新考虑其与附属者之间的关系。布鲁诺·拉图尔的近作或多或少启示我们：少去解说特定文学文本中"语境臭了！"的情况——拉图尔目前为止很少谈这个话题，而是巧妙地多去挑战有关文本和时间、事件和人物、行动和互动的固有观念。拉图尔丰富的用语突出了心境和方法之间的各种转换，摧毁了批评家精心编织的理论蛛网，动摇了学术研究中无所不在的分裂、消极和怀疑思潮。我在别处也谈过，怀疑式阅读不仅仅是一种智力活动，还是一种独特的性格和情感，是情感和态度的混合物。要想尝试其他阅读和推理模式，就要学会以不同方式思考，以不同方式感受。[4]

历史不是一只箱子

经过几十年带有历史倾向性的研究之后，批评家正转向美学、美与形式等新问题。他们援引历史主义的失败例子，认为它把艺术作品仅仅当作过去的文化症候，当作埋葬在过去的垂死的事物。然而这种新唯美主义显然没有解答文本如何穿越时空在后世产生共鸣的问题。它聚焦于形式主义手段或者美学现象学体验，避而不谈文学文本时间性的问题。我们虽不能漠视作品的历史性，但也迫切需要有其他选择：既能把作品看成超越时空的、永恒的，又能将其定格在其诞生的时刻。

这种时间框架的缺乏，与可资利用的空间概念资源的丰富形成了对比。特别是后殖民研究，一直在改变着我们的思考方式，使我们重新考虑观念、文本和图像是如何跨越空间移植和变化的。在国家和民族问题研究中，通过挑战既有的离散、独立空间等概念术语，学者们已经开发出一种可资翻译、混合、融合并能在全球流通的语言。类似的模式或许能帮助我们探索文本在时间传输过程中的复杂性。为什么几千年前的话语仍会激励、吸引、刺激我们？为什么一度沉寂的文本会在一个历史性的时刻突然焕发光彩，使人大开眼界，甚至带来生命的改变？这些超越了时间，将过去与现在联结在一起的时刻，又怎样让人对推动传统政治历史和艺术创新修辞研究的发展叙事学产生了质疑？

后殖民研究，无可否认，错乱了我们的时空概念，破坏了时代划分范畴的条理，阐明了历史图式通常是如何支撑那种自鸣得意、以西方为中心的观点的。"欧洲地方化"的任务，这里借用迪佩什·查卡拉巴提（Dipesh Chakrabarty）的著名用词，邀我们重新考量我们是如何历史化和文本化的，并要达到什么目的。历史主义的类似的倔强特性正使它影响到文学研究的方方面面。虽然还不能说后历史主义学派已经诞生，但大规模的小躁动和小规模的颠覆，正由那些考虑"后历史时间"的学者发起。酷儿理论家主张"无历史主义"。它将过去和现在紧密相连，既不会为两者相近而困扰，也不用因前者过时而担心。研究文艺复兴的学者毫不掩饰地承认他们定睛于文本与当下的联系，而不关注莎剧在历史上的反响，他们重新使用"当下主义者"（相信《圣经启示录》里所有预言都在当下得到应验的神学家）一词，赋予它新的内涵，将其视为一种荣誉勋章，而非鄙视的嘲弄。文学评论家宣告他们对米歇尔·塞尔（Michel Serres）作品中破除传统束缚的思想的归依：他鼓励人们不要将时间看作一支箭，在快速直线地运动，而应将其视为一个起伏运动的蛇或甚至是一块儿皱巴巴的手帕。当然，在这一观点背后，闪现着圣者瓦尔特·本雅明思想的灵光，是他最先谨慎地将不断前进的历史按照时间顺序划分了不同的时代。[5]

　　这一由时间问题引发的骚动，给文学和文化研究带来了哪些影响呢？"语境概念"突出的缺点是诱使我们在研究艺术作品时不断地重复相同的二分法：文本／语境，词语／世界，文学／社会和历史，内在论／有关艺术作品的外在解释。文学研究似乎注定要在这两极之间摇摆不停，正反两方就相同的观点劳而无功地争个不停。语境论者会叫嚣："你是多么荒谬、天真又理想啊！毫无远见，只顾盯着书本上的话，却无视社会与意识形态的影响力！"形式主义者则反唇相讥："你是多么无知又笨拙啊！大谈什么社会能量、父权意识形态，直到累得口吐白沫，但最终你们的语境理论也无法解释画何以为画，诗何以为诗！"无可否认，历史主义和政治学的种类很多，但怎样对艺术作品的独特性进行公正的评价，却像肉中的刺一样共同、反复折磨着它们。萨特妙语诙谐，著名的一个论断是说瓦雷里是个小资产阶级知识分子，但并非每个小资产阶级知识分子都是瓦雷里。这句话至今还大抵保留着原有的讽刺力。但我们也很清楚，艺术品不是天上掉下来的，也不是遨游于凡间的天使，不可避免它们也会打湿鞋子、弄脏手。我们如何才能对它们的独特性和世俗性作出公正的评价呢？

　　一个主要的障碍在于关于语境的盛行的图景。语境被当作一只箱子或容器，紧紧将单个的文本包裹于内。批评家赋予这只箱子一系列的属性——经济结构、政治思想，文化心态——人们精工细研文本的种种细节，以说明这些属性是如何被一件艺术品呼应、改进或破坏的。宏观的社会历史语境支配全局、发号施令、指定游戏规则；而单个的文本，则只能作为一个微量单位被包裹在较大的整体内，对这些预设的条件表示服从。历史，有鉴于此，是由一堆垂直码放的箱子——即我们所谓的时代组成，每个箱子都包裹、维持，并包含一个微观文化。理解一个文本意味着澄清其在箱中的位置，强调作为物体的文本与作为容器的语境之间的相互作用、因果关系，或同源性关系。

无可否认，新历史主义一直在奋力挣脱文本／语境二分的铁腕控制，通过"证实"（这可是个常用词）文本的历史性和历史的文本性，使得词语和世界之间的界线含混不清。艺术作品不再是历史幕布下隐约呈现的巨大的纪念碑，这块幕布看似决定一切，实则毫无阐释力。相反，人们发现历史本身是嗡嗡作响、忙忙碌碌，由多样化的文本建构的——探险日记、法庭记录、育儿手册、政府文件、报纸社论——这些文本的传播确保了社会能量的传输。由此类推，文学作品并没有超越这些乏味的环境，而仍然处于不幸和绝望的网罗之中，被权力，即另一个社会文本的细网缠绕。

一个重要的新历史主义文本曾经发出著名的宣言：愿意与死人谈话。但受其影响产生的大量作品，更像是对死人的诊断，而不是在与死人对话；是过去文本和现在生活之间不可逾越的距离感；是"彼时"与"此时"之间难以消除的差异。历史主义承载了文化相对论的功能对等物的作用，它孤立差异、否定关联，并悬置——或者不客气地说，规避——有关过去的文本为什么重要，它们现在又是怎样向我们说话这个问题。当然，一个不争的理论是，我们永远无法知道真实的过去，历史总是，至少部分是，当下的历史。学者著作中的介绍、序言和后记，常常可以证实他们对于今世热情的关照，及志愿表达的政治承诺。然而这些公开的宣言却极少跨越历史，被转化为现世的方法论或者被用来追踪超越时间的作品网。相反，文学客体仍然受困于诞生时刻的主导条件，其意义也由当时的文本和对象决定，并被打上了不可磨灭的标记：现代早期、18世纪，或维多利亚时代作品。这就是宋惠慈所谓的"共时历史主义"（synchronic historicism）领域，认为现象只与同一时间层的现象有关。[6]借历史之名反复灌输给我们的是极端静态的模式——文本被圈进早已逝去的语境和过时的互文文本中，被囚禁于过去，毫无假释的希望。

相比之下，拉图尔认为不存在历史的箱子，实际上也不存在社会。假如社会是指一个独特的，由预定的结构和功能掌管的有界的整体的话。社会并没有站在幕后秘密控制着人类的实践，就仿佛它从本体论上有别于这些实践似的。其实它并不是如影随形、无所不知的木偶操控者。相反，它仅仅是指联合的行动和事实，是多种现象汇聚创建的多个组合，形成的亲和力和网络。它只以可预测，或不可预测的方式具体地存在着，其中思想、文本、图像、人和物体，有时彼此断开独立存在，有时三两结伴相互关联。做演员—网络理论（actor-network theory），并非如雄鹰一样翱翔于天空，冷静俯视下届的芸芸众生。而要像一只辛勤工作的蚂蚁，在厚厚的草叶间穿梭，惊叹隐藏于其下的复杂的生态和多样的微生物。要每一步都慢下脚步行走，不走理论的捷径，而去留心听我们的非人类演员的话语，不以自己的私意覆盖、重写原意。社会，换句话说，不是一个表演者，而是一个行动者；不是表象世界下潜在的实体，而是无数演员之间正在进行的联系、断开、再联系。

这些联系既是时间的联系，也是空间的联系。它们穿越时间，纵横交错编织在一起，将我们与过去相连，使我们深陷责任和影响张开的大网。时间不是独立单元的有序排列，而是湍流不息，暗潮涌动，来自不同时刻的物体、思想、图像和文本旋转、翻滚、碰撞、相互组合，变换不停，群星闪耀。新演员与有千年历史的长者互相竞争；新生事物与传统并存；"不是超越过去，而是重返过去，重现、包围、保护、重组、重新诠释，重新改组过去"[7]。其中的秘诀就在于把时间看作无目的的相互依存，无代谢性的不断运动：过去是我们的一部分，而不是古老的残留、退化的力量、怀旧的源头，或者压抑的回归。拉图尔那颇受诟病的断言，说我们从未现代过，并没有驳斥我们的生活有别于中世纪的农民或文艺复兴时期的朝臣，而是强调了这些不同可能被荒谬地过分使用，这都多亏了现代生活中存在的能证明我们自己特殊地位的事物：我们对合理寓言的喜爱、觉醒了的世界、主体与客体的分离、现代批评的激进主义，等等。

与此相似，乔纳森·吉尔·哈里斯（Jonathan Gil Harris）不满他所谓的"时间的国家统治权模式"，这种在文学和文化研究中特有的现象。换句话说，时代与国家的功能差不多；我们将文本和对象划归到它们起源时的那一单一时刻，这种做法等于把它们拴在了一个单一的出生地。不论时代和国家都被作为一种天然的边界、绝对的权威，和寻求最后裁决的地方。文学作品只能是出生在一个历史时代，处于单一社会关系体系的公民，边防人员日夜把守，任何跨越时间的举动都被严加防范。过去始终是外国，疏远又神秘，陌生是它反复被强调的属性。哈里斯想弄明白："我们怎么处置那些跨越时间界限的事件——那些非法移民、双重间谍，或持有多本护照的事件？这些越界事件怎样改变了我们对于时间性的理解？"[8]跨时间网络打乱了我们的计划，迫使我们承认差异的同时，也接受关联与近似，使我们去解决过去与现在的同时性与关联性的问题。

这一思路显然与福柯的模式相左。在他看来，过去是一系列分离的知识，他鼓励批评家以审慎的、自我否定的冷静姿态，审视早期的带有异国情调的态度。结果得出的不是绝对的时间差异和遥远的距离，而是溢出了时代边界的混乱的大杂烩、大困惑，我们也因之与我们所描述的历史现象紧密相连。同样让演员—网络理论困惑的是现代主义关于时间的观点。在它而言，时间是将我们从蒙昧的过去释放出来的突破口。不仅是革命的经典模式被无处不在的跨越时间的网络弄得支离破碎，连先锋派——那些时代的佼佼者，曾凭借所受的智力训练，持有的政治信仰，或艺术的敏感脱离了众生仍浑然不觉的混乱和奸诈的迷雾的人，他们的特质也同样被弄得支离破碎。历史并没有前进，也没有人指引它前进。

总之，我们为什么会被劝服，认为自己要比过去的文本知道得更多呢？过去文本的活力、韧性和持续的共鸣加强了我们事后诸葛的优势。它们的时间性是动态的，不是凝固不动的；它们面向自己的时刻说话，也超越自己的时刻说话，他们预测未来的紧密联系，也幻想尚不能想象的联系。在针对历史主义所作的透彻评论中，詹妮弗·弗雷斯纳（Jennifer Fleissner）邀我们去读出19世纪小说中的生动鲜活的思想来，而不是把它当作过去文化作品的化身，当作我们自己的解释框架和分类方案的回音。[9]语境并没有自动或注定战胜文本，因为关于什么是语境的问题，以及我们对因果关系的解释能否成立，大概都能从文本中预测、探寻、质疑、相对化、扩大或再想象（而不是被"破坏"，就像解构主义对文本的庸俗解释那样）。一旦我们意识到过去的文本对我们现今，包括历史本身的地位在内的重要事物有指导意义，历史解释的超然就会被滋扰，甚至打乱。

文学作品所虚构的繁忙的来世生活，驳斥了我们试图将它限制在起源时刻，封锁在一个时间容器中的做法。无可否认，一个文本诞生的时间与地点约束着作品的主题、形式或类型，正如我们徒劳地想在雅典诗歌中找寻现代主义的怒气发泄，或在 18 世纪的风景画中找寻达达主义艺术家的剪纸艺术一样。然而这些限制并没有排除跨时间联系与比较的可能性。考虑一下卡尔·海因茨·博尔（Karl Heinz Bohrer）的例子，他跨越历史的鸿沟，发现了波德莱尔的诗歌与古希腊悲剧之间众多的相似性。[10]文本作为客体跨越时间、各处巡游，遇到了新的语义网、新的意义输入的方式。宋惠慈所谓的共鸣是指文本能够跨越时间传达意义，在新的地点引发不可预期的回声的能力。

宋惠慈显然并没有考虑大人物对文学寿命的影响。某些文本生存下来了，另一些却消失了，不仅是由于一种特定的文本与个别读者产生了共鸣，也事关准入与评价、遴选与过滤机制。文本的筛选，在大人物日常讨论发表什么，何处分配营销费用，如何修订本科课程的时候就已经搞定了。这就造成了一些作品广为流传，另一些作品则被忽略。从这点来看，跨越时间的流动性至少部分与体制的惯性有关。一旦被引用则经常被引用；研究生教的是自己学过的文本；经典作品——无论小说或理论——都能跨越时间繁衍下去。事实上，即便经过过滤后新的文本进入了课堂，阅读方式逐渐随着时间改变，也很难想象如果没有一个基础平台去接续、重复、传输先前的知识，教育该怎样进行下去。但这只是加强了拉图尔的基本观点：我们不能仅凭单纯的意志行为来脱离过去的影响。艺术品的影响——我马上要论及——并不是与社会环境相对立，而是取决于它们的社会环境。

此外，关于什么是"真正"的语境的争论，远远不限于平凡现实中教什么、如何教等理论问题的争议。这在英语系尤甚，时代的鉴别始终是划分英语系专业研究领域的明确标志，就连书中的注释、出席的会议、讲授的课程、广告的工作中都广泛提及它。一切事物都在协力促成一个观念，即文本原始的历史意义才是其主要的意义；一切事物都在共同贬低那些不安守一个时代，而跨越几个时代进行研究的学者的可信度。"时代，"布鲁斯·罗宾斯（Bruce Robbins）说，"……或许应该被视为一种由于懒惰而长期沿袭下来的伪人类中心主义说的标准；是众多放大的标准中的一个标准，与其他标准一样有效，但也一样主观随意。"[11]罗宾斯提出"风格"这一同样重要的范畴，用以组织文学教学。它不反对进行跨越时间的联系、重复和翻译理论研究。简言之，并没有令人信服的知识或实际的理由证明，语境才是最终的权威和最后寻求裁决的地方。

作为非人类演员的艺术品

至此我的观点似乎与伯明翰式的文化研究以及它的表达理论模式相当契合。它们表现出走理论捷径者的谨慎，对缩减式解释的不满，对美学与政治、形式和社会结构之间本质联系的极度怀疑。此外，文化研究把接受行为作为其文化模式的核心，在原则上鼓励从多个时代的角度分析文本意义，就像历代的观众所做的那样——积极赋予文本以新的意义。这足以让那些只考虑文本诞生时刻的意义，而忽略其在不同时刻的接受情况的势力缄默无语。就此而论，17世纪初率先在伦敦上演的《麦克白》，相对于后世在纽约、新德里、悉尼或新加坡的许多舞台上上演的《麦克白》来说，根本无任何优势或特权可以夸口。对文本的多时代特性所持有的这种开放态度，难道不能一举解决我提出的难题吗？难道我们不应该热烈地拥抱这新的、多元化的、广阔的语境主义，停止唠叨、挑剔、抱怨吗？

我想语境的困难，不仅在于它对历史起源的传统偏见，也在于文化研究等领域中有关引导语境化行为的力量源、起因和控制的潜在信念。语境常常是讨伐的工具。力量源被它剥夺了，影响和冲击因它削弱了，艺术品变得微不足道、虚弱不堪、穷困潦倒。简言之，膨胀语境是为了紧缩文本。当新放大的社会条件指点江山、激扬文字的时候，艺术品之光却摇曳不定，渐渐模糊。为什么文化的生产者或者接受者拥有这些特权，而单个的文本却很少或根本没有呢？这些理论又能带来多少亮光呢？能解释为什么人们愿意驱车千里只为赶去听乐队的一首歌，或者在研究生院埋头数年就为了研究一本小说吗？"文化资本"、"霸权传媒产业"或"解释共同体"这些名词，迄今所能弄清的也仅仅是为什么偏偏这种特殊的旋律不断回荡在我们脑海中，单单弗吉尼亚·伍尔夫（Virginia Woolf）会令我们迷恋。为了解释为什么我们会着迷这一困惑，我们取道隐晦的外部因素，却忽视了文本对我们眷顾的渴望、情感的夙求、痴迷的喂养。

当然不论是《达洛卫夫人》（Mrs Dalloway）中的警报，还是"褐眼女孩"组合的音乐，都不是在虚空中回荡；有关它们魅力的解释不论哪种，你都不会漏掉是高中时代的那个团体，最终说服了你认为范·莫里森（Van Morrison）是个音乐天才；是你雄心勃勃的父母对你二流成绩的大力赞扬，点燃你走向研究生院的热望；还有《批评话语分析》或滚石乐队，赋予你语言能力，去表达和证明你如此痴迷的原因。但以最终还原之名，以牺牲文本为代价，夸大语境的包揽全局的力量，随意削减力量源的数量和文本的影响，又能让人有多少收获呢？为什么要贬低它的价值来换取它的生存呢？为什么要忽略它动人心弦、千变万化的方式，无视它巧妙迷人的特性呢？

也许拉图尔的非人类演员的观念可以开辟一条出路。那什么是非人类演员呢？减速带、微生物、马克杯、船舶、狒狒、报纸、不可靠的叙述者、肥皂、丝绸礼服、草莓、平面图、望远镜、列表、绘画、猫、开罐器，等等都是。把这些完全不同的现象看成演员，根本不是将意图、欲望或目的归于这些无生命的物体，也不是在忽略事物、动物、文本和人之间的显著差异。演员在这里指任何通过施加影响改变情势的事物。[12]非人类演员不能决定现实或单枪匹马引起事件的发生——让我们彻底避开技术或文本决定论。然而如拉图尔所说，"有许多形而上学的阴影区域介于充分因果律和纯粹的不存在之间"，介于行为的唯一源头和不施加任何影响的完全惰性之间。[13]演员—网络理论中的"演员"不是自我主权的主体，不是独立的力量，不能振臂一呼，应者云集。相反只有与其他现象发生联系，在错综复杂的前因后果中充当调解者和翻译者时，方才成为演员。

非人类演员协助改变事态；参与系列事件；帮助塑造结果，影响各种行为。承认这些演员的付出将会最有效地规避主体与客体、自然与文化、词语与世界的两极划分，把人类、动物、文本和事物放在同样的本体论的基础上，认同它们之间相互依存的关系。减速带并不能阻止你在郊区行驶时冲出公路，但却大大减少了这种可能。文学中使用的不可靠叙述者策略往往被人忽视或误解，但它却指导无数读者从相反角度理解文中隐含的内容。减速带或叙事技巧的突出特点来自其独特的属性和不可替代的品质———一旦被纳入更大的社会理论体系，就会被忽略不计，仅仅被当作预定功能的载体。如果用一个原因来解释一千种不同的结果，那我们就无从知晓这些结果的特殊性。把丝绸和尼龙之间的关系仅仅看成上层阶级和下层阶级趣味划分的隐喻，正如拉图尔对布迪厄的影射，实则使这些现象沦为一个业已确立的方案中的点缀，就好比绕开了两种织物在色彩、纹理、闪光、手感等方面无限而又根本的差别。[14] 换言之，丝绸和尼龙不是被动的介质，而是活跃的调停者；它们不只是传达预定的含义，而是以特殊的方式配置和重组这些意义。

对于文学和文化研究而言，承认诗歌和绘画、虚构的人物和叙事手法是演员意味着什么呢？[15] 我们的思维又会得到哪些改变呢？显然，壁橱里的怪物是审美唯心主义的产物，是害怕如果承认了文本的力量，我们会倒退，掉进艺术宗教的深渊，担心会有一千个布鲁姆式的批评家像花一样绽放。如果全面感受艺术力量的时刻已经到了，无远弗届的语言和正典还会远吗？拉图尔说："每一个雕塑、绘画、佳肴、技术的狂热和小说都在‘背后隐藏’的社会因素的解释下化为乌有了……这里，一如既往，总有些人会被‘社会解释’的野蛮与不敬所激怒，奋起为作品‘圣洁的内殿’而战。"[16] 从演员—网络理论的立场来看，我们开始明白这两种观点都站不住脚。"文本"的荣耀不必通过将其从"语境"的爪牙下拯救出来而捍卫。一方必须彻底粉碎，另一方才能胜出的零和游戏是不存在的。我们不再为伤感和热血沸腾，而被无望的幻景所困扰：不再是手无寸铁的大卫在激战歌利亚；不再是诗歌与绘画英勇地对抗社会秩序；或是，悲观点说，被围绕它们的邪恶力量所吞噬。

我们的观点相当不同：艺术的自主性——指其独特性和特殊性，并不反对联系性，而恰恰是联系得以锻造和支撑的原因。从来就没有过什么孤单、独立的审美对象，因为任何这样的事物早就被无人注意地抛进了遗忘的黑洞。艺术品要想生存、茁壮，就要广交朋友，建立联盟，吸引信众，煽动情感，投靠明主。如果不想很快退出公共视野，就得想方设法进入人们的生活，供墙上张贴，影院观赏，成为亚马逊的商品、评论家的靶子和饭后的谈资。这些联盟、关系、翻译的网络，对于实验艺术来说，就像对畅销小说一样至关重要，即便网络不同，评价成功的要素也各异。

对于文本的生存而言，这些网络的数量和广度远比观念上的认同重要。如果你是一个用脏尿布和圣母雕像创造作品的彻头彻尾的先锋艺术家，你的盟友就不光是《艺术论坛》上的恭维，而且也是保守派的抨击。他们调用你的作品来批评当代艺术的现状，这反而提升了你的知名度并且引发了炒作热，从而产生了一连串的评论，还有美国国家公共广播电台的系列跟踪报道，更有几年走下来，收获的一本杂文集。单刀赴会、扭转乾坤的浪漫幻景容易让人忘记如果不经注册、不被认可，一切功绩都将荡然无存。也就是说，要创作在演员之间建立新的情感、联系和翻译的作品。无论艺术品如何看待"社会"，要生存下去，都必须善于社会交往。一言以蔽之：没有联系，不成否定。

这种社交性的一个不可或缺的元素——不管其他因素如何起作用——是作品善于吸引读者或观众，引导和维持情感。当我们加入电影院排队的长龙的时候，当我们通宵达旦、如饥似渴地看詹姆斯·乔伊斯或者詹姆斯·帕特森小说的时候，是因为有一个特定的文本，而不是无数可能的别的事项，以某种方式吸引着我们。当然，文本吸引人的方式各不相同，欣赏的模式与解释的用语也千差万别；典型的读书俱乐部小说附加的供"讨论的问题"，足以让一个英语系的教师休息室欢声雷动。但是没有哪个粉丝，哪个爱好者，哪个书迷——不论教育或阶级背景如何——会漠视他们心仪的文本的特殊性。正因其特殊，那些批评用语——强调典型性和抽象性，强调"这个"现实主义小说、女性诗歌或者好莱坞电影的逻辑性——才显得毫无吸引力。它们无力解释这些普通读者群里带有偏好的阅读行为：相较其他文本，我们对某些文本的偏爱，以及偏爱后面所常常蕴含的激情。

拉图尔说："如果你倾听别人的话语，人们终会向你详细解释那些'使他们'真正感受事物的艺术品，怎样会且为什么会吸引、打动、影响他们。"[17]此外，拉图尔的作品是一种持久的论战，所针对的是现代的净化冲动——严格区分理性与情感、批判和信仰、事实与偶像的冲动。就此来看，艺术品的体验，比如拉图尔列举的宗教语言和情话的例子，不仅为了传达信息，也让人经历改变。[18] 耗尽文本重要性的不是针对周围社会条件它揭示或隐藏了什么，而是——这也是一个它能给读者或观众带来什么的问题——它激发了什么情感，触动了哪些认知改变，产生了什么感情纠葛？对于我们而言，公正地对待这些真情实感，而不把它们当成天真的、小儿科的或有缺陷的；不因为被动摇、激动、吸引或着魔而感到羞耻；去锻造一种饱含深情、活力四射，如同冷静的修辞学一样字字珠玑的语言，意味着什么呢？

那么，将演员—网络理论（ANT）构建工具应用于课堂教学可能带来的一个结果是，学生对日常的阅读体验，包括他们固执坚守的职业批评的底线，不再那么苛求。不再对这些体验究根问底，以弄清决定它们的潜在法则；而是正视它们，调查一目了然现象的奥秘。当然，感情是有历史的，崇高或失落等个人情感都与更大的图景和文化框架相连。但强调情感的社会建构，常常无异于宣称评论家拒他人的感受于千里之外。我们能否不再违心地拒绝对特定对象的深深依恋？我们能否不再为了要再次发现那决定它们的潜在结构，而断绝自己由来已久的冲动，而压抑或者倒空我们的情感？

这种冲动有一种以最复杂的效果图来重申自己的倾向。例如，托尼·班尼特（Tony Bennett）"阅读形成"的著名概念，奋力去调停意义内在论和外在理论，以文本为中心的读者反应论和传统的社会学解释的还原性理论。而他本人则关注"用来组织和活跃阅读实践的，离题的和互文性的决定"[19]。换句话说，我们如何对艺术作品作出反应不是由文本的内部结构，也不是由种族、性别、阶级等社会人口原始统计资料决定的，而是由不知不觉已经内化于我们的文化框架和解释性用语决定的。事实上，阅读形成这个概念抓住了调停的关键方面，并因为班尼特坚持——意义的固有特性在于联系，文本只有在使用时才存在，而得到加强。抛弃康德理想主义苟延残喘的"文本自身"的概念，班尼特坚称："在各种各样的'阅读形成'之前，作为将被阅读的对象，"文本并不独立存在。[20]

然而，"阅读的对象"中被动语态的使用和名词的选择表明并强调了一个观点——文本是用来被行动的（acted），而不是行动的（acting）。电影和小说融进了观众的文化假设和解释框架；就像班尼特在这里所描述的，它们似乎没有独立的存在，没有独特的性能，没有任何力量，或他们自己的存在。我们摸索着说明文本往往无法预料的影响：那首广播放送的歌曲不经意间竟让你潸然泪下；恐怖电影瘀血节（gorefest）成为你挥之不去的梦魇；一部小说竟然说服你出家修行。正如斯坦利·费希（Stanley Fish）在关于解释社团的讨论中提到的，文本沦为一张白屏，不同的读者群在其上投射自己原来固有的想法和信念。结果使得我们难以解释为什么一些文本比别的都重要，为什么我们如此强烈地指出不同文本间的区别，我们又是怎样出乎意料而又莫名其妙地为这些文本所吸引、扰动、惊讶，或采取行动。正如班尼特自己承认的，语境胜过并超越文本。

然而，假若班尼特的语境本身就是文本性的，即批判用语和解释框架的话，很难让人明白为什么会这样，为什么这些框架应该有决定意义的特权，而电影和小说却没有。为什么冻结了人物和背景，对象和框架之间一一对应的关系，为什么不承认艺术作品既是认知的对象，又是认知的工具？为什么不采用多样化的调停者？当我们通过将特定的解释用语内化，毫无争议地学会解读文本的时候，同理，我们也学会了通过援引虚构和想象的世界，解读、弄清了我们自己的生活。所谓的文本，所谓的框架，比班尼特承认的更多变，更具有流动性；艺术作品关涉这两方面，而不是单单一方。它们不只是被解释的对象，也是参照点、向导，以可预见或不可预见的方式引导着解释的方向。

实际上，班尼特自己的批评实践远比他的一些理论灵活。撤走虚构文本的力量源将大大阻碍班尼特在与珍妮·伍拉科特（Janet Woollacott）合著的书中为自己定下的任务：澄清为什么詹姆斯·邦德小说和电影风靡全球，参与众多网络，不断吸引更多的中介机构，不断激发着人们的热情，直到整个世界似乎都充满了邦德电影、书籍、广告、海报、T 恤、玩具和装备。邦德现象无疑是由接受的特性造成的。我们发现伊恩·弗莱明（Ian Fleming）小说既糅合了美国传统小说中冷酷无情的犯罪故事，又兼具英帝国密探恐怖小说的流行特性。可单单这样的解释说不清楚为什么这一特别的系列小说会世界瞩目，而无数别的间谍小说却憔悴凋零，廉价抛售，被扔进故纸堆。是什么原因使得詹姆斯·邦德系列小说吸引了这么多的盟友、粉丝、爱好者、幻想曲作者、译者、梦想家、广告商、企业家和戏仿者？当然是他们的出现产生了影响；他们吸引了合作的演员；他们帮助带来了改变。

　　此外，拉图尔的非人类演员模式并没有在规模、大小和复杂程度上不必要地设限。它不仅包括个体的小说或电影，而且也包括人物、情节、设计、电影、文学体裁、摄影术和其他形式上的设计。这些演员超越了他们家文本的界限去四处旅行，吸引盟友，煽动热情，促成翻译，引人模仿，催生副产品，导致克隆。换言之，渐行渐远的是那清高自傲、离群索居的唯美主义的艺术作品。班尼特和伍拉科特的假设看似合理：弗莱明文本的引人之处在于其魅力四射的主人公，天马行空往来于多种媒体、时间、空间，满足着不同观众的情感需求。其实当穿越时空的时候，来自纯净环境的人物一样活泼生动，一样可以引发新的联系：试想一下世界范围内布鲁姆节颁布时的景象，或者艾玛·包法利穿越到来世的情况，这对于某种特定的读者来说，实在是仍在共振的，十分有效试金石。

　　当然，大多数的虚构人物，都如流星匆匆划过，不留痕迹。在"文学屠宰场"中，弗朗哥·莫雷蒂（Franco Moretti）虚构的文学墓地荒凉广阔：尽管一些作品充满活力，跨越时空，绝大多数则迅速消亡——占 99.5%，据莫雷蒂统计，甚至在出版物相对有限的维多利亚时代的英国也是如此。为什么一些文本生存，而这么多却消失了呢？莫雷蒂认为，答案在于形式的力量。追踪侦探小说的发展演变，他认为形式上的设计的发明——即交代线索的技巧——有助于解释为什么夏洛克·福尔摩斯畅销不衰，而同时代的小说却迅疾陨落。[21] 换言之，线索即演员，借用拉图尔的术语。福尔摩斯得以生存的原因既不是任意的也不是纯粹意识形态上的（如果有人说阿瑟·柯南道尔是父权制理性的辩护者的话，他那作品消失得无影无踪的许多同时代的国人也是这样的）。无论我们的样本是文艺复兴戏剧、现代主义诗歌，还是好莱坞大片，总有一些会被证明比别的更活跃、便携，并契合不同受众的需求。

　　然而，社会组成、社会购买力和观众的信仰在这个方程式中也比莫雷蒂愿意承认的更重要些。毕竟，一个文本跨时间的维度不能由其形式上的特性单独决定或确定，也依赖于其与其他许多演员——人类、其他文本、机构变幻莫测的关系。文学作品起伏兴衰，曾经一度不可或缺的开始变得过时陈腐，而在初次出版时备受忽视的却在来世充满活力、被狂热追随。形成这些变化的原因是主题的和政治的，也是形式上的；海明威的股票下跌了，而凯特·萧邦（Kate Chopin）的声誉却不断上涨，这是不能由单一的文学策略来解释的。文本并不自行采取行动，而只有在与其他无数的因素，通常是不可预知的演员合作时才行动。

结　论

为了理解这个观念，我一直提议要绕开熟悉的通过文本／语境划分分派力量源和力量的方式。当然，有种可能是重新定义这一区别，修改语境的概念使其更迷人，而不是将其抛弃。然而我敢打赌，语境先前用法的无情重压，很可能诱使我们回到熟悉的二元对立倾向：容器／容纳对象、强制／对抗。可以说，我们的论点是不被先前的论点所认同的，因为我们认为文本在始终不变地忙于强制、迷惑、欺骗读者。在这种场景下，文本被一方慷慨地赋予超能力，又被另一方迅疾拂袖挥去这超能力。一部小说因其小资情调被指控、证明有罪，但这项令人瞠目的成就——多了不起啊，如果真实的话！——也只不过反射了幕后操舵的权力体系——那去掌控，而自身又不被掌控的神秘力量。这种情况下，文本变成了奴才、受气包、被动的中介，而不是积极的调停者，完全受制于虚无、万能、全知的主子。[22]

然而我们不应该因为这种场景有缺陷，就转而去接受颠覆、对抗、否定、越轨和破裂性的习语。我一直认为文学作品不是这种粗暴无礼、个人主义至上的演员，不是孤独的反叛者，不是对抗语境现状的牢不可摧的力量。如果它们的确这么做了，那也只是因为和其他演员有了合作，共依共存，有着纷纷杂杂的千丝万缕的附属与联系。它们从联盟中获取力量和活力，拉图尔说："解放并不意味着'摆脱了束缚'，而只是更好地去附庸。"[23] 理论与边缘和否定现代修辞学的密切联系，妨碍我们理解文本的社会性——嵌入众多网络，依赖多种介质的特性。社会性并不是去消耗、缩减或者共同选择力量源，而恰恰是力量源的先决条件。我们研究和教授的，包括贝克特和布朗肖、布莱希特和巴特勒等最离经叛道的文本，如果没有无数演员的投入的话，永远不可能引起我们的注意。这些演员包括出版商、广告商、评论家、颁奖委员会、评论、口头推荐、院系的决定、旧的教学大纲、新的教学大纲、教材和文集、不断变化的批评口味和学术化的词汇，最后，但并非最不重要的是，我们以及我们学生的欲望和热情。诚然，对于调停对象来说，有些调停者会更有帮助、更令人满意、更慷慨、对它们更尊重，但调解不是堕入令人遗憾的合谋或串通的境地，而是文本得以被认识的重要前提。若没人买、没人读、没人评论、没人教，这些文学和批评文本将在地狱憔悴终老，永远隐匿，永远软弱。

同时，我们传统的语境模式把这些多向联系统统扔进棺材似的容器——时代里。我们想象的不是成群的演员向对方奔去，而是静止的文本对象，被封在一个能够决定一切的语境框架里。冻结在时间和空间中，文学作品被剥夺了流动性——流动性是我们赖以体验它的先决条件。牢牢钉在我们的历史范畴和坐标上，它只是一个等待被解释的对象，而不是一个同台演员，或者关系、态度和热情的共同创造者。当然，迄今讨论的一切愈发强调简单地去废止、压制或取消我们自己的知识历史是不可能的。语境概念自身是一个演员，一直长期成功地在演出着。但如果我们暂时搁置语境——我们当然能这么做，提出不同性质的问题，思考不同的难题，我们的思想将会有多大的改变啊？

弗吉尼亚大学

注 释

[1] Bruno Latour, *Reassembling the Social: An Introduction to Actor-Network Theory* (Oxford: Oxford Univ. Press, 2005), 148.

[2] Lawrence Grossberg, *Bringing it All Back Home: Essays on Cultural Studies* (Durham, NC: Duke Univ. Press, 1997), 255.

[3] Latour, *Reassembling the Social*, 148.

[4] Rita Felski, "Suspicious Minds," *Poetics Today* 32, No. 2 (2011): 215–34.

[5] 例子参见：Jonathan Goldberg and Madhavi Menon, "Queering History," *PMLA* 120, No. 5 (2005): 1608–17; Carolyn Dinshaw et al., "Theorizing Queer Temporalities: A Roundtable Discussion," *GLQ* 13, Nos. 2–3 (2007): 177–95; Hugh Grady and Terence Hawkes, eds., *Presentist Shakespeare* (London: Routledge, 2006); Jeffrey J. Cohen, *Medieval Identity Machines* (Minneapolis: Univ. of Minnesota Press, 2003); Jennifer Summit and David Wallace, "Rethinking Periodization," *Journal of Medieval and Early Modern Studies* 37, No. 3 (2007); Jonathan Gil Harris, *Untimely Matter in*

the Time of Shakespeare (Philadelphia: Univ. of Pennsylvania Press, 2009); John Bowen, "Time for Victorian Studies?" Journal of Victorian Culture 14, No. 2 (2009): 282–93; Ed Cohen, "Confessions of a Pseudo-Victorianist, Or How I fell Ass-Backwards and Landed in a Period (a Screed)," Victorian Literature and Culture, 27, No. 2 (1999): 487–94.

[6] Wai Chee Dimock, "A Theory of Resonance," PMLA 112, No. 5 (1997): 1061. 最近有一个关于跨越时间比较的有趣的例子, 参见: Lauren M. E. Goodlad, "Trollopian 'Foreign Policy': Rootedness and Cosmopolitanism in the Mid-Victorian Global Imaginary," PMLA 124, No. 2 (2009): 437–54.

[7] Bruno Latour, We Have Never Been Modern (Cambridge, MA: Harvard Univ. Press, 1993), 75.

[8] Harris, Untimely Matter, 2.

[9] Jennifer Fleissner, "Is Feminism a Historicism?" Tulsa Studies in Women's Literature 21, No. 1 (2002): 45–66.

[10] Karl Heinz Bohrer, "The Tragic: A Question of Art, not Philosophy of History," New Literary History 41, No. 1 (2010): 35–51.

[11] Bruce Robbins, "Afterword," PMLA 122, No. 5 (2007): 1650.

[12] Latour, Reassembling the Social, 71.

[13] Latour, Reassembling the Social, 72.

[14] Latour, Reassembling the Social, 40.

[15] 艺术品的施动者的独立模式——纵然有些颇有意思的相同之处——由阿尔弗莱德·盖尔提出, 参见: Art and Agency: An Anthropological Theory (Oxford: Clarendon Press, 1998). 也可参见爱德华多·德·拉·福恩代 (Eduardo de la Fuente) 引用盖尔和拉图尔的有关论述: "The Artwork Made Me Do It: Introduction to the New Sociology of Art," Thesis Eleven 103, No. 1 (2010): 3–9.

[16] Latour, Reassembling the Social, 236.

[17] Latour, Reassembling the Social, 236.

[18] 有关这一问题, 我的想法受益于: Thom Dancer's paper "Between Knowledge and Belief: J. M. Coetzee, Gilles Deleuze and the Present of Reading" and Cristina Vischer Bruns, Why Literature? The Value of Literary Reading and What it Means for Teaching (New York: Continuum, 2011).

[19] Tony Bennett, "Texts in History: The Determination of Readings and their Texts," The Journal of the Mid-West Modern Language Association 18, No. 1 (1985): 7.

[20] Tony Bennett and Janet Woollacott, Bond and Beyond: The Political Career of a Popular Hero (London: Macmillan, 1987), 64.

[21] Franco Moretti, "The Slaughter House of Literature," Modern Language Quarterly 61, No. 1 (2000): 207–27.

[22] 我应当指出, 拒绝这一场景并不能阻碍我们反对文本所说的有关政治或其他领域内容, 仅仅通过依靠特殊的小说本体论或神学力量, 阻碍我们巩固我们的声明。

[23] Latour, Reassembling the Social, 2.

事件与历史解释：关于语境化局限性的思考[*]

马丁·杰伊 著

史晓洁 译

> 思想史家就是去语境化思想的创造者。
>
> ——兰德尔·柯林斯（Randall Collins）[1]

对于思想史家而言，关于语境化解释之重要性最强有力的捍卫行为当属三十多年前由昆廷·斯金纳（Quentin Skinner）、波科克（J. G. A. Pocock）及剑桥思想史学派的其他学者发起的运动。[2] 斯金纳目标直指过时的当下主义——即鼓动历史学家将早先的思想家们当作后期一些尚未转化为自觉行动的运动的先驱——督促历史学家将思想及文本置于其产生与接受的直接语境中去理解。他反对将仅在特定的历史语境中产生的概念与思想归结为某个永恒的特征的错误做法，警告人们不要将永恒的关键词，如雷蒙·威廉斯（Raymond Williams）所追溯的概念，与催生它的不断变化的众多论述孤立开来。[3] 他鄙视人们动辄追溯历史的做法，鼓励历史学家尊敬历史的差异性。

斯金纳指出，还原文本产生和适用的各种惯例与假设原有的情境至关重要。我们不能仅根据文本中的字眼——言语行为理论学者们称之为其言内意义——来理解作者的意图，只有领会了其言内意义与行动力，我们才能够恢复作者的真实意图。也就是说，文本有意要做点什么，对世界产生某种影响，而不只是对世界加以描述，或者表达作者的观点。文本是为了取得一定的效力而根据当下的传统与惯例进行的传播行为。文本中包含作者意在劝解的观点，而

---

* Martin Jay, "Historical Explanation and the Event: Reflections on the Limits of Contextualization", in *New Literary History*, Vol. 42, No. 4, Autumn 2011, pp. 557–571.

不仅仅是其关于世界的假设或内在心境的表达。至于文本有无实现其设定的目标——言语表达效果——则是另一码事。但除非我们对作者有所了解，比如，霍布斯（Hobbes）或洛克（Locke）意在通过介入当时的论争而实现什么目的，不然我们有可能会疏忽了作者写作的真实历史意义。换言之，我们对每个文本的理解都是有限的，但整体来看，文本所关注的是当时未予解答或未得到满意答复的问题，而不是跳出历史语境的、罔顾时代背景的高谈阔论。

尽管除了作者的意图外，文本中可能还有别的意义——斯金纳乐意承认这一点 [4]，但从历史创造的出发点来看，我们认为，作者的意图在文本中被体现为某种特殊的论述关系力场。激进的语境主义，令急于回避相对主义而维护超验事实的哲学家们很为难，但对于那些致力于讲述过去某些特殊的偶然事件的历史学家而言则不是问题。[5] 人类学家克利福德·格尔茨（Clifford Geertz）极力敦促对我们称作文化的相对连贯的密集的意义网进行解释，他也因此而闻名，历史学家们效仿他的做法，开始着手研究一些看似孤立的事实、事件、行为及思想，将之置于其所产生的关系视野中去理解。语境越饱满——描述越深透，这个术语是格尔茨引用自韦伯，并将其发扬光大的——就越能够理解与解释清楚。

尽管斯金纳将语境化作为历史学家主要研究方法的要述并非没有遭到批评——我们随后就会提到人们的反对意见——但这种普遍的解释仍然产生了非常广泛的影响，而且受其影响的不只思想史家。我们可以用一个突出的案例来说明，社会历史学家小威廉·休厄尔在其近期的作品《历史的逻辑》（William Sewell Jr.，*Logics of History*）中提出，历史学家必须严肃对待时间的异质性，尊重造成各个历史时期分野的差异，他还补充道："时间的异质性也意味着，理解或解释社会行为需要历史语境。如果不了解这些行为发生的语境中的语义、技术与惯例——简言之，逻辑——我们便无法知道一个行为或言辞代表什么、可能造成什么结果。历史学家在解释事物时，往往不是通过将之纳入某个普遍的或'包罗万象'的法则，而是通过将之与其所处的语境相联系。"[6] 我们也可以用另一个典型案例来加以说明，约翰·刘易斯·加迪斯在《历史的图景》（John Lewis Gaddis，*The Landscape of History*）中写道："任何动机都有其产生的语境，要了解前者，我们必须知晓后者。实际上，我还要给'语境'下一个定义，我认为语境即充分条件对必要条件的依存关系，或者按照布洛赫的讲法，即例外之于普遍的依赖。尽管语境并不会直接引起某个事件发生，但其的确制约着事件的结果。"[7]

但是将理念、实践或事件与其产生的语境相"联系"有何意义，这一点绝不是不证自明的；例外情况"取决"于一般条件的观点同样如此。因而，人们提出许多令人信服的反对意见，指出过度信赖语境、将其作为历史探究——已超出狭义思想史的范畴——首要方法的不足。首先，有人提出，由历史学家来重建将作为其叙述最终解释基础的历史语境是否靠得住？他们认为，只有通过原版的历史记载，我们才能够恢复推定的语境。[8]他们指出，如果由历史学家来重建历史语境，结果难以避免地造成文本与语境间的循环，令语境无法居前而成为文本产生的决定因素。换言之，不考虑语境，我们无法理解文本与档案；但语境本身又只存在于文本或档案记载中，纵然我们将后者扩展到包括非语言类的历史印记，也解决不了这一问题。这些文本需要在当下进行阐释，以建立推定的历史语境，后者继而又将被用于解释别的文本。

由于我们必须在当下对这些文本与档案进行解释，于是又引出了第二类反对意见，因而我们有必要运用理论工具，至少需要考虑当代历史学家们提出的解释观。揭示历史情境的档案至少要经过当下读者的检验才能够证明自身。克罗齐一再被提及的名言"一切历史都是当代史"意味着，没有当代的重构，过去的语境是无法显现的，而这种重构是一种积极而非被动的过程。正如海登·怀特所提到的："作为文本写实或解释战略的实现条件，每一次语境化都需要某种形式元素，也就是说，要有一种理论模型，在这个模型的基础上，人们首先能够将语境与根植于其中的实体区分开来；其次，要能提出实体与语境间关系本质的假设；最后，要能够辨别这类关系中有哪些经历了彻底的、主要的决定性变革，而哪些是次要的、表面的或局部的改变。"[9]斯金纳对奥斯汀（J. L. Austin）和约翰·瑟尔（John Searle）言语行为理论的运用恰恰心照不宣地印证了怀特所说的这种形式主义。当然，他想要恢复其言外之意的近代早期人物的词汇表中并没有这个词。

而且，尽管斯金纳极力敦促我们尊重当前研究阶段的历史独特性，正如我们所了解到的，正是这种独特性推动着斯金纳对先驱论进行有力的驳斥，但我们能够"在事后再确定真正的解释语境"这一假设显然也不符合当时的活动者们的自我认知；自我认知这个概念本身就是不予考虑后来的历史研究者的。正如人类学家文森特·克勒珀图雷亚努（Vincent Crapanzano）所写到的："无论其宗旨是什么，语境化从来不是中立的。语境化必然要执行某种功能，告诉我们其所'包含'的变化应该如何去解读，并由此证实了此类指导的理论基础以及合理性。"[10] 诚然，斯金纳乐意承认人们对他提出的批评："我们难免会以当代范式与预设来接近历史，从而有可能导致我们处处被误导。"[11] 但正如"误导"一词所表明的，他认为有办法来回避这些范式与预设，以接近其研究对象的原初意图："这种怀疑论调在我看来是十分夸张且无益的，尤其是在我们想到就连动物有时也能够推断人们行为的意图的时候。"[12]

　　一个更有说服力的批评是，如果我们承认无法确定产生文本的单一且同质的推论语境，那么如何确定哪些是相关语境呢？多米尼克·拉卡普拉（Dominick LaCapra）曾这样警告："多语境化往往会扰乱人们选择相关语境的基础……人们向前追溯得越久远，提供论述的语境就越不明显，而且也越难以进行重建，至少从技术及语言学上讲是如此。"[13] 换言之，我们不可能假设语境能像俄罗斯套娃一样，一个语境可以舒服地嵌套在另一个语境之内。从小语境到大语境的过渡绝不总是一帆风顺的。相反，更合理的做法应该是承认相互矛盾又不分等级的各种规模与引力的语境存在，某个效应的产生是由多种因素决定的，无法归结为由任何一种占据主导地位的语境所产生的影响。[14]

　　规模问题也是难以忽略的。换言之，最有效的语境就像历史时期或时空观一样是全球性的吗？或者说，恰当的规模应该是某种语言、宗教、阶级或民族国家范围吗？我们必须审视更直接的情境，比如说历史上的行动者具体所处的确切的社会、政治或教育制度，其所属的那个时代，他或她所处的家庭吗？我们应该根据弗洛伊德所接受的医学及达尔文生物学训练、作为被同化的犹太人的背景、他对毫无英雄气概的父亲的愤怒、他对无意识文学传统的熟悉、他对自由政治及这种理想所依赖的理性人的幻灭、他与威廉·弗利斯（Wilhelm Fliess）的奇特关系以及这个资产阶级小家庭面临的危机等来理解他对精神分析法的创立吗？以上提到或未提到的这类解释，都不时被提及，并用以解开其创造性的神秘来源。我们有能力分配这些因素的相对重要性吗？还是说我们只能简单接受弗洛伊德自己提出的多因素决定论，称这些因素都以这样或那样的方式在发挥作用？或者换一种说法，是否存在一个动态力场，这个力场中包含多种相互矛盾的语境，这些语境既同步存在，又分属于多个时代，从未真正地融合为一个单一的有意义的整体，并有着清晰的影响顺序？[15] 有一种假设认为，存在一种可被语境化的单一整体"文本"，事实上，在我们承认"文本"本身会根据其接受情境而变化，并随之不断改变其界限，甚至内容时，这一假设就已经难以站得住脚了。

　　无论语境这个概念多么复杂，"我们都能够轻而易举地认识到其中最关键的一点，即所有严肃的言辞都意在传播什么"[16]，斯金纳本人若是承认这一点，他可能已经早早地解决了这一问题。然而，如此严格的定义增加了语境解释主义者们的难度，导致其难以将解释范围从行为者的主观意图扩展至其传播意义，就如同重视意识形态概念的学者一样。诚然，意识形态是一个自身带有许多困难的概念，但从其以隐性动机来解释历史行为与信仰这个意义上来讲——比如，以普救说的名义来谋求私利的隐秘行为或对心理紧张的防御性反应——则开启了一个新问题，即如何解释那些看起来明显不合理的思想与行为。斯金纳借用了韦伯的一个原则来应对这一挑战："除非我们一开始就假定这名行为者是理性的，不然一旦他当真没有理性行事，我们将没有办法来解释他的行为，甚至根本看不出有什么需要解释的。"[17] 当然，他的回答又引出另一个问题，即对于历史上的行为者，我们应该采用怎样的理性标准，我们今天判定他的行为非理性时又是采用了怎样的标准。因为，肯定不存在某个超验的理性标准，能够被罔顾历史地应用于各种语境及各种文化中。我们又一次面临将当下的标准强加于过去的危险；在审视过去的时候，我们是无法完全摒弃自身的信仰、经验、假设、价值观及偏见的。

　　斯金纳提议采用言语行为理论还引发了另一个棘手问题，这个问题涉及对话式，甚至多方对谈式的话语互动，而非独白式的。面对为数众多的可能性，我们难以将某个单方面的言外表现作为恢复解释语境的基础。因为确定某个事件或故事中出现哪些意义，或阻止哪些意义出现的，总是多方位的互动。也就是说，一个意图总是处于跟前前后后各种其他意图的竞争当中，而行为与行为之间也总是在对抗，继而总会导致意料之外的结果出现。[18] 无论是语言学还是文化领域，范式表达绝不会被完全当作制约但无法完全起决定作用的更深层结构规则。我们还可以换一种方式来描述这种辩证性，也就是说，强调很多言语行为的竞争性特征，这些行为并不是用来形成共识或伽达默尔式的（Gadamerian）视域融合。最极端的情况就是巴赫金（Bakhtin）让我们了解到的众声喧哗，即多种相互争论的声音可能干扰个别演讲者的意识，导致其主题不再完美统一，分散了演讲的主旨。从后来的历史学家的观点来看，这一情况带来的难点在于统一语境的不稳定性，因为人们意欲解释的内容只有置于统一的语境中才是有意义的。而事实上，这种对话（往往是争辩的）语境向来是多元的，即便所有的参与者都遵守基本规则及惯例，避免了混乱的发生，令噪音转变为一定程度上的成功交流。

关于这些批评意见，有些人已经耳熟能详，他们一直以来都在关注着有关语境化及其局限性的争论，这些争论在很大程度上是由剑桥学派发起的引人瞩目的研究工作而引发的。多数情况下，这些批评关注的是当代历史学家在接近过去、思考当下现有的证据时面临的困难，比如，如果语境的残余资料本身只存在于那些尚需稳固与解释的文本中，那么我们又该如何去建立当时的语境？如何确定相关语境并给出貌似真实的解释？如何解释那些可能被引用来解释某个文本，有时又互不相容的语境间的联系，如何确认我们重构过去的那些显性或隐性的理论基础？如何捕捉那些被我们认定为最重要语境的对话甚至众声喧哗的本质？如何对"历史上的行为者都是理性的"信念与"理性标准是我们当下强加于过去的"担心加以平衡，等等。

然而，促使我们回到各种事件、行为及思想本身产生之时的真实历史时刻，而不只是关注当代历史学家在重构过去时面对的挑战的，还有另一个重要考虑。这涉及语境化意图要解释的历史现实的本质。我们非但没有假定过去所有的行为、文本、人物或故事同样可以通过将其具体化到威廉·休厄尔所谓的创作语境"逻辑"中去进行解释，而是有效地，至少试探着区分出来哪些是可以这么解释的，而哪些是不可以这么解释的。为有助于我们理解其区别，我想借用近期法国思想中有关"事件"的复杂论述，其中介绍了某种假设面临的根本性挑战；这个假设认为，历史上所发生的一切要么是某种永恒不变的深层结构的样本，要么是某个意味深长的故事中的组成部分，其中的每个时刻都可以被理解为这个故事的一个片断。

在后来被称作"1968事件"的事件之后，很多声名显赫的思想家们表达了对法国结构主义霸权的不满，在历史学界，这种霸权被人们直接等同为所谓的年鉴学派。他们开始重新审视费尔南·布罗代尔（Fernand Braudel）、吕西安·费弗尔（Lucien Febvre）及其年鉴学派的同僚们认为肤浅而没有意义的事件史（histoire événementielle）的价值。利奥塔（Lyotard）、德勒兹（Deleuze）、南希（Nancy）、德里达（Derrida）、福柯（Foucault）及巴迪欧（Badiou）等哲学家对"事件"展开了广泛的分析，他们常常引用更早的理论家克尔凯郭尔（Kierkegaard）、本雅明（Benjamin）、施密特（Schmitt）及海德格尔（Heidegger）等的观点。这里并不适合对他们重新思考这个棘手概念的所有含义展开阐释，有关这个内容，我已经在别的场合进行过论述。[19]这里只需说明一点：他们的目标不只是要复现隐藏在结构主义者所探寻的表面之下的模式，而且还有传统历史学家所看重的传统的富有情节的故事，后者总体来说认为事件，至少重大事件，是其连贯故事中的关键时刻。尽管他们往往会渲染自己歌颂的"事件"的重要性，甚至给其冠以宗教的光环——如，克尔凯郭尔的"绝对性"概念、本雅明的弥赛亚"现世"观念及海德格尔的存在（Ereignis）概念——但他们的思考对于更乏味的历史语境化问题是有着深远影响的。

为便于理解这些含义，我要提及一位不太知名的法国理论家，他近来就同样的主题撰写过文章，体现了很深的洞见，只是没有其他人那样的准宗教及形而上学的悲怆，他就是克洛德·罗马诺（Claude Romano）。在先后出版于1998年的作品《事件与世界》（L'Événement et le monde）及1999年的《事件与时间》（L'Événement et le temps）中[20]，罗马诺对事件进行了细致的现象学分析，而不只是将其当作意外或事故。他创立了"事件诠释学"，称"事件"与"降临"间存在某种联系，后一词汇在法语中也预示着未来（"avenir"）。而且，对降临一词的理解必须与其引起的没有提前预告的奇遇相联系。事件和（cum）降临都不是静止的存在，而更像尼采所说的"电闪"，即对现状的猛烈冲击。事件的发生没有意图或准备，是突然降临到我们头上，而不是由我们所引起。

那么，事件如何与其所属的更大语境、罗马诺所谓"内在于世界"的语境相联系呢？他写道："有意义的事件出现，并经由决定其自身意义的其他事件来解释，这总是发生在一个世界内，体现于某个偶然框架中。"（*EW* 34）事件发生之前，存在着各种可能性；事件的语境可以说是"某个特定的意义集，根据这个集合，人们可以通过事件间的相互关联而对各类事件产生理解；它还是一个意义域，事件由此而得到阐释——换言之，语境可以说是一种全面的解释结构"（*EW* 34）。这种语境结构的必要特征是可重复性，在这种结构中，占据优势地位的是重复而非创新。在这方面，他听上去似乎与剑桥学派及其他历史语境主义者的整体设想合拍，因而同样会遭遇我们前面提到的反对意见。

但罗马诺继而又从另一个截然不同的方向展开了论证。所有的事件按照其产生之时的语境来看似乎都是可以理解的，"若不是因为那些完全颠倒顺序、未能被纳入前属各种可能意义域的事件，这些事件本身已经成为任何解释的意义之源，因为在事件发生之后，人们比事前更容易理解当时的语境"（*EW* 38）。事件是创造世界，而非走进世界；就其不具有决定自身意义或引起事件发生的前期原型（*archés*）这一点来讲，事件是"无本源的"。尽管事件并非全然没有前期原因，但其"原因并不能解释事件；或者说，就算原因'解释'了事件，其给出的也只是事实，而非有端倪的事件"（*EW* 41）。对于罗马诺而言，"有端倪"不同于通常意义上的"事件性"，前者意味着随身带有许多新的可能性，使过程充满了新鲜感与开放性，如若不然，这个过程便只是同样内容的重复。我们可以举一个简明的例子来加以说明，无论基督徒们如何希望从他们所谓的《旧约》中寻找预感，《新约》中描绘的事件都是激烈的突破，开创了与过去截然不同的新的未来。

然而，情况并不像事件的某些推崇者，比如，克尔凯郭尔所假定的那样，涵盖了所有的时间段，跳出历史范畴；事实上，这些事件可以说是开创了他们自己的历史，就像"降临"给尚无定论的未来开辟了新的冒险可能。历史事实可以恰当地与时间轴上的某个时间点对应起来，这条时间轴上可能集了众多类似的事实；与历史事实不同，事件并"没有如此被记录在时间轴上，而是由事件来开创或限定时间"（*EW* 46）。事件的暂时性既不是指当下也不是指过去，而属于尚有待实现的未来，是已经或尚未展示的潜在因素，是尚有待发掘的意义。我们也可以用斯金纳介绍的言语行为理论来表述，被誉为文化事件的文本的言语表达效果是不可以简单归结为其作者的言外意图的。正如罗马诺所言，"'意图'及语言必定在言语行为'之前'，没有意图与语言，言语行为就不可能存在。然而，言语，跟事件一样，也不可以简单归结为其自身的'环境'，从而在源头上加以限制"（*EW* 165）。

尽管罗马诺没有对这一思想进行阐释，但事件开创新的可能性还有别的方法，讽刺的是，这些可能性是针对过去，而非针对未来的。在讨论突变对历史演讲论概念——后者认为任何事件都不是平白无故发生的——掀起论战的方法时，斯拉沃热·齐泽克（Slavoj Žižek）推翻了先有可能性再有选择的一般顺序。恰恰相反，突发事件——有人可能会一下子想到解放事件或救赎故事——则可能正好是相反的作用机制，其中，某个选择或行为"反过来为自身开辟了新的可能性，即一个全新情况的出现反过来改变了过去——当然，并非真正的过去（我们不是在讨论科幻小说或反事实故事），而是过去的可能性，用更正式的术语来讲，即各种虚拟的历史假设"[21]。

另外，对于罗马诺而言，事件严格来讲并不是发生在某些主体身上，而是发生于"行进者（advenant）"。主体概念通常意味着所有降临到其头上的事件背后拥有一个经久不变的属性，而"行进者"却是在形成过程中，新近发生的事件有可能超越已发生事件的范畴。行进者身上发生的一切从存在主义来讲，是一种变革，因为发生的事件不可能被外界所漫不经心地观察到，相反，他或她被彻底牵扯其中："置身于某个（发生在我们身上的）事件，就是能够从最根本意义上去体验，这个体验不是指某个理论知识模式，就像人们所以为的某个主体与客体相互面对的方式，而是要经历自我内在的转变，而这种转变离不开结构的改变。"（*EW* 52）[22] 因而，由事件创造的世界必然会产生一个统一的主体，而这个世界却不是统一后的他或她能够刻意谋划或创造出来的。事实上，当这个主体当真出现时，就意味着又回到了世间的重复，因为"当行进者（advenant）不再是行进者自身时，便只能以'主体性'来描述了。主体性正是这种立场，他令自己远离被各类事件触动与颠倒的可能"（*EW* 212）。

事件的典型例子是出生，出生从来不是由出生者来指派的，而总是发生于"它"身上的事情；人在出生之时还不成其为一个主体，还不能构成一个身份，还没有主见。尽管对于其他人来讲，它可能是尘世间的某个事实，是由把它带到世上来的父母积极谋划的，这样讲的确是可以的；而对于出生者来讲，出生从来都是一个非自主的礼物，这个起源不是由自己创造的，与人格特征无关。因此，出生成为人后来体验各类真实事件的模板；讽刺的是，出生使人们挣脱了过去，避免只成为一个"主体"（subject），而这个词的言外之意却正是"制约"（subjection）。

这种改变不只发生在经历了变革的行进者身上，而且也存在于世界本身。事件不能简单归结为促成其产生的语境，从这个意义上来讲，对思想事件或艺术事件的最佳理解，不是根据其成因，而是根据其可能的结果。按照罗马诺的讲法，一部艺术作品"只有从其产生的结果，从其给某个时期的形式、主题及技术等方面带来的改变才能理解其奇特性。艺术作品并不能够通过置身于其产生的艺术语境而获得理解；原创艺术作品必定是高于其语境而存在的"（*EW* 62）。具有讽刺意味的是，从语境视角来理解，艺术作品只能是"不可能的"，因为艺术作品不只是实现世间原有的可能性，更是全新的可能性之源，这些可能性继而要么会实现，要么会被新的事件盖过。

尽管罗马诺没有明确参考前人的研究，但他进一步阐述的观点，至少可以追溯至康德；康德的这些观点后来又被 20 世纪的思想家，如布洛赫和阿伦特（Arendt）进行了不同的阐释。康德设法回避过度现实主义哲学思想的决定论含义，尤其是斯宾诺莎的观点，并为人类道德选择留出空间——他在 18 世纪末所谓的"泛神论争端"中进行了坚决斗争 [23]——在这些努力中，康德坚持认为，自由的因果律会打断机械的自然因果律，给世界带来新的内容。布洛克的空想希望哲学是面向未来的，他要通过过去的预示性线索来考察哪些情况尚未出现，而非寻找哪些现象未来还会再次发生。他争辩道，"新（*novum*）"预告了平凡历史进程中一些全新的可能。阿伦特认为这种干预发生在每个新人出生之时："每个人在出生的时候都是独特的，出生意味着新的开始；要是奥古斯丁当时能够想到这些，他就不会像希腊人似的将人定义为凡人了，而是'天才'；他也不会将自由意志说成是愿意与不愿意间的自由选择（*liberum arbitrium*），而是康德在《纯粹理性批判》（*Critique of Pure Reason*）中所说的自由了。"[24]按照罗马诺的描述，尽管事件不是蓄意谋划的，但它也不应被纳入到早先存在的解释语境，或者关联到某条因果链。事件也不是由死亡之类的终极结果来决定的，海德格尔在强调"向死而存在"（*Sein-zum-Tode*）对"此在"（*Dasein*）的重要性时有过这样的假定。

其结果对于历史学家而言便是对于有资格贴上"事件"标签——这些事情有可能很小，只涉及少数人，但是很重要——的特殊事情，用语境来解释从来是不充分的，无论我们如何来构筑这一语境。正如罗马诺所言，"我们在理解事件时，往往是将其放在该事件自身所打开的某个意义域来进行的；因为从严格意义上来讲，事件是无法依照其解释语境而得到解释的"（*EW* 152）。如果说对于一般事件来讲，情况的确如此，那么对于我们所说的思想史上的事件而言，情况更是如此。兰德尔·柯林斯在巨著《哲学社会学》（*Sociology of Philosophies*）第一章开篇就写道——我们前面已引用来作为本文的引语——"思想史家就是去语境化思想的创造者。"他继续写道："无论这些思想源自何处，无论是谁具体地将其投入实践，这些思想总是正确的、重要的……至少这些思想产出的创作者与消费者能够感觉到其是属于某个特定的上层领域……我们可以将其视作最严格意义上的圣言；这些思想跟宗教同属一个领域，对于终极现实有着同样的主张。"[25]

这样一本厚达一千多页、论述各个时代、不同文化背景中思想变迁的社会学著作以这么一段话来作为开篇似乎有点奇怪，事实上，柯林斯想要借此表明，这些"互动仪式链"正是包括创造性在内的文人生活的关键。但他警告我们留意思想家们创造超越其产生语境的思想的雄心，在这一点上，他证实了我们从罗马诺推导出的观点，即，将这些思想简单地归结为对各种语境下产生的思想进行重新洗牌是不够的。雄心与实现当然是不能画等号的，有雄心并不一定能够实现，创造全新的去语境化思想的愿望也不一定总能成功实现。正如包括罗马诺在内的法国文献所坦率承认的，事件是罕见的，往往是难以辨认的。按照他对这一术语的理解，绝大多数历史事件是"内在于世界的"，从这个意义上讲，按照剑桥学派所坚持的方式来对待这些思想——从其发端及被接受的语境中都是可以理解的——就算有什么损失的话，也是不多的。

若是没有那些够格称作思想事件的思想或者那少数几位自身所处时代的思想领军人物，我们或许并无必要仅将目光聚焦于其出现的语境。因为正如尼采在《超善恶》（*Beyond Good and Evil*）中所写道："最伟大的事件与思想（最伟大的思想即最伟大的事件）理解起来是最慢的。他们的同时代人没有体验过，没有'经历过'——他们只是一起活过。"[26] 承蒙斯金纳的努力，马基雅维里（Machiavelli）、洛克、霍布斯等人之思想的历史意义才能够与后人产生紧密的联系，或许能够继续给后人以激励。后人这个概念总是意味着未来有无穷无尽的可能性，从这个意义上讲，这些思想被接纳的语境、其意义域中的目的性而非构成性力量，必定是持续缩减的。

　　然而，愿意声称某些思想"伟大"，并不意味着这些思想是像某些哲学家所假定的永恒的、涵盖一切时间的、超脱于历史之外的。能够替代语境化的，不一定就是超自然力量。这或许便是宗教界关于事件之隐秘定义的含义，即事件干扰了"绝对"法则，导致了昙花一现。但是如果采用罗马诺详细阐述的那种更加世俗的版本，我们就会发现，这些事件的时间性属于尚未到达的未来，或者是布洛克所说的"非同时发生性"，即这个时间既是"不再"又是"尚未"。跟来到世间的任何"天才"一样，他们几乎只是一种可能，而成为现实的可能性极小。

　　但是跟转变为稳固主体的行进者一样，他们的冒险也会结束，可能再次被吸收进新的接受语境中，这个语境会削弱其改变世界的力量。毕竟，没有任何事物是永远新鲜的。因而永远存在这么一个外在及内在分析、语境化及文本化解释的角色。尽管上面提到了创造一个貌似合理的语境化方法所面临的各种挑战，但还有一点我们也不应忘记，文本这个概念同样充斥着内部的分歧与困难。事实上，一旦我们逼向"文本"概念，并找出看待文本的各种可能方式，便引出了与"语境"同样多的问题。[27] 因为，正如我们已经注意到的，这两者往往难以分开来讲。举个例子来讲，以现在已声名狼藉的短评"文本之外别无一物"为基础，解构往往被当作一种激进的文本主义方法，但德里达也曾被称作"出类拔萃的语境主义者"，因为他将文本分解在无穷无尽的互文性中。[28]

　　这一特性描述源于安克斯密特近期的作品《崇高的历史经验》（F. R. Ankersmit, *Sublime Historical Experience*），书中介绍了对语境主义的更多思考。该书将我论证的两个部分——后期的历史学家在建立有关语境时面对的困难及历史事件本身混杂的现实，其中有些事件是内在于世界的，有些则是纯粹的事件——含蓄地联系在一起，便于我们形成结论。正如我们前面所看到的，罗马诺称，跟主体不同，行进者能够获得更基础性的体验，在其中可以实现真正的变革。安克斯密特引用了荷兰著名的研究中世纪晚期的历史学家约翰·赫伊津哈（Johan Huizinga）的观点；按照他的说法，历史学家还有机会获得比较经验，他称这个经验是崇高的。该书使我们以一种比以往更加直接的方式接触到历史的遗存。我们不再只是从远处漫不经心地瞅着，无论从时间还是空间上。以罗马诺描述的行进者来说，这便是人们深切而直接地置身于其中的情境。"语境，"安克斯密特写道："是一个由客体与主体组成的世界；如果只剩下经验，其意义与重要性便荡然无存。历史经验便是如此。既然历史经验根本不是无意义的，我们的结论必然是，没有语境，意义依然存在。历史经验令我们在意义与语境之网中找到了崇高性的缝隙——这便是赫伊津哈如此肯定而明白地宣称的历史经验的真实性。"[29]

安克斯密特承认，历史学家享受的这种崇高或真实的经验忽视了历史知识的有效性问题。他探寻的不是认识论上的似然性，而是增强我们与历史遗存联系的可能性。当然，对于许多历史学家来说，这个目标还不是主要的；作为从远处漫不经心地观察历史客体的主体，他们仍然怀揣着某些认知意图，希望以尊重历史与现在间无法逾越的隔阂的方式来解释过去的事件。但是如果我们仔细思考罗马诺所做的声明，即过去的真实事件只有到了不确定的未来才有可能实现自我，以及尼采的观点，即伟大的思想在其力量完全实现之前会有个延迟；那么这些经验可能就不是那么难以置信了。罗马诺及其他近代法国理论家提出的严格意义上的事件在历史上是罕见的。崇高的历史经验在当下同样不多。但当两者碰到一起，就没有任何一种语境化解释能够承载其迅速膨胀的威力了。

加利福尼亚大学伯克利分校

注　释

[1] Randall Collins, *The Sociology of Philosophies: A Global Theory of Intellectual Change* (Cambridge, MA: Belknap, 1998), 19.

[2] 要了解斯金纳及其学派主要观点的总结，可参见 *Meaning and Context: Quentin Skinner and His Critics* (ed. James Tully, Princeton, NJ: Princeton Univ. Press, 1988) 中收录的论文。关于另一个关键论述，即对斯金纳所强调的通过普遍惯例所表达的意图与波科克所强调的不体现作者意图的语言范式的区分，参见：Mark Bevir, "The Role of Contexts in Understanding and Explanation," in *Begriffsgeschichte, Diskursgeschichte, Metapherngeschichte*, ed. Hans Erich Bödecker (Göttingen: Wallstein, 2002). 该学派中，其他优秀的历史学家及政治理论家还包括 John Dunn, Richard Tuck, Anthony Pagden, Stefan Collini, and David Armitage.

当然，知识史上还有许多其他杰出的语境主义倡导者，如 Fritz Ringer，他援引了 Pierre Bourdieu 的研究。有关其立场的讨论，请见：Fritz K. Ringer, "The Intellectual Field, Intellectual History and the Sociology of Knowledge," *Theory and Society* 19, No. 3 (1990): 269–94; Charles Lemert, "The Habits of Intellectuals"; Martin Jay, "Fieldwork and Theorizing in Intellectual History," *Theory and Society* 19, No. 3 (1990): 269–321; and Ringer, "Rejoinder to Charles Lemert and Martin Jay," *Theory and Society* 19, No. 3 (1990): 323–34.

[3] Raymond Williams, *Keywords: A Vocabulary of Culture and Society* (New York: Oxford Univ. Press, l976). 1983 年进行过修订，对斯金纳所批评的部分假设进行了修改，见：Skinner "Language and Social Change," in Tully, ed., *Meaning and Context*.

[4] Skinner, "Motives, Intentions and the Meaning of Texts," in Tully, ed., *Meaning and Context*, 76.

[5] 相对主义者提出的激进的语境主义折磨历史学家之处是在科学史之中。尤其是 Thomas Kuhn 在 30 年前对科学革命的研究颠覆了确立已久的科学进展概念，使其越来越接近于自然界的真实。

[6] William H. Sewell, Jr., *The Logics of History: Social Theory and Social Transformation* (Chicago: Univ. of Chicago Press, 2005), 10.

[7] John Lewis Gaddis, *The Landscape of History: How Historians Map the Past* (Oxford: Oxford Univ. Press, 2002), 97.

[8] See, for example, Dominick LaCapra, "Rethinking Intellectual History and Reading Texts," in *Modern European Intellectual History: Reappraisals and New Perspectives*, ed. Dominick LaCapra and Steven L. Kaplan (Ithaca, NY: Cornell Univ. Press, 1982).

[9] Hayden White, "Formalist and Contextualist Strategies in Historical Explanation," in *Figural Realism: Studies in the Mimesis Effect* (Baltimore: Johns Hopkins Univ. Press, 1999), 51.

[10] Vincent Crapanzano, "On Dialogue," in *The Interpretation of Dialogue*, ed. TullioMaranhão (Chicago: Univ. of Chicago Press, 1990), 286.

[11] Skinner, "A Reply to My Critics," in Tully, ed., *Meaning and Context*, 281.

[12] Skinner, "A Reply," 281.

[13] Dominick LaCapra, *Soundings in Critical Theory* (Ithaca, NY: Cornell Univ. Press, 1989), 203.

[14] 波科克是承认这种可能性的，他表示，伯克对法国革命的批评可以放置在习惯法或政治经济背景中来解读，参见其研究："The Political Economy of Burke's Analysis of the French Revolution," in *Virtue, Commerce and History: Essays in Political Thought and History, Chiefly in the Eighteenth Century* (Cambridge: Cambridge Univ. Press, 1985).

[15] 我自己在研究中有时也会运用这种方法，比如在 Modern Masters volume on *Adorno*(London:

Fontana, 1984) 中，我试图将其研究放置到一个要素论及目的论推力所构成的力场中，包括后来出现的解构的影响。

[16] Skinner, "A Reply to my Critics," 274.

[17] Skinner, "Some Problems in the Analysis of Political Thought and Action," in Tully, ed., *Meaning and Context*, 113.

[18] Kenneth Minogue 提出这个问题是在讨论斯金纳的有影响力的作品 *The Foundations of Modern Political Thought* 时，"我们从《基础》一书中了解到这些作者提出的观点……观众这类角色在《基础》一书中是没有的，尤其是在第二卷"。参见："Method in Intellectual History: Skinner's Foundations," in Tully, ed., *Meaning and Context*, 189.

[19] Martin Jay, "Historicism and the Event," in *Against the Grain: Jewish Intellectuals in Hard Times*, ed. Ezra Mendelsohn, Stefani Hoffman, and Richard I. Cohen (New York: Berghan Books, forthcoming).

[20] The first of these is translated as *Event and World* by Shane Mackinlay (New York: Fordham Univ. Press, 2009) and the second is forthcoming. (Hereafter cited as *EW*.)

[21] Slavoj Žižek, *The Puppet and the Dwarf: The Perverse Core of Christianity* (Cambridge, MA: MIT Press, 2003), 160.

[22] 有关"经历"各种含义的讨论中，有些符合 romano 的定义，参见：Martin Jay, *Songs of Experience: Modern American and European Variations on a Universal Theme* (Berkeley and Los Angeles: Univ. of California Press, 2004).

[23] For a helpful account, see Frederick C. Beiser, *The Fate of Reason: German Philosophy from Kant to Fichte* (Cambridge, MA: Harvard Univ. Press, 1987).

[24] Hannah Arendt, Willing, *The Life of the Mind* (New York: Harcourt Brace Jovanovich, 1978), 110.

[25] Collins, *The Sociology of Philosophies*, 19.

[26] Friedrich Nietzsche, *Beyond Good and Evil*, trans. Marianne Cowen (Chicago: Gateway, 1955), 230.

[27] For my attempt to unravel some of them, see Martin Jay, "The Textual Approach to Intellectual History," in *Force Fields: Between Intellectual History and Cultural Critique* (New York: Routledge, 1993).

[28] *F. R. Ankersmit, Sublime Historical Experien*ce (Stanford, CA: Stanford Univ. Press, 2005), 280. 有一点需要注意，德里达本人对语境主义者这一标签多少有些不自在。在 1983 年 7 月《致日本友人的一封信》中，他写道："跟其他词汇一样，'解构'一词的价值体现在其在由各种可能替代品组成的链条中的记录，体现在被欢乐地称作'来龙去脉'的内容中。对于我已经尝试过并且正在尝试写作的内容而言，这个词只在某个特定的背景中有意义，在这里，它能够代替别的词，而其自身也可以由别的词汇来确定……根据定义，这个列表是永无止境的。"参见：David Wood and Robert Bernasconi, eds., *Derrida and Différance* (Evanston, IL: Northwestern Univ. Press, 1988), 4. 跟传统的语境主义不同，这个令他感兴趣的被挪动了位置的能指链条是水平的、可逆的且无尽的。

[29] Ankersmit, *Sublime Historical Experience*, 280.

后殖民研究和气候变化的挑战[*]

迪佩什·查卡拉巴提　著

黄红霞　译

致霍米·巴巴

在这个历史时刻，无论我们如何讨论后殖民研究问题，都会出现两种现象：全球化和全球变暖。两者都是 20 世纪 90 年代初以来公众辩论的话题，我们谁也无法在当前的个人或集体生活中完全避免它们。所有对现在的思考都必须涉及这两者。我在本文中将用霍米·巴巴 (Homi K. Bhabha) 的一些近作，来说明一位当代杰出后殖民思想家在一个经常被称为"新自由主义式"资本主义时代里是如何想象人的形象的，之后我将简短讨论有关气候变化的辩论，以便考查后殖民思考如何需要被延展，以调整自身来适应全球变暖的现实。本文中的最终论点很简单：当前全球化和全球变暖的时刻留给我们的挑战是，我们必须同时在多种且无共同标度的等级上思考人类能动性。

19 世纪留给了我们一些国际性和世界性的思想体系，其中著名的有马克思主义和自由主义，两者都是启蒙运动不同方式的产物。反殖民主义思想就出自这一谱系。20 世纪 50 年代和 60 年代的非殖民化运动浪潮之后是后殖民批判主义，后者至少在英美国家的大学中被当作文化研究的姊妹。文化研究和后殖民批判主义汇入有关全球化的文献，虽然全球化研究本身也吸收了社会学、经济学和人类学等相关学科的发展。现在，我们有全球变暖方面的文献以及一种普遍的环境危机感，后者无疑是由资本主义发展的不公平引起的，但它是全人类都要面对的一个危机。所有这些变化留给我们的是三种人类形象：普世主义启

---

* Dipesh Chakrabarty, "Postcolonial Studies and the Challenge of Climate Change", in *New Literary History*, Vol. 43, No. 1, Winter 2012, pp. 1–18.

蒙人类观认为人在潜在层面上处处都是一样的，客体具有享受并行使权利的能力。后殖民后现代人类观也认为人都是一样的，但提出人处处被赋予了某些学者所谓的"人类学差异"——阶级、性、性别、历史等差异。这第二种观点就是全球化文献所强调的。然后是人类世（Anthropocene）时代人类的形象，在这个时代，人类成为地球上的一种地质力，改变着地球未来几千年的气候。如果说对全球化的批判性评论强调人类学上的差异问题，那么，有关全球变暖的科学文献就是把人类看作本质上相同的——一个物种、一个总体，它注重以化石燃料为基础的、消耗能源的文明，而这如今成了对文明本身的一种威胁。上述人类观并不是互相取代的。我们无法把它们放在一个进步的连续统上。没有哪一个观点会因其他观点的出现而变得不成立。它们仅仅是不连贯而已。任何思考当今人类状况的努力——在殖民主义、全球化和全球变暖之后——在政治和道德语域中都必然要通过在同时性方面看起来互相矛盾的步骤，不连贯地思考人类。

但是，既然我是以受过历史学科训练之人的身份来谈这些问题的，就请允许我从这个学科入手并简要地回顾一下这些问题的历史。很抱歉我这里先要谈到自己的一点个人经历，因为我也是这里所讲述的那段历史的见证人。我进入后殖民研究领域很晚，虽然对于一位对延迟主题感兴趣的人来说进入后殖民研究是恰当之举。[1]正如我们所知，20世纪80年代后殖民思想席卷了英美国家各个大学的英语文学系。如今当我回头再看那个时代的时候，后殖民研究似乎已经成为一个文化和批判过程的一部分，至少最开始是这样的，后帝国时代的西方通过这个文化和批判过程调整自己以便适应一个漫长的或许还没有结束的非殖民化过程。毕竟，不可能毫无意义的一点是，促使斯图亚特·霍尔（Stuart Hall）、霍米·巴巴和艾萨克·朱利安（Isaac Julien）在20世纪80年代末和90年代的伦敦一起阅读法农（Fanon）作品的是后帝国时代的英国反抗法西斯的斗争，激进的大伦敦市议会（Greater London Council）有时为那场斗争提供官方支持，而当代艺术协会则主持了那场斗争。[2]

美国在后殖民研究方面的图景确实有些不同。爱德华·萨义德（Eward Said）想要参与巴勒斯坦斗争，因此撰写了《东方学》（1978），而当佳亚特里·斯皮瓦克（Gayatri Spivak）把印度女性主义作家玛哈丝维塔·黛维

(Mahasweta Devi) 介绍给美国的学术圈读者们时，我认为她部分上是在回应美国校园里有关开发核心课程（正如 20 世纪 80 年代斯坦福所做的那样）并重新定义文学经典的文化战争。这些年我个人亲眼看见的澳大利亚的发展也吸收了英国和北美的情况。20 世纪 80 年代晚期，我加入（被拉进）墨尔本大学文学院会议上有关"作为区分的文化"及文学经典的辩论。这场辩论中的一位领军人物是西蒙·杜林（Simon During），他是当时新兴的文化研究领域的一位先驱。[3] 艾塞克斯大学那时刚刚举办过一些后殖民研究会议。我知道杜林参加了这些会议。拉塔·曼尼（Lata Mani）当时还是加州大学圣克鲁兹分校意识史专业的一位研究生，他在他们的学会期刊上发表了一篇有关"妻子殉夫"的开创性论文。[4] 但是这些卷本当时还没有影响到史学界。1983 年我们在印度开始出版《底层研究》（Subaltern Studies），当时我们对后殖民文学批判没有什么认识。我记得西蒙·杜林 80 年代中期参加了在海外举办的一次后殖民主义会议后回到墨尔本，问我是否知道霍米·巴巴。我有点惊讶，但是正像任何受过教育且阅览报纸的印度人那时会回答的那样，我回答说："当然，有个大的印度原子研究中心就是以他命名的。他是我们最好的物理学家之一；但是，你为什么会对他感兴趣？"就是在这一天，这另一位霍米·巴巴凭借一个错误身份的问题、通过一个替身、作为在"霍米·巴巴"这个身份里一个差异问题（以那位也叫那个名字的亲爱朋友的形象呈现）进入了我的生活。

《底层研究》是我参与了的一场史学运动，它出自于反殖民思想而不是后殖民思想。我们是一群对印度史感兴趣的青年男子（刚开始都是男人），我们在某些方面对父辈的民族主义大失所望。这个群体中的两位英国人，戴维·阿诺德（David Arnold）和戴维·哈德曼（David Hardiman），在政治世界观上是反帝国主义的，他们反对来自英格兰占主导地位的亲帝国主义史学。这个团体中的印度人对于印度没有提供反殖民的民族主义承诺过的社会公平既失望又愤怒。我们在史学上的反叛给印度史和一般历史提出了许多有趣的方法问题。我们的导师拉依特·古哈（Ranajit Guha）常被看成历史学科中所谓的语言学转向的先驱之一，虽然我们必须要承认的是，海登·怀特（Hayden White）在 20 世纪 70 年代早已提出了许多更为相关的问题。[5] 我们对底层历史的分析深受古哈影响，他对那种与巴特（Barthes）、雅各布森（Jakobson）和列维－斯特劳斯

(Levi-Strauss)有关的结构主义抱有极富感染力的热情，那种结构主义是一种我们可以与海登·怀特以及文化研究一个早期时刻联系起来的结构主义——尤其在英国，那里的新口音系列出版物强调结构主义的重要性，古哈的最初起点也是在那。葛兰西（Gramsci）——他的狱中笔记选编 1971 年译成英语——缓和了我们那种印英马克思主义中斯大林主义的锋芒，并让我们习惯了流行事物的重要性。但是，直到斯皮瓦克让我们这个群体接触到她的马克思主义和女性主义的解构主义变体，直到当她提议让底层成为他或者她自己历史的"主体"时我们发现了我们理论的无知，我们才终于邂逅了后殖民思想。当我们思考她给这个群体提出的这个挑战并接受其后果的时候，我们就从单纯的反殖民历史学家（早期批判民族国家形式）转变成为后殖民批判的知识景观的一部分。

　　两者差别是什么？人们会这样问。斯皮瓦克的划时代文章《底层能说话吗？》（"Can the Subaltern Speak?"）揭示了这种差别。她为了配合《底层研究》项目，在我们第一次见面之前就已经开始撰写该文。[6] 在我们的反殖民思维模式中，人是一个至高无上的形象。我们想要让农民或者底层成为他或者她的历史、时代的主体，就是这样。我们想到这个主体时，脑海中的形象是独立自主的、拥有权利的人，他在民族史和其他历史中也和来自更有特权背景的其他人一样拥有自己的代表。直截了当要求社会公正就构成了我们立场的基础，正如它也构成了各种马克思主义、女性主义甚或自由主义历史的立场的基础一样。而且，和法农一样，我们认为底层通过革命巨变来索要他们需要的人道。在我们看来，取得人的资格就是取得主体资格的问题。[7]

　　这就是为什么斯皮瓦克在《底层能说话吗？》一文中的做法如此有益。它挑战了《底层研究》和许多反殖民思想所颂扬的那种"主体"观念，并邀请我们书写各种解构性的主体身份史。

　　这种主体批判不同于 20 世纪 60 年代和 70 年代的阿尔都塞式反人本主义所做的那种主体批判，后者曾让 E. P. 汤普森（E. P. Thompson）这位 20 世纪最伟大的人本主义史学家恼火万分。[8] 后殖民的主体批判实际上是一种朝向人类的更深转向，霍米·巴巴的著作最充分地向我说明了这一转向。这个转向既把差异当作一个哲学问题来欣赏，同时又拒绝接受认同政治（identity politics）对它的提炼。[9] 仅仅那一个转向——它不是由认同政治而是由种种差异哲学来引导——就把后殖民思考与在全球化时代对人类状况的思考联系了起来。

为了理解"权利"思想与吸收了后结构主义主体批判的后殖民思想体之间存在的紧密政治关系，我们必须摆脱 20 世纪 90 年代的一些毫无结果的辩论。我认为，在 90 年代后现代分界线两边的左派都犯了一个错误，他们认为这两种不同的对人类的描述——一种是把人类看作一个拥有权利的主体，另一种是通过主体的评论所透露的人类的形象——正在一场孤注一掷、优胜劣汰的比赛中以某种方式彼此竞争。对主体的批判没有让自主主体的观点变得毫无用处，正如对民族国家的批判没有让民族国家这一机制过时一样。我从后殖民主义思想家们那里学到的就是，有必要研究种种相互矛盾的人类形象，有时需要研究人和主体的坍塌（正如在自由主义或者马克思主义思想中那样），有时需要研究这两者的分离。在开始讨论是什么迫使我们在思考时进行这样的跨边界之前，让我先谈谈霍米·巴巴的一些近著，来说明我正在讨论的这场灵活飞快的运动（the fleet-footed movement）。

当今后殖民批判主义中的人

看看巴巴对当今新底层阶级的描述："无国籍之人"，"季节工人、少数派、寻求避难所之人、[和] 难民"，他们"代表新兴的、未被记录的种种生活世界，后者突破了'保护'和'地位'（status）这样的正式语言，因为"——用巴里巴（Balibar）的话说——"他们'既不是局内人，也不是局外人，（对于我们许多人来说）也不是……被官方认为是局外人的局内人"。[10] 人们一定会想，经典的巴巴，就这样把局外人调转成局内人，把局内人调转成局外人。但是，巴巴从这些全球资本主义秩序中的新底层身上读出来的，并不是"在世界范围要求全球种族平等"。他的目光聚焦在人类状况在这些环境中遭受的严重匮乏，同样也聚焦在权利问题上："作为局内人 / 局外人，他们通过展现在国际政体中介于合法性和粗野无礼之间某个地方的一个复杂、相互矛盾的存在模式或者生存模式……破坏了'世界无国界'这个世界性梦想。在移民世界，给全球成功投下阴影的是一种无主之地……它用移民背景中的文化生存取代了充分公民参与。"[11]

"充分公民参与"——我们立即能够看出巴巴目光所投向的各种规范性视野。它们实际上是那样一些视野：它们承认我们对日常人类状况的认识本身（*eo ipso*）并没有否认社会公正问题。恰恰相反。巴巴当然承认这一事实，即，在这些全球经济中新底层的生活中，（文化）生存政治经常取代"充分公民参与"。但是，他不得不在这些截然相反的两极（生存相对于公民参与）之间转换，以便把底层文化生存政治不仅仅看作创造力和即席创作的区域——它也确实是的——而且看作一个贫困匮乏和被剥夺选举权的地区。那么，颇为有趣的是，我们将看到的恰恰是巴巴为自己要求的这种矛盾地思考的自由——同时思考流动性（生存）和静态平衡（公民参与）——使得他能在之前批评过他的批评家们迈克尔·哈特（Michael Hardt）和安东尼奥·奈格里（Antonio Negri）面前转败为胜，这两位批评家在"不断迁移的生活以及异族通婚"中发现了"美德的影子、帝国领域上的第一次道德实践"。他们认为，这是因为"流动"或者"去领域化"是迈向全球公民身份这一目标的步骤，后者需要"反对过分依赖对一个国家、一种认同和一个民族的归属，因而，抛弃主权以及它对主观性的限制"因为这个原因对于他们来说就是"完全积极的"发展。[12] "这样一种解放性理想，"巴巴写道，"——如此迷恋于那种流动的、无国界的、全球的世界——却忽视了要面对一个事实，即，移民、难民或者流浪者们并非仅仅在循环。"恰恰相反，他接着指出：

> 他们需要安家，需要去要求避难所或者国籍，需要去要求住房和教育，需要维护他们的经济和文化权利并寻求公民身份。这样，如果求助于诸如贸易和关税，或者税收和货币政策这些不那么"循环"经济形式——它们对后现代隐喻性分配不那么开放——来理解它们是如何影响流散文化研究的全球假想，那将会是大有裨益的。积极的全球关系取决于对这些国有"领土"资源的保护和加强，后者因而应该成为对资源进行重新分配的"全球性"政治经济的一部分，成为再分配性公正的一种跨国道德经济。[13]

这里大段引用的目的仅仅是要表明，在巴巴的这些讨论中人的两种形象是如何相互并置又彼此交叉：一种是日常的人，他例证了人类状况是巴巴曾经称为的"内部差异"的体现——局内人作为局外人，局外人作为局内人——凑合着生存的人，另一种则是维护他或者她的文化和经济权利的人，他们期望将来成为市民最高形象。

在巴巴的文章中，这种在规范式人类形象和本体存在式人类形象之间的不断变化标志着由全球化种种占主导地位的形式所引起的人类的窘境。巴巴求助于汉娜·阿伦特（Hannah Arendt）来解释这一窘境。阿伦特曾认为，恰恰是通过那种把诸多 "民族"组成了民族国家的设想而创造出"一个世界"的做法，带来了无国籍的问题，不是因为"文明的缺乏"，而是作为"现代性的政治和文化状况带来的反常结果"。[14] 现代性产生了这种新型的、许多人类的"未开化"状况，这种一旦他们无法与一个民族国家联系起来就会被宣布为无国籍的状况，迫使他们转而依靠生存政治。如今，造成这种无国籍状况的不仅仅是民族国家的安排、非法移民、外来工人和寻求避难所的人们。那是一种更深层的困境，它是由资本的全球化和后殖民发展的不平衡带给更贫穷国家的人口压力所造成的。无论你是否读过迈克·戴维斯的《布满贫民窟的星球》（Mike Davis, *The Planet of Slums*）或者南非贫民窟运动（南非德班的棚屋居住者们发起的运动）制作的文件，有一点是很清楚的：今天的资本主义依靠大量经常是非法移民的劳工所提供的服务来维持，这些劳工被许多人当成"过剩人口"丢在一边——这一过程剥夺了这些群体对任何社会商品和服务的享受，然而他们的劳动对发达经济和发展中经济中服务部分的运作依然至关重要。[15] 同时，我们必须要承认的是，难民和寻求避难所的人们也是由那些与整个一系列的因素有关的国家失败造成的：经济方面的、政治方面的、人口方面的和环境方面的失败。这些群体，这些今天的底层阶级，共同以负面的方式体现了人类状况，把它描绘成一种匮乏的形象。任何关于他们日常生活的人种学都无法确实通过公民的形象来了解其客体。但是，我们的规范性视野也像我们这些分析者们一样属于这种或者那种公民社会，它们不得不依赖"文化和经济权利"以及"充分公民参与"的估量，即便是在任何获得有效市民身份的真正可能性对于所有人来说都似乎越来越遥远的时候。不是有 10 亿人的生活中已经没有合适的饮用水吗？我们在雅典、佛罗伦萨、罗马、维也纳、伦敦街头遇到的孟加拉和北非非法劳工——更别说在印度和巴基斯坦的非正式区域中那些孟加拉非法劳工——何时成为享有充分资格的欧洲市民？但是，我们思考的一个困境提醒了我们在如今生活的世界中的种种矛盾对立。我们的规范视野与诸如马克思经典著作中那些规范视野不一样，它们并没有赋予我们有利的位置，让我们得以从那个位置不仅判断而且描述并了解这些阶级，而那些记录了边缘人、穷人和被排斥的人为了生存而实际上所做的一切的人种志，也并没有为那些依然处于庞大的中央集权机构、公司和政府机构掌握之中的人类社会带来任何可供选择的标准。[16]

这种分裂如今在诸如艾蒂安·巴里巴或者桑德罗·梅扎德拉（Sandro Mezzadra）这样的进步欧洲理论家的著作中更为严重，他们采用的方法是把难民、寻求避难者和非法移民放入欧洲历史、政治和政策中。[17] 读者们或许会也或许不会很吃惊地知道，为那些不受欢迎的人设立的拘留中心分布在今天欧洲的各处。这些中心的数目超过了一千，而且他们从欧洲延伸到北非。[18] 欧洲已经采取边界保护政策，后者让人想起了美国或者澳大利亚所奉行的边界保护政策，只是如果拘留营确实是一种边界的话，那么欧洲边界既是在欧洲之内，同样也是在欧洲之外。正是这种边界的不确定性，使得巴里巴提出了这样的看法：如果 19 世纪是欧洲帝国主义通过向欧洲之外输出边界形式把边疆转变为边界的时代，那么，我们如今就即将进入一个边界正再次变成边疆的时代。[19]

但是，巴里巴和梅扎德拉对这些问题的论述清楚地表明，他们的写作陷入两种倾向之间的紧张局势中：一方面，他们不得不承认，历史上的和当前的未开化状况过去曾起到了欧洲"文明"之基础的作用，而且甚至如今在某种程度上还继续发挥着这种作用；另一方面，他们不得不求助于他们文明遗产的最高乌托邦式理想，以便想象着成为一个充满活力的欧洲政体，这个政体不仅实践德里达（Derrida）、列维纳斯（Levinas）和其他人在著作中讨论过的好客和责任感等行为准则，而且接受过基础训练深深接受在它自身边界之内人类遗产的多元性。[20] 因此，让人不足为怪的是，欧洲知识分子无论是在讨论欧洲外部难民还是在讨论来自前殖民地的内部移民和"东欧"问题时，都在越来越多地考虑后殖民理论，而且甚至正在创作他们自己的后殖民著作读本和译本。[21] 今天的欧洲显然是后殖民研究的一块新领域——而且这不是因为我们在欧洲能找到标准的农民底层主体。这不是因为这个原因，这只是因为全球经济的新底层——难民、寻求避难的人们、非法劳工——在欧洲到处都有，而且，霍米·巴巴正是通过把这些群体变成他思考的客体，才最终得到了人的一个形象，后者本质上而且也必然是双重的且矛盾的。

现在让我们转向全球变暖的问题，以便思考它是如何挑战我们去想象人类的。

人类世的人

如果全球变暖或者气候变化问题没有通过政府间气候变化专业委员会（IPCC）2007 年的报告突然摆在我们面前，全球化或许早应该是激发我们关于人的思考的最重要主题。但是全球变暖增加了又一个挑战。它让我们关注权利讨论或者主体批判都从未思考过的那些对人的构想。正如我前面说过的那样，这并没有让更早的批判变得不相干或者多余，因为气候变化将带来——并且已经开始带来——它自己的难民和体制失败的例子。[22] 气候变化的影响通过我们已有的全球不平等来协调。因此，我之前概述过的那两种人类观——人类个体之间普世主义全球公正观（人类个体被想象成是处处都享有相同权利），以及后结构主义曾经提倡的主体批判——都仍将有效。因此，在讨论气候公正的问题时，我们必然将经历熟悉的步骤：批判强大和富有国家的自我扩张倾向，而且在处理有关合法或非法移民的辩论时谈到一种有关差异化责任的进步政治。确实，有关全球变暖问题及策略的早期重要小册子之一，是由两位受人尊敬的印度环境保护活动家主笔的《不平等世界中的全球变暖：一个环境殖民主义的案例》。[23] 气候变化的科学和政治还没有让这些举措变得毫不相关或者毫无必要；但是作为分析策略，它们已经显得捉襟见肘了。[24]

考虑一下气候科学对人文主义者们提出的挑战。气候科学家们宣称，当前的气候变暖不同于这个星球过去曾经历过的气候变化，它本质上是人类活动引起的。尽管气候科学家们并没有经常仔细思考他们自己所提的这一主张的人文主义含义，但他们提出了一个人类移民的规模问题。总体来讲，人类如今在决定整个星球的气候方面也起到一定作用，这是一种过去只为非常大规模的地球物理力量保留的特权。正是在这一点上，这场危机代表着某种不同于环保主义者迄今为止所论及的事物：人类对他们的直接环境或者地区环境造成的影响。这种观点认为人类代表着在非常大的地理规模上影响着整个星球的一种力量，这是一种崭新的观点。一些科学家（首当其冲的是曾获诺贝尔奖的保罗·J. 克鲁岑［Paul J. Crutzen］）已经提出，这是一个新的地理时代的开始，人类在这个时代突然成为一种能决定整个星球气候的力量。他们建议我们把这个时期称为"人类世"（the Anthropocene），以表明全新世（Holocene）的终结，全新世决定了地理上的"现在"，迄今有记录的人类历史就是一直在这个"现在"中展开的。[25] 但是，谁是这个过程中的"我们"？我们如何看待人类世时期这种集体人类作用？

　　研究宇宙的自然历史或者以往地球气候历史的科学家们毫无疑问讲述了某种历史。但是，用伽达默尔式（Gadamerian）或者狄尔泰式（Diltheyan）的术语来说，他们解释但是并没有被要求以任何人文主义意义去理解过去。每一种单个解释都有意义，因为它与其他现存的解释有关。但是，认知练习并不是伽达默尔意义上的"理解"，除非有了那一种理解的成分，否则我们就没有历史，至少没有人类史。正因为这一点，一位研究人类历史的后殖民历史学家通常不会对一部有关过去几百万年气候的纯粹"自然"史感兴趣。

　　当前危机的引人注目之处在于，气候科学家并不仅仅在提供自然史的种种版本。他们还给我们叙述了气候变化，这个叙述既不完全是"自然的"历史，也不完全是"人类的"历史。这是因为他们在这个故事的核心部分给人类分派了一个作用。在他们看来，目前的全球（而不是地区的）气候变化很大程度上是人类引起的。这就意味着人类如今是这个星球自然历史的一部分。横亘在自然历史和人类历史之间的那堵隔离墙出现了一条严重的、持续的裂缝。那堵隔离墙是在现代化早期树立起来的，后来随着 19 世纪人文科学及其各个学科的巩固而一度加强。[26]

　　把一种地理作用归因到人类的做法，是气候科学中相对较新的一种发展。关于科学家们认为人类在这个星球的地球物理学过程中扮演了角色这一点，我能找到的最早参考文献之一，是加州大学圣地亚哥分校的海洋学家休斯（H. E.

Suess）1957 年和他人合著发表在地球地理学期刊《特勒斯》（*Tellus*）上的一篇文章。他写道："人类现在正进行着一场大规模的地球物理学试验，这种试验过去不可能会发生，未来也无法复制。""在几个世纪之内，我们将回到浓缩有机碳亿万年来储存在沉积岩中的大气层和海洋。如果记录充分的话，这个试验会让人们对于决定天气和气候的那些过程有深远的理解。"[27] 美国总统科学顾问委员会的环境污染专门小组 1965 年曾发表过这样的观点："人类通过他那世界范围的工业文明，正无意之中进行着一场巨大的地球物理学实验。在几代人的时间里，他燃烧了过去 50 亿年来地球上慢慢积累起来的化石燃料。"他们接着警告道："二氧化碳含量增加可能会带来的气候变化，从人类的角度来看可能是有害的。"[28] 甚至就在 1973 年，美国国家科学院的大气科学委员会还说过："人类显然还没有确切知道他目前正在以怎样的规模和方式改变着地球气候。毫无疑问，对大气的无意改变正在发生着。"[29]

因此，我们能在气候科学家的修辞中看到（如果你喜欢的话）一种进步或者膨胀。20 世纪 50 年代，人类是地球物理学规模上的实验者；到 90 年代，人类本身是一种地球物理力量。气候科学家们已经静静地、暗暗地增加了一个新的人类形象，把人类看成推动了人类活动所引起的全球变暖（AGW）的一种作用。人类在大气层和生物圈中制造了温室气体。下面这幅人类画面就是社会科学家们一直以来所想象的人类的样子：一个有明确目标的且具有损害自然环境能力的生物存在体。但是，当我们说人类正表现得像一种地球物理学力量时那意味着什么呢？那样我们就把人类比作了某种非人类、无生命的力量。这就是为什么我要说有关人类活动引起全球变暖的科学已经让人类形象双重化——你不得不同时考虑人类的两个形象：有人性的人和无人性的人。那就是人文学科中后殖民学者要面对的一些挑战之所在。

第一个挑战是科学家们让我们想象人类力量时提到的规模。想想这一点：整体而言，我们现在能够像地球物理学者戴维·阿彻（David Archer）所说的那样，在下一个十万年中影响这个星球的气候并改变它。[30] 这样的数字经常起到控制器的作用，我们借助它们操纵控制信息。我们不经过训练的话就理解不了它们。科学家意识到这个问题，并且为了在理解的王国中引入种种巨大的规模，他们做了历史学家们所做的事情：诉诸人类经验。澳大利亚社会和环境历史学家托马斯·格里菲斯（Thomas Griffiths）最近出版了一部杰出的南极洲历史。但是，一位社会历史学家如何着手撰写一部关于一个无人居住也不适宜居住的广袤冰雪区域的人类历史的呢？格里菲斯做了所有优秀历史学家会做的一件事：找寻过去的人们已经获得的对这样一个地区的经验，以便书写那个地方的人类史。他查阅了历史上探险家们的私人文件，看了他们的信件以便了解他们在这个地方的经历，而且他读这些文件的时候还将他自己到南极旅行时所记的日记穿插其中。就这样，南极洲变成了有人性的。我们运用了人类语言的比喻能力和直观记录来把它的冰雪带入人类经验的掌控之中。澳大利亚探险家道格拉斯·莫森（Douglas Mawson）1911 年至 1914 年在南极洲探险，当时他刚刚与西澳大利亚布洛肯山丘的帕奎塔·黛尔普拉特（Paquita Delprat）订婚。黛尔普拉特在写给莫森的一封情书中说道："你冻僵了吗？我是说心里……我是不是正在把我心中某些东西倾倒在一座冰山上？……一个人能在这些虽然美丽无比但却非常寒冷孤独的地区待下去而且依然热烈地爱吗？"莫森让她放心，他说她的爱已经温暖了她所说的"那一座冰山"，"他这回觉得不那么冷了"。[31] 正是通过这样的经验交叉，通过运用比喻——一些有效的明喻和暗喻——我们创造出了南极这个无人居住的广阔冰雪之地的人类史。

那些致力于让公众了解气候变化危机的科学家们也对经验有非常类似的诉求。因为篇幅原因，我将用戴维·阿彻的著作《漫长的解冻》（*The Long Thaw*）中的一个例子来证明这一观点。阿彻从他的分析中提炼出来一个问题，它将我之前提到的分析/理解的区分变得完全不同。他说，人类无法真正想象他们自己所处时代的之前和之后两代人之外的情形。他写道："控制我们大多数行为的那些经济规则，倾向于把我们的注意力局限在甚至更短的时间框架中"，因为所有事物的价值几十年后都会大打折扣。[32] 阿彻面对这样一个问题：人类可能并不关心他正给我们讲述的科学。十万年太遥远——我们为什么该关心那么遥远的未来的人们呢？阿彻试图将地质单位转变成各种人类标尺，他问道："比如说，如果古希腊人长达几个世纪利用一些获利颇丰的商业机会，而且他们知道这些做法的可能代价，例如世界会［更为］骚乱，或者海平面上升……农业生产力会受损，影响可能会持续到今天，那么那会是什么感觉呢？"[33] 作为一位历史学者，我发现引人注目的一点是：阿彻这位关注社会的古气候学者，应该是正在要求我们把那种历史学家们按惯例延展到有文字可考之过去的人类的那种理解力，延伸到未来。

但是，也正是在这里，我们遇到了一个真正的理解问题。我们通过传达过去人类的经验来书写过去。我们能够把人类甚或人造眼送到太空、两极、珠穆朗玛峰之巅、火星和月球，通过他人感受来体验那些我们无法直接获得的一切。我们也能——通过艺术和小说——将我们的理解延展到那些未来会遭受地球物理力量（也就是人类）的影响的人们。但是，我们任何时候都无法把我们自己作为一种地球物理力量来体验——虽然我们现在*知道*，这是我们的集体存在的模式之一。我们无法派某个人代表我们以一种直接方式来体验这一"力量"（不同于通过其他直接经验——比如洪水、风暴或者地震的经验——来体验它的影响）。这种无人性的、类似于力量的人类生存方式告诉我们，我们不再仅仅是一种具有本体论感的生命形式。人类有一种本体归属感，那是毋庸置疑的。我们在培养反殖民（法农）和后殖民批判（巴巴）的时候，运用了这一知识。但是，在成为这个星球上的一种地球物理力量的过程中，我们也培养了一种没有本体论特征的集体存在形式。我们对自己的思考如今延伸了我们解释性理解的能力。我们需要种种非本体论的思考人类的方法。

布鲁诺·拉图尔（Bruno Latour）很长时间以来一直抱怨说，现代政治思想的问题是文化/自然区分，后者允许人类通过主体/客体关系的棱镜来看待他们与"自然"的关系。[34] 他号召一种新的政治思想，把人类和非人类——作为我们辩论中的积极伙伴——连接起来。我想我已经说过的那些话为拉图尔的问题提供了一些有益的建议。一种地球物理学力量——因为那正是我们某种程度上在我们的集体存在中的样子——既不是主体，也不是客体。力量是移动事物的能力。它是纯粹的、非本体论的作用。毕竟，牛顿的"力量"观要追溯到中世纪的种种推动力理论。[35]

气候变化不是一个单一事件的问题。它也不是一个单个合理解决方案就能解决的问题。它可能确实是一个类似规划理论家霍斯特·瑞特尔（Horst Rittel）和梅尔文·韦伯（Melvin Webber）曾经所谓的"邪恶的问题"——他们 1973 年在一篇发表在《政策科学》上题为《一个一般规划理论中的困境》的文章中创造的这个词，"来描述一种公共政策忧虑，后者［易受一种理性分析影响]无法取得理性的和最佳的解决方案",因为它和许多其他的待解决或者要同时考虑处理的问题紧密联系在一起。[36]此外,正如气候研究者迈克·胡尔姆(Mike Hulme)所指出的那样:"这种全球的解决结构也引发人们思考一个基本问题,在这些讨论和分歧最早引起人们注意的各个论坛上,这个问题很少被考虑,即,对于人类来说,什么是最终性能度量,我们试图优化的究竟是什么?是重新稳定人口还是将我们的生态足迹最小化?是增加预期寿命、最大化国民生产总值、消除贫困还是增加全球幸福总量?抑或对于人类来说,最终性能度量仅仅只是生存?"[37]

考虑到我们很难预见人类短期内会在这些问题的其中任何一个上达成共识,即便是有关全球变暖的科学知识比以前传播得更广,依然有可能的是,在目前的全球化和全球变暖阶段,朝着乌尔利希·贝克教授(Ulrich Beck)所谓的"风险社会"的改变将只会更为显著。当我们应付气候变化带来的后果并追求资本主义增长的时候,我们将协商我们的附属条件,这毫无疑问会通过资本主义的不平等来调解,同时我们完全知道它们正越来越有风险。[38]但是,这也意味着,没有"人类"能起到自我意识的作用。气候变化的危机将通过我们所有的"人类学差异"传送,这一事实只能意味着,无论目前的全球变暖在其起源上可能会与人类活动多么有关,没有任何对应的"人类"能够整体上起到一种政治作用因素。这样,围绕着有关气候变化不均匀影响的人类内部公正问题,各种斗争依然会存在。

这一点是要强调,对于所谓的气候变化政治来说,这个空间是多么开阔。正因为没有一种单一的、理性的解决方案,我们需要斗争,以便能以迄今为止还未有记载的方式——并因此经历争论和分歧——朝着某种类似拉图尔所称的"一个共有世界的进步成分"前进。[39]与臭氧层空洞问题不同,气候变化最终完全是和政治有关。因此,它对科学和技术的开放性,以及它同样对修辞、艺术、媒体和争论及冲突的开放性,都是通过各种各样的方式表现。这样,我们就需要在多个层面和语域上思考人类,而且还要把人类看成既具有本体论的存在模式,又具有非本体论的存在模式。

关于气候危机,人类如今存在着两种不同的模式。一种模式是,即便他们知道完全的公正永远不会有,他们依然关心公正。"气候公正"史学就是由于这个非常人性的关注而产生。另一种是，气候科学家们的历史提醒我们，我们现在还有一种存在模式，在这种模式中，我们——作为一个集体，也作为一种地球地理学力量，以各种我们自己无法体验的方式——对于人类内部公正问题"漠不关心"或者"保持中立"（我这里指的并不是精神状况或者经验状况）。可以说，我们已经到达了我们自己的界限。确实，作为把存在问题看成一个永恒问题的生物，我们将一直关心公正。但是，如果我们作为一个整体变成了一种地球地理力量，那么，我们也有了一种对公正视而不见的集体存在模式。我们可以把这种存在模式称为一个"物种"或是别的东西，但是它没有实体，它超越了生物学，而且它成了一种界限，我们在这个界限之内也处于实体模式之中。

这就是为什么我们需要同时在多个相互矛盾的语域上看待人类：把人类看作一种地球物理力量，看作一种政治作用，看作权利的拥有者和行动的执行者；它受大自然各种随机力量的影响（作为一个集体它本身也是这些力量中的一种），而且也接受个体人类经验的偶然性；它同时属于这个星球的、生命的和物种的、人类社会的各种规模范围不同的历史。我们可以模仿法农说，在一个全球化的力量与全球变暖的力量相互交织的时代，人类观需要被延伸到超越后殖民思想人类观的地方。

结　语

半个多世纪前，"人制作的一种世俗物体"——人造地球卫星——在太空围绕地球运转，"附近就是其他那些天体，仿佛它已经暂时获准加入它们那宏伟壮丽的团体"。这段文字的作者汉娜·阿伦特认为，这一事件预示着人类状况的一个根本变化。地球过去一直"在宇宙中很独特，因为它为人类提供了居住之地，在这里人类能够毫不费力地移动和呼吸"，但是现在，科学显然正在跟上一个"到当时为止一直被掩盖在非常不受尊重的科幻小说文学之中"的想法。人造卫星可能是"摆脱地球对人类束缚的第一步"。阿伦特问道："现代的解放和世俗化……最后结果会是［一种］……对作为天底下所有生物之母的地球的决定性否定吗？"[40] 然而，阿伦特对人类状况中这一变化的解读是乐观的。作为"大众社会"的批判者，她主要是从精神层面上看这种社会的风险。"大众社会"会把人类变成一个"劳动者社会"，从而在精神上"威胁人类的存亡"。[41] 但是，阿伦特也认为，正是在这同一个"大众社会"中——"人类作为一种社会动物在其中有最高统治"——"人类的生存［如今］能在世界范围内得以保证"。[42] 对于她来说，人造卫星是这种对人类生存抱有的乐观主义的第一个标志。

今天，随着人类活动所引起的全球变暖与多种全球范围的其他危机——能源危机、金融危机和食品危机，更不用说频繁的与气候有关的人类疾病——同时到来，我们知道对地球的否定已经呈现出阿伦特在乐观的、逐步现代化的 20 世纪 50 年代中甚至没有想象过的样子。人类今天不仅是这个星球上占统治地位的物种，而且他们集体构成了——多亏了他们的数目和他们为了维持他们的文明而对以廉价化石燃料为基础的能源的消耗——一种地质力量，它决定这个星球的气候，损害了文明本身。如今，人们广泛考虑的正是这种在"世界范围内""物种的生存"。所有进步政治思想，包括后殖民批判在内，都必须注意到人类状况上的这种深刻变化。

芝加哥大学

注　释

本文初稿曾于 2010 年 12 月在弗吉尼亚大学以讲座形式呈现过。感谢我的听众和本刊匿名审阅者提出的建设性意见。尤其感谢芮塔·菲尔斯基最初邀请我写这篇文章，感谢她提出的有益建议。我还要感谢霍米·巴巴，他把自己最近的文章提供给我，并和我就这里提到的许多问题进行过讨论。

[1] 见我的文章："Belatedness as Possibility: Subaltern Histories, Once Again" in *The Indian Postcolonial: A Critical Reader,* ed. Elleke Boehmer and Rosinka Chaudhuri (New York: Routledge, 2011), 163–76.
[2] 我曾讨论过这些发展，见："An Anti-colonial History of the Postcolonial Turn: An Essay in Memory of Greg Dening," Second Greg Dening Memorial Lecture (Melbourne, Australia: Department of History, The University of Melbourne, 2009), 11–3.
[3] 杜林在《文化研究读本》一书序言中讲述了这些时光，见：*The Cultural Studies Reader*, ed.

Simon During (New York: Routledge, 1993).

[4] Lata Mani, "The Production of an Official Discourse on Sati in Early Nineteenth Century Bengal," in *Europe and Its Others,* ed. Frances Barker and others (Colchester: Univ. of Essex Press, 1985), 1:107–27. 该书分两卷，出自 1984 年 7 月在埃塞克斯举办的关于"文化社会学"的会议。

[5] 参见：Ranajit Guha, *Elementary Aspects of Peasant Insurgency in Colonial India* (Delhi: Oxfor Univ. Press, 1983) and Hayden White, *Metahisotry: The Historical Imagination in Nineteenth-Century Europe* (Baltimore: Johns Hopkins Univ. Press, 1973). 我曾在我的一篇文章中试图将古哈和怀特联系起来，参见："Subaltern History as Political Thought," in *Colonialism and Its Legacies*, ed. Jacob T. Levy with Marion Iris Young (Lanham, MD: Lexington Books, 2011), 205–18.

[6] Gayatri Chakravorty Spivak, "Can the Subaltern Speak?" in *Marxism and the Interpretation of Culture*, ed. Cary Nelson and Lawrence Grossberg (Chicago: Univ. of Illinois Press, 1988), 271–313.

[7] 古哈的《基本方面》(*Elementary Aspects*) 一书是对这一立场的最好说明。

[8] 关于这一点，参见：E. P. Thompson, *The Poverty of Theory and Other Essays* (New York: Monthly Review Press, 1978).

[9] 关于这一观点的权威著作依然是霍米·巴巴的《文化的地点》(*The Locaation of Culture,* London: Routledge, 1994)。参见霍米·巴巴的文章《全球的路径》("Global Pathways"，未发表)。

[10] Homi K Bhabha, "Notes on Globalization and Ambivalence," in *Cultural Politics in a Global Age: Uncertainty, Solidarity and Innovation,* ed. David Held, Henrietta L. Moore, Kevin Young (Oxford: Oneworld, 2008), 39.

[11] Bhabha, "Notes," 39–40.

[12] Michael Hardt and Antonio Negri, *Empire* (Cambridge, MA: Harvard Univ. Press, 2000), 361–62, 引用在：Homi K. Bhabha, "Our Neighbours, Ourselves: Contemporary Reflections on Survival" (unpublished), 3. 哈特和奈格里通常对巴巴和后殖民主义的批判，参见：*Empire*，137–59.

[13] Bhabha, "Our Neighbours," 3–4.

[14] 巴巴在《注记》("Notes") 中转述阿伦特的话。

[15] Bhabha, "Notes." Mike Davis, *Planet of Slums* (London: Verso, 2006). 有关南非贫民窟运动的细节，请看看它们的网站 http://www.abahlali.org/.

[16] 我把帕沙·查特吉 (Partha Chatterjee) 的《被统治者的政治：对大部分世界中流行政治的反思》(*Politics of the Governed: Reflections on Popular Politics in Most of the World*, New York: Columbia Univ. Press, 2004) 读作这一困境的征兆。

[17] 参见：Manuela Bojadžijev and Isabelle Saint Saëns, "Borders, Citizenship, War, Class: A Discussion with Étienne Balibar and Sandro Mezzadra," *New Formations* 58 (2006): 10 –30.

[18] 参见：拉查纳·马宗达在《书写后殖民历史》一书中复制的地图 (Rochona Majumdar, *Writing Postcolonial History*, New York: Bloomsbury Academic, 2010, 15)。感谢桑德罗·梅扎德拉，他让我和马宗达注意到了这些地图。

[19] Etienne Balibar, "Europe: An 'Unimagined' Frontier of Democracy," *Diacritics* 33, no.3–4 (2003): 36–44. Also Etienne Balibar, *We the People of Europe? Reflections on Transnational Citizenship*, trans. James Swenson (Princeton, NJ: Princeton Univ. Press, 2004), 7.

[20] 参见巴里巴的《我们欧洲人？》(*We the People of Europe?*) 和下面的注释 21。

[21] Gerhard Stilz and Ellen Dengel-Janic, eds., *South Asian Literatures* (Trier: WVT Wissenschaftslicher Verlag, 2010); Sandro Mezzadra, *La Condizione Postcoloniale: storia e politicanel presente globale* (Verona: Ombre Corte, 2008).

[22] See the recent documentary film *Climate Refugees* (2009) made by Michael P. Nash. http://www.

climaterefugees.com/ .

[23] Sunita Narain and Anil Agarwal, *Global Warming in an Unequal World: A Case of Environmental Colonialism* (Delhi: Centre for Science and Environment, 1991).

[24] 有关这一点的详尽细节，参看我的文章 "Verändert der Klimawandel die Geschichtsschreibung?" *Transit* 41 (2011): 143–63。

[25] 我在一篇文章中讨论过人类中心说假设的史学意义和某些哲学意义，见："The Climate of History: Four Theses," *Critical Inquiry* 35, No. 2 (2009): 197–222. 同时参见：Will Steffen, Paul J. Crutzen, and John R. McNeill, "The Anthropocene: Are Humans Now Overwhelming the Great Forces of Nature?" *Ambio* 36, No. 8 (2007): 614–21, 以 及 Jan Zalasiewicz, Mark Williams, Alan Haywood, and Michael Ellis eds., *Philosophical Transactions of the Royal Society* 特刊上的文章 The Anthropocene: A New Epoch of Geological Time?" (2011): 835–41。

[26] 详见我的文章 "The Climate of History"。

[27] R. Revelle and H. E. Suess, "Carbon Dioxide exchange between atmosphere and ocean and the question of an increase in atmospheric CO2 during the past decades," *Tellus* 9 (1957): 18–27, 引用在：*Weather and Climate Modification: Problems and Prospects*, vol. 1, summary and recommendations. Final Report of the Panel on Weather and Climate Modification to the Committee on Atmospheric Sciences, National Academy of Sciences, National Research Council (Washington: National Academy of Sciences, 1966), 88–9.

[28] *Restoring the Quality of Our Environment* (*Report of the Environmental Pollution Panel, President's Science Advisory Committee*) (Washington: The White House, 1965), Appendix Y4, 127.

[29] [*Report of the*] *Committee on Atmospheric Sciences*, National Research Council (Washington, DC: National Academy of Sciences, 1973), 160.

[30] David Archer, *The Long Thaw: How Humans are Changing the Climate of the Planet for the Next 100,000 years* (Princeton, NJ: Princeton Univ. Press, 2010).

[31] Tom Griffiths, *Slicing the Silence: Voyaging to Antarctica* (Cambridge, MA: Harvard Univ. Press, 2007), 200.

[32] Archer, *The Long Thaw*, 9.

[33] Archer, *The Long Thaw*, 9–10.

[34] Bruno Latour, *Politics of Nature: How to Bring the Sciences into Democracy*, trans. Catherine Porter (Cambridge, MA: Harvard Univ. Press, 2004). 同时参见戴维·布卢尔与布鲁诺·拉图尔的辩论，见：Bloor, "Anti-Latour," and Latour, "For David Bloor... And Beyond,' in *Studies in History and Philosophy of Science* 30, no.1 (1999): 81–112, 113–29.

[35] J. Bruce Brackenridge, *The Key to Newton's Dynamics: The Kepler Problem and the Principia* (Berkeley and Los Angeles: Univ. of California Press, 1995).

[36] 引用在：Michael Hulme, *Why We Disagree About Climate Change: Understanding Controversy, Inaction, and Opportunity* (Cambridge: Cambridge Univ. Press, 2009), 334. 这里有当代对 "邪恶问题" 的定义："邪恶问题是一个无法完全定义的复杂议题，它不可能有最终的解决方法，因为任何解决方法都会带来更多的议题，而在邪恶问题那里，解决方法不是真实的或者错误的抑或好的或坏的，而是当时能够做到的最佳方法。这些问题在精神上并不是邪恶的，但是其邪恶之处在于，他们抵制一切惯常解决它们的努力。" Valerie A. Brown, Peter M. Deane, John A Harris, and Jaqueline Y. Russell, "Towards a Just and Sustainable Future," in *Tackling Wicked Problems: Through the Transdisciplinary Imagingation*, ed. Valerie A. Brown, John A. Harris, and Jacqueline Y. Russell (London, Washington: Earthscan, 2010), 4.

[37] Hulme, *Why We Disagree*, 336.

[38] Ulrich Beck, "The Naturalistic Misunderstanding of the Green Movement: Environmental Critique as Social Critique," in *Ecological Politics in an Age of Risk*, trans. Amos Weisz (Cambridge: Polity, 1995), 36–57. 同时参见下面一书中的讨论：Ursula K. Heise, *Sense of Place and Sense of Planet: The Environmental Imagination of the Global* (New York: Oxford Univ. Press, 2008), chap. 4.

[39] Latour, *Politics of Nature*, 47.

[40] Hannah Arendt, *The Human Condition*, 2nd ed., introduction by Margaret Canovan (1958; Chicago: Univ. of Chicago Press, 1998), 1–2.

[41] Arendt, *The Human Condition*, 46.

[42] Arendt, *The Human Condition*, 46.

后殖民依然存在[*]

罗伯特·J. C. 杨　著

信慧敏　译

　　后殖民主义还剩下什么呢？它已经消失得只剩下一些世俗的遗迹、被遗忘的书籍、飘浮在赛博空间中被遗弃的文章，还是遗留下来泛黄的会议日程了呢？于是，有人可能会想到 2007 年发表在 *PMLA* 上题为《后殖民理论终结了吗？》的那篇祭文。[1] 在那里，一些曾经从事过后殖民研究的批评家宣布了"它"的终结。大多数参与论坛的学者把后殖民理论看作一个纯粹的美国现象，甚至认为它是个只在英文系中讨论的话题。英语世界的这个说法与位于巴黎、久负盛名的法国国家科学研究院（CNRS）的政治科学家、研究中心主任让-弗朗索瓦·巴亚（Jean-Francois Bayart）最近提出的观点不谋而合。在巴亚看来，后殖民理论太过于活跃，这迫使他写了一整本书，旨在反对将后殖民理论视为一种盎格鲁-撒克逊思想对法国思想纯粹性不愉快入侵的观点。[2] 尽管后殖民理论的声音在法国知识文化圈里甚是嘈杂，但是巴亚仍不愿接受后殖民理论。他认为尽管后殖民具有盎格鲁-撒克逊身份，但它仍源自于法国，这让"后殖民理论"显得多余。

　　从大西洋两岸学界宣告后殖民理论终结的渴望可以看出，它的存在所带来的持续困扰和焦虑，但是真正的问题在于后殖民主义依然存在这一事实。为什么它会让许多人感到如此不安呢？这些雄心勃勃的后殖民主义终结者们很少将它产生的世界与它宣称代表的世界（即欧洲和北美之外的世界）联系起来。人们期望后殖民理论消亡并不意味着世界上已经没有贫穷、不公正、剥削和压

[*]　Robert J. C. Young, "Postcolonial Remains", in *New Literary History*, Vol. 43, No. 1, Winter 2012, pp. 19–42.

迫，这些来自美国和法国学界的学者只是不想再考虑这些事情，也不愿想起这些虽然不可见，却能不断激发出变化能量的后殖民语境。

"后殖民主义"不仅仅是一个学科领域，也不是一个已经或正在走向终结的理论。确切地说，它的目的总是与一连串的政治计划有关，如重塑西方知识构成、重新调整伦理规范、颠覆世界的权力结构以及从底层重新改造世界。后殖民主义常考察与暴力、控制、不公平和公正相关的历史，也探究世界上数以百万计的人们仍然过着物质缺乏的生活的事实和原因，而拥有这些东西（如清洁的水资源）对于大多数西方世界的人们来说都是理所当然的。这并不意味着"西方"是一个不加区分的经济和社会空间，那些西方之外的国家同样也是这样的情况。经济增长让巴西、中国和印度等国家变成有助于经济和政治力量范式转变的新动力，这些范式的转变缓和了它们对殖民依存的情感。[3] 刚刚开始的 21 世纪已经成为后殖民主义当道的世纪，而由此带来的普遍焦虑为西方学界试图否认后殖民存在的事实提供了更深层次的理由。

不管后殖民主义会不会在美国学界继续拥有一席之地，它都将继续并持续存在下去，因为它不需要依靠学界而存在。后殖民理论起源于美国之外的地方[4]，也并非仅由单一的理论构成，它是一整套相关的批评和反直觉视角的总和，是一系列同源概念和混杂实践的复杂网络，这些概念和实践是从帝国主义和殖民主义的全球历史轨迹的抵抗传统发展出来的。如果反殖民或者后殖民知识形成于对一些大城市的知识分子而言可能处于边缘的环境中，那么和以前一样，现在判定"后殖民理论"是否终结的标准是：尽管所谓的"新兴市场"经济发展繁荣，世界上不同形式的帝国主义和殖民主义是否已不复存在；非民主力量（过去通常由西方民主政权加诸他人的非民主力量）、军事力量带来的经济和资源剥削，抑或是拒绝承认非西方国家主权的态度是否不复存在；再者，即使帝国主义、殖民主义和新殖民主义规则以现代（如经济全球化）的形式出现，人们或文化是否仍然受到它们余威的长期影响。[5] 尽管分析这些现象依赖人们转变观念，但是它不一定需要新理论范式的不断产生，反而更需要确定那些殖民主义的历史影响和仍然隐形的、不可见的、沉默的或没有说出来的隐含根茎（rhizomes）。从这个意义上说，后殖民主义往往与剩余、现存的残余和挥之不去的遗产持续存在有关。[6]

英国首相戴维·卡梅伦 2010 年 11 月带领英国有史以来最大规模的商贸代表团出访中国，但他来之前忘了咨询他的后殖民研究特别顾问。很显然，卡梅伦没有读过阿米塔夫·戈什（Amitav Ghosh）于 2009 年出版的小说《罂粟海》（Sea of Poppies）[7]。当英国的部长们抵达长城参加接待会的时候，他们在上衣的翻领处别上了英国人每年在阵亡将士纪念日里佩戴的罂粟花。罂粟花象征着一战以来一百多万在战场上死去的服役军人的牺牲。然而，这些花让中国人想起了另一种罂粟花科植物——用作鸦片的罂粟花，同时也让人想起了 1839 年至 1842 年、1856 年至 1860 年英国发动的两次鸦片战争，而正是这两场战争和其他因素一起导致了后来英国对香港的"殖民统治"。2010 年 11 月，当卡梅伦首相和英国代表团带着罂粟花到来的时候，中方官员要求他们摘下这些花，因为它们被认为是"不合时宜"的。于是，1793 年英国使节厄尔·马戛尔尼（Earl McCartney）拒绝向中国皇帝叩首的一幕再次上演，卡梅伦拒绝将他的罂粟花摘下，并坚持佩戴，可他随后发表的有关人权的演讲使他成为一个历史的讽刺。

澳大利亚、法国、德国、意大利、日本、俄国、英国和美国常常忘了他们曾于 1898 年到 1901 年间派"八国联军"镇压义和团运动，英国人也同样经常将鸦片战争这段历史遗忘。在中国，有关那段后殖民过去的不公正历史仍然盘踞在官方记忆之中，并不断地用来提醒参观圆明园*的游客，原来的公园于 1860 年已被英法联军毁灭。暴力的实施者忘却的速度远快于屈从于他们淫威的受害者。德里达（Jacque Derrida）曾经提出总有些东西被"遗留"下来，从这个意义上说，后殖民也会时常有一些残留。有些东西被留下来，而且后殖民主义很大程度上关于这些未完成的工作、过去的斗争不断地投射到当下的经验，以及作为驱使改变现在欲求的历史记忆残余的持续存在。

后殖民继续存在着：它将持续下去，并在当下不断地进入新的社会和政治构成之中。它们之间的关联是在从古典学科到发展理论到法律到中世纪研究到神学的人文与社会科学各个学科中，后殖民视角能在多大程度上得以传播。受到后殖民影响的学者如阿尔君·阿帕杜莱（Arjun Appadurai）和保罗·吉尔罗伊

---

* 　原文为颐和园。——译者注

（Paul Gilroy）影响的社会学已经放弃原来对民族的狭隘关注，而把兴趣转向全球化。[8] 可以说，许多学科与新出现的相关学科（如流散研究和跨国族裔研究）一起都被后殖民化了。随着后殖民的知识和政治影响大范围的传播，后殖民理论的中心已经很难确定了。后殖民理论正将触角伸向现代思想的各个领域，并已成为我们的时代意识。不可避免的是，后殖民占领的每一门学科都在从不同方面以微妙的方式被运用和改变，比如在社会学的全球化转向过程中，后殖民研究基础性的历史视角很大程度上被去除。但是后殖民本身会如何回应过去几十年发生的历史性转变，更确切地说，它在未来将如何变化呢？它会在何种条件和情形下重新变得可见？什么才是对后殖民分析最大的挑战？再者，随着后殖民自我批评模式的延续，它自己的理论框架又从哪些方面限制了它自身激进的政治领地？

重新思考 21 世纪的后殖民主义在尝试解决这些问题所扮演的角色过后，我将关注以不可视性和不可读性的政治为特征的现时问题：本土的斗争以及他们与移民殖民主义（settlers colonialism）的关系、非法移民和政治的伊斯兰。它们并没有落入反殖民斗争经典范式的窠臼之中，但是它们都与后殖民主义的残留有关，并激发出能彰显后殖民主义残留程度的政治洞察力。我们能从中学到什么呢？它们都借助于目前几乎不可见，但可为批判现代的变化提供潜在资源的历史轨迹。既然政治的伊斯兰突出了宗教和世俗主义的问题，我考察那些把他性囊括其中而不是被排除在外的伊斯兰社会宽容实践的历史示例，这反过来促使人们对一个从哲学和人类学角度借用的漏洞百出的后殖民观念——他者的观念进行大幅的理论修正。

一、不可见性的政治

从后殖民角度来看，21 世纪到底带来了一些什么变化？首先要从观念上而不是历史的角度回答这个问题，通过后殖民之眼能够看得更清楚的是后殖民残留在不可见性和可见性之间的辩证关系中运作的方式，这和卡梅伦佩戴的罂粟花一样有着多重而又矛盾的意义。

后殖民理论最有影响的理论创新之一是对安东尼奥·葛兰西（Antonio

Gramsci）属下（Subaltern）阶层概念的借用和重新概念化。[9]这个后殖民的概念是对属下概念的修改和融合而来，虽然历史是根据民族主义运动或阶级冲突的排他性原则书写而成，它使得从事属下研究的历史学家和文学批评家能够恢复仍处于不可视状态的历史动因。对属下的关注可以被更广泛地理解为与后殖民不可见性政治相关程度：它让不可见显现。从这个意义上来说，它是一个悖论，实际上对象从来都不是不可见的，而是一种"不可见的可见"：它被那些划定可见还是不可见界限的人所忽视。最初，后殖民主义努力让那些理论上被承认、实际上也存在的地区、国家和文化变得可见，然而从其他意义上说，它们又是不在场的。它们就像拉康（Jacque Lacan）理论地图中的大写字母一样，被描述为无意识的结构。举一个简单的例子，现在所说的"世界"历史实际上还是欧洲扩张的历史。时至今日，所谓"世界文学"也不过是从长久以来处于同一欧洲中心范式的历史挟制转变而来。所以，不可见性的政治不是说肉眼是否可以真切地看见，而是与当权者拒绝看到谁在这里或什么在这里有关。从这个意义上说，后殖民的任务就是让那些不可见的东西显现出来。

学界普遍认为这项任务的起点是知识的政治，以及那些未被授权的知识和不允许纳入的历史知识。除此之外，政治本身时常包含着通过让不可见的东西显现的行动实践来纠正不公正的状态。后殖民视角将更能敏锐地觉察出这些变化的迹象，但它们对处于下层历史施动者活动的认识可能出现延迟。本土斗争也可能出现这种情况，它们到最近才开始被看作后殖民政治的核心问题。从构成如此多解放的民族叙事的反殖民主义历史来看，一个明显的原因是后殖民研究并没有长期给予后殖民国家（如一些北美和南美国家）里的本土运动以相应的重视。同时，还存在着一种政治—理论的问题：本土运动以使用一整套不能轻易适用于后殖民假定和理论的范式，例如对古老土地的崇拜和热爱。然而，这些不一致仅仅说明后殖民理论从来不是一个统一的理论。例如，澳大利亚或巴勒斯坦的土著人群回到神圣或古老故土的期盼就与后现代加勒比人拥护去本土化的杂糅身份是不同的。[10]后殖民理论总是本质的和反本质的融合，这些明显对立的立场成为它的特点。这一特点被那些批评它太过马克思主义或者后现代的批评家们忽视了，尽管他们对两方面的批评都不是那么明显。对既有真相的怀疑并不一定与对殖民统治时期那段经验的、体验式的历史记忆水火不容。

事实上，这些记忆会增加疑虑。[11]

虽然"第三世界"现在是否存在还有争议，但第四世界的存在却是不争的事实。随着第三世界的消亡，第四世界的地位显著提高，它的问题也变得完全可见。20 世纪伊始，在部族人们持续反抗的漫长历史里，一个变化正在发生。这段历史率先被巴托洛梅·德·拉斯卡萨斯的《简述印度群岛的毁灭》(Bartolomé de Las Casas, *A Short Account of the Destruction of the Indies*, 1542) 以文字形式表述出来。这段历史制度性的行动包括托马斯·霍德金 (Thomas Hodgkin) 1837 年建立的"原住民保护协会"(the Aborigines' Protection Society)，此项运动在多年之后的全球政治运动中达到顶峰，并促使联合国在 2007 年发表《有关土著居民权利的宣言》("Declaration on the Rights of Indigenous Peoples")。[12] 本土斗争的范围以及他们通过联合国宣言的力量并借助作为政治跨国联系和形式的网络和其他媒体来表达的方式，意味着本土人群已经能够在国际舞台中以一种非常显眼的方式有效地坚持自我，并反抗压迫了他们几个世纪的主权国家的统治。解放性叙事之前的目标是通过采用控制中央权力的列宁模式来获得民族解放，而现在它已被一种早些年只有激进知识分子才使用的政治力量所填补，如秘鲁社会主义者何塞·卡洛斯·马里亚特吉 (José Carlos Mariátegui) 就曾采用过。[13] 尽管"第四世界"已取得成功，但其内化殖民主义的压迫形式仍然存在于地球上的每一块大陆，尤其在涉及自然资源的剥削方面，原住民的生活和土地根本不在考虑范围之内。但是，谁被授权进行这些剥削呢？从后殖民的框架内讨论本土斗争仍然是个相对来说被忽视的话题：移民殖民主义。

在后殖民研究领域，移民殖民主义通过借助殖民民族主义的传统将自己与反殖民斗争的解放性话语联系起来。1989 年，《逆写帝国》(*The Empire Writes Back*) 一书广为流传，此书将殖民解放的各种形式融合成从殖民大都市解放的单一叙述。[14] 但是它忽视了移民殖民地实践"深层次殖民主义"(deep colonialism)，这个术语最近被洛伦佐·维拉西尼 (Lorenzo Veracini) 重新用于强调移民自我管理的成就加强了对本土居民的控制，事实上也增加了加诸他们身上压迫性的殖民实践。[15] 在几乎所有能想到的移民殖民地里，移民从殖民统治中获得解放都是以掠夺土著为前提。对于那些仍然身处其中却不被看见的人来说，后殖民主义的解放性叙事很难进入。的确，对于他们而言，民族解放不仅产生出一种更加强烈的殖民统治形式，也常常被本土族群的特殊条款强化，这有别于移民和大都市人群之间的关系。

后殖民存在的问题依然是本土解放如何能获得成功，也就是说，土地和权力的取得并不是由本土人群排除在外的移民解放条件来调节，或者将其作为前提。很显然，通过强取豪夺来统治的范式被用于许多非移民的殖民地。在这里，本土的少数派或过去被排除在外的群体会发现，即使国家的政治结构是一个民主架构，后殖民统治的自由也可能是和殖民统治一样甚至比殖民统治更加严重的压迫形式。我们常常能在独立民族国家语言政策的历史中找到辖制异质人群民族主义意图的显著标志。我们现在需要注意的是在很多情况下有关解放和获得主权的后殖民叙事都是十分矛盾的。国家独立之后往往伴随着内战和持续的国内动荡，它们也常是民族主义衍生出来的深层次殖民主义的产品，为了让本土民族或者其他少数族裔变得不可见。

如今，对于世界上其他少数人群而言，这个实践在某些特定方面更加广为流传。有少数人努力让自己变得显眼，而其他的人则仍然过着不被注目的生活。矛盾的是，可见的少数人群往往在某些方面是不可见的。在贝鲁特，当你走进一个餐厅，餐厅服务员都是某种程度上的本地人，但是只有在你走下楼进入厨房才能看到隐藏在其深处、正在从事烹饪和洗碗工作的孟加拉人。当本土人群正在使自己变得可见，一个新型三角大陆关系已经形成。这一次不是20世纪60年代发展出的"亚非拉人民团结组织"（the Organization of Solidarity of the People of Africa, Asia, and Latin America, OSPAAL）的争斗状态，而是一个由来自非洲、亚洲和拉丁美洲更为贫穷的国家移民构成的新型属下三角大陆关系，他们通常为了躲避国家或者其他形式的暴力，为了工作和生活而游走于世界各地。这些来自于三角大陆不可见的流散者包括难民、国内受到迫害者、无国籍的人、寻求避难的人、经济移民、非法移民、非常规移民、没有身份的移民以及非法外国人。他们在建筑工地、宾馆的厨房、妓院、清洗厕所、农场等非正常的情况下工作，几乎处于不可见的状态，直到有一天他们突然得以解脱。当媒体纷纷报道一艘挤满人的船在途经兰佩杜萨（Lampedusa）时倾覆的消息，它的航程可能是从利比亚到意大利，或者是从摩洛哥海岸出发到西班牙，或是从苏丹的海岸到沙特阿拉伯，或者是在从斯里兰卡到澳大利亚的最后航程里遭遇了海难。这些不可见的移民只有在他们以这种方式遭遇死亡或被边境警察逮捕之后，或者突然出现在众多的战争逃亡队伍中，如 2011 年春他们从利比亚逃亡到埃及和突尼斯边境那样，又或者是被政客们在竞选活动中将其妖魔化的时候，这些移民才得以进入公众的视野。否则，他们仅仅是西方国家、中东或者其他地区经济不可见的支持后盾，他们在非法逃亡时东躲西藏，远居于工厂的厂房里。他们的可见性只有通过人们从超市里买到他们摘的水果，或者远处地平线上拔地而起的现代摩天大楼才能体现出来。如同在 2004 年的电影《没有墨西哥人的日子》（*A Day Without a Mexican*）中想象的那样，当"非法移民"突然消失，整个加州陷入停滞状态，他们在这个时候才变得可见。电影提出的问题是：你如何让不可见变得可见呢？答案是：让它消失。

另一方面，《没有墨西哥人的日子》助长了将移民仅仅视为一个西方问题的观念。事实上，世界上有四亿三百万的难民，他们大多数都居住于西方之外更为贫穷的国家。从西方的视角来看，这些才是真正的不可见的人群，他们中还有许多是儿童。他们通常都没有（可证明身份的）证件，被剥夺了基本的国民权利，只剩下持续的、难以成功的自我解放之梦。然而，从事移民研究的理论家倾向于从具体的案例来考察移民问题。后殖民理论能够为理解类似移民全球化的新现象提供历史和理论的框架，同样也能为重新表达民族国家界限之外反殖民抗争的解放性目标提供历史和理论的框架。如今，它已不仅仅是形式上的殖民者—被殖民者关系问题。对于大多数而言，尽管在移民殖民地不同形式的后殖民理论持续存在，它的影响还在持续改变这之外世界的态度、观念和文化规范。相反，我们有的是一些更野蛮的东西，因为这里不再作为一种关系存在，在许多社会中他们是数不清的个体，他们对经济要求旺盛，为千疮百孔的生活所困，正等待着一个可能不会到来的将来，最后被迫痛下决心通过非法移民的方式横跨大陆以谋取生计。[16] 现在，后殖民的问题是如何让这些被遗漏在当代现代性需求的人们的解放之梦变得可行。

二、难以捉摸的伊斯兰

后殖民研究第二个可见图景的变化涉及一个可以类比的转变。在这个转变中，那些人们显而易见的努力却没被全世界人们看见或严肃对待，同时他们的政治或文化领袖随着激进伊斯兰的重新兴起取得了显著地位。与本土抗争一样，伊斯兰的政治故事也可以追溯到殖民时期，它为争取民族主权而斗争，并正式终结了殖民统治，但同时也留下了悬而未决的问题。伊斯兰和本土斗争的重新兴起都是它们过去斗争残留下来并依然存在的残余。近些年活跃的后殖民研究关注的两种"新的"政治问题其实也是两个最古老的问题。它们曾经被视为已经落伍和终结，但是它们拒绝死亡，那些被压抑的、没有得到解决的事物以新的形式重新出现。让西方世界最惶恐不安的是它在何时变得如此突出可见，从此西方开始关注那些主动选择戴头巾或以醒目的方式宣示自己信仰的妇女。

尽管再现或掩盖伊斯兰是爱德华·萨义德（Edward W. Said）作品的中心话题，但它并不是整个后殖民研究存在这二十年来的主要内容。如果说萨义德于1978 年出版的《东方学》（*Orientalism*）以学术的形式开始了被普遍认为已经融入文化和制度主导实践的后殖民主义思潮，那么它相对而言更容易被接受的原因之一在于它忽略了以色列—巴勒斯坦冲突以及伊斯兰问题和宗教在更广泛的反殖民斗争中所扮演的角色，尽管《东方学》在 1979 年伊斯兰解放运动一年前就已出版。[17] 然而，后殖民行动主义改变欧洲中心主义和有关西方固有的文化观念，同时倡导给予不同族裔和文化人群更多的宽容和理解。然而后殖民行动主义遭遇了严重的挫折，具体体现在 2001 年美国在"9·11"事件之后的政治反应上。

在这一点上，一段不同的 21 世纪历史骤然显现，它强调的不是"世界战争"、"冷战"，或是非洲、亚洲和拉丁美洲的反殖民斗争，而关注 1979 年的伊斯兰解放运动和巴以冲突，还有苏联人侵阿富汗等相关事件。后殖民理论家成功地捍卫了加勒比的克里奥化和杂糅的模式，并将它毫不费劲地植入到英国自己早期有关爱尔兰人、其他天主教徒、犹太人和其他少数人群的融合模式中，或者将它嵌入用连字符连接的美国少数族裔身份，但这显然都不再适应其后的趋势。[18] 以倡导新杂糅文化范式著称的萨尔曼·拉什迪（Salman Rushdie）与伊斯兰世界围绕《撒旦的诗篇》（*The Satanic Verses*）的冲突在 1989 年爆发，这一事实在当时被看作一个象征着艺术和宗教价值的冲突，并在最近成为一个症候性和象征性的标志。

回过头来看，围绕《撒旦的诗篇》的讨论显示了新形式的伊斯兰在何种程度上让西方人感到那么实实在在的难以捉摸。以往很少有人注意到伊斯兰世界也正在经历变化——伊斯兰革命将伊朗变为一个完全伊斯兰国家的尝试和十年后的拉什迪论争变革伊斯兰激进主义传统布局之间的对比使得差异凸显。至于为什么这两个事件都突然在伊朗爆发，许多人认为伊斯兰革命和追杀令都是同一种伊斯兰宗教激进主义的组成部分，在阿尔及利亚、埃及和巴基斯坦这种宗教激进主义被视为与当地军事伊斯兰政党合为一体，这完全忽视了前者是什叶派后者是逊尼派的这一差异。尽管瓦哈比伊斯兰主义（Wahhabi Islamism）得到了沙特阿拉伯的重金资助，但拉什迪论争产生于伊斯兰世界新的融合结构的最初时刻，它与瓦哈比伊斯兰主义的唯一联系是它的跨国民族主义（transnationalism）——尽管它们各自属于非常不同的类型。[19]

西方人倾向于将不同形式的激进伊斯兰作相同的解读，也就是将它们归为宗教激进主义。具有讽刺意味的是，宗教激进主义这个词语本身是一个西方概念，这在莫欣·哈米德于 2007 年出版的《无奈的宗教激进主义者》（Mohsin Hamid, *The Reluctant Fundamentalist*）中有睿智呈现。[20] 围绕《撒旦的诗篇》的讨论发起了有关宗教激进主义伊斯兰是杂糅的还是纯粹的新西方文化语言之间的论争。相反，此论争标志着一个新伊斯兰的出现，具体表现在什叶派追杀令受到国际上所有穆斯林的支持，尽管这些人和群体有着迥异的意识形态，他们包括埃及的伊斯兰祈祷团（Jamaah al-Isamiyyah）或巴基斯坦的伊斯兰大会党（the Jamaat-e Isami）在内的逊尼派瓦哈比（Sunni Wahhabi）和宗教激进主义群体。费萨尔·德乌基（Faisal Devji）坚持认为，世界范围内对拉什迪的不安情绪是伊斯兰新的全球化形式的第一个暗示，而下一个主要的显现则是震惊世界的"9·11"事件。[21] 德乌基所称的基地组织（Al Qaeda）的"民主"倾向于避开所有穆斯林权威的传统形式，吸引了全世界的支持者，并将各个穆斯林母题混合在一起使用。尽管它有着逊尼派的身份，却更偏重于什叶派，这标志着一个新伊斯兰的出现。它的目标远不止于依照列宁、反殖民或者伊斯兰模式从传统意义上管控单个的民族国家，而是期望将伊斯兰"神圣土地"从西方长达一个世纪的统治中解放出来，同时希望重新通过伊斯兰的国王统治（Caliphate）来创造跨国乌托邦。

基地组织并不仅仅是"宗教激进主义"，而是伊斯兰与西方长期辩证互动的产物，它在意识形态上兼收并蓄，且往往有着西方化行动的根源。因此，它将西方视为自己亲密的敌人，并采用反殖民的修辞形式来树立其目标，即使这些目标是跨国民族主义的而不是民族主义的。在此语境下，我们发现奥萨马·本·拉登躲着录视频而后在电视里观看自己的视频的行为就不足为怪了。基地组织的政治目的与它的对手被捆绑在了一起，同样关注西方殖民主义在中东期间的一些历史宿怨。本·拉登在其公开申明中清楚地将基地组织仇恨的源头回溯到 1919 年奥斯曼帝国的瓦解以及 1924 年 3 月 3 日阿塔图尔克的土耳其新国民议会废除奥斯曼政权。直到 1919 年，英法对伊斯坦布尔的占领激起了在小亚细亚（特别是英属印度）蔓延的基拉法特运动（Khilafat Movement）作出"恐怖主义的"或军事的回应。从某些方面说，基地组织是当时那个伟大的跨国运动在现代的重现。[22] 基地组织对传统的不敬和伊斯兰的世俗化暗示它在某种特定程度上可以被视为引发 2011 年"阿拉伯之春"（the Arab Spring）的诸多原因之一，它打破了伊斯兰宗教激进主义和西方封地残酷独裁整体之间的隔阂。阿拉伯之春的政治目的仍然具有显著民族主义的特征，它的观点一直与跨国民族主义有关，并伴随着此地区几乎每个国家对民主的期待和需求。我们无须对此感到惊讶，因为每一段反殖民或者反独裁的斗争结果都各不相同，这取决于各个国家特定的形势。然而，显然伊斯兰文明的特征现在不能也从来不是可以根据单个的伊斯兰形式来归纳的，即使这个思想一直存在于西方的观念中。

尽管后殖民理论对伊斯兰国家的兴趣渐渐增加，但是 2001 年的伊斯兰世界对于大多数西方后殖民理论家来说和对其他人一样，都只是一个无法理解的存在。[23] 伊斯兰主义作为与西方利益在中东的当代对立话语和实践，有着多样的形态，它的发展让后殖民研究猝不及防。后殖民研究从马克思主义的世俗传统发展而来，马克思主义认为宗教不值得过度关注，因而后殖民研究受到现在或者过去非传统的全球布局的影响，对抵抗伊斯兰的多种形态所言甚少，它将

大部分的关注点集中在阿富汗和伊拉克中表现出的西方新殖民主义部分。假如
基地组织和不同形式的宗教激进主义者能彼此认同，并从宗教方面转向政治领
域的认同，那么一个主要的表现就是对世俗主义的兴趣。现有关于世俗主义的
研究最初是从印度的印度特性（Hindutva）意识形态的与竞争中发展出来的，
印度教湿婆神军（Shiv Sena）在很多方面可以被视为阿富汗和巴基斯坦塔利班
在印度的翻版。然而，后殖民主义在世俗主义上下太多工夫的问题是，它开始
从认同世俗主义本身的立场出发，这意味着它必须在寻求解决特定情形的政治
和哲学谱系中选择一个立场，因为宗教和世俗的区分本身就是有争议的。[24] 那
么，什么才能替代宣称自己能置身于信仰之外，并被一些人视为有偏见的而非
公允的世俗主义呢？当世俗实践仍然可能作为宗教的另一个形态以显著的方式
出现在非世俗社会中，世俗主义到底可以从非世俗社会学到什么？如同塔拉
勒·阿萨德（Talal Asad）在书中所写的，人们已经采用一套方法来讨论宗教的
概念和哲学 [25]，另一套方法可能被用来重新审视非世俗社会中社会和政治宽容
的不同概念和实践，因为就如我们将要看到的那样，宽容是一个概念，它并不
一定要与特别的与世俗主义或者西方画等号。事实上，西方世俗主义自身就会
产生不宽容的行为，如在法国禁止穿戴"尼卡布"（niqab）。尽管世界上许多
不同的国家和地区如印度、巴基斯坦、斯里兰卡、伊朗、以色列—巴勒斯坦和
北爱尔兰在面对各种地方自治主义形式时，会有一个最基本的宗教基础，西方
世俗主义和被认为随之而来的宽容的自由形式所能够提供的仍然有限。人们如
何才能够重新学到彼此和谐相处，而不把国家世俗主义强加于人？我们可以从
非世俗社会的历史范例中学到什么呢？在西方后殖民对另一种文化形式和历史
的兴趣没有受到足够的关注，这也就是为什么我们可以继续进行有建设性的研
究，而这可能需要从思考那些难以想象的东西开始。

尽管我花了大部分时间在进行不同形式的反殖民主义书写，现在也是时候
至少从以下这个方面重新审视一些帝国的形式：尽管帝国的政府结构要殖民
结构架构，它也必然会围绕着多样性进行组织。[26] 帝国被民族主义的原则所摧
毁，而民族主义的后果是对自主的族裔或文化的同质性采取不宽容原则，并
倾向于排斥异质和差异，将它们视为一个需要解决或者根除的问题。在希腊和
土耳其、印度和巴基斯坦以及以色列和巴勒斯坦等民族国家建立之时，大规模

的（同样以牺牲大批人的生命为惨痛代价的）群众运动是有关民族的现代观念和帝国维持民族形成之前多样性之间矛盾的可见指示，更早一点的例子是 1492 年驱逐犹太人和穆斯林的西班牙收复失地运动（the Reconquista）。

三、共存（Convivencia）

到底国家这一代表着城邦的现代政治形式能够从被它们所取代的帝国中学到什么？不同后殖民民族国家里同质性的原始动因在许多情况下只在现在（如果有的话）开始转向研究异质性和包容差异，这是帝国实践的一些基本的东西。我这里所指的并不一定是大英帝国，尽管它肯定是一个极不协调的异质性机构，首先通过阶级序列而忽视其他差异来处理多样性。[27] 在这个伊斯兰被西方国家自动与宗教激进主义和恐怖主义相连的世界里，还存在一个经常被忘却的历史，这个历史就是维持不同社群之间的公平关系，并让生活在同一地方的不同人群包容彼此之间的差异所取得长期的成果。与萨尔曼·拉什迪考虑的一样，信奉伊斯兰教的西班牙是基地组织长久以来有关伊斯兰历史非正统叙事的参照物。在 20 世纪 70 年代加拿大出现多元文化主义（multiculturalism）之前，在欧洲存在时间最长、最成功的多元文化主义发生在穆斯林统治西班牙的八百多年间，即诞生于 10 世纪的阿尔安达卢斯的伊斯兰国家，它没有得到认为现行政治制度高人一等的西方观念的充分承认。正是在科尔多瓦哈里发国（Caliphate of Cordoba，929—1031）时代，科尔多巴成为中世纪欧洲和近东最强大的城邦之一，它成为知识的灯塔，有着整个欧洲最大的图书馆，是阿拉伯、希腊和拉丁哲学和科学进入文艺复兴的欧洲的有效渠道，在那个年代只有巴格达能与之比肩。[28]

与同时期欧洲的其他地方相比，科尔多巴与众不同的地方在于它是一个由穆斯林、犹太人和基督徒和平甚至愉悦地共处（共存）的多元文化社会，因为各个宗教派别的学者促成那些伟大的宗教文本被顺利的接受和翻译成阿拉伯语，也促成了一些伟大作品的诞生，如卡巴拉教（kabbalah）的主要文本迈蒙尼德的《解惑指南》（Maimonides，*Guide for the Perplexed*），还有关于伊本·阿尔－阿斯塔库的阿拉伯押韵散文《佐哈儿》（Ibn al-Astarkuw，*Zohar*）。[29] 这些作品是在阿卜杜拉赫曼三世（Abd ar-Rahman III，912—961）统治时期的环境中产生出来的。尽管当时存在与北方基督徒争夺领地的战争，但宗教的宽容和自由仍然成为伊斯兰统治的标志。阿尔安达卢斯不仅经济富足，而且精神文化繁荣，穆斯林、犹太人和基督徒一起过着相对和平的生活，这种情况也只有 20 世纪的最后几十年基督教占主导的欧洲才能与之媲美。在拉什迪的《摩尔人的最后叹息》（*The Moor's Last Sigh*，1995）的最后几页也描绘了这样一个世界。J. M. 库切（J. M. Coetzee）这样评价他所谓的拉什迪"挑衅的议题"：阿拉伯人占领伊比利亚，就像后来伊比利亚占领了印度，促使两者种族和文化的创造性融合；基督教的不宽容在西班牙的胜利是历史的悲剧性转折；印度的印度教的不宽容预示着一种病态的世界，就像 16 世纪西班牙的宗教审判。[30] 阿尔安达卢斯的宽容社会一直是欧洲在多元社会共同生活的最为持久和成功的实验；然而，因为它是在伊斯兰统治下发生的，今天关于多元文化主义和宽容的讨论很少提到它。[31] 同样，现有关于当代阿拉伯多元文化主义的讨论并不多，只能在政治上有许多方面（包括独裁政权和多样性的宽容在内）与阿尔安达卢斯最为接近的一些现代海湾国家的讨论中才能找到。卡塔尔等国家非国民的移民占到整个国家人口的四分之三之多，这些国家正在产生复杂的、异质的、迥异于西方多元文化主义新的文化构成，同时他们也在努力适应（或者压抑）对民主权利、人权和劳工权利的需求。同样的道理，现有对允许不同的社群按照自己的法律准则来治理伊斯兰米利特政策（Millet system）的研究也相对较少，尽管它过往的遗产确实依然在前奥特曼或者伊斯兰国家以某种方式存在，这其中包括孟加拉国、埃及、希腊、印度、伊朗、以色列、约旦、黎巴嫩、巴基斯坦、巴勒斯坦和叙利亚。我们再次遭遇了后殖民的残余，即便它隐匿于现代民族国家的表层之下，但是它依然存在，并对现在起着持续的作用。然而，它会以何种方式（法律的、政治的和社会的）起作用，又会达到什么效果，将来又有着何种可能性呢？

　　虽然现在有人依然听到印度人宣称在英国统治之前不同的社群和睦相处，但是这不是印度人民党（Bharatiya Janata Party, BJP）所喜爱的表述，英国分而治之的原则破坏了这种和谐关系。如果这是真的话，这一定指的是莫卧儿时期（the Mughal era），那时印度处在伊斯兰受保护政策（dhimma system）的治理下。限于篇幅，在此我们不能详细叙述这个制度，我也不会把它作为一个模式提出来。（但是有什么模式不是不完美的呢？）受保护政策并不是我们今天认为的平等人权和公民体系，它在不同地方被各种滥用或它所能提供的宽容的形式和程度被滥用的例子。然而，正如伯纳德·刘易斯（Bernard Lewis）所说的那样，事实是与现在发生在欧洲的事情相比，直到奥斯曼帝国统治末期在伊斯兰国家也没有发生过大规模针对犹太人和基督徒的屠杀。[32] 1492 年西班牙收复失地运动期间，基督徒和犹太人并没有被要求在改变宗教信仰、被驱逐或者死亡之中作出艰难抉择。一个从根本上包容、在差异中共处的系统得以建立。当英属印度军队于 1917 年 3 月进入巴格达，在这里居住的犹太人远多过阿拉伯人。像当时亚历山大港和士麦那样卓越的文化和种族混杂的城市现在已经彻底消失了，但是后殖民批评并不包括这些混杂社会的毁灭。在这个持续了千年的内部纷争中，欧洲人正在卷入欧洲及其之外的地方之间无休止的战争和对长期的宗教少数族裔的迫害中。与此同时，延伸到地中海另一端的伊斯兰国家则能够创造出一个对差异和文化融合相对宽容的长效体制，直到 19 世纪被欧洲帝国主义的贪婪和日益抬头的民族主义所毁灭。

温迪·布朗（Wendy Brown）认为宽容不是一种伦理或者美德，而是一种权利的结构和话语，一种治理术的结构，仿佛为了揭示其潜在的短处。[33] 受保护制度从来不假装它是别的什么——它是一种治理形式——但是这并不意味着它的宽容不是基于一种基本的伦理结构，或者不在其基础上实践。鉴于其政教合一的框架，与典型的民族主义形成对比，我们可以将这个制度称为异端——"集体一致的缺失"。它是意见不同的社群共存的系统：每一个社群彼此之间都有不同的观点、习俗和信仰，同时尊重他者的自主权。这并不是雅克·朗西埃（Jacques Rancière）所说的在政体中分裂意义上的异见。[34] 持异见的结构是这个系统组成的基础，而不是与司法对立的政治形式。如果对他者的宽容是社群组织的核心，那么如果不存在冲突它就没有任何存在的意义，因为宽容意味着容忍、受难和忍受，不仅包含着行为的伦理，还包含着在面对自我的不确定形式时的自制、忍耐，这是一种被置于变化中的分裂情绪。[35] 宽容隐含着将责任作为任何伦理生活主要部分的积极概念；对它的感知在一个排他性、以个人权利为导向的话语中变得难以理解。如果在实践中宽容必须总是合乎条件，那么

宽容就像谅解一样只有在不可侵犯、无条件和绝对的三种情况同时具备时才能
具有意义。[36] 这些混杂的、疑难的分化对"受保护政策"至关重要——穆斯林
容忍基督徒和犹太人，基督徒和犹太人忍受穆斯林的统治。然而，在这些悬而
未决的、不完美的全球异见中，还存在着一个宽容、尊重和共生的模式。

尽管我们现在倾向于将宽容视为解决或者避免社会和政治纷争的方式之
一，但是潜在斗争的理念依然是宽容思想的基础，这构成了 17 世纪以来逐渐
形成的自由西方传统思想的基石，这种思想集中体现在 1689 年约翰·洛克的
《论宗教宽容》（John Locke，"Letter Concerning Toleration"）一文中。[37] 洛克在
文章中激进地提出解决宗教差异和国家角色问题的办法。虽然托马斯·霍布斯
（Thomas Hobbes）采取的是被我们可能称作民族主义的视角（这是一个时代错
误），他提倡宗教统一对于成功（而非破坏性地）治理国家是必要的，但是洛
克从相反的角度来看待这个问题，他认为意见不一致和宗教群体多样化可能维
持稳定并防止社会动荡。洛克认为任何国家试图压制而不是允许其他宗教发展
的努力事实上更有可能制造出社会动荡。国家通过宽容异质群体会让它变得更
加强大，相反如果压抑异己会变得弱小。在一个国家里，一个教派占据权威地
位是不够的。在洛克看来，一个教派没有掌握足够的权威来排挤另一个教派是
新教主义的逻辑悖论之一。洛克所举的例子就来自君士坦丁堡的两个敌对的教
派："为了用一个例子把事情说明白，我们想象一下在君士坦丁堡的两个教派，
一个属于抗议派，一个属于反抗议派。有人会认为因为他们有各自不同的教义
或者仪式，教会就有权夺走那些与他们持异见的人的自由或财产（如其他地方
发生的那样），或者用流放或死亡来威胁他们吗？然而，土耳其人却什么也没
说，他们对那些自相残杀的基督徒的残忍旁观窃笑。"[38]

洛克在这篇用英语写作的、具有开创意义的讨论宽容的哲学文本里，把土
耳其人的克制和宽容的行为与不宽容和敌对的基督教野蛮的残忍进行对比。宽
容现在通常被视为是西方的美德和发明，但值得注意的是 17 世纪的洛克和 18
世纪的伏尔泰（Voltaire）两个西方伟大的理论家都将他们那个时代的伊斯兰
世界作为它们所提倡的宽容的典范而提出来，其中伏尔泰在他的《哲学词典》
（*Philosophical Dictionary*）[39] 中有关宽容的词条里就提到这一点。尽管当代的
评论者如威尔·金里卡（Will Kymlicka）觉得伊斯兰和欧洲传统构成了两个截

然不同的模式，后者无疑是从前者的实践知识中发展而来的。[40] 伊斯兰世界常常为宗教改革和启蒙时期宽容的倡导者提供良好的典范。然而，今天还能重新拾回这些典范吗？

四、他者

宽容不要求"他者"的存在，也需要他者不被他者化。我们说他者可以存在，但是不能将"他者"他者化。长久以来，后殖民研究的重点是批判性地分析屈从于被统治群体他者化的自我贬抑经验，这是在弗兰茨·法农的《黑皮肤，白面具》（Frantz Fanon, *Black Skin, White Masks*，1952）一书中首先提出来的。[41] 后殖民批判的核心是对隐含在"他者"思想之中，现代（同一）和非现代（他者）的残留之间区分的观察。然而，那些被视为独立于现代性或西方之外的人们依然常常被用"他者"的概念和术语来加以描述和分类。

这样的例子比比皆是，例如林达·柯丽在《英国人：塑造民族》（Linda Colle, *Britons: Forging the Nation*）一书中提出了 20 世纪末的一个普遍的思想体系。她写道："英国性被附加于一系列的差异之上，作为对他者接触的回应，最重要的是与他者冲突的回应。"[42] 当然，19 世纪没有人会用萨特或拉康的大写的 O 来将人们归为"他者"，只是为了强调一件事，那就是所谓的"英国性被附加于一系列的差异之上"。但是当柯丽说"作为对他者接触的回应"时，她混淆了世界上不同群体接触的历史事件和 20 世纪晚期的当代将这些不同群体视为"他者"之间的区别。为什么英国人与世界上一大批不同群体的联系会被描述成与"他者"的相遇，而这个概念恰恰为重复柯丽所批判的视角服务的呢？

随意地运用这个概念让后殖民理论家多年以来挑战的那一类别成了不朽的剩余——有时甚至会重新出现在后殖民修辞里的殖民提醒。今天我们所见的任何地方都能读到或听到"他者"。在我参加的纽约的一个后殖民主义小组讨论会过后一位听众评论道："这都很好，但是他者在哪里呢？这个小组不是继续将你们本该捍卫的那个他者排除在外？"回答这个问题有两个可能的回应。一个反应指向"种族"或者族裔，即显见的他者性，但许多讨论组成员都没有清楚地提到这一点。另一个回应也正是我的回应，这样的"他者"不存在或不应该存在，只有个体或者群体会感到自己曾经被社会他者化。有观点认为有一群人，那些不经意一看就能注意到他们之间区别的第三世界人群，也就是"他者"，本身便是种族理论的产物，它的前提来自现代性的歧视。[43] 当然，这个观念的影响便是少数人群的存在，他们挣扎着参与到仍然将他们作为"他者"他者化的社会中去。

　　他者化是后殖民应该努力解构的，但是使用这个概念的趋势仍然存在：经常被提出来的问题是"我们"（毫无疑问是大多数或统治群体）如何能够了解那些不可知、不可接近的"他者"；或者"他者"如何能够被鼓励呈现自己的他性，而不仅仅被表现为他者。这个问题仅仅是区分带有歧视的概念的最初产物。它接受看似它反对的社会和政治他者化带有歧视的举动。问题不是如何去了解"他者"，而是大多数人如何不再将少数群体他者化，那时少数人将能以独特的差异形式再现真实的自己，而不是如他们被他者化的那样。

　　这个问题的另一个表述出现在 20 世纪 80 年代以来的某些理论和政治话语中，是一种未经核实的两种观点的合并：一是将"他者"视作从黑格尔以降意识哲学的哲学范畴，认为他者事实上并不是本质上存在差异，而是让个体意识到他/她自身的手段，反之亦然（在现在最积极地体现在萨特、列维纳斯和拉康的理论中）；二是整个文化或种族群体被归为"他者"已经成为人类学研究的产品和对象，这种表述至少可以追溯到约翰·比帝的《其他文化》（John Beattie, *Other Cultures*, 1964）。[44] 对于后殖民研究而言，更早的例子是兹维坦·托多罗夫 1982 年出版的《征服美国：他者问题》（Tzvetan Todorov, *The Conquest of America: The Question of the Other*），紧接着他又于 1989 年出版了《我们和他们》（*Nous et les autres*，英文译本为《论人类多样性》）。[45]1984 年在埃塞克斯大学举办了具有创始意义的后殖民研究会议议题是"欧洲及其他者"，这暗示哲学、人类学和地理在那时合流。与会代表们在会议上提出的批判性问题从某种程度上描述了一个历史状况——欧洲人将非欧洲人"他者化"的方式——从何种程度上它被用于不暗示任何批判眼光对现在的描述。从那时起，"他者"这个词就已经成为指示那些不为人知、出于外来状态的个人和群体依然是后殖民欲望的对象——那个已经浮现出来的欲望想要到达不可知区域 。从那个意义上看，"他者"的概念简单地延续了现代性开拓性的概念框架，18世纪末以来一部分的人性进入现代性，至少能在康德的言论中读到，然而人性的余下部分都成为不成熟、原始的、现有人性的"他者"。[46]

简言之，他者的概念被简单地涵盖在原始范畴的现代形式之中，尽管后者多年来已经遭到布鲁诺·拉图尔和其他学者的质疑。[47] 现在有一些具体对他者观念的人类学和哲学批判，如约翰尼斯·费边的《时间和他者》（Johannes Fabian, *Time and the Other*, 1983）[48]，或列维纳斯终其一生对黑格尔的批判，抑或是德里达论列维纳斯的文章，但是这些批判并没有阻止人们持续、不加区分地使用这个概念，即使在后殖民研究中此概念被细致考察和不加选择地使用。例如，列维纳斯主张即使黑格尔他者的知识成就也是被污染的，因为他者那时已经失去了他性而变为同一。这个论证链的结果导致了对违背污染的绝对他者的扩大追寻，它被列维纳斯不那么恰当地称为"面孔"。[49] 列维纳斯还分别向我们提出了超越的他者和被真正他者化。他关于本真他者的思想吸引了那些以善意的方式通过用了解文化、再现他者或鼓励他者自我呈现来寻求与现代性同一——他者两分决裂的努力。然而，事实上任何这些努力都只会用于讽刺性地维持这个分裂的局面，因为"他者"必须保持不可理解的状态。一旦你使用"他者"这一范畴谈论其他种群或社会，你就已经被禁锢在预先设定的概念和持续的框架之中，将它永久地变为一种被排除的形式。

这便是德里达写于1964年批判列维纳斯的文章《暴力和形而上学》（"Violence and Metaphysics"）的内容。如加布里埃拉·巴斯特拉（Gabriela Basterra）所说，德里达认为"如果他者是个绝对的外在，如果它与自我之间有着不可跨越的鸿沟，那么人们如何知道他者的存在呢"？[50] 对于此问题的回答只有从创造概念开始。于是，列维纳斯在《外在存在》（*Otherwise than Being*, 1972）中修正了他的立场，他发展出一个理解与他者关系的新方法。对于他而言，这是一个伦理和政治问题。他探寻紊乱自我的残余，也就是"被他者搅扰的同一的不安"[51]。列维纳斯认为"心灵便是他者的同一"，此举使他更靠近黑格尔和弗洛伊德。[52] 列维纳斯朝有关同一的哲学"自足他律"（auto-heteronomy）靠近，但是同一已经随着对统一性必须由与决定自身相冲突的他者所决定和干扰的认识被多样化了，因而对后殖民研究话语影响甚微。在哲学术语里，存在于个体主体性范围之外的各种不同的"他者"之间并无差异——承认的政治又一次是追求对自己创造的疾病自我疗愈的自我实现的范式。这里存在着两种类型："我们"知道或者不知道的他者和"我们"根本就不知道的，甚至没有被当作陌生人承认但被笼统地归类的"他者"。[53]

后殖民学者是时候依照列维纳斯后来提出的观点或让－吕克·南希（Jean-Luc Nacy）、吉奥乔·阿甘本（Giorgio Aganben）等人提出的论点，重新思考他者的类型。他们认为他性（alterity）不是用排除的形式生产出来的，而是存在自身的基础，从而必须总是从一开始就"成为单一的复数"形式。直到人们从这个方面重新思考他者的问题，后殖民研究能做的最有用的事是完成它相互理解和普遍公平的目标便是完全摒弃"他者"的范畴。[54] 不是所有的差异形式（如果确实有的话）需要"他者"种类的绝对性，除非他性被主体本身选中来描述需要挑战、改变和转变历史歧视的状况。人与他人并不存在如此大的差异，以至于他们之间的差异让他变得不可知。他者化是一种排除的殖民策略：对于后殖民而言，只存在其他人。

纽约大学

注　释

在此我要感谢迪佩什·查卡拉巴提（Dipesh Chakrabarty）、坦雅·法兰多（Tanya Fernando）、阿基里斯·姆本贝（Achille Mbembe）、帕瓦蒂·奈尔（Parvati Nair）以及芮塔·菲尔斯基和《新文学史》的编辑们对本文提出的建议或草稿的审阅。

[1] Editor's Column, "'The End of Postcolonial Theory?' A Roundtable with Sunil Agnani, Fernando Coronil, Gaurav Desai, Mamadou Diouf, Simon Gikandi, Susie Tharu, and Jennifer Wenzel," *PMLA* 122, No. 3 (2007): 633–51。

[2] Jean-François Bayart, *Les études postcoloniales, un carnaval académique* (Paris: Karthala, 2010). 对此文的回应参见：Robert J. C. Young, "Bayart's Broken Kettle," *Public Culture* 23, No. 1 (2011): 167–75。

[3] 印度和中国的经济崛起让后殖民理论过期的断言忽视了亚洲的经济快速发展几乎不是一个新现象：诚然印度和中国是经济发展的后发者，居于亚洲经济振兴的一系列国家（地区），如日本、马来西亚、新加坡、韩国等之后。然而，后殖民几乎与这些后兴起的"亚洲虎"的文化无关；

事实上对后殖民性的关注只会在这里得到加强。

[4] 参见：Robert J. C. Young, *Postcolonialism: An Historical Introduction* (Oxford: Blackwell, 2001).

[5] Arif Dirlik, *Global Modernity: Modernity in the Age of Global Capitalism* (London: Paradigm Publishers, 2007).

[6] 参见：Paul Gilroy, *After Empire: Melancholia or Convivial Culture?* (Abingdon: Routledge, 2004); Achille Mbembe, *Sortir de la grande nuit. Essai sur l'Afrique décolonisée* (Paris: La Découverte, 2010).

[7] Amitav Ghosh, *Sea of Poppies* (London: John Murray, 2008).

[8] Arjun Appadurai, ed., *The Social Life of Things: Commodities in Cultural Perspective* (Cambridge: Cambridge Univ. Press, 1986); Catherine Keller, Michael Nausner, and Mayra Rivera, eds., *Postcolonial Theologies: Divinity and Empire* (St. Louis, MO: Chalice Press, 2004); Lorna Hardwick and Carol Gillespie, eds., *Classics in Postcolonial Worlds* (Oxford: Oxford Univ. Press, 2007); Piyel Haldar, *Law, Orientalism, and Postcolonialism: The Jurisdiction of the Lotus Eaters* (London: Routledge-Cavendish, 2007); Lisa Lampert-Weissig, *Medieval Literature and Postcolonial Studies* (Edinburgh: Edinburgh Univ. Press, 2010); Cheryl McEwan, *Postcolonialism and Development* (London: Routledge, 2008).

[9] 有关葛兰西和后殖民研究关于属下概念的区分参见：Robert J. C. Young, "Il Gramsci meridionale," in *The Postcolonial Gramsci*, ed. Neelam Srivastava and Baidik Bhattacharya (New York: Routledge, 2012), 17–33.

[10] Stuart Hall, "Cultural Identity and Diaspora," in *Identity: Community, Culture, Difference*, ed. Jonathan Rutherford (London: Lawrence and Wishart, 1990), 222–37.

[11] 参见：Linda Tuhiwai Smith, *Decolonizing Methodologies: Research and Indigenous Peoples* (London: Zed Books, 1999).

[12] Bartolomé de Las Casas, *A Short Account of the Destruction of the Indies* [1542], trans. Nigel Griffin (London: Penguin, 1992); UN Declaration: http://www.un.org/esa/socdev/unpi/en/drip.html.

[13] José Carlos Mariátegui, *Seven Interpretive Essays on Peruvian Reality*, trans. Marjory Urquidi (Austin: Univ. of Texas Press, 1971).

[14] Bill Ashcroft, Gareth Griffiths, and Helen Tiffin, *The Empire Writes Back: Theory and Practice in Post-Colonial Literatures* (London: Routledge, 1989).

[15] Lorenzo Veracini, *Settler Colonialism: A Theoretical Overview* (Basingstoke: Palgrave Macmillan, 2010); Mike Davis, Planet of Slums (London: Verso, 2006).

[16] Cf. Yto Barrada, *A Life Full of Holes: The Strait Project* (London: Autograph, 2005); Craig Jeffrey, *Timepass: Youth, Class, and the Politics of Waiting in India* (Stanford, CA: Stanford Univ. Press, 2010).

[17] Edward W. Said, *Orientalism* (London: Routledge & Kegan Paul, 1978).

[18] 参见：Robert J. C. Young, *The Idea of English Ethnicity* (Oxford: Blackwell, 2008).

[19] Olivier Roy, *Globalized Islam: The Search for a New Ummah*, 2nd ed. (New York: Columbia Univ. Press, 2004).

[20] Mohsin Hamid, *The Reluctant Fundamentalist* (New York: Harcourt, 2007).

[21] Faisal Devji, *Landscapes of the Jihad: Militancy, Morality, Modernity* (London: Hurst, 2005).

[22] 基地组织并不是第一个全球化或者跨国的反殖民组织：那个区分属于爱尔兰，参见：Robert J. C. Young, "International Anti-Colonialism: The Fenian Invasions of Canada," in *Studies in Settler Colonialism: Politics, Identity and Culture*, ed. Fiona Bateman and Lionel Pilkington (Basingstoke: Palgrave Macmillan, 2011), 75–89.

[23] 围绕着 Saba Mahmood's *Politics of Piety: The Islamic Revival and the Feminist Subject* (Princeton, NJ: Princeton Univ. Press, 2005) 的争议彰显了西方世界在阅读伊斯兰信条形式方面的困惑。

[24] 德里达提出了更犀利的问题，他问道："如果这个词（世俗主义）有一个独立于宗教传统，坚持能逃脱其外的意义。" Jacques Derrida, *On Cosmopolitanism and Forgiveness*, trans. Mark Dooley and Michael Hughes (London: Routledge, 2001), 46. 参见：Judith Butler, *Precarious Life: The Powers of Mourning and Violence* (London: Verso, 2004), 144.

[25] Talal Asad, *Formations of the Secular: Christianity, Islam, Modernity* (Stanford, CA: Stanford Univ. Press, 2003).

[26] 有关帝国如何管理差异的进一步讨论参见：Jane Burbank and Frederick Cooper, *Empires in World History: Power and the Politics of Difference* (Princeton, NJ: Princeton Univ. Press, 2011).

[27] David Cannadine, *Ornamentalism: How the British Saw Their Empire* (New York: Oxford Univ. Press, 2002).

[28] Souleymane Bachir Diagne, *Comment philosopher en Islam?* (Paris: Panama, 2008); George Makdisi, *The Rise of Humanism in Classical Islam and the Christian West: With Special Reference to Scholasticism* (Edinburgh: Edinburgh Univ. Press, 1990).

[29] Gil Anidjar, *"Our Place in al-Andalus": Kabbalah, Philosophy, Literature in Arab Jewish Letters* (Stanford, CA: Stanford Univ. Press, 2002). 有关共存的现代讨论首先由阿梅里科·卡斯特罗 (Américo Castro) 在 *España en su historia. Cristianos, moros y judos* (Buenos Aires: Editorial Losada, 1948) 中提出；更多批评视角参见：David Nirenberg, *Communities of Violence: Persecution of Minorities in the Middle Ages* (Princeton, NJ: Princeton Univ. Press, 1996), and Maya Soifer, "Beyond Convivencia: Critical Reflections on the Historiography of Interfaith Relations in Christian Spain," *Journal of Medieval Iberian Studies* 1, No. 1 (2009): 19–35. 有关阿尔安达卢斯在阿拉伯人、犹太人和西班牙人中的文化记忆参见：Stacy N. Beckwith, ed., *Charting Memory: Recalling Medieval Spain* (New York: Garland, 1999)；穆罕默德·达维希 (Mahmoud Darwish) 诗歌中有关阿尔安达卢斯的想象记忆与我的论点有着更宽泛的显著联系。在此背景下，参见：Michelle U. Campos, *Ottoman Brothers: Muslims, Christians and Jews in Early Twentieth-Century Palestine* (Stanford, CA: Stanford Univ. Press, 2011).

[30] J. M. Coetzee, "Palimpsest Regained," review of *The Moor's Last Sigh*, by Salmon Rushdie, *The New York Review of Books*, March 21, 1996, http://www.nybooks.com/articles/archives/1996/mar/21/palimpsest-regained/?page=1.

[31] Hasan Hanafi, "Alternative Conceptions of Civil Society: A Reflective Islamic Approach" in *Alternative Conceptions of Civil Society*, ed. Simone Chambers and Will Kymlicka (Princeton, NJ: Princeton Univ. Press, 2002), 171–89.

[32] Bernard Lewis, *The Multiple Identities of the Middle East* (London: Weidenfeld & Nicholson, 1998), 127.

[33] Wendy Brown, *Regulating Aversion: Tolerance in the Age of Identity and Empire* (Princeton, NJ: Princeton Univ. Press, 2006).

[34] Jacques Rancière, *Dissensus: On Politics and Aesthetics*, trans. Steven Corcoran (London: Continuum, 2010).

[35] Anidjar, *Our Place in al-Andalus*, 14.

[36] 参见：Derrida, *On Cosmopolitanism and Forgiveness*, 44–5. 限于篇幅，我在这里只讨论甘地的思想及其宽容的实践。

[37] "A Letter Concerning Toleration" (1689) in *John Locke on Toleration*, ed. Richard Vernon (Cambridge:

Cambridge Univ. Press, 2010).

[38] "A Letter," 13－4.

[39] Voltaire, *Philosophical Dictionary*, trans. Theodore Besterman (Harmondsworth, UK: Penguin, 1972).

[40] Will Kymlicka, *Multicultural Citizenship: A Liberal Theory of Minority Rights* (Oxford: Oxford Univ. Press, 1995), 82.

[41] Frantz Fanon, *Black Skin, White Mask*, trans. Charles Lam Markmann (London: Pluto Press, 1986).

[42] Linda Colley, *Britons: Forging the Nation, 1707－1837* (New Haven: Yale Univ. Press, 1992), 6.

[43] Paul Gilroy, *Against Race: Imagining Political Culture beyond the Color Line* (Cambridge, MA: Harvard Univ. Press, 2000).

[44] John Beattie, *Other Cultures: Aims, Methods and Achievements in Social Anthropology* (London: Cohen & West, 1964).

[45] Tzvetan Todorov, *The Conquest of America: The Question of the Other*, trans. Richard Howard (New York: Harper & Row, 1984); *Nous et les autres: La réflexion française sur la diversité humaine* (Paris: Seuil, 1989), translated as *On Human Diversity: Nationalism, Racism, and Exoticism in French Thought*, trans. Catherine Porter (Cambridge, MA: Harvard Univ. Press, 1993).

[46] Immanuel Kant, "What is Enlightenment?" in *Foundations of the Metaphysics of Morals and What is Enlightenment?* trans. Lewis White Beck, 2nd ed. rev. (New York: Macmillan, 1990).

[47] Bruno Latour, *We Have Never Been Modern*, trans. Catherine Porter (Cambridge, MA: Harvard Univ. Press, 1993); Adam Kuper, *The Invention of Primitive Society: Transformations of an Illusion* (London: Routledge, 1988); Marianna Torgovnick, *Gone Primitive: Savage Intellects, Modern Lives* (Chicago: Univ. of Chicago, 1990).

[48] Johannes Fabian, *Time and the Other: How Anthropology Makes Its Object* (New York, Columbia Univ. Press, 1983).

[49] Emmanuel Levinas, *Totality and Infinity: An Essay on Exteriority*, trans. Alphonso Lingis (Pittsburgh, PA: Duquesne Univ. Press, 1969).

[50] Gabriela Basterra, "Auto-Heteronomy, or Levinas' Philosophy of the Same," *Graduate Faculty Philosophy Journal* 31, no. 1 (2010): 114; Jacques Derrida, "Violence and Metaphysics," in *Writing and Difference*, trans. Alan Bass (Chicago: Univ. of Chicago Press, 1978), 97－192. 德里达在对福柯的《疯癫与文明》（*Madness and Civilization*）的批评中提出了相似的论点："我思与疯癫史"，同时被收录在《书写与差异》中。如果福柯在为他所认为的沦为沉默的疯癫者辩护，德里达则问道他如何能够避免陷入那个他所批评的结构中去？

[51] Emmanuel Levinas, *Otherwise than Being, or, Beyond Essence*, trans. Alphonso Lingis (The Hague: Nijhoff, 1981), 25.

[52] Levinas, *Otherwise*, 112.

[53] 参见：Sara Ahmed, *Strange Encounters: Embodied Others in Post-coloniality* (London: Routledge, 2000), 21. 尽管并没有质疑这个种类，阿梅德还是通过强调在任何相遇中陌生人被凸现出来的事实来批判人们对"他者"概念的抽象使用。

[54] Giorgio Agamben, *The Coming Community*, trans. Michael Hardt (Minneapolis: Univ. of Minnesota Press, 1993); Jean-Luc Nancy, *The Inoperative Community*, trans. Peter Connor, Lisa Garbus, Michael Holland, and Simona Sawhey (Minneapolis: Univ. of Minnesota Press, 1991); *Being Singular Plural*, trans. Robert D. Richardson and Anne E. O'Byrne (Stanford, CA: Stanford Univ. Press, 2000).

一个精心锻造的破裂的锤子：
面向对象的文学批评理论[*]

格雷厄姆·哈曼　著

赵培玲　译

　　近十年来，我发表的论文一直均以面向对象的哲学为主题，它可以被当作是理论现实主义（speculative realism）这个更大运动的一部分。[1] 这两个潮流已经迅速地在学术哲学之外的领域里造成了影响，尤其是在美术、建筑理论和中世纪研究等领域引起了强烈共鸣。因此，我经常被邀请去谈一些我通常的专业之外的话题：理论现实主义之后，政治激进主义应该做些什么？采用了面向对象的哲学后，当代艺术会向什么新方向发展？面对这些问题，我本能的反应是不愿意回答这些问题。我的观点是哲学——不管是神学、左翼政治，还是脑科学——不应该是其他任何学科的侍女。出于同样的原因，其他学科也不应该从属于哲学。当然，在把所有的东西一股脑儿扔进搅拌机前宣布所有东西之间的界限都是人为的，这样做似乎也无太大的意义。人类知识的各种不同领域均有自己相对的学科自主权，因为它们面向的对象各不相同，也需要不同的专业能力来胜任这些学科。学科之间界限的跨越不应该是无休无止、蔓延疯涨甚或被奉为全球性的宗旨，跨越的合理性只能视具体的例子而定。这就是我不屑于同与我从事不同学科的人进行讨论的原因。常常我们会为别的学科对我们的文章作品所做的反应而惊奇，这比我们像个霸道的聚会参与者要求所有人的家里都来适应自己喜欢的音乐要好得多。

　　尽管如此，但凡有人邀请，默默静坐不语总是显得有失礼节或偷懒躲避。近日，有不少人邀请我就对象哲学和艺术的关联发表我的观点，谈论对象哲学

---

* Graham Harman, "The Well-Wrought Broken Hammer: Object-Oriented Literary Criticism",in *New Literary History*, Vol. 43, No. 1, Winter 2012, pp. 183-203.

和文学理论的邀请也同样与日俱增。那么，我将试着解释一下哲学的最新动态对文学理论的影响。在下文里我将先总结一下这些思潮，然后解释对象哲学和20 世纪最盛行的三个文学理论——新批评理论、新历史主义理论、解构主义理论——的不同之处。结尾处我会勾画一下对象主义批评理论大概是什么样子。

一、理论现实主义

"理论现实主义"（Speculative Realism）这个词本是 2007 年 4 月 27 日在伦敦大学的歌德史密斯学院举行的为期一天的工作坊的名字。[2] 后来它就成了从一开始就反对统治大陆哲学思潮的一个松散的哲学运动的名字。最受影响的核心问题不是别的，而是现实主义问题："是否存在一个独立的、不被人类访问的真实世界？"自伊曼努尔·康德的时代伊始，这个观点一直被认为是无效的，因为我们无法想象一个没有人类的世界和没有世界的人类，我们只能想象两者之间最原始的关联。这种哲学后来被法国哲学家昆庭·梅拉索（Quentin Meillassoux，1967—　）称之为"关联主义"。他在 2006 年出版的《有限性之后》（*After Finitude*）的书中提出了理论现实主义，作为关联主义道义上的敌人。[3] 既然理论现实主义者为一个存在于人类思想之外的现实而辩护，他们当然是现实主义者。但他们也是理论主义者，他们并不希望建立一个通常意义上的、四平八稳的由存在于人类大脑之外的一些客观物体和几个台球拼凑起来的现实世界。正相反，理论现实主义者都在追求一种比现实主义者想象的更为怪异的一种现实模式。恐怖和科学小说家 H. P. 拉夫克拉夫（H. P. Lovecraft）能成为这个运动最初的成员们唯一一个公认的精神英雄，并非偶然。

阻止理论现实主义没有发展成为一个有凝聚力的哲学运动的原因在于它的宽泛的基本原则提供了广阔的选择空间：现实主义加非正统理论。伊恩·汉穆勒顿·格兰特（Iain Hamilton Grant）追随的道路是哲学家 F. W. J. 谢林（F. W. J. Schelling）和吉尔·德勒兹（Gilles Deleuze）在为由创造力的自然力量在遇到阻碍它的力量的时候，也只有这个时候它才会创造出个体对象这个观点辩护时开创的。[4] 其他人采取了一个更可预见和最反哲学的脑科学愈走愈近的科学虚无主义。梅拉索的哲学和我的哲学之间的差异也是很有启发意义的。尽管理论现实主义一直被描述为康德所说的哲学中的"哥白尼革命"的敌人，但它与康德的联系比这要复杂得多，甚至可以说是指向了理论现实主义内部最核心的分歧。简而言之，我们可以说康德所说的哲学革命有两个基本原则：

> 1. 康德区分了现象和本体。本体存在于人类所有可能触及的地方之外，因为所有的经验都局限于十二个范畴以及对时间空间的纯粹的直觉。人类是有限的；绝对知识是不为人类所及的。本体可以被思考但不可以被认知。
>
> 2. 对于康德来说，人类和世界的关系是哲学的特权。从康德哲学的角度出发，相互碰撞的物理现象之间的关系最好留给自然科学，而人类和世界之间的关系正是哲学需要解答的真正问题。

那么，梅拉索否定第一个命题而肯定第二个命题；我与之相反，肯定第一个命题而否定第二个命题。换言之，梅拉索抛弃了康德的有限论而支持人类绝对知识论；而我抛弃了绝对知识论，坚持康德的有限论，并让这个有限论超出人类领域而延伸到包括宇宙中的一切关联——包括无生命的关联。

相互关联主义的论点认为我们无法想象一个思想之外的现实，因为如果这样做了我们立刻就会把它转换成一个思想。从而我们陷入了相互关联的圆圈中，并且只要我们坚持理性主义我们将必须保持这种状态。据梅拉索所说，走出这个圈子的简单办法是通过使用"别的地方会更富饶的修辞"[5]。这个修辞只是在抱怨相互关联主义是多么无聊，从而阻止我们去用更多的细节去探索世界。它只是拒绝相互关联主义这个论题但并没有反驳这个论题。与拒绝恰恰相反，梅拉索一开始就接受了相互关联这个命题。他试图从这个关联圈中走出去，为即使在所有人类消寂后仍然存在的本体提供新的证据。对于梅拉索来说，那些属于本体的元素都是那些可以被数学化的。[6] 但梅拉索作品里的这个带着浓重的巴迪欧式的数学元素尚未被理论现实主义阵营——围绕着对相互关联主义的批评而松散地组织在一起的团体——里的多数人认可。尽管梅拉索试图通过攻击康德的有限性来超越康德，但他同时默许了康德对人类和世界之间的关联特权化，认为它是所有其他关联的根源。但这个结论必须被逆转过来才能使康德的有限论站得住脚，且可以更好地引申、超出人类和世界互动这个范畴。这样一来，即使是台球之间的碰撞或雨滴和铁皮屋顶之间的决斗也将会被赋予本体不可触及的特质。这就是面向对象哲学。

二、面向对象哲学

梅拉索的哲学是在和阿兰·巴迪欧（Alain Badiou）和德国唯心主义的对话中产生的，而面向对象哲学——我以及其他学者认可的对象哲学——可以被看作是在一个理论现实主义的更广泛的框架里试图和现象学以及海德格尔的激进现象学达成协议。[7] 现象学是由埃德蒙·胡塞尔（Edmund Hussel）于 1900—1901 年撰写的标志性作品《逻辑研究》（*Logical Investigation*s）而发起的。在自然科学蒸蒸日上，哲学似乎面临着被实验心理学逐步取代的危险的大环境下，胡塞尔反而坚持耐心地描述了我们所看到的现象。例如，任何用波长来描述色彩的科学理论必须是建立在我们先前对色彩的经验的基础上：建立在对红色或蓝色在我们看来是什么样子的描述，以及对这些色彩是如何引起我们运动反应和情感反应的描述的基础上。现象学也必然要包括对不存在的对象的描述，因为半人马和独角兽也会像成堆的真正的花岗石那样出现在我的心中。但胡塞尔也强调说出现在我心里的目的性对象不是像英国经验主义所认为的那样是"一捆捆的素质"。我可以从很多不同的角度看一只黑鸟或一座山，这样它们呈现出来的素质就被改变了，然而不管我们的角度千变万化，这只黑鸟和山仍然是和原来一样的事物。现象学方法的目的就是为了剥去事物非本质的素质并深入了解任何目的性对象的本质——要成为某事物到底需要什么。

海德格尔提出了更激进的现象学，认为我们和实体的接触大多不会以让它们出现在我们的心里的方式发生。恰恰相反。比如，当我用锤子的时候，我的精力集中在目前正在进行的工作上，我有可能认为锤子的存在是理所当然的。除非锤子太重或太滑溜，甚或破了，否则我根本不会注意到它的存在。锤子会破这一事实证明了它的存在比我对它的理解要深刻得多。这个比喻导致很多人去阅读海德格尔著名的用"实用主义的话语"做的工具分析，这就暗示我们任何理论都根植于一个默认的实用的背景中。这种解释的问题在于实践使用到的事物的现实并不比理论多。对着一只锤子发呆并不能穷尽它的深度，而在建筑工地上或战场上挥舞这锤子也同样不能竭其穷尽。理论和实践都是对锤子不为人知的现实的扭曲。面向对象哲学在此基础上推进一步，它认为对象在纯粹的因果互动中相互扭曲。敲打在锤子上的雨滴或微风或许不会像人类那样"意识到"锤子，但这些实体也和人类的实践或理论一样不能穷尽锤子的现实。

　　海德格尔本人对"对象"和"事物"的区别和我们的目的关联不大；我们可以用"对象（单数的）"这个词，原因很简单：现象学最初在复兴单个事物的哲学意义的时候使用的就是这个词。胡塞尔的意向对象（我更喜欢用"感性的对象"）根本不会向我们的心灵隐藏什么。它们总是出现在我们面前，它们只是表面被敷上了一些很偶然的特征，剥去这些特征我们就会发现对象的本质。这包括我们理论和实践中体验到的所有对象。感性对象和它们令人目眩的感性特征总是有冲突。与此相反，海德格尔的那些工具，就像康德的本体一样，总是对我们的心灵隐藏着。在海德格尔的术语中，这些工具从人类所能触及的地方"撤退"（*entziehen*）：它们总是被遮盖着，被隐蔽着，或被隐藏着。但是真正的对象必然也有个体特征，否则的话，所有的物体都可以互换了。因此，对象和其特质之间的冲突也会在世界的深处存在。在胡塞尔的哲学里，感性对象和它们真正的特质之间还存在一个更深的混合型的冲突；在此篇文章里将不再赘述，但我坚持认为这是所有领域的理论活动的根源。这里对我们更重要的是第四个冲突，即在真实的对象和它们的感性特质之间的冲突。这也正是海德格尔的锤子断的时候发生的事。破裂的锤子暗示着锤子的深不可测的现实就在锤子的可以触及的理论上的、实践中的或感知的特质之外。称这种关联为"暗示"是因为它只能对锤子的现实做些提示而从不能让它直接出现在我们的心灵里。我把这种结构称为"诱惑"[8]；暂且把破裂的锤子问题放在一边，我认为这是所有艺术——包括文学——的关键现象。诱惑按照实体本身的样子去暗示，撤开了与其他实体的关联或对世上其他实体产生的效应。

　　这种对事物的现实进行的深层的非关联的认知就是面向对象哲学的核心。对于有些读者来说，他们会立刻觉得这个概念听上去很反动。毕竟人文学科最近的发展均以放弃了陈腐的自主物质或单独的人类主体而以提倡网络、协商、关联、互动和动态波动为自豪。这一直是我们这个时代的主旋律。但面向对象哲学的赌注就是这种趋向整体互动的大型运动曾经是一个解放性的，但已经不再是解放性的概念了，且现在真正的发现将会出现在院子的另一边了。个体物质的问题从来都不与它们是自主的或是个体的，而是它们被错误地认知为永恒的、永远不变的、简单的或可被某些特权观察员直接接近的。恰恰相反，面向对象哲学的对象都是终有一死的、不断变化的，由成群的子成分组成，只有通过间接的暗示才能接近的。这不是通常被人们惋叹的对压迫人的、愚昧的父权制度的"朴素实在论"，而是一个怪异的实在论：真正的个体对象抵制所有形式的因果掌控或认知掌控。

三、新批评主义

我们已经看到，对于面向对象哲学来说，对象和它们的特质之间存在着一系列的紧张关系。真正的对象隐退而使人类无法接近，即使相互的因果互动也没有。这并不是说对象没有处于任何关系中，这只是说（因为当然它们和其他对象有关联）这些关系是我们要解决的问题，而不是要被奉为起点；况且，这些关系必须是间接的或间接体验。没有任何对象在和其他对象关联时而不被缩小、扭曲或能量亏损的。对一棵树的知识永远都不是一棵树，两颗想撞的小行星在接触的过程中相互损耗能量。乍看上去，这种对象模式似乎后退了一步，在思想上逆行到了过去。按照我们前面提到的一个熟悉的故事，哲学家们过去往往都是朴素实在论者，认为在他们的社会或语言语境之外存在着真正的事物，这些事物往往被赋予一些带有政治色彩的永恒不变的本质，通过对每个群体分类——譬如，东方人、女性的、前启蒙运动或者别的什么标签——来征服它们。按照这种观点，我们很幸运地懂得本质必须被运动或表演取代；现实的概念不是某个人对现实的概念本身就是可疑的；停滞之前必有不停地变化；事物必定要被看作是差异的，而不是固体单位；事物被看作是复杂的反馈网络而不是整数。对这些偏见我在文中会逐一讨论。

目前，我们应该考虑一下刚才提出的没有关联的对象概念和新批评主义的早已不再时兴的把诗歌当作是一个脱离社会和物质背景被完全密封起来的机器的模式之间有哪些明显的相同之处。克林斯·布鲁克斯在《精致的瓮》（Cleanth

Brooks，*The Well Wrought Urn*）一书最著名的一章"释义的异端邪说"中说到，一首诗是不可以被解释的。这句话的严格意义是说诗歌是不可以被改述为一系列的文学命题，但也正如布鲁克斯在别的地方说的那样，诗歌是不可以被简化为一系列的促成这些诗歌的写作的社会影响因素或个人传记里的一些事实。诗歌是一个完整的单位，不能被简约为它和以前的诗歌或其后的诗歌的关系，不以决定性的方式由任何关系来构成。这一论点似乎会带来一些不妙的政治后果，因为诗歌作为一个封闭的单位似乎是一个审美特权人群的产生，来支持一个由统治阶层的白种男人和他们随意挑选的文学经典组成的特权阶级。在下个章节里提及新批评主义时我会探讨这个问题的政治层面的意义。在此，我只想展示布鲁克斯无论如何并没有像他的提议那样对诗歌一直持无关联的观点。

布鲁克斯的面向对象的一面可以在他对释义的反感中看到。诗歌不能被翻译成文学散文："所有这些文字表述都背离了诗歌的中心，而不是趋向诗歌的中心。"[9] 任何总结诗歌的意思的尝试都难免啰唆冗长，充斥着许多限定词和比喻，绕过很多弯路，其难懂程度和原来的诗歌本身越来越接近。诗歌本身不是一个"由感性意象点缀而成的散文意境"（*WWU* 204）。只有拙劣的诗人才会使用一些肤浅的装饰品去点缀文学作品的内容 （*WWU* 213–14），且从诗歌里抽取的任何文学思想和一个抽象的概念不无两样（*WWU* 205）。评论家们和文学学生们不可避免会用非诗歌语言对诗歌发表一些看法，但这些看法并不能被当作是诗歌本身的对等物（*WWU* 206）。因此，布鲁克斯很强调诗歌中的"反语"和"悖论"：反语的或悖论的内容都是两面的，因而根本无法按字面意思来诠释 （*WWU* 209，210）。诗歌不同于用其他文字表达出来的文学思想，正如海德格尔的锤子本身不同于任何被摔坏的、被感知的或被认知的锤子一样。这并不仅仅是因为诗歌或锤子通常只是作为被忽略的背景而存在，且后来反反复复地重新成为焦点。相反，诗歌的诠释永远不是诗歌本身，诗歌本身必须以一种隐蔽的盈余超过所有的文学解释。

目前，一切都好。但又有两个很关键的观点我们必须反对。第一，布鲁克斯犯了一个我有时称之为的"分类谬误"，这个谬误表现在他认为任何本体论上的区别都必须以实体的具体形式表现出来。也就是说，我们可以接受布鲁克斯下面的论点：在文学化的散文意义和解释或翻译它的非散文意义之间存在着绝对的鸿沟。当然，这也并不意味着存在这样一个分工：诗歌拥有所有的非散文意义而别的学科拥有所有的字面意义。但这恰恰是布鲁克斯的观点。他说，在对诗歌语言的诠释中，"我们把它带进了一个和科学、哲学或神学之间的虚幻的竞争"（WWU 201），似乎这些学科和诗歌不一样，和它们的对象之间的接触是直接的，而不是间接的。面向对象哲学持相反的观点。释义的失败并没有被艺术垄断，而是困扰着世上人类所有的交易，甚至包括了世上无生命对象之间的接触。正如布鲁克斯后来所说的那样，"科学词语是在语境的重压下不会改变的抽象符号。它们是纯粹的（至少希望是纯粹的）的表达"（WWU 210）。但不管是否希望纯粹，现实不可简约成文学表达这一道理适用于诗歌，也同样适用于科学，不断变更的科学理论（还有很多别的理论）证实了这一观点。把诗歌当作一个特例时，布鲁克斯错误地同意了"多数科学、哲学或神学"是非诗歌真理的化身这一观点，同时诗歌本身具有表面特质，而他大不必为了保护诗歌而说诗歌不具有这些表面特质。文学的和非文学的不能被分摊到现实的隔离的区域里，它们都是宇宙中的任何一点的两个不同的面。因此，新批评理论家们把文学当作是一个孤立于其他时空的有着独具特色的特权的区域的这种做法必须被抛弃：不是因为任何事物的现实只有在这个宇宙网络里才有，而是因为任何事物都像诗歌那样有一部分是存在这个网络之外的。

　　对布鲁克斯还要提出一个抗议，那就是他提供的关于诗歌为什么这么特殊的缘由。在某种意义上说，很显然他把诗歌当作是孤立于宇宙之外的一个原始存在。然而一旦我们进入了诗歌的大门，任何东西在布鲁克斯看来却反而没有任何自主权了，于是我们便居住在一个整体的仙境里，这里所有事物都无一例外地全部被它们和其他事物之间的关联所定义。因为"科学（命题）可以独立"（WWU 207），而一首诗相反却是被"结构的主导性"所定义的（WWU 194）。一首诗就是一个结构："一个意义、评价和阐释的结构，一个告诉这个结构它看上去似乎是一个能够平衡协调各种内涵、态度和意义的整体的原则"（WWU 195）。换言之，"每个要素和整体之间的关联都是至关重要的"（WWU 207）。然而这显然是错误的。对《李尔王》中的傻瓜的两句台词稍作改动不会改变《李尔王》的整体效果，也同样不会影响到对瑞根和肯特的

人物刻画。在《堂吉诃德》里添加几个章节的历险故事可能会增加或减少我
们对这本书的欣赏，然而它可能会增强，而不是改变，我们之前对桑丘和堂吉
诃德的印象。在日常生活中，在上公共汽车的最后一分钟，我才换上衬衣会影
响到我乘坐共汽车的"全部语境"，但它却不会对这辆公共汽车或乘坐这辆公
共汽车的大多数乘客产生任何明显的影响，他们对我的不太讲究的衣着打扮也
不会太在意。"语境"的真正意义不在于它们能完完整整地定义每个实体的实
质，而在于它们能打开一个空间，让某些互动和效果，而不是别的互动或效
果，在这个空间里发生。我们没有理由去沿着滑坡论证的逻辑往下滑，去提出
一个一般关系本体论，认为所有事物都是完完全全被语境中哪怕是最微不足道
的要素所定义。在此，正如海德格尔的锤子一样，如果所有对象都完全被它们
所处的语境决定，那么任何事物都没有改变的理由，因为这样一来一个事物就
差不多等同于它当前的语境。要想使变化成为可能，对象必须在它们所处的关
系范围之外是多余的或盈余的，对某些关系它们是脆弱的，对另外一些关系它
们则是毫无知觉——正如锤子可以被墙壁和重量击垮，而不会被婴儿的笑声击
垮一样。新批评主义犯了双重错误：第一，它把艺术作品当作是一个特殊的非
文学的东西；第二，把艺术作品的内部变成了一个关联的野火，这野火把所有
的单独的要素全部消耗掉了。

四、 新历史主义

　　众所周知（且常常为大家感喟），新批评主义学者主要是些富裕的白种男
人，因此我们对斯蒂芬·格林布拉特（Stephen Greenblatt）在耶鲁的学生时代
时写的这个汇报不是没有心理准备的："我对那些统治研究生教育的形式主义
课程兴趣寥寥，威风凛凛的威廉姆·K. 维姆塞特（William K. Wimsatt）就是它
的缩影……我会在下午晚些时候到伊丽莎白俱乐部——全都是白种男人，一个
黑人仆人穿着笔挺的白夹克，端着黄瓜三明治和茶——听维姆塞特像约翰逊博
士那样坐在圆桌旁就诗歌和美学侃侃而谈。"[10] 这段话不仅仅是讲一个关于维
姆塞特和他的环境的那些让人生畏的逸闻趣事，它也包含了一个心照不宣的理
论观点。也就是说，它暗含着一个熟悉的观点：所有的"形式主义"倾向于对

社会政治问题视而不见——一种剥削边缘化的底层人士的审美观。在下一页，这个观点在作者对左翼批评家雷蒙·威廉斯（Raymond Williams）提出的一系列"非形式主义的"问题大加赞赏时得到了进一步的强化："是谁在控制着出版业？是谁拥有着土地和工厂？是谁的声音在文学作品里被压制着或代表着？什么样的社会策略正在被我们构建的审美服务着？"[11] 当然，我们都青睐那些为受压迫者大声疾呼并痛斥全部是男性成员的俱乐部里那些占主宰地位的、大腹便便的男人——就像约翰逊侃侃而谈时，由黑人奴仆伺候着，优雅地吃着黄瓜三明治的男人——评论家。

　　然而，这里的问题是，难道这能证明关系本体论胜过那个认为对象独立于它们的语境——像格林布拉特的话语暗示的那样——的理论吗？恰相反，我认为这是我们这个时代最根深蒂固的知识偏见之一。在我们当前的环境下，自主物质这个概念似乎唤起一大堆陈腐的、已被征服的联想，而关系和物质本体论似乎能打开一个政治和知识上不断突破的广阔全景。这里我们只需要看看历史偏见曾经是与此相反的。例如，在法国大革命时，正是那些保守党们极力维护了社会建构的权利，而那些超激进的雅各宾派在维护着人类相对于他们当前的社会状况而言所具有的天生的自主权。毋庸置疑，总有一天政治左翼分子和右翼分子会在自然和文化这些问题上逆转方向的。因此，我们不该犯分类谬论，错误地认为关联总是解放性的而非关联现实总是反动的。

　　柯林斯·布鲁克斯能够把诗歌世界变成一个整体的机器，而付出的代价是创造了一个广为人知的与诗歌创作时作者个人的、社会的、经济的状况完全脱离的内在世界。新历史主义没他那么虚伪，把任何事物都变成了一个相互影响、相互交织的宇宙。正如在它最有名的宣言里（H. 阿拉姆·威瑟 [H. Aram Veeser] 所说的）所说，新历史主义"推翻了禁止人文学家去干预政治、权利，以及影响人们实际生活的所有事情的不干涉原则"[12]。所有学科之间的界限被消解了，因为新历史主义"把文学、人种学，艺术历史、其他学科以及硬科学和软科学都囊括在一起"（*NH* xi），这个清单几乎无所不包。我们被告知"文学和非文学'文本'不可分割地在传播着"；然后我们又被要求去"欣赏文化和权力之间相互交换的错综复杂性和不可避免性"（*NH* xi）。与空洞无物的形式主义相悖，它"把历史因素的考虑推向了文学分析的中心舞台"（*NH* xi）。

我们要把"比喻、仪式、舞蹈、象征符号、衣物饰品和流行故事"全部放在一起，于是，所有东西都变成了"传播、协商、互换"（*NH* xiv）。在这个各个学科和实践大融合的时候，在这个相互性的狂欢节日里，我们会发现"那个自主的自我和文本仅是几张全息图而已，只是学院交叉时产生的一些效果，自我和文本被它们和充满敌意的他者和学科权力之间的关系而定义"（*NH* xii）。有些自相矛盾的是，在新历史主义主张所有事物的整体互动的大风暴下，恰恰是新历史主义的反对者被指责"构建了一个指导整个社会的大规模的结构因素的权威叙述"，而他们实际上应该去"对单个作者和本土的篇章里产生的具体的矛盾冲突作一个差别分析"（*NH* xiii）。

　　然而，从上文的本体论出发是很难看到"本土的"矛盾和话语篇章是如何才能共存的，因为这种本体论里充满着热热闹闹的互动性，把学科界限——包括文学和非文学之间的界限——直接推翻。我的目的不是为了投机取巧而去指出新历史主义的自相矛盾。相反，我只是想指出当我们把自我和文本描述成全息图，把它们理解为充满敌意的他者和学科权力之间的关系产生的一些效果时，就会有一个政治和哲学问题出现：尽管威瑟对硬科学也点头致意，尽管新历史主义（以及其他受福柯影响产生的流派）对唯物主义大谈特谈，但在这些对相互影响的力量的讨论中有关非人类实体的谈论却少之又少。相反，我们却发现了一个人类主体是如何被学科实践塑造的历史主义。当新历史主义对"文化和社会相互影响的五花八门的方式"（*NH* xii）感兴趣的时候，"文化和社会"这个词语并没有涵盖种类多样的实体。这个世界依然有鹦鹉、银、石灰石、珊瑚礁、太阳耀斑和月亮，他们虽不容易被划分成"文化"或"社会,"但不论人类是否讨论它们，它们都在相互影响着对方。比尔·布朗（Bill Brown）在区分他的"事物理论"和新历史主义学家的著作时，他曾准确地表述了这样一个观点：

　　　　不管我和新历史主义学家们"和真实的接触的愿望"有多么相同，我想我的最终结果读起来都更像一个探讨日常生活的、更坚定的唯物主义现象学，像米歇尔·赛瑞斯（Michel Serres）所说的那样，"整个世界……起源于语言"，希望这个结果在某种程度上可以捕捉到语言的愿望。不管其他评论家对"话语篇章"或"社会文本"作为重新改造我们对过去和现在的知识的分析工具是否有信心，我都要把注意力转向事物——被身边的物质世界物质化的对象。[13]

事物理论和新历史主义共有的一个问题就是，他们都假定"真实的"只有一个功能，那就是要陪伴着人类，偶尔也会对人类产生点影响或者也会给人类带来些混乱。如果真有一个和人类接触无关的内在的争斗，我们显然不期望会对这些东西感兴趣。事物理论显露出相互关联主义的征兆——把人类／世界的这对关系总当作是世界的中心关系。但至少布朗允许物质事物有些反抗，尽管这些反抗的概念始终都是从人类的角度出发的。[14]对于新历史主义来说，这种反抗的意识更弱。例如，我们会读到这样的话，"任何性别身份，不仅仅是洛萨兰德的性别身份，总是处于无穷无尽的反抗中，并且我们的社会对那些对社会性别作出选择的人们给予奖励"（*NH* xiv）。与社会性别总是和我们的愿望相悖，总是反抗我们这个观点相反，社会性别被新历史主义描述成为可变化的、不确定的一团东西，受着社会奖励制度影响。从新历史主义对固定的本质和界限的整体态度来看，这个观点并不是针对社会性别身份而提出的特殊观点，而是一个对所有身份提出的普遍性的否定性的假设，且带着浓厚的布迪厄式的社会学的味道：所有的东西都是在不断的变动中，而社会却奖励那些轻易相信固定不变的身份的人们。

这里出现了一个政治问题：一个认为关联是贯穿持续的本体论只会永久性地维持现状。如果人类只是话语实践的无穷无尽的动荡变化时产生的效果，如果他们只是全息影像，那么我们就很难把任何景况看作压迫：一个独裁制度下的国度里的居民只能被看作是由不同组织和不同学科交叉时产生的全息影像。很难想象为什么这些全息影像般的居民会有什么与生俱来的生活在这些组织和实践之外的权利，而这些组织和实践或许应该被尊为父母一样的权威。有人怀疑新历史主义对固定身份的憎恨引发了一场对身份——甚至是瞬间的身份——都会无缘无故地怀疑的运动。例如，纵使我们假定每个人的社会性别身份是出于无休无止的动荡变化中这个命题是正确的，甚至可以假定一块石头的身份也处于无休无止的动荡变化中这个命题是正确的，我们却不能说在这个具体时刻人或是石头都没有身份。可能十五个不同的观察者和组织会同时对这个身份做不同的推理或分类，但是所有这一切仅证明他们中间没有一个人能够领会目前这个身份究竟是什么。你是什么这个身份会发生变异；在几年、几月和飞逝的小时里，它会发生无数次动荡和变化。但我们不能以此推断，你可以同时是所有的东西和什么都不是。你或许会处于一个社会性别身份变更的状态，但你不是一艘战船、一面墙、一只蝴蝶、一只非蝴蝶，以及一个没有任何社会性别身份变更的人。如果这个评论听上去像人们对后现代主义理论的庸俗现实主义的批评，那么我想说不是所有的现实主义都是庸俗的。我们必须拒绝让诸如"庸俗"和"天真"这些形容词来代替我们思考。

无边界的整体主义里存在的严格意义上的哲学问题是我们前面已经遇到的问题：关联本体论是无法对新历史主义引以自豪的"本土性"这个概念进行思考的。一个完完全全相互关联的宇宙是不可能有单个个体的位置的：所有的事物都影响着其他事物，所有的东西都会相互离得很近。我可以同时坐在开罗和悉尼，就像以前一些伊斯兰教神学家坚持的那样，真主允许我们同时在巴格达和麦加。要使位置存在，就必须允许个性存在，不管这个个性有多么的短暂和多变。如果日本城市在不断地改变它们的身份，它们仍然是在日本，而不是在巴西。简而言之，语境性不是万能的。莎士比亚会受他的时代的某些方面因素的影响，同时他会完全不受其他因素的影响，他自己的性格部分决定哪些方面的因素被同化，哪些因素从眼前屏蔽。事实上，莎士比亚作为作家是一种风格——这种风格和别的因素一样能够让我们区分他的名义下的剧本哪些是真实的，哪些是不真实的。福斯塔夫是一个单独的角色，他引导着莎士比亚决定哪些场景会奏效，哪些场景会失败，哪些人会对放在他们口中的台词有抵触情绪。反过来，伦敦的经济与国王和大臣们的奖惩措施不仅仅被融进了莎士比亚的戏剧里，而且也保持一个自主的性格，并影响或者不能影响剧本、飞蛾、月光的衍射、石头的抛物线运动。

这里换一种方式来说吧。柯林斯·布鲁克斯把文本从世界中分离出去，把它们的内在变成了一个个语境房子，房子里面放满了镜子，这里每个事物都可以反射其他事物。相反，新历史主义悄悄地把文学作品溶解成一个装满镜子的房子，镜子无处不在，被高举起来解释现实的全部内容。然而，面向对象哲学只是简单地抛弃了装满镜子的房子。对象可以瞬间即变；它们可以被不同的观察者以不同方式感知；它们对所有试图掌控它们的知识来说依然是不透明的。但导致所有的变化、角度、不透明的真正的条件是对象有一个明确的性格特征——可以变化、可以被认知、可以抵抗认知。这个道理不仅适用于文学作品，也适用于科学、哲学和神学命题，也同样适用于社会性别、监狱、诊所、斑马和火山。所有文学对象和非文学对象对于它们的语境都是不透明的，并且会相互之间从一个永远也不能完全被打破的保护盾和保护屏障后面给对方以打击。

五、解构主义

我们现在来谈一下解构主义和雅克·德里达，他和米歇尔·福柯一样差不多是半个世纪以来最有影响力的欧洲大陆哲学家。德里达和面向对象哲学都坚信海德格尔改变了我们学科的状况，并且我们要前进必须接受海德格尔所看到的。虽如此，这两个观点却得出了截然相反的结论。面向对象哲学认为，海德格尔的存在在任何形式的出现的背后隐藏着。不仅任何理论行为无法穷尽事物的存在，实践活动也是如此，纯粹的无生命物体之间的接触也无一例外。面向对象哲学是一个率直的现实主义，它认为对象或事物有着比任何关联涉及的现实都要深刻的现实。任何以逻辑中心论为出发点想要把这种现实翻译成一种权威性的绝对知识的努力都是徒然的，这正是因为存在比任何逻辑都要深刻。

而德里达驶向不同的方向。他确实呼吁我们要"削弱那种从本质上已经断定存在就是出现的本体论"[15]。然而德里达并不同意出现能够被隐退幕后的真正的存在所压倒的观点；他把这个观点当作问题的核心。他提供的证据是这样的："海德格尔坚持认为存在就是通过逻辑被制作成历史，脱离了逻辑存在就都什么不是了，坚持存在和实体之间的区别。所有这一切都明确地说明没有任何东西可以从根本上脱离能指的运动规律，顺着这句话讲下去，能指和所指之间的区别是零。"（G 22–23）存在的问题"并没有上升到把一个超验的所指具体化的程度"（G 23）。因此，德里达对实在性的威胁以及他所说的"本来的东西的形而上学"津津乐道（G 26）。他并没有通过指向一个缺失的隐退的现实以脱离出现，因为这样只能导致"天真的客观主义"（*G* 61）。即使一个对象从我们面前缺失，它依然是在它自身面前出现的，这对德里达来说是不可能的："所谓的'事物本身'总是已经是一个被直觉的简单的证据所屏蔽的符号。这个符号起作用只能通过产生解释人而使它自己变成一个符号，以此类推直到无穷尽。"（*G* 49）尽管德里达偶尔也会提及"隐蔽"这个词（*G* 49），它是一个无穷尽的能指链条上"总在变更"的隐蔽（*G* 49），而不是像面向对象哲学那样，是一个隐匿于所有关联之下的宇宙深处的一个自我相仿的现实。对于德里达来说，隐蔽是永远地从任何一个既定时刻横向移位和滑动的，而不是埋在世界的殿堂下面的一个神谕。"字面 [*propre*] 意思是不存在的，它的'外观'是差异和比喻系统里必不可少的，而且必须被这样分析。"（*G* 89）进一步讲，"事物本身是一组事物或一串差异"（*G* 90）。忽略这一点而把事物当作是存在于这一串差异之外的观点，在德里达看来是"逻辑中心论的压抑"（*G* 51）。反之，面向对象哲学坚持认为只有对象的无关联的、和任何符号都不可通约的深处才能够抵制自认为可以让现实直接地出现在我们心里的逻辑中心论。不管德里达怎么想，问题不在于自我呈现——又叫"身份。"相反，问题在于自我呈现可以充分地被转化为一种为其他事物而呈现的形式这个假设。

事物就是一个符号，它的特性就是"做它自己和别的事物，被当作一个参考物，并脱离自身"（*G* 49–50）。这个观点表达了德里达作为思想家的思想精髓。事物不是简简单单是它自身，而是差异，"一个指定差异 / 延迟的生产的经济"（*G* 23）。世界是"一场游戏"，在这场表现的游戏中，起点已经变得不可捉摸。有些事物，如倒映的水池和影像，成了一个从一个事物向另一个事物的无穷尽的指向，而再也不是一个源头，一潭泉水。在这个"世界的游戏中""再也没有一个简单的起源"（*G* 36，50）。差异运动是本原写作，在这场写作游戏或比赛中，写作不再是附属于活生生的演讲的衍生的或寄生的特征，它彻底扭转局面，使"非表现和去表现都和表现一样'普通平常'"（*G* 62）。只有"痕迹"，除了非本原的事物的相互之外，是永远不能被建构的……因此，它就是本原的本原……如果一切都开始于"痕迹"，那么就根本没有普通的"痕迹"（*G* 61）。我们听德里达说，对痕迹的思考"必须在对实体的思考之前"，也正是在这里"他者"被正式宣布（*G* 47），尽管这里的他者被封闭起来，不是因为它深不可测，而仅仅是因为它总是在他处。在没有对真实事物的任何天真的客观主义的基础上进行的一系列的切换和漫谈中，德里达找到了一个很关键的同盟军，美国哲学家查理斯·桑德斯·皮尔士（Charles Sanders Peirce），皮尔士"在我所命名的对超验的所指的解构方面已经走了很远了"（*G* 49），其实，这里德里达指的是对所谓的朴素实在论的解构。我们永远也无法达到符号链条的末端："在有意义的那一刻起就只有符号，别无他物。"（*G* 50）并且胡塞尔也没有注意到，"事物本身是一个符号"（*G* 49）。总而言之，德里达式的解构主义是一个毫不妥协的反现实主义，尽管很奇怪对德里达越来越时兴的称号是"现实主义者"。[16]

德里达观点的最核心错误在于他倾向于把本体神学论和简单现实主义混为一谈。也就是说，德里达想当然认为任何相信在符号游戏之外存在着一个现实的想法都会自动地必然接受这个观点：这个现实也能在符号游戏之外被表现给我们。换句话说，他认为所有本体现实主义都自动地必然需要一个现实主义认知论——这种认知论认为直接接触现实是可能的。把两个截然不同的表达体系混为一谈的做法在德里达颇受推崇的《白色神话》一文中表现得更加突出。在该文中，他得出一个错误的结论，他认为亚里士多德坚持单个物质都有身份或合适的存在这一法则，这一法则暗含的意思是每一个词语都有一个合适的字面意义，而不顾亚里士多德在《诗学》里通篇对比喻的高度赞扬，也不顾亚里士多德在《形而上学》中强调物质永远不可以被语言定义。[18]不难理解，德里达害怕真正的自在之物会压倒符号游戏，会以逻辑主义中心论的方式变得可以直接让我们看见。因此，他很没必要又多走一步，提出自在之物不能以合适的、文学的形式存在，即使这种存在发生在所有符号意义的底面的一个不为人知的深层。借用海德格尔的词语，德里达会说自我相同的隐退的锤子不存在于它的繁杂的所指体系之外。只有一个锤子存在于世界的表面，沉浸在世界的游戏中，带着他者的标记，这种锤子不再是一个相同的事物，而是一个事物组或差异链。

这种理念失败的原因——听起来可能很难消化接受——和亚里士多德批评阿那克萨哥拉时提出的原因是一样的。如果没有任何事物有身份，所有的一切都只是差异链，那么所有事物都是其他任何事物。同一个事物可以是战舰、墙壁或人，如此一来，世界里将不再有具体的位置或实体。但是，如果每个事物都是一个具体的差异集合——情况也只能是这样的，那么它必须是这个差异集合而不是其他的差异集合。不管我是如何投入到游戏、痕迹、写作、传播的持续不断的动荡颠簸中，一天到头时我依然是我自己，而不是查理·卓别林、伊丽莎白女王、一只猫或一块石头。要想制止宇宙变成一个整体的大杂烩，让所有的事物不被融在一起化成一堆相互缠绕在一起的东西，唯一的办法就是从一开始就承认宇宙里存在单个的、自我相同的领域或实体，而且这种自我身份（就算它是瞬间即逝的）的前提要求是事物不能被约化为它们与别的事物的关系。只有事物的不能被翻译成它们的关系的这个绝对的特性才能解释逻辑中心主义在使可视世界中的合适的形式合法化过程中是如何失败的。只有在此我们可以领会为什么逻辑中心主义的法令总是触及不到事物本身——事物本身只能被间接地认知。和柯林斯·布鲁克斯很像，德里达得出了一个错误结论：关系性（这里指能指的游戏）决定字面释义是不可能的。事实上正相反。正是因为事物比它们的关系更深刻，这些关系不可能很公平地反映出事物的本质。近几十年来，各种有关自主权和深度的思维模式被棒杀的事实让我们明白了在今后岁月的思想使命，也更让我们明白过去几十年的特点。

六、结束语

　　如果我们抛弃文学文本是孤立的单个的事物的观点，此后我们可朝两个方向走下去。如查尔斯·阿尔提爱瑞（Charles Altieri）谈及"唯物主义"文学研究时总结所说，"在一个极端，文本化解成对它的解读和人们对解读的应用。在另一个极端，文本化解成它的文化要素——所有导致作者创造出他或她在文中可能想要表达的意思的那些做法、起作用的意识形态以及各种利益网络"（19）。这种双重策略不仅出现在文化研究领域，也是我们这个时代的哲学领域里的最基本的双重回旋的策略。每个人都想摧毁对象，似乎对象很单纯地提醒大家：地球上没有哪个哲学家是不能被挑战的。一方面，对象被降级化解成一个物理分子，于是我们所称的"桌子"只是一堆亚原子粒子或一个潜在的数学结构。这种策略叫作浅度开采（undermining）。另一方面，对象被升级后化解为它在人类的意识上产生的效果，这样一来，我们称为"桌子"的东西就不再是它本身了，而只是一个对某人有用的桌子效应或别的实体的桌子事件。用个类比，我把这种策略称为"过度开采"（overmining）。[20]

正如人类不会化解为他们的父母或他们的孩子，而是拥有相对于父母或孩子的某种程度的自主权，那么一块石头既不会降级约化为夸克和电子，也不会升级去扮演砸死内政部的角色。有些石头特征是不会在它的细微构成元素里找到的，还有些石头特征是无法被全部使用的。当石头的几个质子数被宇宙射线破坏时，石头是不受影响的，同样的道理它目前的用途或所有可能的用途都不可能被用尽。石头存在不是因为它可以被使用，而是因为石头存在所以才能被使用。这种把事物从其上面的和下面的环境里割裂开来的做法可以被称作是"形式主义"，这是因为石头不是我们心里的一个形式，而是因为石头是存在于我们心里之外的真实的形式。这就是中世纪哲学家们所说的物质形式，即，一个单个的对象的现实，跃居在它的物质之上，同时又隐蔽在我们的认知之下。

既然物理学和哲学领域的现代革命总是从嘲讽物质形式开始，那么当重新训练我们到关系集合体和关系集合体之间去寻找对象会困难重重时，将不足为怪了。莱布尼兹在这方面作出了很认真的努力。但是他提出的无窗单子形而上学或许有些太过稀奇古怪而最终没有成为主流理论。对象是"不可释义"或"不可化解"为它的成分或它的邻居。但是，正如阿尔提爱瑞的话暗示的那样，这并不意味着这种问题的出路就是那种强调"连贯意义的理想化或者对作者意图的种种猜测的评论"[21]。如我们看到的那样，对象的自主性和完整性无论如何都没有暗含着我们接触事物的自主性和完整性。文学文本比任何连贯意义都要深刻，比作者和读者之类的人的意图跑得更远。

这就把我们带到了面向对象方法的问题。思想知识方法的最突出的特征就是它们总是两面的，在开拓新方法的时候也同会向石化的教条倒退。这就是为什么做理论工作必须不停地变动。我们总是想指出"下一个最大的事情"是什么，不是为了赚取社会资本和新潮的形象，而是因为任何理论内容最终都会走到一个不再解放人的地步。马克思主义有关只有经济，其余的都是意识形态的观点曾经是人类科学上的新方法，但最终变得差强人意、机械和盲目。弗洛伊德提出的梦即是愿望的实现的模式确实结束了对一个相当费解的话题的争议，并以此揭示了整个文化领域，与此同时它也显示出倒退到石化的教条的趋势。这些方法在人类知识发展历史上和个人传记里都有睿智辉煌的时刻，但随着时间的推移，他们变成了老生常谈，免去了我们思考的必要性。时不时地我们需要一些新的方法来把我们从被教条麻痹的昏睡状态中唤醒。如果方法正确，我们对"下一个大事"的寻找将不再是寻找某种形式的故作姿态或者资本主义的商品化，而是寻找某种形式的希望。

那么请允许我谈一谈我的一些希望。面向对象哲学希望提供的不是一个方法，而是一个反方法。与其把文本提升化解为解读或降级化解为它的文化元素，我们应该具体一点，重点研究它是如何抵制这种化解的。因为时间的关系，让我们在此关注一个文本对降级化解的抵制。任何试图把文学作品完完全全地镶嵌在它的语境中的努力都注定是要失败的，其原因显而易见，尽管我们会避免提起这些原因，因为这些关联到那些动机被人怀疑的人们。其中一个最明显的原因之一就是在某种程度上作者创造《吉尔伽美什史诗》(*The Epic of Gilgamesh*) 或《弗兰肯斯坦》(*Frankenstein*) 的社会环境和这些作品并非完全相关。首先，这些作品穿越时空——通常情况下，作品越好，就越能更好地穿越时空。如果文学经典一直以来是由欧洲白种男人统治的，那么这就是动摇经典，重新审定质量的标准的正当理由，不是为了把所有作品都一律按照它们与生俱来的时代化解为社会产物。我们最精彩的时刻不是在我们受周围发生的事件的制约的时刻，而是当内心声音召唤我们去鼓起勇气，采取一个立场，朝不同的方向走去，或者做些我们一生当中最出色的工作。同一个社会时代产生了杰克逊·波洛克 (Jackson Pollock)、派翠西亚·海史密斯 (Patrica Highsmith)、法兰克·辛纳屈 (Frank Sinatra) 和杜鲁门总统，但是把他们统统划到一个时期很大程度上低估了这个名单上的人们的不同个性和才能。"作者已死"的口号应该佐以"文化已死"的新口号。与其强调那些可以是任何作品产生的社会背景，我们应该反其道而行之，看看作品是如何逆转或塑造那些在它们的时间和地点我们期待会发生的事情，看看某些作品是如何能够抵挡数世纪的翻天巨变。称某个人是"他的时代和空间的产物"从来都不是褒扬人的话；这话用到文学作品里也同样不是褒义的。这一点新批评学家大致做得对。社会因素和个人生活里的因素不应从整体的格局里排除，但是这些因素往往被人们——甚至被唯物主义者——有选择性地挑选出来。其原因很简单：我们从来都不是被环境中的所有方面影响的。"万事皆相连"便是那些早已开始颓废的方法之一，必须被抛弃。更让人感兴趣的是为什么有些事物联系在一起，而其他事物没有联系在一起。我们必须彻底地意识到在考虑文化对文学的影响的时候非相连的情况的存在。

如上所述，新批评主义者的错误在于他们把文本当作是所有元素都相互影响的一个整体的机器。这里我们碰到了同样的像唯物主义者高举的教条式的关联主义，只不过这个关联性被移位到文本的内部而已。如果济慈的"美即是真，真即是美"这句话只能被准确地理解为诗歌前面部分的结果，但它并不是指前面的所有部分，尽管柯林斯·布鲁克斯认为指的是全部。我们可以在前文中随意找些词，给它们用一些别的拼写方法，甚或是错误的拼写方法，这样做是改变不了文本的高潮给我们的感觉。我们在"美即是真，真即是美"这句话没有改变其含义的前提下，可以略微改动一下标点符号，甚至改变几行诗句里的一些词语。简而言之，我们不能把文学作品等同于它目前碰巧具有的文学形式。面向对象哲学推荐的许多文学评论方法或许已经存在，我在此提出一个尚未像我想象的那样被大规模试用的方法。那就是，评论家可以试着对文本做些改动，看看会发生什么，以此来揭示文本如何抵制内在整体论。与其仅仅谈论《白鲸》（*Moby-Dick*），何不试着把它不同程度地缩短，以发现到哪个极点它听上去将不再是《白鲸》？何不想象着如何把它变长，或者如何从第三者叙事者，而不是从伊士马里的角度来讲述，或者加上一个游轮向相反的方向环球航行的情节？为何不去设想《傲慢与偏见》的场景不是在英格兰乡下，而是在巴黎高档住宅区；那么这样的文本还是不是《傲慢与偏见》呢？为什么不去设想雪莱的信是尼采写的，看看有没有什么后果呢？

目前盛行对"语境化，语境化，语境化！"无休无止的大力推崇，与此相反，在此之前提到的所有建议都涉及去语境化的方法，或探究文本是如何吸收和抵制文本创造过程中的条件，或展示文本相对于它们本身的特质来说在某种程度上也有自主性。《白鲸》不同于它文本的长度和它可以改变的故事情节，是一个经过某种特殊改动，而不是别的改动后仍然是一种特殊的气质或物质。通过展示文学对象不能完全和它的背景，甚至是和它本身显现出来的特质等同，文学评论将向我们展示一个和海德格尔的工具分析一样的、存在于对象和它们的感性特征之间的矛盾。它将展示精心锻造的破碎的锤子的本质；它会进一步展示不是所有的破锤子都是被精心打造的。

开罗美国大学

注　释

[1] 有关我的哲学观点的最初版本，参见：Graham Harman, *Tool-Being: Heidegger and the Metaphysics of Objects* (Chicago: Open Court, 2002). 更简洁的、更新的版本，参见：Graham Harman, *The Quadruple Object* (Winchester, UK: Zero Books, 2011). 第二本书的最后一章涵盖了理论现实主义运动的历史和概述。

[2] 有关这个事件的具体内容，请参见："Speculative Realism: Ray Brassier-Iain HamiltonGrant-Graham Harman-Quentin Meillassoux," *Collapse* III (2007): 306–449.

[3] Quentin Meillassoux, *After Finitude: An Essay on the Necessity of Contingency*, trans. Ray Brassier (London: Continuum, 2008).

[4] Iain Hamilton Grant, *Philosophies of Nature after Schelling* (London: Continuum, 2006).

[5] 这句话来自于前面提及的梅拉索写的关于歌德史密斯的记录："Speculative Realism," 423.

[6] 有关我的哲学立场和梅拉索之间的区别的详细说明，比较：Graham Harman, *Quentin Meillassoux: Philosophy in the Making* (Edinburgh: Edinburgh Univ. Press, 2011).

[7] 作为对"面向对象的本体论"的改装，这个运动最初是由作家伊恩·伯格斯特（Ian Bogost）、列维－布莱恩特（Levi Bryant）和蒂莫西·莫顿（Timothy Morton）发起推动的，此后一直被更广泛地由一个更大的群体推行。

[8] Harman, *Guerrilla Metaphysics: Phenomenology and the Carpentry of Things* (Chicago: Open Court, 2005), 142–44.

[9] Cleanth Brooks, *The Well Wrought Urn* (New York: Harcourt, Brace, & World, 1947), 199 (hereafter cited as *WWU*).

[10] Stephen Grenblatt, *Learning to Curse: Essays in Early Modern Culture* (New York: Routledge, 1990), 1.

[11] Greenblatt, *Learning to Curse*, 2.

[12] H. Aram Veeser, introduction to *The New Historicism*, ed. H. Aram Veeser (New York: Routledge, 1989), ix (hereafter cited as *NH*).

[13] Bill Brown, *A Sense of Things: The Object Matter of American Literature* (Chicago: Univ. of Chicago Press, 2003), 3.

[14] 比较：Jane Bennett, *Vibrant Matter: A Political Ecology of Things* (Durham, NC: Duke Univ. Press, 2010), esp. 1, 3, 9, 35, 61.

[15] Jacques Derrida, *Of Grammatology*, trans. Gayatri Chakravorty Spivak (Baltimore: Johns Hopkins Univ. Press, 1997), 70 (hereafter cited as *G*).

[16] 例如，可参见：Michael Marder, "Différance of the 'Real,'" *Parrhesia* 4 (2008): 49–61. 对于为什么德里达是一个彻头彻尾的反现实主义者的反面解释，参见：Lee Braver's account in chap. 8 of the already classic *A Thing of This World: A History of Continental Anti-Realism* (Evanston, IL: Northwestern Univ. Press, 2007).

[17] Derrida, "White Mythology: Metaphor in the Text of Philosophy," in *Margins of Philosophy*, trans. Alan Bass (Chicago: Univ. of Chicago Press, 1982).

[18] 关于我对德里达对亚里士多德的比喻的误解的解释，参见：Harman, *Guerrilla Metaphysics*, 110–16.

[19] Charles Altieri, "The Sensuous Dimension of Literary Experience: An Alternative to Materialist Theory," http://socrates.berkeley.edu/~ altieri/manuscripts/Sensuous.html

[20] 对于术语"过度开采"和"轻度开采"的详细解释，参见：Graham Harman, *The Quadruple Object* (Winchester, UK: Zero Books, 2011).

[21] Altieri, "The Sensuous Dimension of Literary Experience."

革命性反情绪是如何炼成的[*]

乔纳森·弗莱特雷　著

赵培玲　译

> 当我们想掌控一种情绪时，我们是通过反情绪来做到这一点的；我们永远都不能摆脱情绪。
>
> ——马丁·海德格尔，《存在与时间》

> 如何建设一个党派，一个黑人布尔什维克党？……我们研究了俄国布尔什维克的历史。我们发现列宁特意为此而写的一个小册子——《何处开始？》。在这本册子里他描述了报纸可以扮演的角色。
>
> ——约翰·华生，《黑人编辑：采访》

致凯瑟瑞恩·维·林德伯格

多年以来，在支撑并推进我对情感理论研究感兴趣的众多场景中，有这样一个场景：不同程度地被压抑着的、受惊吓的、受虐待的人们牢牢地团结在一起，形成一个新的充满活力的、充满希望的、据理力争的集体，并采取革命政治行动。颇值得庆幸的是，在刚刚过去的一年里，在埃及，在引人注目的占领运动对全球的狂扫大潮中，在俄罗斯对普京政府的各种各样的挑战和抗议中出现了一系列类似这样的场景。这样的集体热衷于政治行为，愿意全力以赴，并具有采取政治行动的能力，但它又是如何从无到有的呢？在此，我认为情感理

---

* Jonathan Flatley, "How a Revolutionary Counter-Mood is Made", in *New Literary History*, Vol. 43, No. 1, Winter 2012, pp. 503−525.

论（affect theory），尤其是和马丁·海德格尔所说的气氛（*Stimmung*）意思相近的情绪概念，对探讨这个问题至关重要。

对于海德格尔来说，气氛也可以译作协调，它是我们本我的根本；它同我们赖以思考、做事和行动的整体大气层或介质一样重要。只有当我们处于某种情绪或借助于某种情绪时，我们才能够接触到世上那些对我们重要的事物。从某种重要的意义上来说，一种情绪在某个既定时刻创造了我们的世界。因此，在某些情绪里，集体性的政治行动似乎只能以不可思议、徒劳无益、愚蠢无知或晦涩难懂的东西进入到我们的意识里。但后来随着情绪的变化，有组织的政治抵抗突然间让人觉得显而易见、唾手可得、至关重要，于是，横扫圣彼得堡的冬宫，占领华尔街，或者罢工都显得迫在眉睫、完全合乎情理。我们是如何从一个情绪走到另一个情绪呢？如海德格尔所说，只要情绪是我们存在的根本模式，我们就永远都会处于一种情绪之中。尽管如此，我们的情绪会转变和变化；事实上，海德格尔强调说我们"掌控"情绪的唯一一种办法就是运用"反情绪"。在此，我关心的是革命性的反情绪是如何出现的：在这些改变世界的时刻里，新的联盟、新的敌人、新的行动场所变得清晰明朗、迫在眉睫、势不可挡。尽管海德格尔强调了反情绪的重要性，但他并没有给我们提供很多方法，来帮助我们理解反情绪是如何被激发或被引导的。我提出一个假设：引发反情绪的一种方法是运用丹尼尔·斯特恩（Daniel Stern）所说的情感协调；他用这个词语描述人们与他人分享情感状态的方式。尽管斯特恩强调的是父母和婴儿之间的情感协调行为，但他的分析对广泛的审美和政治体验都有深远的影响，尤其是可以帮助我们理解政治组织、煽动骚乱和政治宣传。

很少有思想家能像弗拉基米尔·列宁那样执着地去寻找创建革命团体。在《应该做些什么？》（*What Is to Be Done?*）这本书中，他谈到了一份党报所具有的改革创新的力量，提出了一种可以创造反情绪的方法。他强调说，煽动情绪最有力的方法就是对他人所受到的虐待进行直面报道；在他来说，这些报道并不能让人产生怜悯或同情，而是把人的情绪转换为一种好斗的、集体的自我意识的情绪。我认为，这种报道通过转换情绪来达到情绪协调。然后这种情绪协调能够让工人们共同拥有一个情绪状态，并确实让他们意识到自己属于集体，并借此激发他们的反情绪。在这种反情绪中，集体行动——尤其是罢工——近来很有吸引力，且势不可当。为了将这些理念置身于具体的事例中，我拿一个党报在一个集体组织形成过程中起了关键作用的具体事例来讨论。1968 年 5 月，在底特律附近的道奇总工厂里发生了一场未经工会同意而自行发动的罢工之后，黑人工人聚集起来旗帜鲜明地组成马克思—列宁主义道奇革命联合会运动组织（简称 DRUM）。这个组织很快在工厂里展开工作，创建了一个其他工厂也可以效仿的组织模式，随后几个工厂一起组建了黑人革命团。他们组织方式里核心且高效的一个方面是组织者在阅读列宁作品之后得到的启发：创建了一个低调的工厂周报或时事通讯，名叫 *DRUM*，由工人亲手发送，主要对工厂恶劣的工作环境和工人经常受到的种族歧视进行报道。

尽管在此我的主要目的不是去反驳露丝·雷斯（Ruth Leys），但还是希望我对反情绪的分析能够有助于反驳雷斯最近提出的一些观点。她的情感理论希望把情感从认知的其他方面——如目的、信念、思想——完完全全地隔离开来；这样一来，情感将存储在"思想或理论影响不到的地方"。意思是说，"目的对行为不产生任何影响"。按照她的观点，这个理论会导致"有关意义上的分歧或意识形态上的争议与文化分析毫不相关"[1]。诚然，诸如西尔文·汤姆金斯（Silvan Tomkins）、伊芙·科索夫斯基·赛吉维克（Eve Kosofky Sedgwick）和布莱恩·马苏米（Brain Massumi）等情感理论家都强调情感现象运行的逻辑不能简化为认知的逻辑；这也是我的观点。尽管如此，汤姆金斯和赛吉维克同时也强调情感和认知之间总是有着深度的、复杂的相互接触。[2] 按照这个观点，情感和情绪可能不会直接受到目的的控制——归根结底，我不能简单地决定不再犹豫或焦虑（尽管我是多么希望这样啊）。但这并不是说，我们无法对我们的情感和情感体验施加任何影响，只是这种影响是间接的、多变的、具体的。当然，政治团体和行为这个例子就说明这种影响是至关重要的；至少自从亚里士多德的《修辞》以来，情感理论家们一直关注着在各种各样的政治气氛很浓的境况下人们的情感是如何被激发、情绪是如何被转换的。[3] DRUM（对于 DRUM 来说，意识形态上的或政治上的分歧将会导致更严重的后果）就是一个引人注目的例子，展示了如何主动地运用成熟的策略和理论对集体的情绪体验施加影响。

情绪和反情绪

海德格尔在《存在与时间》里写道:"情绪总是已经揭示了作为整体的本我,第一个让自我导向某个事物成为可能。"[4]尽管我们的情绪往往不被我们注意到,但是只有通过情绪,只有借助于情绪我们才能够整体地接触世界,接触它的全部;也只有在情绪中我们才实际上能够把我们导向某个事物,导向任何事物。对于存在(*Desein*)来说(字面意思是"在那里",即海德格尔所说的"存在"[a being],或人们一般意义上的,必然发现自己存在于那里),关于本我的任何东西,既是通过情绪被过滤的,也是建立在情绪的基础上的。因此,情绪先于我们的认知和意志,并创建了我们与世界接触的条件。[5]正如海德格尔在他的一个讲话里所说的,气氛不是"我们思考、做事和行动的后果或副作用。用通俗的话说,它是这些事物的前提,是我们思考、做事和行动产生的介质"[6]。我们所"处于"的情绪勾勒着我们在某一既定时刻的存在。如果任何存在在世界里都能找到它们的存在,那么也可以说存在于情绪之外的"世界"是不存在的。

对于海德格尔来说,情绪不是一个心理学上的概念;换言之,情绪不是我们"内心"的某种东西。"情绪袭击我们。它既不是来自'外部'也不是发自'内心',而是在我们的本我中以一种存在方式产生的。"[7]他写道,情绪不是"一种内在的状态,会以某种神秘的方式向外伸展,在事物和人身上留下印记",而是存在本身的基本元素,存在本身在本质上是"共在"。[8]正如在海德格尔看来,存在必然也是"共在",那么情绪必然也是复数的。[9]如果存在总是一个和他者的共在,那么我们可以说情绪是这种共在的"方式",是我们共在状态的形式。海德格尔写道,情绪"不是以体验的形式出现在灵魂里的某种存在,而是我们相互共存的方式"(*FCM* 66)。

情绪不是"心理上的"这句话也包含了它本质上是和我们在世界里具体的处境息息相关的:"处于某种情绪能把存在带向它的'那里'。"[10]在海德格尔看来,我们总是发现我们并不存在于某个千篇一律的世界里,而是存在于一个既定的和具体的"那里",一个我们总觉得被"扔进去的"那里。我们并不能选择我们被出生的世界,并不能选择我们存在的世界。例如,左拉·尼尔·赫尔斯顿（Zora Neale Hurston）写到，"当我被抛向一个反差很大的白色背景时，我最能感觉到自己的肤色"，此时她是在记录这样一种"被抛扔的感觉"，在某个既定的时刻我们的存在被那个我们已被抛进去的那里所界定的方式。[11] 赫尔斯顿这里描述了她的"被抛扔感"的具体意义（极大程度地揭示了"种族"的逻辑内涵）：一个"有色人种"的种族身份依赖于白色人种这个背景，在这个背景衬托下有色人种的特性才会更加彰显。但同时她也是在描述她是如何被生于这个世界里，这里"种族"和种族身份起着重要作用，这里白色人种是被赋予特权的，这种特权的其中一个功能就是使白人常态化为一个不被识别的、既定的、不被注意的背景。 我们不仅仅是被抛扔进一个具体的历史处景，而且也被扔进背景里的某个既定的位置上。情绪从这种定位性中产生并且向我们揭示这种定位性。如果我们对此留意，情绪可以帮助我们看清我们"在那里存在的""那里性"：我们在某个既定处境里的具体位置，那个处境的既定性，以及总是不断地发现我们在某个那里的必然性。[12] 它也可以让我们看到其他人，他们可能和我们共有这种情绪和这种处境，让我们看到如让－卢克·南希（Jean-Luc Nancy）写的那样，"与很多他人的共存是最初始的处境；这甚至是'处境'的普遍定义"（*BSP* 41）。

因为情绪是我们理解这个世界所借助的根本介质或前提，它也允许某些情感——那些比情绪更准时稳定，更面向对象的情感——依附于某些对象上，同时向我们揭示其他的依附性。如海德格尔所说："如果本我的内心状态不按照情绪事先制定的 [*sich schon angewiesen*] 方式那样允许世界里的实体和本我'有关系'，那么情感这种东西是不会产生的。"[13] 例如，只有当我处于一种恐惧（无所畏惧）的情绪中我才会遇到有危险的东西。不管这种情绪是什么——烦恼、急切、紧张、乐观、抑郁、自信、无聊或者好斗，某些特定的人、对象和记忆会进入到我们的带有情感的视野，而别的人、对象或记忆却不会。有些人会以朋友出现，另外一些人会是我们的敌人。因为我们永远不会发现我们不处于哪个地方，而是发现我们自己总是在和别人共存的世界的某个具体的地方，我们也永远不会发现我们有一刻不在让自己和某些事物协调起来，以某种方式和别人共处。[14] 虽然我们对我们的情绪不加注意，但实际上正是这些我们不注意的情绪最具有威力；因此，在世界里存在也等于在某种情绪里存在。[15]

因此，我们并不是从一种无情绪的状态转向一种有情绪的状态；我们只是从一种情绪转向另一种情绪。正如海德格尔所说的那样，这是我们对我们的情绪施加影响的唯一途径。"当我们想掌控一种情绪时，我们是通过反情绪来做到这一点的；我们永远都不能摆脱情绪。"[16]

尽管如此，如前所述，海德格尔并没有提供更多的见解，来帮助我们理解反情绪是如何产生的。不过他确实提示说，这些转变可以由稀松平常的举动促成，如，某个人走进一个房间，这个人带来了一种和他人共存的方式，一种"不管我们所做的和所从事的有多么相似，我们共存的方式却是不一样的"态势（FCM 66）。但是，究竟是什么东西让某些人，让他们带来的与人共存的方式具备改变整个房间里的人的情绪呢？究竟是什么东西让某些房间里的人准备好接受情绪的转变呢？海德格尔没有对这些问题直接给予答复，他却写到，"对情绪的可能性的理解"对演讲家来说是至关重要的，这也正是亚里士多德在《修辞》里讨论情感的原因，海德格尔称"这部作品是对共存的日常性最早的系统论述"。[17] 如果总是有某些特定情绪能够构建一种共存的方式，那么成功的演讲家不仅需要笼统地去理解情绪，而且也需要理解某个既定群体或听众的具体情绪和潜在的情绪，这样才能"激发和引导"他们的情绪向正确的方向发展。欲创造情绪、激发情绪、引导情绪，我们必须也要善于协调自己，善于解读情绪。如弗雷德里克·詹姆森（Fredic Jameson）（在一篇有关列宁的文章里）所说的，和"通过对病人的诉说进行精确分析以听出他们的欲望的脉跳的"心理分析学家一样，政治领袖"倾听集体欲望并在其政治宣言和'口号'里具体体现这种欲望"。[18]

很少有人比列宁更理解情绪的可能性，更有精确分析和倾听具体情绪的才华，更能协调自己去适应他们听众的定位性。这些能力除了让他成为一个成功的革命领导，也让他的著作变成了一个丰富的档案，对如何理解、激发、引导情绪，对理解情感在政治组织的工作中的核心地位仍然起着指导作用。带着这样的观点，我转向前面已提到过的《应该做些什么？》中的片段。列宁描述了阅读他人受虐的故事带来的强有力的、变革性的效果，我认为他的描述很接近于海德格尔对情绪的初始的、揭示性的本质的理解，同时它也提供了唤醒反情绪的切实可行的知识。

在《应该做些什么？》一书中，列宁提出革命党能解决马克思著作里有关如何把自在阶级转换成自为阶级的过程中在理论和策略上碰到的问题。马克思在《路易·波拿巴的雾月十八日》（*The Eighteenth Brumaire*）一书中就这个问题作了著名的阐述，他悲叹到，一个阶级（此处指的是小农阶层）可以由一群境遇相似，有着共同的经济利益（和其他群体的利益相反）的人们组成，这些人却缺乏内部相互沟通的渠道，缺乏把自己呈现给自己阶层的方式，因此极有可能他们也并没有意识到他们共同的利益，这样一来这个阶级将无法保护自己的利益。[19]对于列宁来说，把这种"自在的阶级"，这个没有自我意识，也因此没有政治力量的阶级，转换成一个"自为的阶级"，一个有自我意识并能够保护自己利益的阶级的渠道是建立革命党，党内的政治人士会担当起从经济斗争之外的领域来把本阶级呈现给阶级本身。在这种情况下，报纸起着核心作用，因为它能够让被异化的工人们看到、感受到他们境况的相似性，并借此意识到作为整体的阶级，知道自己在这个阶级里的位置，同时也产生一种对这个集体的感情归属感。

列宁在对政党报纸的作用进行分析时，开篇提到革命党组建过程中所遇到的一个基本的、顽固的问题：人们为什么能容忍被虐待？他们为什么不反抗？他写道："为什么俄国工人们面对人民被警察残酷虐待、宗教团体被迫害、农民被鞭打、粗暴的审查、士兵的拷打折磨以及对最无辜的文化活动等的迫害时，却仍然采取很少的革命行动呢？"[20]列宁坚持认为工人和农民的不反抗或不抗议是政党的失败。他并不是建议大谈未来是多么光明，或试图去教育工人们去学习新的概念或理论，或对局势作出更准确的分析。相反，列宁坚持认为"政治揭露"很重要。列宁所说的"揭露"这个词表达的意思是用写作揭露政府、警察、工厂主以及其他有权人士对人们的虐待。列宁写到，当我们能够"发动起足够广泛、引人注目且迅速快捷的"对列宁所说的恶劣事件（*gnustuosti*）——那些能激发厌恶或恶心的感情的东西——的揭露，我们就可以激发一种戏剧性的，几乎是瞬间发生的效应：

> 当我们做了这些事，况且我们必须且能够做到这些事情，一个受教育
> 最少的工人也会明白，或者会感觉到，虐待学生、宗教团体、农民和作家

的那些黑暗势力也同样在他的生活的每个环节里都压迫着他、压榨着他。而且当他确实感受到这一点，他自己会带着强烈的欲望，一种不可抑制的欲望，去作出反应，并且他也知道该怎么反应：今天组建一个团队对检察员喝倒彩，明天到州长的办公楼外游行，以抗议州长对农民起义的残酷压制，后天会去教训一下那些牧师，指责他们不过是披着神袍的警察在做着神圣宗教的工作，等等。[21]

一旦读到他人被虐的故事，读者们不仅会理解而且会感觉到他们自己也被那些压迫他们读到的人物的"黑暗势力"所压迫着。或许更让人感到意外的是，列宁坚持认为这种感觉会带来一种不可抗拒地去采取行动的欲望，带来可以指导他们如何行动、该做些什么的知识。这种知识从感情中产生，既没有经过反思也没被理论化，就好像它一直都在那里，是一种"没被思考的知识"（借用克里斯托弗·博拉斯 [Christopher Bollas] 的词 [22]）。在这个理论里，知识和行动的欲望不只是存在或出现于我们脑袋里的东西，而且是发生在我们身上的那些事物，它们让我们借以和别人接触，是我们和他人共存方式中关键的一部分。

工人或者农民读了别人的遭遇后，会突然感到他或她和这个人有些共同之处，这时会发现他或她自己处于一种新的气氛里，这种气氛向他或她揭示一种不同的"那里"，一种和很多人共存的途径，以前所未有的方式让朋友或仇敌显现出来。事物以一种新的方式和我们联系起来，一种很显然、有意识地是复数的方式。一个新的"我们"已经开始存在了，这种存在反过来使我们体会到和表达了一个个新的"我"。以前那些从未进入脑海的行动和以前从来看不到的目标，现在成了这个不可抗拒的欲望的可能得到，甚至是志在必得的对象。

黑人列宁主义

海德格尔的气氛理论给我们提供了一个如何理解在阅读党报上别人的遭遇时发生了什么事——反情绪的唤醒——的方法，但我们还是想弄明白这些事到底是如何发生的。为了回答这个问题，我来分析一下道奇革命联合运动在形成的过程中报纸所扮演的角色，尤其着重谈一下列宁所描述的揭露。不过，首先给 DRUM 的形成和情况做个简要介绍可能会有所帮助。

摆在组成 DRUM 的黑人激进派面前的关键问题是政治团体组建过程中的老生常谈，事实上也是《应该做些什么？》一书中引人注目的问题：如何把一个阶级或群体里无组织、自发性爆发的反对力量转换成有组织的革命运动。[23]在 DRUM 这个例子中关键的事件是 1967 年夏发生的暴乱事件，它以很多种方式改变了情绪和政治形势。最有意义的是，参加暴乱的集体的威力和潜能被那些调遣来压制暴乱的无比强大的暴力和政府力量展现出来。[24] 暴乱中，地区工厂被迫关闭三天，如马丁·格雷伯曼（Martin Glaberman）所说："黑人工业工人阶级的力量通过这个事实被间接地表现出来：七月天见证了美国资本主义社会里三大巨头的关闭——福特、克莱斯勒和通用。"[25]

一旦 1967 年夏季的暴乱让大家看到了一个具有潜在革命力量的集体的存在，一群黑人激进者，包括约翰·华生（John Watson）、卢克·特里普（Luke Tripp）、肯尼斯·考克瑞尔（Kenneth Cockrel）、詹尼瑞尔·贝克（General Baker）和迈克·哈姆林（Mike Hamlin），决定通过创建报纸来组建一个黑人革命共产党。华生描述了在做这个决定的过程中阅读列宁著作的重要性：

> 在七月暴乱以前，我们有一个成熟的社团，但是我们没有成熟的组织或领导。因此也就没有组织上的连贯性……如何创建一个政党，一个黑人布尔什克政党呢？如何组织黑人工人，协调黑人学生的活动……作为历史系的学生，我们回首时会发现人们是如何做到这些事情的，我们已经研究了俄国布尔什维克的历史，发现了列宁于 1903 年写了一个题为《何处开始？》（"Where to Begin?"）的很具体的册子，这个册子先于那篇描写报纸能够扮演的角色的题为《应该做些什么？》的文章。一张报纸是一个永久组织的焦点，能够在不同行动高潮之间建立一个桥梁。它创造了一个组织并对革命者进行工作分工……我们一开始就通过创办《内陆城市之音》（Inner City Voice）这种报纸来完成这些任务。[26]

这里，华生注意到了列宁在《何处开始？》里的重点：通过创造出一种一起工作、思想、生活的方式，一张报纸可以把革命党本身凝聚起来、组织起来。报纸的每周活动安排为不同活动高峰期之间直接建立了桥梁，为党员们提供了一个有效地把注意力集中在政治斗争上，且同时宣扬某个具体的政治立场以及一个从政治上和组织上都致力于这个立场的团体的实用性。[28]因此，一旦有组织工人和政治行动的机会，他们就会立刻抓住它的。

自从 1969 年 5 月 2 日发生的未经工会同意而自行发动的罢工之后，道奇的工人们确实可以看到《内陆城市之音》代表了他们的利益，不愧为政治组织和行动的模范。麦克·哈姆林描述了一个这样的时刻："我们把一个工场的九个工人吸引到我们这个政党来，靠的是我们出版报纸，提出具体的革命路线：黑人工人将成为这个国家解放战争的先锋。"[29]这就是 DRUM 的开端。[30]

1968 年 5 月的未经工会同意而自发的罢工是对装配线提速的最迅速的反应，尽管对工厂里的一系列恶劣工作环境，包括强制性加班和不安全操作，也有普遍的不满情绪。虽然黑人和白人都参与了这场罢工，但黑人工人在罢工后被管理阶层单独拉出来惩罚，几个还被解雇了。DRUM 第一期的头条是赫然的"自发罢工"几个字，准确地聚焦在一个事实上："绝大多数的惩罚都是针对罢工负责任的黑人工人。"这种歧视性的反应，正如它所展示的那样，与在一个绝大多数工人是非裔美国人的工厂里受到来自于管理阶层和全美汽车工人联合会之流的种种种族歧视是相呼应的；它将是一个动员黑人工人参加 DRUM，为反抗种族歧视的重要力量。[31]

我们可以看到列宁对 DRUM 和联合会的影响：他们坚持革命党的必须性；他们强调专业人士革命党人对组织工人和社团成员的价值；他们坚信报纸在这种组织工作中的核心地位。[32]希瑞尔·里昂奈尔·罗伯特·詹姆斯（C. L. R. James）认为黑人的独立斗争可以在制造革命形势的过程中起着重要作用。[33]他们在他的理论基础上，对革命党这个概念赋予了独到的且有效的延伸，提出了黑人工人可能是也应该是全世界反抗资本主义的先锋。他们聚焦于工人在生产线上的力量，指出了如 DRUM 和联合会组织者肯尼斯·考克瑞尔所写的事实："黑人工人会发现他们自己处于工业界里最危险但也是生产力最强和最重要的工作。"[34]因此，正如 DRUM 和联合会的另一位组织者说的那样，他们可以通过组织自己（并且不需要和白人工人联盟）就具备了"彻底关闭美国经济体系的"能力。[35] 这对道奇总部——DRUM 组建的地方—— 来说尤其是对的：这里的一万工人中有相当可观的大多数是非裔美国人。从实际的角度来说，除了生产装配线的加速和恶劣的工作环境之外，DRUM 和联合会抓住了工厂里黑人工人的最关键的问题：管理阶层和联盟之流明目张胆的种族歧视。

关于 DRUM 和联合会有很多历史故事，故事多的尤其是有关他们组织上和政治上的发展过程中的种种曲折和正式成立短短三年后的最终解散。[36] 对这段历史有着大量的分析，尤其有很多对联合会为什么会"失败"的分析，但我在这里感兴趣的是讨论它成功的时刻：在工厂组织工作时对工厂报纸的利用。

阅读和情感协调

列宁在《应该做些什么？》一书中的《如何开始?》（"How to Begin"）一文和别处强调了揭露的体裁问题，这对于 DRUM 的工作来说显然是它的核心问题，浏览一下 DRUM 组织者的出版物和采访，不难看出这一点。像麦克·哈姆林描述的那样，"我们描写种族歧视、残暴以及其他恶劣工作环境的事件、活动和情况，这些描述在工人内部开始蓄发一种憎恨的感觉，同时也在工人之间营造一种团结的感觉，这种团结是基于对这些环境的仇恨，尤其是对工厂里的种族歧视做法的仇恨"[37]。读一些被虐事件的故事似乎可以产生一种有共同仇恨的感觉，这种感觉随后又产生一种颇有政治意义的团结的感觉。我们于是要问，究竟是什么样的阅读体验才能导致一系列感情事件的发生呢？

属于哈姆林刚提到的故事类型至少有两篇，都在命名为《你会是下一个吗？》的文章中。这些故事叙说了黑人工人受到了白人经理的种种不公平的待遇。第一个故事发表在 DRUM 的第一期（图一和图二），题目为《小威利·布鲁金斯的故事》。故事一开始就用数字列举了关于布鲁金斯的九个事实：他是"我们黑人兄弟中的一员"；他是全美汽车工人联合会的成员；他已结婚，有四个孩子；他被解雇了；他从未被逮捕过；他被工厂的一个保安指控为犯了重罪暴行；他是"工会和管理阶层勾结起来废除所有工人权利的阴谋的牺牲品"。文章结尾处义正词严地倡议道："威利·布鲁金斯现在需要你的帮助。"在这个清单的后面，我们读到了第二篇的题目是《事实》，其后文章叙述了发生在布

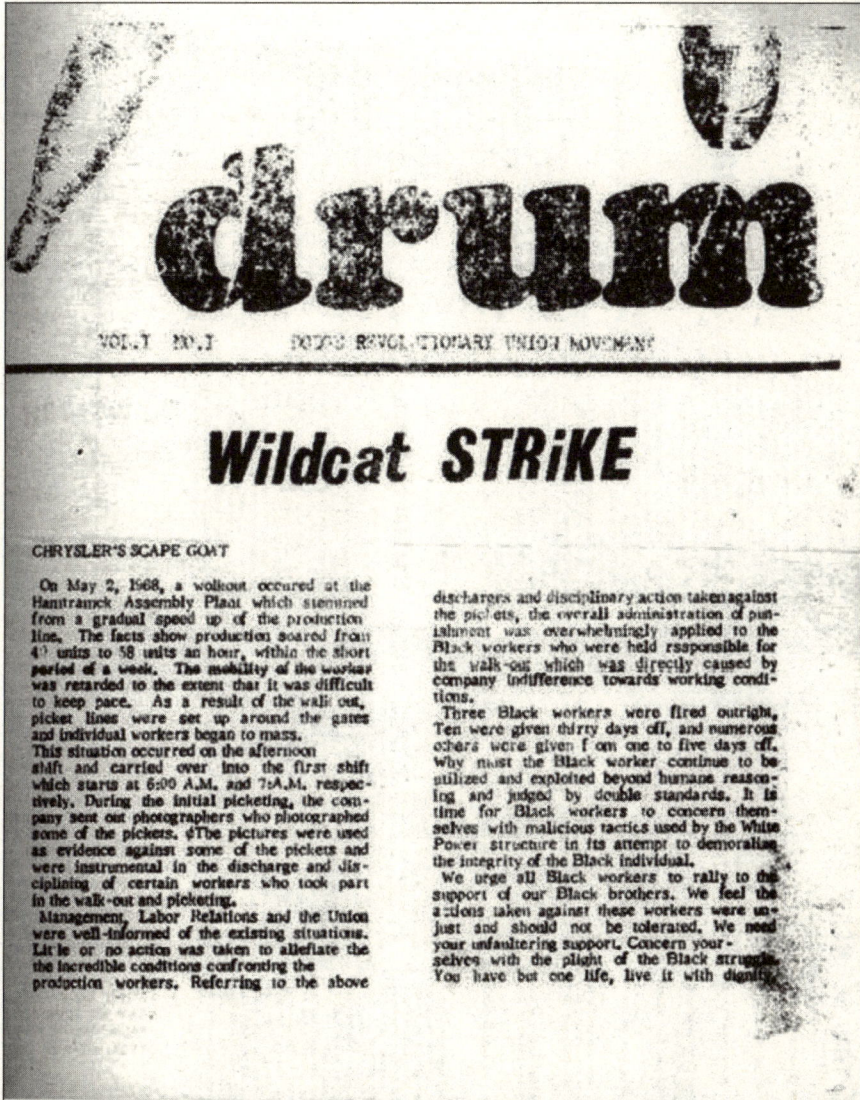

Fig.1. *DRUM* 1, no. 1 (1968). Courtesy of Archives of Labor and Urban Affairs, Wayne State University.

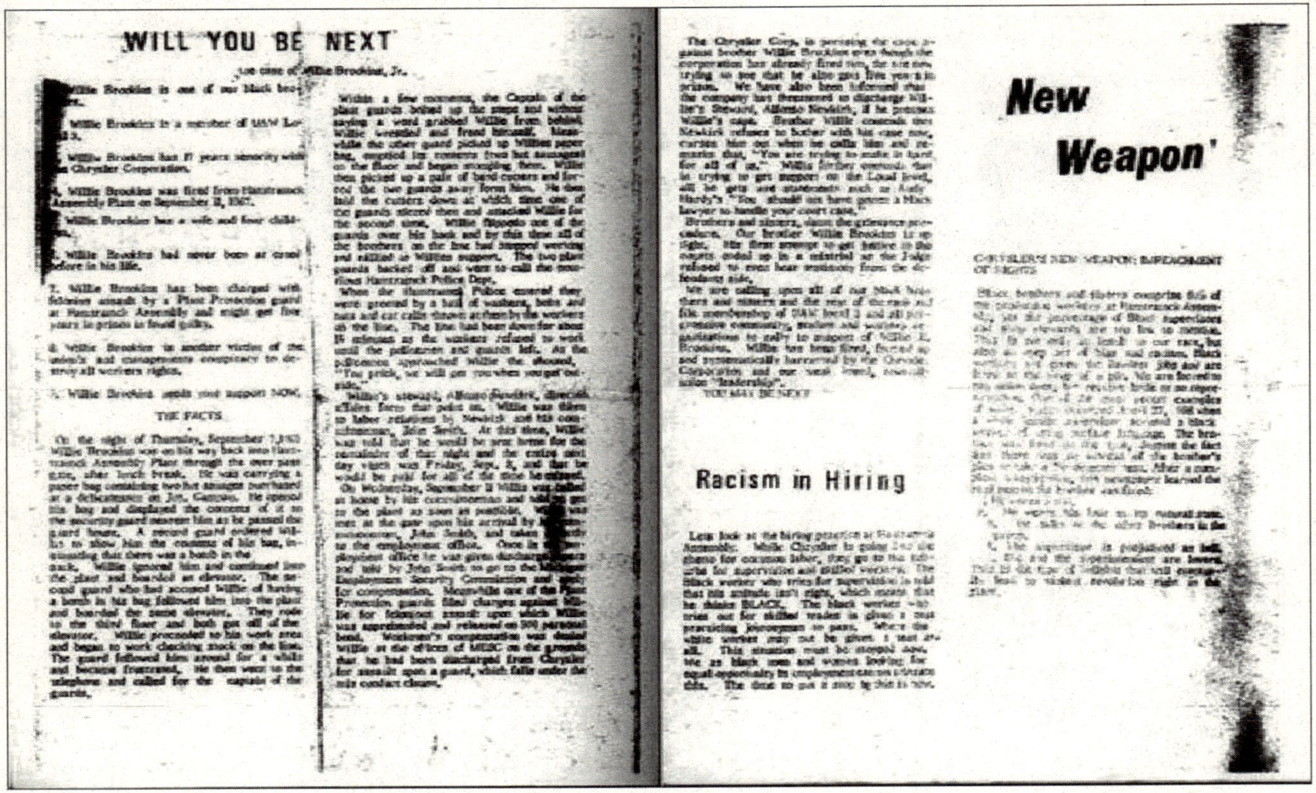

WILL YOU BE NEXT

New Weapon'

Racism in Hiring

Fig.2. "Will You be Next?" *DRUM* 1, no. 1 (1968): 2–3. Courtesy of Archives of Labor and Urban Affairs, Wayne State University.

鲁金斯身上的故事。故事的基本情节不难理解：布鲁金斯先是被工厂保卫队的一名白人保安骚扰，后又被激怒，导致了一场搏斗，这场搏斗然后被用来作为解雇他的借口。这个故事细节很丰富，远远超出了我勾画的概况，我认为这些细节对这个故事造成的影响起着关键的作用。故事是这样开始的："1967年9月7日星期四的晚上，威利·布鲁金斯在午餐休息过后，正在穿过天桥返回到汉姆特雷穆克装配厂工作。他手中拿着一个纸袋，里面装着霍斯·坎姆波那里的熟食店买来的两根香肠。当他通过保安哨所时，他打开袋子，向离他最近的保安展示了袋子里的内容。而第二个保安命令威利向他展示袋子里的内容，含沙射影地说袋子里有炸弹。威利没理会他，继续往工厂里走，坐上了电梯。指控威利的袋子里有炸弹的保安跟着威利进了工厂，上了同一个电梯。他们到三楼后，两个人都出了电梯。威利继续往前走到了他的工作区，开始检查装配线上的货物。"文章接着讲述了保安是如何给保安队长打电话，保安队长是如何抓住威利，威利却挣脱了，同时"另一个保安捡起威利的纸袋，把里面的东西（两根香肠）倒在地上，并开始用脚踩这些东西"。威利捡起一副捆绳切断器，后来又放下了，接着又被攻击。就在此刻，他"把其中一个保安掀翻在地，于是装配线上的所有兄弟们都停止了工作，聚集起来支持他"。这个"臭名昭著"的汉姆特雷穆克警察被叫来了。他一到现场，迎接他的是"装配线上工人们抛向他的一阵阵冰雹似的清洁器、螺栓、螺母和不满的嘘声"，他们在警察和保安离开之前拒绝回去工作。"当警察们靠近威利时，他们大喊：'你们这帮混蛋，只要你走出这个大门我们会收拾你的。'"

　　威利最终被解雇了，对他的指控也被立了案。在写这个故事的时候，克莱斯勒公司正在起诉他，并且警告工会首领如果他敢继续以工会的名义支持布鲁金斯一案，他也会被指控的。文章最后一段呼吁读者一起来支持布鲁金斯："威利被克莱斯勒公司和我们的软膝盖的、懦弱的'工会领袖们'解雇了，陷害了，被有组织地骚扰着。**你将会是下一个受害者！**"

　　虽说这个故事是在具体的政治修辞和对事件的概括解释的框架内被叙述的（布鲁金斯被陷害、工会和管理阶层串通一气来摧毁工人权利），故事的主要情节还是很公正地、很严密地聚焦在事实上面——人们的具体的行为、言语、位置、工作等。故事叙述带着中立的、几乎是仅仅提供证据的语气。这就是说，我们似乎有了一个写作模式，它能够产生煽动和情感力量，但它主要不是通过演说劝诫或大势渲染感情，而是通过客观描述。[38]

这种描述性的模式会很有威力，部分原因来自于它能够把描述的事件从习惯的理解模式里隔离出来，让我们能够审视它，从某种意义上重新体验已经发生的一切，而不是让我们仅仅认出或了解这些已发生的事。我们这里可以粗略地把事件描述得"就像它们是第一次发生一样的模式"，和什克洛夫斯基（Shklovsky）在托尔斯泰的作品里看到的"去熟悉化"或"陌生化"的范式相似（托尔斯泰常常用某个具体角色的视角这一手段——例如，在《霍斯托密尔》[*Kholstomer*] 中用的是马的视角，而在《战争与和平》中用的是一个小孩的视角——把描述这一模式引入叙事中 [39]）。从什克洛夫斯基的观点看来，这里的关键是要把我们从自动机械的感知模式中脱离出来，否则的话事物将不是被看见而是被辨认出来的；这时因为那些我们靠习惯去感知的东西，那些我们认为我们已经知道的东西往往几乎不被我们感知。

在《你会是下一个吗?》一文中描述——有人可以说"罗列事实"——的重点在于一系列的行动和行为，它也可以以同样的方式使读者脱离那种立刻认出或知道所描述的事件的模式，从而让这些行动和行为真正地被当作事件来被认知。[40] 读者被鼓励着去贴近被感知的事件的具体的动态和节奏，它们的强度、升级、停顿的模式。我认为正是这些模式和节奏有利于丹尼尔·斯特恩所说的"情感协调"。

在《婴儿的人际世界》（*The Interpersonal World of the Infant*）一书中，斯特恩分析了父母和婴儿分享感情状态的方法，认为"分享感情状态是主体间性关联性的最普遍的和临床上最相关的特征"[41]。婴儿的关联能力取决于父母亲进行斯特恩所说的"情感协调"的能力。有趣的是，他发现父母完成这些协调是通过"一种不完全是严格意义上的模仿，但能以某种方式和婴儿的外在行为相呼应的行为"（*IWI* 139）。举例来说，"女婴的声音的强度和持续时间和母亲的肢体动作是相匹配的"（*IWI* 141）。另一个例子则是，"男婴的手臂运动和母亲的声音的特征是相匹配的"（*IWI* 141）。这就是说，母亲从事的行为虽与婴儿的行动不一样，但很相似，这种相似性是借助于不同模式或不同感觉——从声音到动作或从动作到声音——之间的翻译来标识出来的，是通过"变形的"

特征——譬如，强度、形状或节律——来标识出来的。以此类推，斯特恩写道："相匹配的不是对方的行为本身，而是那些反映对方的感情状态的行为的某些方面。"（*IWI* 142）

斯特恩的研究也揭示出情感状态或体验从某种意义上来说天生或本质上就是复数的。人际互动中最让人惊奇的一个方面是，虽然儿童没有明显注意到来自母亲的情感协调，但当母亲突然中断这种行为时或她的行为和儿童的强度和节律不相匹配时，孩子会停下活动，常常表现出困惑不解或不确定的样子。情感不被共享时，婴儿会暂停他的行为，不知道该如何进行下去，就好像感情总是需要以复数的形式存在。

回到威利·布鲁金斯的例子。一个工人在描述的节律、形状和强度中得到的体验和他或她本人的体验是不一样的，但却在某种形式上和体验背后的感情很相似。我们读到了黑人是如何被有权力的白人视为问题或威胁（黑人可能会有炸弹），这种威胁（黑人隐藏的香肠），如果打个比喻的话，是和黑人的性能力联系在一起的。读者可以看到黑人的身体和随身物品对于任何一个想检查的白人保安来说都是随时可以的，读者可以看到进一步的监控和逐步升级的侵犯最终导致了身体攻击。在布鲁金斯准备好的香肠被毁掉的时候，我们也看到了一个准备好的晚餐就这样被破坏了，以后的营养供给被中断了。我们也读到了其他工人自发的集体抗议。最后，我们看到了制度性暴力被强有力地执行着，面对这样的暴力，大家似乎没有丝毫的防御能力或援助，纵然或尤其是那些本身职能就是提供援助的法律和行政机构也无能为力。我们不妨说"种族歧视"这个抽象概念被这些事件的形式和节律，故事的来龙去脉，以及故事的整个过程准确地表示出来了。通过这种方式，描写在读者的心里产生了一种感觉，似乎他们以不同的身份参与了这个工厂里发生的事件。这种感觉就是情感协调的感觉，也是反情绪被唤醒的感觉。

此时此刻，以前看来是"孤立于可共享的体验的人际交往背景之外"（*IWI* 151–52）的体验现在不仅可以共享，同时它自己也成了共享的机制。它带来的不仅仅是情绪上的转变，而且是从一种情绪到另一种情绪的转变。海德格尔说不良的情绪是那种"我们对存在视而不见的情绪"[42]，这时我们会关闭掉我们的被抛掷的感觉和我们存在的"共存性"。这种不良情绪当然也是存在的一种方式。这种方式如让－卢克·南希所说的那样，"我们不能说'我们'的存在使每个'我'——不管是个人的还是集体的我——陷于一种不能说'我'的精神错乱中"（*BSP* 152）。但是就在刚刚描述过的假象阅读和情感协调体验中，工人可能会发现他们被唤醒到另一种情绪里：在这种情绪里，与他人的被抛扔状态共存的特性被展示出来，存在的复数本性和与很多人共存是存在的基本情况也被开始变得显而易见，这对理解、战术规划、组织很有用。

在这种情绪里，人们不再为工头对自己的种族歧视感到孤立或异化，不再为自己受的伤害和看到医生们的不公平对待而感到沮丧，不再因装配线上加倍累人的工作而感到筋疲力尽，不再为那里的危险而焦虑。人们感到他们的感情被别人分享着，更重要的是感到在分享中产生了一种力量，感到了和我们分享这种体验的人在数量上和势力上都超过了压迫者。

进一步强化这种阅读体验的是读者这种不仅和被描述的人共享一种情感体验，而且还和共同阅读这个故事的其他所有人的感觉。阅读使读者和其他读者接触，这种和别人共读的感觉可能带来一种革新的激动或战栗，这种反应在有些故事里是一种"审美的感觉"的特征。[43] 读者通过对装配线上的工人们目睹了威利·布鲁金斯的遭遇之后的行为——奋力相助、罢工，以"一阵冰雹似的清洁器、螺栓、螺母和不满的嘘声"来欢迎警察汉姆特雷穆克——的描述，可以看到一种情感正从他们阅读的主人公那里转移到和他们一起阅读这篇故事的读者那里的这样一张画面，可以看到这种感情转移的改造人的作用。分享布鲁金斯的情感并表达出和他团结一致，这种团结可以直接引发行动。

当然，这里需要强调的是，如果 *DRUM* 要想保持它一直以来的有效性，如果这些故事想找到那些希望被打动的读者，这些故事必须和工人们的情绪、体验和境况相对应。如约翰·华生所说，在工厂里搞组织工作，"对工人们的需求和他们在工厂里面对的问题的性质有明确的了解"是至关重要的。[44] 为了引导读者的情绪，DRUM 作为一个组织应该掌握、领会和理解它的成员的情绪的技巧。

在这项工作中，重要的是文章的作者必须是工人们自己，而且 *DRUM* 报纸——滚筒油印，用 8×14 的纸折叠——发行后，必须亲手从一个工人传向另一个工人。约翰·华生说："出版报纸既是一个用来做组织工作的工具，其本身也是一个组织工具，通过它工人们开始为报纸撰稿并在工厂里散发。通过征召记者和发行，我们在工厂里创建了一个交流沟通的网络。"[45]一个流通模式的确立可以抵制那种孤立无助的感觉，同时创建一个和工厂以及工会的制度规则相反的共存的途径。代表工作体验不再是对着一个人或是为了一个人：代表工作和工作代表现在合二为一。[46]在这种理念中，交流和共享需要且同时能创造出一个情感共享空间里的许多既相互区别又相互联系的定位。如南希所说，"为了团结在一起来交流，必须确立地点的关联性和从一个地方过渡到另一个地方的通道"（BSP 61）。这种社团不是本尼迪克·安德森（Benedict Anderson）所说的作为现代国家报纸的成就的那种无名社团，而是一个具体的"我们"社团，在这个社团里，每个人都有一个角色和位置。[47]一旦集体的、革命的反情绪被唤醒，报纸所带来的交流和分享，定位和节奏都成了指导、更新和振奋情绪这项工作的核心机制。报纸是一个组织和煽动的核心工具，它不仅能凝聚领导力量（如列宁在《何处开始?》中说的）并在工人间创造纽带，而且也可以帮助工人们保持和振奋他们刚刚觉醒的情绪和政治抱负。

　　DRUM 和联合会似乎很明白革命情绪本质上是导向行动的，因此它也需要一些实践活动来保证其目标和任务不脱离视野。从这个角度来看，我们可以理解他们发起的活动的多样性，包括工会和当地选举，把组织范围从工厂扩展到社区里，录制电影。[48]DRUM 的第一轮行动是策划了 1968 年 7 月的罢工。这次罢工不是对装配线提速的自发的反应，而是 DRUM 作为一个集体的威力的实现。它向世界（不只是克莱斯勒公司和全美汽车工人联合会）和工人们自己传递了一个信息：一个具有代表自我和策划行动的集体现在诞生了。[49]

　　在实现这个集体的过程中，罢工对创建一个共产主义氛围——种和别人共存的存在方式——也是关键的一步。在罢工的过程中，力量不是附加剂：这种力量并不是像每个工人个人都有力量，然后他们的力量相加后会得到更大的力量那样。相反，很多人在一起才构成了罢工的力量；罢工本身不会简单地发生，只有当每个人，或者几乎每个人，都相互团结起来才会有罢工。因此，罢工有引导和更新情绪——和他人共存的方式——的能力；这种情绪是由 DRUM 报纸引发的，和克莱斯勒公司、工厂管理阶层、工会是对立的，和把他们连在一起的金钱流通是对立的。如果像马克思在《经济学手稿》中很有名地指出的那样，"如果金钱构不成社区 [Gemeinwesen]，那它必将解散这个社区"[50]，那么和报纸一样，在罢工中，DRUM 创造了另一种共存的形式和方法，创造了一种与金钱社区相对立的情绪。如安东尼奥·奈格里指出的那样，"当无产阶级以重新掌控社区为目标，要把它融进一个新社会的秩序里时"[51]，我们看到共产主义在逐渐成形。尽管这个共产主义的未来似乎已被忘却，但它的情绪却仍在流通着。

韦恩州立大学

注 释

　　感谢下列人给予的颇有帮助的反馈、提问和建议：丹尼尔·奥伯特（Danielle Aubert）、莫瑞·巴克·拉若·库恩（Lara Cohen）、布伦特·爱德华兹（Brent Edwards）、芮塔·菲尔斯基、戴文·佛尔（Devin Fore）、苏珊·弗莱曼（Susan Fraiman）、理查德·格鲁辛（Richard Grusin）、劳拉·海瑞斯（Laura Harris）、凯瑟琳·林德博格（Kathryne Lindberg）、艾瑞克·劳特（Eric Lott）、克里斯汀·罗姆伯格（Kristin Romberg）和阿奥义宾·思维尼（Aoibheann Sweeney）。感谢在俄罗斯莫斯科国家当代艺术中心举办的 21 世纪批判思维会议现场的观众；感谢威斯康辛大学密尔沃基校区的 21 世纪研究中心、纽约城市大学研究生学院的人文研究中心、2012 年现代语言协会会议上的情感理论圆桌会议、莫纳西大学、普林斯顿大学和韦恩州立大学。

[1] 参见：Ruth Leys, "The Turn to Affect: A Critique," *Critical Inquiry* 36, No. 3 and "Affect and Intention: A Reply to William E. Connolly," *Critical Inquiry* 37, No. 4 (2011). 这里的引用分别来自："Reply," 803, 800, and "The Turn to Affect,"472; 也可参见：*Guilt to Shame: Auschwitz and After* (Princeton, NJ: Princeton Univ. Press, 2007), 这本书里她对情感理论给予了很激进的评论，尤其是在第 123 页对赛吉维克进行的评论。对雷斯在《从内疚到羞愧》一书中观点的较长的评论，参见：J. Keith Vincent's review in *Criticism: A Quarterly for Literature and The Arts* 54, No. 4 (forthcoming).
[2] 相关文本应包括：Eve Kosofsky Sedgwick and Adam Frank, eds., *Shame and Its Sisters: A Silvan Tomkins Reader* (Durham, NC: Duke Univ. Press, 1995); Sedgwick, *Touching Feeling: Affect, Pedagogy, Performativity* (Durham, NC: Duke Univ. Press, 2003); Silvan Tomkins, "The Quest for Primary Motives: Biography and Autobiography of An Idea," in *Exploring Affect: The Selected Writings of Silvan S. Tomkins* (Cambridge: Cambridge Univ. Press, 1995), 27–63. 在 *Affective Mapping: Melancholia and the Politics of Modernism* (Cambridge, MA: Harvard Univ. Press, 2008) 一书中，我对西尔文·汤姆金斯作了更详尽的论述，尤其是第 11–18 页。
[3] 事实上我认为我们研究情感的许多人很关注情感和情感体验（甚至或者尤其是负面的或者是抑郁性的情感体验）的具体的，而不是简化为认知的逻辑；这正是为了更好地理解人们如何

能够对他们的情感生活施加影响。除了伊芙·科索夫斯基·赛吉维克之外，我觉得最近的新作如：Lauren Berlant, particularly *Cruel Optimism* (Durham, NC: Duke Univ. Press, 2011); as well as Heather K. Love, *Feeling Backward: Loss and the Politics of Queer History* (Cambridge, MA: Harvard Univ. Press, 2007); Ann Cvetkovich, *An Archive of Feelings: Trauma, Sexuality and Lesbian Public Cultures* (Durham, NC: Duke Univ. Press, 2003); Ann Cvetkovich, *Depression: A Public Feeling* (Durham, NC: Duke Univ. Press, 2012); José Esteban Muñoz, *Cruising Utopia: The Then and There of Queer Futurity* (New York: NYU Press, 2009); and José Esteban Muñoz, *Feeling Brown: Ethnicity, Affect and Performance* (Durham, NC: Duke Univ. Press, forthcoming); Sianne Ngai, *Ugly Feelings* (Cambridge, MA: Harvard Univ. Press, 2005); and Richard Grusin, *Premediation: Affect and Mediality after 9/11* (New York: Palgrave MacMillan, 2010).

[4] Martin Heidegger, *Being and Time*, trans. Joan Stambaugh (Albany: SUNY Press, 1996), 129（楷体是海德格尔加上的）。在下文中，我同时参阅了 Stambaugh 的新版译本和 John Macquarrie 和 Edward Robinson 的译本（New York: Harper and Row, 1962）（此后引作 *BT*）。在德国版本（Tubingen: Niemeyer, 1979）中，引用的页码也在英语译本里出现。对气氛的最主要的讨论在第 134—140 页。同时也可参见：Charles Guignon, "Moods in Heidegger's *Being and Time*," in *What Is An Emotion? Classic Readings in Philosophical Psychology*, ed. Chesire Calhoun and Robert C. Solomon (New York: Oxford Univ. Press, 1984), 230–43; Michel Haar, "The Primacy of Stimmung over Dasein's Bodiliness," in *The Song of the Earth: Heidegger and the Grounds of the History of Being*, trans. Reginald Lilly (Bloomington: Indiana Univ. Press, 1993), 34–46; Hubert L. Dreyfus, *Being-in-the-World: A Commentary on Heidegger's Being and Time, Division I* (Cambridge, MA: MIT Press, 1991), esp. 168–83; Sianne Ngai, *Ugly Feelings*, especially Chapter 5, "Anxiety," 209–47; Gianni Vattimo, *Art's Claim to Truth* (New York: Columbia Univ. Press, 2008), 57–73; and Jonathan Flatley, *Affective Mapping: Melancholia and the Poetics of Modernism* (Cambridge, MA: Harvard Univ. Press, 2008), esp. 19–24, 109–13.

[5] "从本体论来说，情绪是存在的最原始的一种状态，在这种状态下，存在在所有的认知和意志之前向本体揭示存在，超出了认知和意志的揭示范围。" Heidegger, *Being and Time*, trans. Macquarrie and Robinson, 175.

[6] Heidegger, *The Fundamental Concepts of Metaphysics: World, Finitude, Solitude*, trans. William McNeill and Nicholas Walker (Bloomington: Indiana Univ. Press, 1995) (hereafter cited as *FCM* 68).

[7] *BT*, trans. Macquarrie and Robinson, 176.

[8] *BT*, trans. Stambaugh, 129.

[9] Jean Luc-Nancy 的 *Being Singular Plural*（Palo Alto, CA: Stanford Univ. Press, 2000）（此后被引作 *BSP*）一书对海德格尔思想里有关存在的共存性作了很精彩的解释。

[10] *BT*, trans. Stambaugh, 127.

[11] Zora Neale Hurston, "How It Feels To Be Colored Me," in *I Love Myself When I am Laughing . . . and then Again When I Am Looking Mean And Impressive: A Zora Neale Hurston Reader*, ed. Alice Walker (New York: The Feminist Press at the CUNY, 1979), 154. See also Glenn Ligon's brilliant appropriation of this citation from Hurston in his work *Untitled (I Feel Most Colored When I Am Thrown Against a Sharp White Background)*, ed. Scott Rothkopf (New York: Whitney Museum of American Art, 2011), 98.

[12] "存在的这种特色——这个'此在'——被隐蔽在它的'从哪里来'和'到哪里去'，然而向其本身揭示时却没有丝毫的隐蔽；我们称之为这个实体"被抛扔"到'彼在'……'被抛扔'这个词语的意思是暗示存在是被递送过来这些事实。" *BT*, trans. Macquarrie and Robinson, 174.

[13] *BT*, trans. Macquarrie and Robinson, 177.

[14] "似乎协调在每个情况下都已经在那里了，就像在每个情况下我们把自己融入周围的空气里，借此我们可以不断地协调自己"（*FCM* 67）。

[15] 这里我们可以看到它和意识形态这个概念的相似性。"正是这些我们从不留意的协调，这些我们花最少的时间观察的协调，这些如此协调以至于我们感觉仿佛根本没有协调——这种协调是最有威力的"（*FCM* 68）。

[16] *BT*, trans. Macquarrie and Robinson, 175.

[17] 我借用的这段话的一部分概括如下："亚里士多德的《修辞》必须被理解为对共存性的日常性的第一个系统的解释。作为一种和他人共享的共存性的公共性不仅包含了它的协调本质，它也使用情绪并为它自身'创造'情绪。演讲者演讲时既要照顾到情绪，也要带着一种情绪演讲。他需要理解情绪的可能性，这样才可能以正确的方式激发和引导情绪"（*BT*, trans. Stambaugh, 130）。

[18] Sebastian Budgen, Stathis Kouvelakis, and Slavoj Žižek, eds., "Lenin and Revisionism," in *Lenin Reloaded: Toward a Politics of Truth*, (Durham, NC: Duke Univ. Press, 2007), 59–73, 71.

[19] Karl Marx, *The Eighteenth Brumaire of Louis Bonaparte* (New York: International Publishers, 1963), 123–24. 著名的一段话（一部分）是这样的："有小地产的农民形成一个巨大的群体，他们生活在相似的条件下，但彼此之间却没有形成多重关系……只要上百万的家庭生活在使他们的生活模式、利益和文化和其他阶层的人相分离的经济条件下，他们就形成了一个阶级。只要这些小地产农民之间仅限于当地一些联系，他们的利益身份没有形成一个社区，他们之间没有国家级的密切联系和政治组织，他们就没有形成一个阶级。因此，他们就无法通过议会或会议以自己的名义来实施他们的利益。他们无法代表自己，他们必须被别人代表。"

[20] Vladimir Ilyich Lenin, *What Is to Be Done? Burning Questions of Our Movement*, in *TheLenin Anthology*, ed. Robert Tucker (New York: Norton, 1975), 43.

[21] Lenin, *What Is to Be Done?* 43.

[22] 参见：Christopher Bollas, *The Shadow of the Object: Psychoanalysis of the Unthought Known* (New York: Columbia Univ. Press, 1987).

[23] 参见：Lenin, *What Is to Be Done?* especially 27–31. Of course the literature on Lenin is immense, but concerning debates about spontaneity in Lenin, see Lars T. Lih, *Lenin Rediscovered: What Is To Be Done? in Context* (Chicago: Haymarket Books, 2008).

[24] 这次叛乱是 20 世纪 60 年代后期最大的城市叛乱之一。如众所知，不仅有国防军还有来自部队的 82 军和 101 军都被空运前去恢复政府对这个城市的控制。有关这次叛乱，参见：Sidney Fine, *Violence in the Model City: The Cavanagh Administration, Race Relations, and the Detroit Riot of 1967* (East Lansing: Michigan State Univ. Press, 2007), originally published 1989.

[25] Martin Glaberman, *Survey: Detroit, International Socialism* (April/May 1969): 9.

[26] "Black Editor: An Interview with John Watson," in "Historical Roots of Black Liberation," special issue, *Radical America* 2, No. 4 (July, August 1968): 31.

[27] "Where to Begin?" [*S Chego Nachat'?*] was first published in *Iskra* [The Spark] in 1901. See *V. I. Lenin Collected Works* (Moscow: Progress Publishers, 1961), 5:13–24. 这篇短论文的英译本广泛地出现在苏联外语出版社发行的各种有关煽动、组织和报纸的宣传册子上。

[28] 当然，革命党的作用本身就是一个很大的话题，因为它实际上一直以来是个革命常识的问题：报纸的生产和分送是创建革命阶层和革命形势的关键。有关社会主义和纸质媒体的本质和紧密关系的论述，参见：Régis Debray, "Socialism: A Life-cycle," *New Left Review* 46 (July–August 2007): 5–28.

[29] Jim Jacobs and David Wellman, "An interview with Ken Cockrel and Mike Hamlin of the League of Revolutionary Black Workers," in '*Our Thing is DRUM*!' (Detroit: Black Star Press, n.d.) 11–38. 这本宣传册子被重新印刷，参见：*Leviathan* 2, No. 2 (June 1970): 11.

[30] 有关 DRUM 和联合会的渊源的叙述，参见：Muhammad Ahmad, *We Will Return in the Whirlwind: Black Radical Organizations 1960–1975* (Chicago: Charles H. Kerr, 2007), 237–86; James A. Geschwender, *Class, Race, and Worker Insurgency: The League of Revolutionary Black Workers* (Cambridge: Cambridge Univ. Press, 1977); Dan Georgakas and Marvin Surkin, *Detroit: I Do Mind Dying: A Study in Urban Revolution* (Cambridge, MA: South End, 1998); and Heather Ann Thompson, *Whose Detroit?: Politics, Labor, Race in a Modern American City* (Ithaca, NY: Cornell Univ. Press, 2001), esp. 71–127. 有关 DRUM 和联合会的政治和意识形态上的观点，首先参见：first the writings by League members, especially Jacobs and Wellman, "An interview with Ken V. Cockrel and Mike Hamlin," '*Our Thing is DRUM!*', "Black Editor: An Interview with John Watson," in "Historical Roots of Black Liberation," special issue, *Radical America* 2, No. 4 (July, August 1968); Kenneth V. Cockrel, "From Repression to Revolution," *Radical America* 5, no. 2 (March–April 1971): 81–89. 也可参见：Mike Hamlin and General Baker interviews in *Detroit Lives*, ed. Robert. H. Mast (Philadelphia: Temple Univ. Press, 1994), 85–88, 305–13, and Chuck Wooten, "Why I Joined DRUM," in *Black Workers in Revolt: How Detroit's New Black Revolutionary Workers Are Changing the Face of American Trade Unionism*, ed. Robert Dudnick, (Detroit: Radical Education Project, n.d.). Articles originally published in February 15, 1969, and March 18, 1969, issues of *The Guardian*, independent radical newsweekly.

[31] 在 "Open Letter to Chrysler Corporation," (*Inner City Voice*，July 1968) 中，詹尼瑞尔·贝克感谢克莱斯勒把他解雇了，因为这一行为点燃了一个不可压制的火星。

[32] 关于这一点，参见约翰·华生："出版物的生产，各种文件的出版，团体的构建都需要组织技巧，这在工人内部是不存在的……同时有一点也很重要：也要理解在汽车工厂里每天拼命地工作 10 个小时，每周工作 6 天，甚至是 7 天的工人会精疲力竭，没有很多精力去组织会员会议，生产出版物，和社区团体联系取得支持和募捐资金，等等。因此，有必要在工厂之外建立一个支持者团体，他们可以为工人们做这些工作。" John Watson, "To the Point of Production—An Interview with John Watson of the League of Revolutionary Black Workers," *The Movement*, July 1969, 5.

[33] C. L. R. James, "The Revolutionary Answer to the Negro Problem in the USA," in *C. L. R. James on the "Negro Question,"* ed. Scott McLemee (Jackson: Univ. of Mississippi Press, 1996), 138–47.

[34] Kenneth Cockrel, "History and Derivation of the League of Revolutionary Black Workers," unpublished maunuscript, Archives of Labor and Urban Affairs, Wayne State University (Cockrel collection), 25.

[35] Watson, "To the Point of Production," 6.

[36] 在几个工厂里取得一系列的成功后，联合会逐渐转向各种其他活动，包括教育、社区组织、法律辩护、选举政治和电影制作。1968 年和 1969 年学年，约翰·华生被选为维恩州报《南方终端》(*The South End*) 的编辑，他使这张报纸差不多变成了这个联合会的喉舌。联合会推荐它的一个成员，让·马奇 (Ron March)，去参加全美汽车工人联合会董事会的竞选，但是他在这场很有可能腐败的竞选中落选了。联合会和底特律影片集团的成员合作，制作了一部名为《终于得到了消息》(*Finally Got the News*) 的电影。电影突出了报纸对联合会活动的核心作用，并试图把这种作用用电影媒体表达出来。有关《终于得到了消息》这部电影的制作过程的叙述，参见：Dan Georgakas and Marvin Surkin, *Detroit: I Do Mind Dying* (Cambridge, MA:

South End, 1999), esp. 113–23. 有关联合会的成就（詹姆斯称之为"60 年代唯一一个最有意义的政治体验"）和《终于得到了消息》的评论，参见：Fredric Jameson, "Cognitive Mapping," in *Marxism and The Interpretation of Culture*, ed. Lawrence Grossberg and Cary Nelson (Urbana: Univ. of Illinois Press, 1988), reprinted in *The Jameson Reader*, ed. Michael Hardt and Kathi Weeks (New York: Blackwell, 2000), 277–87; 有关弗莱德·莫滕对詹姆斯和他的电影评论作了评论，参见：*In the Break: The Aesthetics of the Black Radical Tradition* (Minneapolis: Univ. of Minnesota Press, 2003), 211–31.

[37] Jacobs and Wellman, "An Interview with Ken Cockrel and Mike Hamlin," 11.

[38] 有关影响我的思想的描述，参见：Heather Love's "Close but Not Deep: Literary Ethics and the Descriptive Turn," *New Literary History* 41, no. 2 (2010): 371–91. 在这篇文章里，拉弗不仅讨论了欧文·高弗曼的社会学描写中"平淡和稀薄的"写作，也出乎意料地谈论了托尼·莫里森的《宠儿》里的关键故事描写。拉弗指出，这些描述避免对人类行为绞尽脑汁地赋予深刻和丰富的诠释，以此换得对"已经存在的现实的"突出（377）。这样做是为了表明"基于记录和描写的"道德观（375）。

[39] 在《战争与和平》里有一段有名的关于歌剧的描述（从孩子的角度来描述），托尔斯泰撇开了歌剧的叙事和体裁模式，把表演描述为一系列的行为、动作和观众反应。参见：Victor Shklovsky, "Art As Technique," in *Theory of Prose*, trans. Benjamin Sher (Elmwood Park, IL: Dalkey Archive Press, 1990), 8.

[40] 我从苏联的早期的背景里借来了一个新词"罗列事实法"，它于 20 世纪 20 年代的下半年被创造出来，用来描述书写一些事实时采用的一系列方法。参见："Soviet Factography: A Special Issue," ed. Devin Fore, *OCTOBER* 118 (Fall 2006), and also Yury Tynyanov, "The Literary how a revolutionary counter-mood is made 525 Fact" (1924), in *Modern Genre Theory*, ed. David Duff, trans. Ann Shukman (Harlow, UK: Longman, 2000), 29–49; Benjamin Buchloh, "From Faktura to Factography," *OCTOBER* 30 (Fall 1984): 82–119; Kristin Romberg, "Aleksei Gan's Constructivism, 1917–1928" (doctoral dissertation, Columbia Univ., 2010), especially chapters 4 and 5; and Sarah Ruddy, "This Fact Which Is Not One: Differential Poetics in Transatlantic American Modernism" (doctoral dissertation, Wayne State Univ., 2012).

[41] Daniel Stern, *The Interpersonal World of the Infant: A View from Psychoanalysis and Developmental Psychology* (New York: Basic Books, 1985), 138 (hereafter cited as *IWI*).

[42] *BT*, trans. Macquarrie and Robinson, 175.

[43] 参见：Theodor Adorno, *Aesthetic Theory*, trans. Robert Hullot-Kentor (Minneapolis: Univ. of Minnesota Press, 1997)："主体并不是作为主体而激起的震惊是一种被他者感动的行为。审美行为使自己融入他者而不是统治他者。"（331）

[44] Watson, "To The Point of Production," 4–5.

[45] Watson, "To The Point of Production," 5.

[46] 有关报纸中对工作代表的讨论，参见：Walter Benjamin, "The Newspaper," in *Selected Writings, 1927–1934* (Cambridge, MA: Harvard Univ. Press), 2:721–22, and Devin Fore, "The Operative Word in Soviet Factography," in "Soviet Factography: A Special Issue," esp. 123–31.

[47] 在安德森著名的辩论中，他描述了日报在创造一种国家感和建立现代国家政府的过程中和核心作用。简单地说，他认为，报纸的公众性让读者在阅读时产生感觉到他在读晨报的时候，有成千上万的其他人同时也在"做着同样的事情，他对其他人的存在却一无所知"。这种"匿名的社区"的感觉有助于产生了一种"深深的同一阶层的同志关系"，安德森称之为国家感的基本元素。而且，报纸收集发生在同一天的世界各地的各种不同的不连

续的信息，用同一个语言表达出来，并且日复一日重复着同一件事，它创造了一种同一类的进步的时间观念，这对创造一种"稳定、同时、匿名的活动"的感觉是必需的。参见：Benedict Anderson, *Imagined Communities: Reflections on the Origin and Spread of Nationalism* (New York: Verso, 1983), 31.

[48] 参见第 36 条注解。

[49] 这里没有充足的篇幅来谈论这次罢工和它的组织工作是引导情绪走向一个具体的行动的例子。在谈论革命情绪的引导、更新和振发作用另一篇论文里（这是我的项目的一部分，《黑人列宁主义》），我研究了这张向进入工厂的工人宣布这次罢工的传单，分析了《终于得到了消息》是如何把煽动和宣传工厂报纸功能的信息译成电影语言。

[50] Karl Marx, *Grundrisse: Foundations of the Critique of Political Economy*, trans. Martin Nicolaus (New York: Vintage Books, 1973), 224.

[51] Antonio Negri, "Communism: Some Thoughts on the Concept and Practice." *http:// www.generation-online.org/p/fp_negri21.htm*. A lecture given at Birkbeck in 2009, accessed June 12, 201.

通往欧洲未来的争胜模式 *

香塔尔·穆芙　著

赵培玲　译

今日之欧洲事业正处在十字路口。很遗憾的是，其继续保持存在并非是理所当然。为确保欧洲联盟的未来，需要我们作出重要决定。目前要确定欧盟的发展方向还为时尚早，但这些决定所带来的影响将是深远的。欧盟的支持者一致认为欧盟应推进一体化，但关于如何实现这一进程，他们的观点却大相径庭。造成他们意见相左的原因多种多样：除了政治分歧外，还涉及哲学差异（为了弄明白当前争论的各个方面，有必要将哲学差异也摆上桌面）。

欧盟支持者的一个重要分歧点是在未来的欧盟和一体化模式中，国家身份应被置于何种地位。为解决此问题，有必要正确认识集体身份和集体身份回弹的性质。事实上，与那些期待着后传统和后国家形式身份泛化的人的意愿恰恰相反，我们今天所看到的是国家身份得到了不断强化。即使事实并非如此，也是区域形式认同的作用日益显著，而非超国家变得更加重要。这表明当民族国家可能失去一些权利和特权时——必须指明的是关于这种失去的程度，理论家的观点存在着严重的分歧——伴随而来的并不是国家形式认同的消失。事实上，人们甚至可以认为现实发生的情况恰与此相反，例如，可以看到在体育比赛中，国家形式的认同扮演着日益重要的作用。因此，不得不承认的是，至少是在可预见的未来，国家形式的联盟不太可能会消失，幻想人们放弃他们的国家身份转而支持后国家欧洲一体化也是不切实际的。否认这个事实而一味推动

---

* Chantal Mouffe, "An Agonistic Approach to the Future of Europe", in *New Literary History*, Vol. 43, No. 1, Winter 2012, pp. 629–640.

欧洲一体化是非常危险的策略，只会为欧洲事业带来消极影响。

作为一个政治理论家，我担心的是，关于后国家欧洲的许多设想都建立在个人主义和理性主义的框架上，这个框架会遮住理论家们的双眼，使他们无法找到实现集体身份的方法。结果，他们无法承认国家形式认同的性质和角色，因此也未能理解欧洲一体化所面临的深层次挑战。笔者建议采取一种不同的方法，并将说明该方法是如何可以使我们更好地应对未来欧洲一体化过程中可能出现的各种问题。首先，笔者将提出一种新方法，以代替占主导地位的理性主义方法，这种新方法能够使我们理解集体身份的构成模式。在本文的后半部分，笔者将评估在对欧盟的理解方面该方法会产生的影响。

集体身份

首先，让我们先勾画出上文所提到的个人主义和理性主义框架，因为这个框架将构建起我对集体身份的分析。根据我的理论观点，所有身份是都具有关联属性的，所以有关剥离的观点可用"外部构成"这个概念一言以蔽之。这个术语是由亨利·斯泰坦（Henry Staten）提出的，指的是德里达通过像"补充"、"踪迹"和"延异"之类的概念而阐释的许多主题。其整体目标就是为了突出这样一个事实，即一个身份的创造总是暗示着一个差异的确立。当然，德里达突出这一观点是通过非常抽象的层面，其目的是为了泛指任何形式的客观性。就我而言，我一直对有关集体身份构建之类的论题的阐释颇感兴趣。一旦我们承认任何身份之间都是关联的以及对差异的肯定是任何身份存在的先决条件，我们就不难理解为什么集体身份需要创造出一个"我们"，为什么我们只有通过对"他们"的界定才能存在。事实上，任何形式的集体身份都意味着在属于"我们"的事物和其外的事物之间划出一条边界。在政治领域中，这点具有非常重要的含义，因为政治活动常常与集体身份休戚相关。关于欧盟，稍后我将对该部分进行拓展，但首先，有必要审视一下使集体身份"我们"成为可能的黏合剂的性质。

因为我的思考是建立在话语理论的反本质主义方法上的，在与厄尼斯特·拉克劳（Ernesto Laclau）合作撰写的《霸权与社会主义策略：走向一种激进民主政治》（*Hegemony and Socialist Strategy: Towards a Radical Democratic Politics*）中，我曾首次对该方法进行了详尽阐释，所以很明显我并不将这种黏合剂视为是来源于一种有待被发现的已经存在的共有本质——例如原始民族归属感之类的东西。[1] 从话语理论的这个观点来看，人们需要承认他们的真实身份并不是问题所在。事实上，这种方法的关键论点之一就是根本不存在本质身份，只有对各种形式的身份的认同而已。当然，对于集体身份亦是如此。由于长期的历史积淀，一些集体身份可能看似是自然而然的，却往往是由偶然因素构建的，通过各种各样的实践、交谈和语言游戏而使得该构建成为可能，集体身份可以以不同的方式被转换和重新表达。但是，就像尤尔根·哈贝马斯在与迪特·格林（Dieter Grimm）的争论中认为的那样，这并不意味着此类身份可以通过他的交流理性范式和合法化的程序方法创造出来。[2] 这是一个理性主义概念，忽视了被我认为是关键的要素：在认同的过程中情感范畴所扮演的角色。

为了解该过程中所攸关的事项，有必要考虑到由精神分析所提供的思想观点，例如，弗洛伊德将集体认同过程中情感本能连接所扮演的重要角色带到了理论前沿。就像他在《集体心理学和自我分析》中所宣称的："一个集体因某种力量而被紧紧团结在一起：什么力量能比爱神厄洛斯更好地完成这一伟绩——爱神厄洛斯将世界上的万事万物结合在一起。"[3] 一个集体身份，一个"我们"是充满激情的感情投资的结果，感情投资创造了社会成员之间强烈的认同。这个方面被哈贝马斯以及"第二现代性"的理论家——例如乌尔里希·贝克和安东尼·吉登斯——所忽略，他们认为我们现在生活在这样一个时代：所谓的后习俗身份已经消除了他们视为是"古老激情"的东西，所以他们呼吁建立一套由世界法治理的，建立在交往理性基础上的"后国家"法令。

还存在着另一个在辩论时通常会被政治理论家们所忽略的重要方面。弗洛伊德在提到爱神厄洛斯和死神桑纳托斯时也强调本能驱动的双重本性。例如，在《文明及其缺憾》中，他认为人类所固有的侵略倾向会使社会持续受到分裂的威胁。根据弗洛伊德的说法，"人类并非是只渴望被爱，并在受到攻击时仅仅会自卫的温顺生物：相反，他们天生就被赋予了一种强大的侵略天性"[4]。我们有必要承认这种侵略本能，并应意识到，为压制这种本能，文明采取了多种不同的方法。方法之一就包括通过调动对爱的欲望本能来培养公共关系，以便在社会成员之间建立一种强大的身份认同，将他们束缚到一个集体身份内。这种情感方法在国家形式的认同方面扮演了极其重要的角色，这也就是为什么此类形式不可轻易被摒弃的原因。它们代表着通过提供"我们"和"他们"之间的一个重要领域划分来构建集体身份的一个关键方法。

此时，就要问一个问题，关于"我们"和"他们"之间存在的可能关系类型有哪些。弗洛伊德很明白两者之间的关系可能是敌意的一种。例如，他宣称："只要其他人被留下接受他们侵略性的表现，通过爱将相当数量的人结合到一起通常是可能的。"[5] 一旦这点获得承认，我们就会遇到下面的问题：如果集体身份总是建立在我们／他们的模式之上，我们如何能够阻止这种关系被转变为是对"他们"的一种敌视？这是我有关民主的著作中要解决的关键问题之一，在其中我审视了随时可能出现的敌对情绪会对民主政治造成的后果。在《回归政治》、《民主的吊诡》和《论政治性》中，我开始深思"政治"，将其理解为所有人类社会中所固有的敌对维度。[6] 对"政治"和"政治学"，我们应作出关键性的区分；"政治"是指敌对这个维度，可以呈现出多种形式，产生多样化的社会关系，但是却无法根除。而政治学则指的是实践、话语和机构的综合，寻求确立一定的秩序，并组织人类在因受到"政治"方面影响而充满潜在冲突的环境中共存。

一言以蔽之，理由如下：因为集体身份总是建立在我们／他们差别的基础上，所以应意识到在一定条件下，集体身份可以呈现出朋友／敌人对抗的形式，也就是说，变成敌对的爆发点。就如卡尔·施密特（Carl Schmitt）所指出的那样，当"他们"被视为对"我们"的身份产生怀疑，并威胁"我们"的存在时，这样的事情就会发生。只要我们无法同时要求集体身份消失，完全消除这种可能性是不可能的。那么，对于民主政治学来说，其主要任务之一就包括通过提供制度、实践和语言游戏来压制这种可能性。可以说，借助上述行为可以使敌对得到减弱，比如说，转变成"竞争"。我所说的"竞争"是一种"对手"关系。

在对抗性的朋友／敌人关系中，不存在双方共有一个象征性空间，且双方各自的目标就是要消灭他们的对手。与此相反，在一种争胜关系中，对手双方共享一个共同的象征性空间，并至少在一定程度上，承认对方要求的合法性。在各种团体之间在"冲突中达成共识"。他们在支撑他们政治结盟的价值道德观上能达成共识，但在对这些价值观的阐释上存在分歧。

至此，我已经参照单一民族国家内的政治学详细阐释了民主政治中的这种争胜模式；在单一民族国家这个层面，我们／他们的关系是用各种相互冲突的霸权计划的字眼来想象的。在此，我将仔细审视争胜模式与欧洲一体化的相关性。我们如何能为欧洲设想出一种争胜模式？争胜的欧洲应该是什么样子？事实上，欧盟的诞生就可以被视为是通过构建一种争胜结构来压制对抗的一个很好的例子。我们要铭记二战后欧洲事业的主要支持者例如让·莫奈（Jean Monnet）和罗伯特·舒曼（Robert Schuman）等的目标，那就是要建立体系，以阻止德国和法国再次出现对抗示威。他们知道，要想实现此目标，只有创造出一个"我们"，这个"我们"应将双方国家以及其他国家都包含到一个共同项目内。"我们"的第一个制度形式是经济性质的，即欧洲煤钢联营，其他一体化形式随后也相继建立。当然，从一开始莫奈和舒曼也有政治以及文化方面的担忧。但是，他们并没有设想让国家身份消失和消除它们有差异且经常发生冲突的利益。相反，他们希望欧共体内所涉及的国家身份因其参与到共同事业中而创造一种黏结，降低各国将彼此视为是敌人的可能性。准确地说，这就是当我提及通过建立允许冲突以争胜方式存在的体系来压制敌对时，心中之所想。毫无疑问，如果我们从这个角度看待欧洲事业，到目前为止，它还是比较成功的，尽管它时刻面临着解体的风险。

欧洲一体化

从争胜的视角展望欧洲的未来，我们可以从欧洲一体化进程的推进方式中吸取什么经验教训呢？哪种形式的一体化将允许欧洲建立一种以不同国家之间"冲突共识"为特点的争胜关系形式呢？此类争胜模式下的欧洲将不得不明确地承认欧洲内部存在的集体身份的多样化和多元化，并适当考虑它们的情感维度。其目标就是要在不同国家之间创造一种联系，并同时尊重它们各自的差异。欧洲一体化所面临的挑战在于将统一和多样化合为一体，在于创造一种为异质性留有空间的共性形式。这就是为什么我认为有必要完全放弃尝试构建一个同质的后国家的"我们",因为这样一个后国家的"我们"将国家的"我们"的多样化形式——磨平。对国家的"我们"的否定或对可能出现的此类否定的担忧是阻碍欧洲一体化进程的重要因素,事实上,可能还会导致欧洲联盟内不同国家之间多种敌对形式的产生。

在考虑争胜欧洲最适合的一体化模式时,我发现法国法律理论家奥利维尔·博德(Olivier Beaud)的见解特别有用。[7] 博德建议对"联邦联盟"这个概念重新诠释。根据联邦的定义,联邦制是指几个政治实体之间联盟的一种特定形式。对于各国而言,此类联合的目标就是要联合组成一个新的政治实体,并同时保留各国自己的政府。一方面,一个联邦会承认某种形式的欧洲身份的必要性,并同时界定内部和外部的差异(这是任何形式的联邦的一个必要条件,联邦通常是指具有确定边界的空间实体);另一方面,它还会将构成联盟的各国的多样性视为是值得珍视且必须保留的东西。因此,它考虑到了欧洲在多样性中联合构建后的二元性,并且它不以消除国家间的差异为目的。

事实上,这种联邦联盟设想为支持所有那些依然想保留单一民族国家存在的观点提供了有力论据。毫无疑问,在全球化背景下,不同的欧洲各国已无法再像以前一样独立面对各种挑战。因此,有必要创建更广泛的联盟形式。将欧盟打造成这种"联邦联盟"是应对这种挑战的方法。联邦联盟不但不会威胁到各国的利益,而且还可以使其在全球化世界中生存下来。

哪种民主?

关于民主,还涉及另一个问题,即在这样一个一体化模式中,各国应在多大程度上行使民主? 在开始探讨此问题之前,首先让我们回顾一下与我主张相反的观点,根据他们的观点,欧盟应创建一个欧洲级别的"同种人民",以作为主权的承载体和行使民主的中心地。这种观点得到了一些超自然主义者的拥护,认为可以将人们对自己国家的忠诚转移为对欧洲联盟的忠诚。如果并不如此认为,显而易见,这也意味着欧洲级别的民主并不能被设想为代议民主模式。

根据林多斯·尼科莱迪斯(Kalypso Nicolaïdis)所提出的恰当表达,我们应当在"多民族政体"模式基础上来展望欧盟,"多民族政体"应是不同国家和人民的联盟,这些国家和人民都承认各构成部分的不同"民族"的多元化和持续存在。就如在各成员政党和宪法结构中所表述的那样,该联盟尊重各成员国的国家身份。因此与单一民族的欧洲模式相对应的新一套体系并不会消除和代替各国在单一民族国家级别上来行使民主。关于欧洲一体化的主流模式,尼科莱迪斯强调要关注三个转变:"第一,从共同身份向共有身份转变;第二,从身份共同体向事业共同体转变;第三,从治理的多层级概念向治理的多中心模式转变。"[8]

尼科莱迪斯的观点在几个方面都与我所阐释的争胜模式相契合,我们都认为有必要承认并保留行使民主空间的多样化,以及有必要不断平衡两种层级——即欧洲层级和国家层级——的民主,同时我们还认识到两个层级之间存在的紧张关系。但是我们应更深入一步,引入第三方面因素,即区域因素,因为区域形式的认同同样扮演着重要角色,这一点可以从西班牙和意大利的例子中得到印证。

马西莫·卡奇亚里(Massimo Cacciari)所阐释的有关联邦主义的一些观点与区域因素方面的关系就极为密切,尽管他研究的起点并不是区域因素。[9] 卡奇亚里认为现代国家因两大运动——微国家运动和超国家运动——的结果而被撕裂,变得分崩离析。现代国家在内受到区域运动压力的威胁,在外受到超国家力量和机构的发展以及权力日益增大的世界金融和跨国企业的威胁。解决此类境况的方法就是与卡奇亚里所反对的"自上而下的联邦主义"相对应的,被其称之为"自下而上的联邦主义"的方法。自下而上的联邦主义需要承认不同区域和不同城市的特殊身份,其目的不是去孤立它们或使它们彼此孤立,而是相反,为了确定一个自治体的创建条件,在这些地区和城市之间多种交流关系的基础上来设计和建设该自治体。

尽管卡奇亚里赋予的单一民族国家的作用并没有我所认为的重要,但其所提出的一些观点仍可以整合到我提出的争胜模式中。他支持建立一种联邦联盟,在该联盟中,组成单元并不局限于单一民族国家,而且不同区域同样扮演了重要角色。他宣称此类联盟将顾及自治权在被整合入冲突模式的各系统内的行使,因此,该联盟将使团结和竞争结合到一起,对此,我特别感兴趣。在我看来，这是对欧洲争胜模式诠释的一个至关重要的见解。

综合卡奇亚里的观点，我们可以构想出这样一个欧盟：它不仅仅是一个由单一民族国家组成的"多民族政体"，而且还应包括众多不同的民族，人民可以在不同的层级，以多样的方式来行使民主。这种观点详细阐释并充分考虑到了不同形式的集体身份，不仅包括国家身份还包括区域身份。此外，该观点还承认了城市的日益重要性和通过各种国际网络开展合作的新模式。卡奇亚里还指出了在文化形式或经济形式结合已经存在的地方组建跨国家层级的区域单元的可能性，例如，就像法国和西班牙、法国和意大利或澳大利亚和意大利边界上的情况一样。欧盟发展方式的这种设想将会考虑到民主单元的一个有效的多元主义，允许我们将它们之间的关系模式设计成一个真正的"争胜"关系模式。在这个模式中，各国都是重要的，同时有必要承认忠诚以及民主参与空间的其他重要形式。采用这种方式，欧盟可以为人们提供参与到各种政体的机会，在各种政体中，人们可以行使自己的民主权利，且无须摒弃对自己国家和区域的忠诚。

关于民主，还有个问题需要注意。绝大多数为提升欧盟内民主而尝试详细阐释各种民主模式的理论家——并不仅仅指那些支持建立超民族国家的理论家——正在协商民主范式内开展工作。尽管方式不同，但他们都声称，解决"民主赤字"问题和确立欧盟民主立法的方式就是要建立一个欧盟公共领域。在这个领域内，由于多样的协商程序，公民可以掌握信息并交流观点，以培养公益精神。他们认为，关键的问题是那些与创建用于提供信息的对话交流场所有关的问题。在这些场所内，人们可以商讨并达成有关公益事业的一致意见。诚然，关于欧盟，他们提出了各种各样的此类协商建议，但是，他们都一致认为，通过知情参与和交流，民众将在有关最佳政策方面达成一致意见。

在政治理论领域，我工作的一个重要部分就是批判协商民主模式的理性主义和利己主义架构。例如，在《民主的悖论》中审视协商民主模式的两种主要版本——罗尔斯主义和哈贝马斯主义，我认为它们都没有承认"政治"的敌对方面。[10] 罗尔斯和哈贝马斯都声称——尽管以不同的方式——民主的目标是在公共领域确立一个合理的一致意见。他们的理论在实现此目标所必需的协商程序方面存在分歧，但是他们的目标是相同的：在"公共利益"方面，达成涵盖所有人的一致意见。尽管声称自己是多元论者，但很明显，他们的多元论是一种多元论合法性仅仅在私人领域才被认可的多元论，且在公共领域内并没有获得基本的地位。两位学者都固执地认为，民主政治必须消除来自公共领域的激情，这样一来他们无法充分理解政治身份被创造产生的过程。

这种协商模式的缺陷在于为了提高欧盟内部民主的各种尝试中不可避免地重新再现。这也就是为什么我想强调，当我们设想在欧洲多民族政体内建立各种层级的民主参与的可能形式时，依照对抗和争胜模式而非协商模式来设想此类形式的重要性。一旦政治活动内的感情和激情所起到的关键作用得到了承认，那么关键问题就变成了寻找将它们向民主目标调动的方法。我们有必要将欧洲事业政治化，这将允许各政体的民众参与到对抗中，并明确表达他们对抗性的观点以及对欧盟未来及其在世界中地位的愿景。

在当前的紧要关头，有关欧盟性质的民主对抗是极其重要的。事实上，许多左翼人士已开始怀疑是否能够找到一直以来作为欧盟建设驱动力的新自由主义模式的替代方案。越来越多的人将欧盟视为在本质上是一个无法变革的新自由主义事业，试图改变其体系的努力似乎无济于事，所以现存的唯一解决方案就只有退出欧盟了。毫无疑问，如此悲观的观点起源于这种方式，即：挑战当前盛行的新自由主义规则的所有尝试均被呈现为反欧盟的，是对该联盟存在的攻击。由于当前无法对盛行的新自由主义霸权作出合理合法的批评，所以也就无怪乎越来越多的人开始转向疑欧主义，担心欧洲的更加一体化只会加强欧洲的新自由主义。

如此立场可能会导致欧洲事业的崩溃，因此，思考如何为欧盟内的民主主张创造条件是当务之急。在这一方面，詹姆斯·塔利（James Tully）提出了一些较为有趣的观点，他提倡终端开放模式的民主。这种民主与协商民主相反，承认参与者的多样性和争论的空间性，在这种模式中，程序不会存在元民主状态，但质疑程序本身也是可能存在的。[11] 塔利还坚持认为有必要承认存在着两种不同形式的民主协商。第一种涉及挑战并修改盛行的规范，而在第二种形式中，多样的成员受制于相同的规范但却在遵守它们的同时做出不同的行为。塔利认为，第二种形式的民主协商——指出了在共同遵守的规则内人们行为存在多样化——并没有得到足够的关注，因为政治理论家倾向于认为规范的应用和遵守只能有唯一的一种方式。我赞同质疑这种理性主义论断的重要性，只有这样才能为共享的伦理政治原则的多样合理诠释提供空间。这才是我提出"冲突共识"这个概念的真正意义所在，"冲突共识"这个概念为多元化民主社会中争胜争论提供了框架。这个概念同样也适用于欧盟，帮助我们设想联系其不同民族之间的共同纽带。

多极世界中的欧洲

最后一个问题是关于在全球背景下，欧盟应扮演的角色。在这里，我的目标要再次对准哈贝马斯。与他的观点相反，我并不认为在确立以自由民主普遍化为基础的世界主义秩序的过程中，我们应将欧盟视为该过程的先锋。[12]本人不赞成传达此类愿景的理论前提。采用世界主义方法所带来的主要问题之一就是这种方法假定了世界已超越霸权和主权，因此，否定了"政治"的维度。此外，该方法还预言西方模式将普遍化，所以，没有为多元主义留下发展空间。如我所言，如果世界应被设想为一个多元世界，而非普遍世界，这就意味着西方形式的自由民主并非是民主理想制度化的唯一方式。考虑到西方模式仅仅代表了其他模式中的一种可能的政治生命形式，我们应承认根据各种各样的背景，民主可以找到不同的表达形式。这就是"多极性"观点作为世界主义的替代者与其相关的地方。

根据我所主张的理论方法，我们面临着如下挑战：如果我们承认任何秩序都是一种霸权秩序，超越霸权的世界根本不可能存在，同时也承认围绕一个中心权力而组织起来的单极世界所带来的负面后果及世界对多元主义的渴盼，那么我们将转向何处？我的建议是，唯一的解决之道就在于霸权的多元化。这也是为什么与世界主义者的观点相左的原因。世界主义者认为应将世界围绕一种模式统一起来，创建一个全球世界，一个无所不包的"我们"而没有一个与之相对的"他们"，并认为它与人性相一致，等等。相反，我所支持的模式是一种多极秩序。一个多极化的世界会承认世界的多样化和异质性，而不是通过强加一种自认为更优秀更高级的政治组织形式来消除它们。

可以肯定，这种多极化结构不会消除冲突，但相比单一的霸权国家以普适性为借口将其自身的模式强加到其他国家而言，这些冲突不太可能以对抗的方式出现。当表达冲突和抱怨的合法政治渠道不复存在，这些冲突就会转变成对抗，倾向于采取极端的方式来表达自己的想法。避免向这种对抗转变的最佳方式就是创造条件，使冲突可以以一种争胜的方式来表现自己。多个霸权中心的存在将为各种区域极的确立创造条件，各极的具体关注点和传统将被视为是珍贵的财富，并最终能够建立起不同形式的民主。所以，欧盟不应充当世界一体化的先锋，而是应被视为是这个多极世界中的一个重要地区。在培育世界争胜多元主义的过程中，欧盟作为世界一极有望扮演一个积极的角色——当然，这一点要取决于欧盟的政治家和公民将会把欧盟建设成何种模样。

注　释

[1] Ernesto Laclau and Chantal Mouffe, *Hegemony and Socialist Strategy: Towards a Radical Democatic Politics* (London: Verso, 2001).

[2] Jürgen Habermas, *The Inclusion of the Other: Studies in Political Theory* (Cambridge, MA: MIT Press, 1998), 155–64.

[3] Sigmund Freud, *Group Psychology and the Analysis of the Ego*, Standard edition, Vol. 18 (London: Vintage, 2001), 92.

[4] Freud, *Civilization and its Discontents*, Standard edition, Vol. 21 (London: Vintage, 2001), 111.

[5] Freud, *Civilization*, 114.

[6] Chantal Mouffe, *The Return of the Political* (London: Verso, 1993); *The Democratic Paradox,* (London: Verso, 2000); *On the Political* (London: Routledge, 2005).

[7] Olivier Beaud, "La question de l'homogeneité dans une fédération," *Lignes* 13 (2004): 114. 这些观点由奥利维尔·博德进一步发展，参见：Olivier Beaud, *Théorie de la Féderátion* (Paris: PUF, 2007).

[8] Kalypso Nicolaïdis, "Demos et Demoï: Fonder la constitution," *Lignes* 13 (2004): 98–99.

[9] 详见其观点，请参见："The Philosopher Politician of Venice," *Soundings* 17 (2001): 25–34.

[10] Mouffe, *Democratic Paradox*, chapter 4.

[11] James Tully, "A New Kind of Europe? Democratic Integration in the European Union," *Critical Review of International and Political Philosophy* 10, No. 1 (2007): 71–86.

[12] 参见：Habermas, *The Divided West*, trans. Ciaran Cronin (Cambridge: Polity, 2006), 39–48.

图书在版编目（CIP）数据

新文学史. 第2辑 ／（美）菲尔斯基主编；史晓洁等
译. —杭州：浙江大学出版社，2015.12
书名原文：New Literary History
ISBN 978-7-308-15330-0

Ⅰ.①新… Ⅱ.①菲… ②史… Ⅲ.①世界文学－文
学史－文集 Ⅳ.①I109-53

中国版本图书馆CIP数据核字（2015）第269756号

新文学史 第2辑

[美] 芮塔·菲尔斯基 主编 史晓洁等 译

责任编辑 王志毅
文字编辑 王 雪
装帧设计 骆 兰
出版发行 浙江大学出版社
　　　　（杭州天目山路148号 邮政编码310007）
　　　　（网址：http://www.zjupress.com）
制　作 北京大观世纪文化传媒有限公司
印　刷 浙江印刷集团有限公司
开　本 710mm×1000mm 1/16
印　张 16
字　数 252千
版印次 2015年12月第1版 2015年12月第1次印刷
书　号 ISBN 978-7-308-15330-0
定　价 52.00元